ro
ro
ro

Petra Hammesfahr schrieb bereits mit siebzehn ihren ersten Roman. Seitdem hat sie einen Bestseller nach dem anderen veröffentlicht. Sie lebt mit ihrem Mann in der Nähe von Köln.

Im Rowohlt Taschenbuch Verlag liegen bereits folgende Romane vor: *Der Puppengräber* (22528), *Lukkas Erbe* (22742), *Die Sünderin* (22755), *Das Geheimnis der Puppe* (22884), *Meineid* (22941), *Die Mutter* (22992), *Die Chefin* (23132), *Roberts Schwester* (23156), *Merkels Tochter* (23225), *Bélas Sünden* (23168), *Das letzte Opfer* (23454), *Mit den Augen eines Kindes* (23612), *Ein süßer Sommer* (23625), *Die Lüge* (23169), *Seine große Liebe* (24034), *Die Freundin* (23022), *Am Anfang sind sie noch Kinder* (24350) sowie *Der Schatten* (24647).

Petra Hammesfahr

EIN FAST PERFEKTER PLAN

Psychothriller

Rowohlt Taschenbuch Verlag

2. Auflage November 2009

Originalausgabe
Veröffentlicht im Rowohlt Taschenbuch Verlag,
Reinbek bei Hamburg, November 2009

Umschlaggestaltung any.way, Cathrin Günther
(Abbildung: Emely / zefa / Corbis)
Satz Aldus PostScript (InDesign) bei
Pinkuin Satz und Datentechnik, Berlin
Druck und Bindung CPI – Clausen & Bosse, Leck
Printed in Germany
ISBN 978 3 499 23339 5

1. Teil

Prolog

Die Grube war etwa eins achtzig lang, sechzig Zentimeter breit und ungleichmäßig ausgehoben, deshalb war die Tiefe nicht exakt zu bestimmen. Zwischen vierzig und achtzig Zentimeter, stand später in einem Bericht der Spurensicherung. Der Körper im Dreck war nur noch an der Kleidung als Frau zu erkennen. Ein wadenlanger Rock bedeckte die Beine bis weit über die Knie, Füße und Unterschenkel steckten in modischen Stiefeln. Sowohl Rock als auch Stiefel waren über und über mit Blut bespritzt. Kopf und Rumpf der Frau bildeten eine von Knochensplittern durchsetzte, breiig-blutige Masse. Hackfleisch – wie ein Rechtsmediziner es salopp ausdrückte. Als Tatwerkzeuge wurden ein Spaten und eine Spitzhacke sichergestellt.

Noch Wochen nach dem Fund brauchten vier Polizisten, die an diesem Tatort gewesen waren, psychologische Betreuung. Von ihnen verstand keiner, dass Carla Sartorius sich hartnäckig um eine Besuchserlaubnis bei dem in Untersuchungshaft einsitzenden Richard Maltei bemühte und darauf beharrte, unbedingt mit dem Mann sprechen zu müssen, der das *Hackfleisch* angerichtet und so viel Leid über ihre Familie gebracht hatte.

An seiner Schuld gab es nicht den geringsten Zweifel. Er war sozusagen auf frischer Tat ertappt worden. Zusätzlich gab es unwiderlegbare Beweise und ein schlüssiges Motiv. Trotzdem behauptete Richard Maltei, unschuldig zu sein. Um seine Unschuld zu beweisen, bot er eine unglaubliche Geschichte und sprach danach kein Wort mehr.

1.

Sein Weg war vorgezeichnet auf dem kleinkarierten Papier der Möglichkeiten. Richard Maltei war in einfachen Verhältnissen aufgewachsen, der mittlere von drei Söhnen eines Fabrikarbeiters und einer Hausfrau, die mit Putzstellen etwas dazuverdiente.

Den oftmals knappen Finanzen zum Trotz sorgten die Eltern dafür, dass ihre Jungs ordentliche Berufe erlernten. Der Älteste wurde in einer Kfz-Werkstatt zum Mechatroniker ausgebildet und brachte es schon mit fünfundzwanzig zum Meister. Unmittelbar danach machte er sich selbständig, betrieb seitdem eine freie Tankstelle mit angeschlossener Werkstatt und kaufte ein Reihenhaus, auf das er sehr stolz war, obwohl seine Frau mitarbeiten musste, um die Hypothekenzinsen aufzubringen.

Der Jüngste war Elektriker und wechselte nach der Lehre in einem mittelständischen Handwerksbetrieb zu einem Energiekonzern. Dort machte er Schichtarbeit und fuhr nebenher Taxi, um bald ebenso gut dazustehen wie der älteste Bruder.

Richard kam nach der Schule in einer kleinen Schreinerei unter, deren Inhaber gleichzeitig als Bestattungsunternehmer fungierte. Dort arbeitete er und wohnte wie der jüngste Bruder noch bei den Eltern in Bergheim-Quadrat, als er im April 2004 Kerstin Riedke kennenlernte.

Er war vierundzwanzig, Kerstin Riedke zehn Jahre älter. Von Beruf war sie Friseurin, seit sieben Jahren Herrin im eigenen Salon in Köln. Unmittelbar nach ihrer Meisterprüfung hatte sie sich selbständig gemacht.

Sie wohnte in einem sogenannten Wohnpark – einer Ansammlung von Hochhäusern – in Bergheim. Ihre Nachbarin war gestorben. Eine alte Frau, seit längerem bettlägerig, vom

Ehemann daheim aufopfernd gepflegt, bis das Herz nicht mehr mitspielte.

Vor den Wohnungstüren im siebten Stock eines Hochhauses aus den siebziger Jahren sahen Richard und Kerstin sich das erste Mal, als er sich gemeinsam mit seinem Chef abmühte, den noch leeren Sarg aus der engen Aufzugskabine in die Nachbarwohnung zu bugsieren, dabei stießen sie gegen Kerstins Wohnungstür. Es war ein Montag, ihr freier Tag, sie kam raus, um zu sehen, was los war. Während sein Chef den Ehemann der Toten tröstete, kam Richard mit der Frau ins Gespräch, die sein Leben und ihn von Grund auf verändern sollte.

Kerstin Riedke vertrat schon in den ersten Minuten ihrer Bekanntschaft die Ansicht, Bestatter sei ein durchaus ehrenwerter Beruf. Aber für einen attraktiven jungen Mann wie Richard kaum der richtige Job. Sie wollte wissen, ob seine Freundin sich nicht grusele, wenn er tagsüber mit Leichen hantiert habe und abends zärtlich werden wolle. Richard hatte zu der Zeit keine feste Freundin. Doch das änderte sich dann binnen weniger Tage.

Im Juni 2004 packte er in der elterlichen Wohnung seine Habseligkeiten zusammen und zog bei Kerstin ein. Sein jüngerer Bruder war einerseits froh, weil er nun endlich ein Zimmer für sich alleine hatte. Andererseits meinte er: «Die ist doch viel zu alt für dich.»

Der Altersunterschied störte Richard nicht, im Gegenteil. In seinen Augen war Kerstin eine reife, erfahrene Frau, die genau wusste, was sie wollte und wo es langging. Abgesehen davon war sie nicht unattraktiv und ungeheuer tüchtig. Was sie in ihrem Salon an Umsatz machte, davon konnte ein Schreinergeselle wie er nur träumen.

Den erlernten Beruf gab er ihr zuliebe bald auf. Sie sollte sich doch nicht gruseln, wenn er zärtlich wurde. Dabei hatte er weiß Gott nicht jeden Tag mit Verstorbenen zu tun. Eigentlich hätte er auch nur mit anpacken müssen, wenn eine Leiche abgeholt und eingesargt wurde. Aber er hatte den Rest immer gerne übernommen: waschen, ankleiden, kämmen, wenn nötig ein bisschen Schminke. Nicht so übertrieben, wie man das manchmal im Fernsehen, speziell in amerikanischen Filmen, sah. Kein angemaltes Gesicht, nur eventuelle Verfärbungen abdecken, damit die Angehörigen, wenn sie das wollten, am offenen Sarg Abschied nehmen konnten, ohne einen Schreck zu bekommen. Er hatte dabei jedes Mal das Gefühl, einem Menschen die Würde zurückzugeben, die der Tod ihm genommen hatte.

Nicht nur aus diesem Grund nahm sein Chef die Kündigung mit großem Bedauern entgegen. Mit vierundzwanzig war Richard eine ehrliche Haut und ein fleißiger Kerl, der anpacken konnte. Ihm waren keine Arbeit und keine Überstunde zu viel.

«Überleg dir, was du tust, Richard», mahnte der Schreinermeister eindringlich. «In der heutigen Zeit wirft man eine sichere Arbeit nicht so einfach hin. Ich bin nicht mehr der Jüngste und hab, wie du weißt, keine Kinder. Lass uns mal zehn Jahre weiter sein, dann schleppe ich keine Balken und keine Särge mehr, dann brauche ich einen Nachfolger. Was hat die denn gegen Bestatter? Hält sie sich für unsterblich? Du findest garantiert schneller eine vernünftige Frau als eine neue Arbeit.»

Das war ein Irrtum. Neue Arbeit fand Richard Maltei sofort, eine *vernünftige* Frau fand er nie.

2.

In den ersten Wochen nach seinem Einzug bei Kerstin Riedke wusch er Autos an der Tankstelle seines ältesten Bruders – von Hand, mit gründlicher Reinigung des Innenraums. Das wurde als besonderer Service angeboten, von der Kundschaft aber kaum angenommen, es war einfach zu teuer. Deshalb stand er die meiste Zeit für lau mit in der Werkstatt. Das konnte er sich nicht lange leisten.

Danach kam er vorübergehend bei einer Kölner Großgärtnerei unter. Als Aushilfe pflegte er Gräber auf dem Melatenfriedhof, weil zwei gelernte Gärtner bei einer Villa in Köln-Hahnwald einen japanischen Garten anlegten. Als die damit fertig waren, brauchte man ihn nicht mehr.

In der Folgezeit schuftete er für diverse Subunternehmer im Baugewerbe und fast ein Jahr lang in der Holzschnittabteilung eines Baumarkts. Das kam seiner erlernten Tätigkeit noch am nächsten und machte ihm Spaß. Leider meldete der Baumarkt dann Konkurs an. Und Richard lag Kerstin erneut auf der Tasche, bis er eine neue Beschäftigung fand, wieder in Köln – Gebäudereinigung.

Seitdem arbeitete er als Springer bei der Firma Kübler. Als ungelernte Hilfskraft wurde er weit unter Tarif bezahlt und immer dort eingesetzt, wo jemand ausfiel. Meist freute er sich schon mittags auf den Feierabend und auf Kerstin.

Sie hatte schon in diesen ersten beiden Jahren ihrer Beziehung einen Mann aus ihm gemacht, den seine eigenen Eltern und Brüder kaum wiedererkannten, mit dem man sich aber überall sehen lassen konnte. Unter anderem kaufte sie einen Großteil seiner Garderobe und bürgte für einen Kredit, damit er seinen alten Fiat Panda in die Schrottpresse geben und sich ein Auto anschaffen konnte, das mehr hermachte. Einen dunkelblauen Mercedes, der auch schon etliche Jährchen auf dem Buckel hatte. Es war trotzdem kein Vergleich mit einem Fiat.

Obwohl Richards älterer Bruder Kerstin als Schnepfe bezeichnete, *«die mehr Gefühl für ihre Zehennägel hat als für dich»*, überholte er den Wagen von Grund auf, lackierte ihn neu, machte ein richtiges Schmuckstück daraus, mit dem *die Schnepfe* sich gerne vom Salon abholen ließ. Mit ihrem eigenen Auto fuhr Kerstin immer nur bis zur nächsten S-Bahn-Haltestelle. Wenn Richard knapp bei Kasse war, zahlte sie auch ohne zu murren die Raten für den Mercedes.

Sie wusch seine Kleidung und kochte für ihn. Sie wies ihn an, das Messer regelmäßig zu benutzen, auch wenn er glaubte, es nicht unbedingt zu brauchen. Sie gewöhnte ihm ab, sein Bier aus der Flasche zu trinken. Sie brachte ihm bei, sich stets korrekt auszudrücken und zu schweigen, wenn er nichts Passendes zu sagen wusste. Wenn sie in seiner Nähe war, wusste er genau, wie er sich verhalten musste. Und wenn er mit ihr schlief, war das die Erfüllung sämtlicher Träume, die ein Mann mit seinen Ansprüchen in dieser Hinsicht haben konnte.

Kerstin lehnte chemische Verhütungsmittel ab. Kondome waren ihr lästig. Und er beherrschte eine Methode, die allgemein als äußerst unzuverlässig galt, bei ihm jedoch hundertprozentig sicher war. Während eines ausgedehnten Vorspiels, bei dem er Kerstin in der Regel zweimal zum Orgasmus brachte, zählte er im Geist das kleine Einmaleins mit sieben durch. Seltsamerweise funktionierte es mit anderen Zahlen nicht, was er sich nicht erklären konnte. Aber warum hätte er sich um Ursachenforschung bemühen sollen, solange es mit einer Zahl klappte? *Sieben, vierzehn, einundzwanzig, achtundzwanzig* und so weiter.

Damit verhinderte er eine Erektion. Die brachte er anschließend durch Druck auf eine Vene zustande, zählte dabei weiter, bis Kerstin restlos zufrieden war. Dann zog er sich zurück. Und dann befriedigte sie ihn – mit ihrem Mund – jedes Mal.

Sie hätte das nicht tun müssen. Es hätte ihn überhaupt nicht gestört, sich mit der Hand zu behelfen, wenn er nur bei ihr sein durfte. Aber sie wollte es so. Und mehr konnte seiner Meinung nach keine Frau für einen Mann tun.

Abgesehen von seinem Job in der Gebäudereinigung – es war halt kein Vergleich mit der Schreinerei oder der Holzschnittabteilung im Baumarkt – war Richard auch im dritten Jahr ihrer Beziehung noch rundum zufrieden mit seinen Lebensumständen.

Ihm reichte Kerstins kleine Wohnung in dem Hochhaus, auch wenn der Aufzug nie kam, wenn man ihn dringend brauchte. Ihn störte es nicht, in der Küche zu essen, wenn hinter ihm noch Töpfe und Pfannen auf dem Herd standen. Er hörte kaum hin, wenn er vor dem Fernseher saß und im Bad die Waschmaschine zu schleudern begann. Und wenn Kerstin das Trockengestell vor der Heizung im Wohnzimmer auseinanderklappte – man musste sich behelfen. Es gab zwar einen Balkon, aber der war mit zwei Stapelsesseln, einem Klapptisch und einem Kasten Bier vollgestellt.

Für einen elektrischen Trockner war kein Platz. Bettwäsche und Handtücher wusch Kerstin im Salon, dort stand so ein Gerät neben der Waschmaschine. Früher war sie dafür eigens am Sonntag nach Köln gefahren. Jetzt nahm er die Wäsche mit und brachte sie ihr vorbei, wenn er Feierabend hatte. Aber seine Sachen, ihre Blusen und Dessous wusch sie lieber zu Hause.

Richard war unter wesentlich beengteren Verhältnissen aufgewachsen. Mehr als eine Drei-Zimmer-Wohnung in Bergheim-Quadrat, dem Nachbarort, hatten seine Eltern sich nie leisten können. Zuerst hatte er sich das sogenannte Kinderzimmer – ein schmaler Schlauch, in dem nur Platz für ein Etagenbett und einen Kleiderschrank war – mit seinem älteren Bruder teilen müssen. Der Jüngste hatte bis zum zwölften Lebensjahr im Zimmer der Eltern geschlafen, danach auf der

Couch im Wohnzimmer, bis der Älteste auszog und das untere Etagenbett frei wurde.

Sehr viel besser war es bei Kerstin früher auch nicht gewesen. Sie hatte nur keine Geschwister und ein Zimmer für sich alleine gehabt. Doch sie hatte durch ihren Beruf ständig mit Bessergestellten zu tun. Deshalb zog sie unentwegt Vergleiche.

Gelernt hatte Kerstin bei einem Promifriseur in Köln. Dort hatte sie auch noch einige Jahre Berufserfahrung gesammelt und sich einen eigenen Kundenstamm aufgebaut, ehe sie sich selbständig machte. Natürlich war ihr verboten worden, ihrer Kundschaft in dem Nobelladen von dieser Absicht zu erzählen. Getan hatte Kerstin das trotzdem. Und einige ihrer Stammkundinnen waren ihr treu geblieben. Zu diesem Kreis gehörte Carla Sartorius.

Daheim sprach Kerstin nur von «Carla», als ob sie die Frau duzte, was sie selbstverständlich nicht tat. Aber sie kannte Carla seit ewigen Zeiten. Und für sie war Carla der lebende Beweis, dass jede es von ganz unten nach ganz oben schaffen konnte. Man brauchte nur den richtigen Mann für solch einen Aufstieg.

Das klang in Richards Ohren immer so, als wolle Kerstin noch hinzufügen, sie selbst hätte sich eben nicht mit einem gelernten Schreiner und Sargträger einlassen dürfen. Und das war ein Wermutstropfen in ihrer Beziehung, drei Jahre lang der einzige.

3.

Von *ganz unten* kam Carla Sartorius nicht. Ihre Eltern betrieben im Allgäu eine Familienpension. Dort war Carla bis zu ihrem zweiundzwanzigsten Lebensjahr fest eingebunden gewesen. Sie hatten das ganze Jahr über für Gäste geöffnet, nur zweimal für jeweils eine Woche geschlossen, um notwendige Reparaturen durchzuführen.

Seit sie die Schule abgeschlossen hatte, hieß das für Carla: morgens um fünf aus den Federn, mit dem Fahrrad zum Bäcker, frisches Brot und Semmeln holen. Danach in der Gaststube fürs Frühstück eindecken und bedienen. Der Vormittag verging mit Bettenmachen, Staubsaugen und Bäderwischen. Über Mittag musste sie in der Küche helfen, nachmittags nochmal zum Bäcker und zum Fleischer. Und nach dem Abendessen servierte sie in der Gaststube Bier, Wein und Kräuterlikör, bis ihre Mutter oder ihr Vater sie ablösten, weil sie fast im Stehen einschlief.

Obwohl sie ihre Eltern von Herzen liebte, fühlte Carla sich ausgebeutet. Still für sich dachte sie oft darüber nach, klammheimlich zu verschwinden. Aber da sie keinen Beruf erlernt hatte, blieb es bei Gedanken und Träumen. Und dann ließ ein Pensionsgast bei der Abreise eine Zeitung zurück, in der er seine Wanderschuhe oder sonst was eingewickelt hatte. Und Carla las diese Anzeige:

«Liebevolle Betreuung für weiblichen Säugling gesucht.»

Mit Kindern hatte sie noch nicht allzu viel zu tun gehabt, mit Säuglingen schon gar nicht. Abgesehen davon war die Annonce bereits acht Wochen alt. Sie bewarb sich trotzdem – ohne jegliche Referenz und ohne große Hoffnung, dafür mit einem mehrseitigen Schreiben, in dem sie ihr bisheriges Tätigkeitsfeld penibel ausleuchtete und klarstellte, dass sie notfalls einen kompletten Haushalt alleine schmeißen konnte.

Weiblicher Säugling! Die distanzierte Formulierung hätte manch andere Frau vielleicht stutzig gemacht. Dass Hartmut Sartorius zwei Monate nach Erscheinen seiner Suchmeldung noch keine Betreuung gefunden hatte und auf Carlas dilettantische Bewerbung augenblicklich eine Fahrkarte schickte, damit sie zur Vorstellung anreisen konnte, hätte ebenfalls nachdenklich stimmen können. Doch Carla neigte damals nicht zu intellektuellen Überlegungen. Sie nahm einfach an, keine der bisherigen Bewerberinnen sei liebevoll genug gewesen.

Der weibliche Säugling hieß Regine und war drei Monate alt, als Carla ihn/sie zum ersten Mal aus einem Gitterbettchen nahm. Regines Mutter war bei der Geburt gestorben, ihr Vater suchte einen Ersatz, nicht unbedingt für sich, ursprünglich nur für dieses niedliche Baby mit dem erstaunlich dichten, dunklen Haar und ebenso dunklen Kulleraugen, die Carla unverwandt anschauten, als wolle das kleine Wesen fragen: *Was meinst du, kommen wir beide miteinander aus? Ich finde, wir sollten es versuchen.*

«Mir scheint, dass meine Tochter Sie akzeptiert», sagte Hartmut Sartorius, der die Szene mit unbewegter Miene beobachtete.

Von der Putzfrau hörte Carla kurz darauf, dass Regine bei allen vorherigen Bewerberinnen anhaltend geweint und sich erst wieder beruhigt haben sollte, als sie zurück ins Bettchen gelegt worden sei. Die Putzfrau hatte das ihrerseits von der Hauswirtschafterin gehört, die sich bislang notgedrungen um das Baby gekümmert hatte, dies jedoch nicht zu ihren Aufgaben zählte.

Zum Leidwesen ihrer Eltern wurde Carla umgehend engagiert und nur ein halbes Jahr später geheiratet. Ziemlich überstürzt, fand ihre Mutter und mutmaßte unmoralische Gründe. «Bist du etwa schwanger, Carla? So lange kennst du den Mann doch noch gar nicht.»

Das hinderte eine zweiundzwanzigjährige Landpomeranze

aber nicht daran, sich Hals über Kopf in ihren Arbeitgeber zu verlieben und sich für die glücklichste Frau auf Erden zu halten, als ihr die bewusste Frage gestellt wurde. Dass es rein rationale Gründe haben könnte – als angestellte Kinderfrau hätte sie jederzeit kündigen können –, der Gedanke kam Carla nicht.

Hartmut Sartorius war elf Jahre älter als sie. Ein starker Raucher, aber ein Mann mit exzellenten Manieren und Niveau, sehr attraktiv, sehr gebildet, von Haus aus sehr vermögend und beruflich überaus erfolgreich.

Auf ein Jurastudium hatte er eine Ausbildung zum Steuerberater folgen lassen. Sein Vater hatte in der Innenstadt eine Kanzlei mit siebzehn Angestellten und einem erlauchten Mandantenstamm betrieben. Hartmut hätte sich damit begnügen können, sich auf seine Funktion als Nachfolger vorzubereiten. Doch er hängte noch ein BWL-Studium an, schrieb seine Dissertation und brachte es zum Wirtschaftsprüfer. Was das bedeutet, kann nur ermessen, wer Ahnung von der Materie hat.

Schon mit einunddreißig war Hartmut so gut gewesen, dass sein Vater es vorgezogen hatte, ihm die Kanzlei zu überlassen und sich mit seiner Gattin in Spanien zur Ruhe zu setzen. Hartmuts Mutter war eine gebürtige Spanierin. Daher rührten die dunklen Haare und Augen, die Regine von ihm und er von seiner Mutter geerbt hatte.

Geschlafen hatte dieser Supermann allerdings noch nicht mit Carla, folglich war sie nicht schwanger und sollte das auch nie werden. Vor dem Gang zum Standesamt schlossen sie einen notariellen Vertrag, in dem nicht nur die Höhe der Abfindung bei einer Trennung schriftlich festgehalten wurde, auch Carlas *ganz persönliche und freie* Entscheidung, ihre Eileiter operativ durchtrennen zu lassen. Wozu hätte sie noch ein eigenes Kind bekommen sollen? Sie wurde geheiratet, um Mutter zu sein. Sterilisation war eine Bedingung.

Carla hielt es für Furcht. Sie hätte ja auch bei einer Geburt sterben können. Und sie war dazu erzogen worden, jede

Dienstleistung ohne Murren oder Widerspruch zu erbringen. Ihre Eltern hatten sich stets bemüht, es allen Gästen recht zu machen. Sie kannte es nicht anders, als zu jedem noch so absurden oder unzumutbaren Wunsch freundlich zu nicken, davon auszugehen, dass der oder die Betreffende seine Gründe hatte, und ihr Möglichstes zu geben, ihn oder sie zufriedenzustellen.

Abgesehen davon glaubte sie mit zweiundzwanzig noch an die Liebe. Damit hatte sie bisher keine nennenswerte Erfahrung. Wann hätte sie die sammeln sollen bei ihrem Tagesplan in der elterlichen Pension? Sie konnte sich nicht vorstellen, dass ein Mann, der ihr für die simple Gegenleistung einer liebevollen Betreuung seines weiblichen Säuglings ein leichtes und finanziell sorgenfreies Leben bot: als Zuhause eine geräumige, alte Villa in Köln-Hahnwald, elegante Garderobe, teuren Schmuck, selbstverständlich ein eigenes Konto und einen eigenen Wagen der gehobenen Preisklasse –; dass dieser Mann, der sich in ihrer Hochzeitsnacht eine halbe Stunde damit aufhielt, sie zu küssen, zu streicheln, zu erregen, bis sie etwas ungeschickt die Initiative ergriff, weil sie sonst zerflossen wäre, dass dieser Mann nur seinen Teil ihres Abkommens erfüllte.

Für Carla war es ein modernes Märchen. Der edle Prinz erlöste Dornröschen aus dem hundertjährigen Schlaf der Familientradition im Allgäu, holte sie aus dörflicher Abgeschiedenheit in die weite Welt der Touristen und legte ihr zu Füßen, was sie nur aus dem Fernseher in der Gaststube und den Erzählungen mancher Gäste kannte. Sie bekam ihre eigenen Visitenkarten und war von da an Carla Sartorius. Ab dem Zeitpunkt glaubten auch ihre Eltern, sie hätte das große Los gezogen.

4.

Selbstverständlich wusste Kerstin Riedke, dass Carla nicht aus der Gosse oder einem Obdachlosenasyl in das Bett eines mehrfachen Millionärs gestiegen war. In mehr als zwanzig Jahren erfuhr man eine Menge. Kerstin war der Überzeugung, Carla in- und auswendig zu kennen und alle bedeutsamen Informationen über den schwerreichen Ehemann und die Stieftochter zu besitzen.

«Sie hat ja sonst keinen, bei dem sie sich mal ausquatschen kann», sagte Kerstin regelmäßig, wenn Richard sich wunderte, was sie so alles von Carla erfuhr.

Jeden Dienstagnachmittag hatte Carla ihren festen Termin im Salon Riedke. Mit Ausnahme der Wochen, in denen sie Urlaub machte. Und was für Urlaub! Karibik, Australien, Ägypten, Las Vegas, Kanada, die Rocky Mountains, Dominikanische Republik. Zuletzt war sie auf einem Luxusliner durchs Nordmeer geschippert, Kapitänsdinner und kalbende Eisberge eingeschlossen.

Nach der Rückkehr schwärmte sie Kerstin regelmäßig vor. Wie gut die Klimaanlage im Fünfsternehotel funktioniert hatte, wie atemberaubend der Kamelritt in brütender Hitze, die Sphinx und die Pyramiden gewesen waren. Wie angenehm entspannend sie es empfunden hatte, am weißen Strand unter Palmen zu liegen, vor sich das glasklare Wasser mit all den exotischen Lebewesen darin. Natürlich war Carla auch ein paarmal in die Unterwasserwelt abgetaucht.

Die endlose Wildnis in den Rockys und ein paar waghalsige Kletterpartien hatten sie noch mehr beeindruckt. Ebenso die kalbenden Eisberge im Nordmeer. Und über den charmanten Ersten Offizier hatte Carla sich amüsiert. Der Mann hatte sie nicht nur beim Kapitänsdinner angeschmachtet, sondern sie stets und ständig – um es mit Marlene Dietrichs Worten auszudrücken – umschwirrt wie Motten das Licht.

Kerstin sog solche Postkartengeschichten auf wie ein Schwamm. Und auch sonst hatte Carla alles, wovon Kerstin nur träumen konnte. Wenn sie nicht alleine in der Weltgeschichte herumreiste, weil ihr Mann es geschäftlich nicht einrichten konnte, sie zu begleiten, lebte Carla in dieser noblen Villa in Köln-Hahnwald.

«Schade, dass die Gärtnerei dich nicht geschickt hat, um den japanischen Garten in Carlas Nachbarschaft anzulegen», bedauerte Kerstin einmal. «Sonst hättest du dir die Bude mal aus der Nähe anschauen können. Man sieht sie gut, wenn man auf der Straße vorbeifährt.» Sie hatte das schon getan.

Um den Sartorius-Garten kümmerte sich ein festangestellter Gärtner, der auch als Hausmeister und gegebenenfalls als Chauffeur fungierte. Schröder hieß der Mann. Dessen Frau war diplomierte Hauswirtschafterin und in der Villa für alles zuständig. Fürs Grobe kam zusätzlich eine Putzfrau, die mit Vornamen Maria hieß.

«Carla hat sich dort nie ihre Finger schmutzig machen müssen», sagte Kerstin. «Höchstens zu Anfang beim Windelwechseln.»

Natürlich kannte Kerstin auch Carlas Stieftochter. Regine Sartorius hatte sich früher die Haare ebenfalls von ihr schneiden lassen, aber nur zwei-, dreimal im Jahr und nur die Spitzen!

«Carla musste sie jedes Mal mitschleifen», erzählte Kerstin. «Von alleine kam Regine nicht auf die Idee, ihre Wallemähne ein bisschen kürzen zu lassen. Sie flocht sie zum Zopf, und damit hatte sich das. Wenn wir den Zopf aufgedröselt hatten, saß sie immer da wie eine dunkle Loreley.»

Warum Regine sich irgendwann nicht mehr von Carla hatte mitschleifen lassen …

«Sie hatte was gegen mich», sagte Kerstin. «Wie die mich

manchmal angeschaut hat, da überlief es mich kalt. Das letzte Mal, als sie bei mir war, werde ich nie im Leben vergessen. Ich hatte erst kurz vorher meinen Salon eröffnet. Es war zwei oder drei Wochen vor Carlas Geburtstag, achtunddreißig wurde sie, glaube ich. Nein, siebenunddreißig, Regine war fünfzehn.»

Carla hatte die Vermutung geäußert, dass sie von ihrem Mann wohl wieder eine Armbanduhr bekäme. Wahrscheinlich eine Rolex, es gäbe ja verschiedene Modelle, und das neueste fehle noch in ihrer Sammlung. Dabei – meinte Carla – könne sie doch immer nur eine Uhr tragen. Ihr wäre es lieber gewesen, wenn ihr Mann ihr eine kleine Reise geschenkt und sich ein paar Tage freigenommen hätte, um mitzukommen.

«Aber Sie waren doch kürzlich erst in Ägypten», hatte Kerstin zu ihr gesagt. Und Regine daraufhin: «Wenn man solchen Leuten ständig den Hals langmacht, darf man sich nicht wundern, wenn man eines Tages etwas aufs Dach bekommt.»

Dann war Regine aufgestanden, hatte den Umhang abgenommen und den Salon verlassen. Einfach so, mitten aus der Bedienung.

Carla hatte sich sofort für die Worte ihrer Stieftochter entschuldigt: «Entweder ist es das Alter, oder sie ist wieder mal hoffnungslos verliebt und deshalb ungenießbar. Daheim ist sie auch so aufmüpfig. Zurzeit kann ich ihr überhaupt nichts recht machen.»

«Hoffnungslos verliebt war Regine öfter», erzählte Kerstin. «Beim anderen Geschlecht hatte sie als Jugendliche keinen Erfolg. Dabei war sie hübsch, doch, wirklich, kann man nicht anders sagen, sehr hübsch. Aber sie trug den Kopf ziemlich hoch. Carla sagte mal, sie hätte einen neben sich gehen, der ihr immerzu einrede, sie sei einmalig. Der hätte ihr besser geraten, sich ordentlich anzuziehen. Sie lief herum, als hätte sie ihre Klamotten aus der Altkleidersammlung. Schlabberige Röcke und sackartige T-Shirts oder Pullover, um ihre Oberweite zu kaschieren. Sie hatte schon mit fünfzehn einen irren Vorbau.

Da konnte unsereins nur vor Neid erblassen. Und sie hatte Komplexe deswegen. Carla versuchte ständig, ihr die auszureden. Aber sie sah es immer falsch.»

Einmal hatte Kerstin es probiert und Regines Reaktion ebenso wenig vergessen wie deren letzten Auftritt beziehungsweise Abgang aus dem Salon Riedke. «Die musterte mich von oben bis unten und fragte: ‹Wie wollen Sie das beurteilen, Frau Riedke? Sie haben doch allenfalls Körbchengröße B. Ich bin eins sechzig groß, wiege zweiundfünfzig Kilo und brauche D. Bei meinem Gewicht und meiner Größe ist das entschieden zu viel Busen. Und wahrscheinlich wird es noch mehr, ich wachse ja noch.›»

«Andere Frauen werden dich darum beneiden», hatte Kerstin gesagt. «Die legen sich unters Messer und lassen sich pfundweise Silikon einsetzen, um so auszusehen.»

Und Regine hatte erwidert: «Die sollten sich für ihr Geld lieber ein paar humanoide Gene einpflanzen lassen. Ich habe häufig Rückenschmerzen und oft wund gescheuerte Schultern. Wer mich darum beneidet, kann noch nicht lange zur aufrecht gehenden Spezies gehören.»

5.

Ob Richard es hören wollte oder nicht, Kerstin hielt ihn auf dem Laufenden. Er erfuhr auch, dass Hartmut Sartorius mindestens zwei Päckchen Zigaretten pro Tag konsumierte und oft unter Raucherhusten litt. Wobei Carla in letzter Zeit mehr darunter litt als er. Sie sorgte sich um seine Gesundheit und konnte nicht schlafen, wenn ihr Mann wieder mal die halbe Nacht hustete.

Hartmut Sartorius kannte Kerstin übrigens nicht persönlich. Der ließ seine Haare von einem Friseur schneiden, der Hausbesuche machte. Dabei konnte er telefonieren, mit Angestellten oder Mandanten sprechen oder wichtige Papiere durchsehen. Eine halbe Stunde oder noch länger untätig in einem Salon zu sitzen, während jemand mit Kamm und Schere an seinem Kopf hantierte, das konnte Hartmut Sartorius sich nicht leisten.

Neben seiner Tätigkeit als Wirtschaftsprüfer sammelte er nämlich Immobilien, kaufte heruntergewirtschaftete Mietshäuser, die er von Grund auf sanieren ließ. Danach wurde die Miete erhöht. Ein Dutzend Häuser besaß er schon und kaufte das dreizehnte, als seine Tochter sich im August 2006 mit Georg Hösch verlobte, dem Sohn eines Partners in der Kanzlei. Die Hochzeit sollte stattfinden, sobald eine Wohnung für das junge Paar eingerichtet war, hatte Carla unter Tränen im Salon Riedke erzählt.

Regine war noch keine zweiundzwanzig und hätte sich mit der Heirat eigentlich Zeit lassen können, fand auch Kerstin. Sie vermutete, die Eile hinge damit zusammen, dass Sartorius an Krebs erkrankt war. Bronchialkarzinom. Deshalb waren bei Carla unvermittelt die Tränen geflossen.

«Sitzt die da und fängt plötzlich an zu weinen», erzählte Kerstin noch am selben Abend. «Ich dachte, ich sehe nicht richtig. Carla ist nun wirklich nicht der Typ, der grundlos heult. Ich wollte mich nicht aufdrängen, habe erst mal gefragt, ob sie Haarspray ins Auge bekommen hätte. Da platzte sie damit raus. Abzusehen war das ja bei mindestens zwei Päckchen Zigaretten täglich. Aber stell dir vor: Er wusste seit Monaten, dass er todkrank ist, war bei einem Spezialisten und hat Carla nichts davon gesagt, kein Sterbenswörtchen. Erst jetzt, wo sich Metastasen gebildet haben, rückt er damit heraus. Carla hofft noch auf die Chemo und Bestrahlungen. Aber wenn du mich fragst, das wird nichts mehr. Und Sartorius weiß das. Sonst würde er darauf bestehen, dass Regine ihr Studium abschließt, ehe sie heiratet. Der will die Hochzeit noch erleben und seine einzige Tochter versorgt wissen, menschlich, meine ich. Finanziell ist Regine rundum abgesichert. Sie ist Alleinerbin, Carla kriegt nur eine Abfindung. Das ist so üblich in den Kreisen. Aber mit dem, was sie bekommt, hat Carla wahrscheinlich auch ausgesorgt. Jede Wette, sie geht erst mal auf Weltreise. Und so alt ist sie ja noch nicht. Sie findet garantiert schnell einen Neuen.»

Es interessierte Richard wahrhaftig nicht, was ein todkranker Wirtschaftsprüfer und Immobilienhai für seine einzige Tochter wollte, wohin dessen zweite Frau nach der Beerdigung flog und welchen Krösus sich die schöne Witwe als Nächsten angelte. Ihn berührte die Sache nur insofern, dass Hartmut Sartorius seiner Tochter das dreizehnte Haus zur Verlobung schenkte – erzählte Carla im Salon.

Es war ein verwinkelter alter Kasten mit zwei Seitenflügeln. 1924 erbaut, im Zweiten Weltkrieg bei einem Luftangriff teilweise zerstört, danach notdürftig mit dem Material wieder hergerichtet und bewohnbar gemacht, das eben gerade zur Hand gewesen war. Seitdem war in der Bruchbude nicht mehr viel getan worden.

Im Erdgeschoss verdienten drei türkische Geschäftsleute den Lebensunterhalt für sich und ihre Familien mit einer Änderungsschneiderei, einem kleinen Supermarkt und einem

Internetcafé. Außerdem gab es noch eine chemische Reinigung, die aber keinen nennenswerten Umsatz mehr machte.

Auf drei Stockwerke verteilten sich achtzehn Wohnungen. Sechzehn private Mieter, der Betreiber der chemischen Reinigung und die türkischen Geschäftsleute ließen sich mit hohen Abfindungen zum Auszug bewegen. Zwei langjährige Mieter lehnten jedoch jedes Angebot ab, das Sartorius ihnen machte.

Monatelang hausten die beiden im Dreck, Lärm und Chaos der Baustelle, mussten auch Handwerker in ihren Wohnungen dulden. Ob es ihnen passte oder nicht, saniert wurde auch bei ihnen. Neue Fenster, neue Heizkörper, neue Wasser- und Elektroinstallationen, neue Sanitäranlagen, neue Fußbodenbeläge, neue Türen, Wärmedämmung der Außenwände und so weiter.

Das hörte Richard nicht von Kerstin. Carla hatte in diesen Monaten andere Sorgen, als im Salon über den Fortgang der Sanierung zu berichten – falls sie darüber überhaupt informiert war.

Richard erlebte es hautnah. Die Firma Kübler, in deren Auftrag er überall dort sauber machte, wo jemand wegen Urlaub oder Krankheit ausfiel, arbeitete auch für Sartorius-Immobilien. Das war längst ein eigenständiges, kleines Unternehmen. Und die Firma Kübler reinigte Treppenhäuser und Gemeinschaftsräume in den anderen zwölf Mietshäusern. Verschiedentlich war Richard dort auch schon eingesetzt worden.

Nachdem mit den Umbauarbeiten im dreizehnten Haus begonnen worden war, schickte man ihn regelmäßig dorthin, wenn der Makler Mietinteressenten herumführen wollte. Richard hatte den gröbsten Dreck zu beseitigen, damit keiner von den feinen Herrschaften staubige Schuhe bekam oder gar über Bauschutt steigen musste.

Nach Abschluss der Sanierung sollten es zwölf private Mieter sein, die Wohnungen wurden größer und teurer. Im Erdgeschoss wollten sich zwei Ärzte niederlassen, im rechten

Seitenflügel eine Versicherungsagentur, im kleineren linken würde Sartorius-Immobilien Büroräume beziehen. Zurzeit war die Verwaltung der Häuser noch in der Kanzlei Sartorius untergebracht.

Das bislang als Trockenspeicher genutzte Dachgeschoss wurde für Regine und ihren zukünftigen Ehemann ausgebaut. Zweihundertvierzig Quadratmeter Wohnfläche, fünf Zimmer – drei davon waren in den Bauplänen als Kinderzimmer ausgegeben, vier Bäder – jedes Kinderzimmer hatte ein eigenes –, eine geräumige Küche und eine Diele, die größer war als Kerstins Wohnzimmer. Dazu kam noch eine Dachterrasse von sechzig Quadratmetern.

Kerstin erkundigte sich mal bei Carla, was die neuen Mieter für ihre Wohnungen zahlen müssten. Das hinge von der Größe ab, sagte Carla. Eine genaue Summe konnte sie nicht sofort nennen. Erst die Woche drauf bekam Kerstin die gewünschte Auskunft: Eine Fünfundneunzigquadratmeterwohnung käme kalt auf zwölfhundert Euro. Es gäbe aber auch größere und kleinere Wohnungen.

«Stell dir das mal vor», forderte Kerstin anschließend von Richard. «Das sind allein für den Kasten, in dem du zurzeit den Dreck wegmachst, jeden Monat um die zwanzigtausend. Zu den privaten kommen ja noch die gewerblichen Mieter, die zahlen entschieden mehr für den Quadratmeter, das kannst du mir glauben.»

Sie hatte Carla weisgemacht, mit dem Gedanken an einen Umzug zu spielen. Das hatte Carla ihr unbesehen geglaubt. Richard nahm ebenfalls an, Kerstin wolle eine der Wohnungen mieten, weil sie mit ihrer kleinen in Bergheim doch schon lange nicht mehr zufrieden war. Da hätten sie beide den Weg zur Arbeit enorm verkürzt.

Aber Kerstin Riedke wollte entschieden mehr als einen kürzeren Arbeitsweg und eine größere Wohnung. Sie wollte zwei- oder dreimal jährlich Urlaub in Ägypten, Australien, der Dominikanischen Republik oder der Karibik machen. Mit einer Rolex am Handgelenk auf der *Voyager of the Seas* vor den Bahamas kreuzen. Aus kalbenden Eisbergen im Nordmeer machte sie sich nichts.

Sie wollte eine Eigentumswohnung von zweihundertvierzig Quadratmetern Wohnfläche und sechzig Quadratmetern Dachterrasse. Die Mieteinnahmen aus dem dreizehnten Haus für den Anfang und kurz darauf das Geld aus sämtlichen Häusern von Sartorius-Immobilien sowie das restliche Vermögen, alles, was Regine nach dem Tod ihres Vaters erben würde. Und es kam der Moment, da sah Kerstin Riedke auch einen Weg, alles zu bekommen. Richard Maltei sollte ihn für sie gehen.

6.

Auch wenn es nicht immer leicht gewesen war mit Regine, Carla hatte ihre Stieftochter stets geliebt wie ein eigenes Kind. Und ihre Friseuse hatte sie für eine einfältige Person gehalten; zweifellos tüchtig und kompetent im Beruf, sonst wäre Carla ihr nicht all die Jahre treu geblieben, aber leicht zu beeindrucken mit schillernden Berichten.

Die düsteren hatte Carla sich stets verkniffen. Auch etwas, das ihr in der Familienpension ihrer Eltern beigebracht worden war. «*Die Leute fragen zwar immer, wie es dir geht. Aber niemand will wirklich wissen, ob du Liebeskummer oder Zahnschmerzen hast.*»

Carla hatte nie auch nur andeutungsweise erwähnt, wie sehr es sie geschmerzt hatte, einsehen zu müssen, warum Hartmut sie bloß aufs Standesamt geführt hatte.

Das Jawort vor einem Altar entfiel, was ihre Eltern bedauerten. Ihnen war der Segen der Kirche wichtig. Aber da Hartmuts erste Frau noch kein volles Jahr unter der Erde lag, glaubten sie, er verzichte aus Pietät auf die kirchliche Trauung. Doch das hatte andere Gründe. Wozu hätte er mit seiner zweiten Frau so einen Aufwand betreiben sollen? Sie war doch nur Carla, das Landei, ein bisschen dämlich. Das war sie damals unbestreitbar gewesen.

Sie freute sich jedes Mal, wenn sie in dem noblen Friseursalon so zuvorkommend bedient wurde. Die Hauswirtschafterin, Frau Schröder, empfahl ihr den Laden ein halbes Jahr nach der Trauung: «Frau Sartorius war dort immer sehr zufrieden.»

Kleiner Versprecher, der deutlich machte, dass bisher nicht mal das Personal Carlas neuen Status verinnerlicht hatte. Gemeint war natürlich ihre Vorgängerin: Helen Sartorius, geboren in Boston, USA, eine Frau von Welt.

Aber Carla war auch sehr zufrieden mit der Bedienung, fühlte sich geschmeichelt, wenn die junge Auszubildende, Fräulein Kerstin, sich beim Haarewaschen fast überschlug: «Ist es so recht, Frau Sartorius? Ist das Wasser angenehm temperiert? Möchten Sie noch einen Kaffee? Darf es auch ein Keks dazu sein? Mit Schokoglasur oder mit Cremefüllung?»

Im Gegensatz zu ihren älteren Kolleginnen und Kollegen hatte Fräulein Kerstin Helen Sartorius nicht mehr kennengelernt. Kerstin Riedke befand sich erst seit drei Monaten in der Ausbildung, als sie Carla das erste Mal die Haare waschen durfte. An die Köpfe anderer Damen ließ man sie noch gar nicht ran. Doch Carla fiel es nicht auf, dass sie als Testperson herhielt.

Man hätte sie damals auch naiv nennen können. Hartmut benutzte den Ausdruck gelegentlich, wenn sie wieder mal meinte, er würde sich über ein romantisches Abendessen freuen oder über ihre Gesellschaft beim Frühstück. Oder er würde eine Massage seiner verspannten Nackenmuskulatur genießen. Für so etwas hatte er keine Zeit. Und wo stand geschrieben, das Leben müsse schön oder wenigstens angenehm sein und dürfe nicht wehtun? Hartmut Sartorius machte seinem Vornamen alle Ehre, mit der Betonung auf der ersten Silbe.

In finanzieller Hinsicht hatte Carla alles, was für Frauen wie Kerstin Riedke normalerweise unerreichbar blieb. Rein körperlich fehlte es ihr auch an nichts. Hartmut kannte seine diesbezüglichen Pflichten als Ehemann und übte sie regelmäßig aus. Und es kam selten vor, dass Carla keinen Orgasmus hatte. Nur hatten schmachtende Blicke, mit heiserer Stimme geflüsterte Komplimente sowie ausgefeilte Technik in Sachen Zärtlichkeit mit Liebe wenig zu tun.

Liebe fand Carla bei ihrem Mann nicht. Seine Liebe war höchstwahrscheinlich mit ihrer Vorgängerin begraben worden. Den Friedhof besuchte er immer allein. Er duldete es nicht einmal, dass seine Tochter am Grab neben ihm stand, als Regine auf eigenen Beinen stehen konnte.

Schon nach kurzer Zeit glaubte Carla nicht mehr, dass ihr Mann auch nur einen Funken Gefühl im Leib hatte – jedenfalls nicht für sie. Was seine Tochter ihm bedeutete, wollte sie lieber gar nicht wissen. Manchmal fragte sie sich, ob Hartmut sie vermissen würde, wenn sie ihre Sachen packte und zu ihren Eltern zurückkehrte. Oder ob er aufatmete, wenn sie die Muttermörderin mitnähme. Wobei Regine kaum freiwillig mitgekommen wäre, nicht in den ersten vier, fünf Jahren. Das war der Witz an der Sache. Der ganze Aufwand für nichts. Die kleine Regine brauchte so wenig eine liebevolle Betreuung wie ihr Vater eine liebende Frau.

Was hätte sich für das Kind und für Hartmut geändert, wenn Carla zurück ins Allgäu gegangen wäre? Gar nichts! Um Haus und Garten kümmerte sich das Personal. Seine sexuellen Bedürfnisse hätte Hartmut – falls er überhaupt welche hatte und nicht bloß meinte, er müsse seiner jungen Frau den Gefallen tun – bei einem Callgirl befriedigen können, das wäre ihn nicht so teuer gekommen. Regines Kakao zum Frühstück hätte die Diplomfachfrau Schröder in der Küche garantiert auch ohne Klümpchen hinbekommen. Die Windeln hätte in den ersten beiden Jahren die Putzfrau wechseln können, wenn Frau Schröder sich damit überfordert fühlte oder meinte, das falle nun wirklich nicht in ihren Aufgabenbereich. Nach ihrem zweiten Geburtstag brauchte Regine keine Windeln mehr.

Solange Carla sie noch stundenlang im Kinderwagen durch die Gegend fahren konnte, durfte sie sich einreden, Regine sei auf sie angewiesen – wenigstens, um mal an die frische Luft zu kommen und dabei nicht bloß mit dem Kinderwagen im Garten zu stehen. Doch die Zeit ging viel zu schnell vorbei.

Der weibliche Säugling entwickelte sich zu einem eigenwilligen Kleinkind, das sich nichts aus abendlichen Schmuse- und Märchenstunden machte. Tagsüber passte ihr solch eine Stunde noch weniger ins Konzept.

Seit sie laufen und ihren Aufenthaltsort mehr oder weniger selbst wählen konnte, ging Regine ihrer Stiefmutter konsequent aus dem Weg. Meist versteckte sie sich irgendwo und belauschte Gespräche, die nicht für ihre Ohren bestimmt waren. Wenn sie genug aufgeschnappt hatte, verzog sie sich auf den Dachboden und plapperte im Halbdunkel da oben munter vor sich hin. «Maria hat einen Knoten in der Brust. Frau Schröder meint, das wäre bestimmt nur eine Zyste. Maria hat trotzdem große Angst, weil der Doktor gesagt hat, sie muss unters Messer.»

Sobald Carla auftauchte, verstummte Regine. Und ihr Blick sprach Bände. *Hast du nichts Besseres zu tun, als hinter mir herzuspionieren?*, fragten ihre Augen so lange, bis Carla eine Gänsehaut bekam und es vorzog, Regine nicht länger zu stören.

Als kleines Kind hatte Regine ein breites Spektrum an Blicken, mit denen sie mehr ausdrückte als mit Worten. Oft genug fühlte Carla sich an den Film erinnert, in dem viele Frauen gleichzeitig schwanger wurden und alle zur selben Zeit diese unheimlichen Blondschöpfe zur Welt brachten: «Das Dorf der Verdammten». Und manchmal fragte sie sich dann, was wohl tatsächlich in dem kleinen Köpfchen vorgegangen war beim ersten Blick in ihr Gesicht. *Okay, die sieht doof aus, die nehmen wir.*

Wenn das Wetter es erlaubte, schleppte Carla die Kleine auch gegen deren Willen zu einem Spielplatz in einem nicht gar so noblen Stadtteil. Dort gab es mehr gleichaltrige Kinder. Und es musste doch wirklich nicht sein, dass eine Dreijährige bereits in allen Einzelheiten schildern konnte, wie an einer weiblichen Brust eine Biopsie vorgenommen wurde. Als Nächstes würde Regine vielleicht kundtun, welche Ursache nächtlicher Harndrang bei einem älteren Gärtner haben könnte.

Dann lieber ein giftige Blicke schleuderndes Trotzköpfchen auf dem Rand der Sandkiste. Während andere Kinder sich mit Eimerchen, Schaufel, Förmchen und Sieb beschäftigten, spielte Carla mit dem Kram, den sie für Regine mitgenommen hatte, backte Kuchen, fütterte das Püppchen oder siebte Kiesel aus dem Sand und säuselte: «Schau, Liebes, Mama hat schon wieder ein Goldklümpchen gefunden. Willst du auch mal eins suchen?»

Regine schüttelte den Kopf und betrachtete sie, als wolle sie fragen: *Für wie bescheuert hältst du mich eigentlich? Goldklümpchen! Das ist ein Stein. Meinst du, ich seh das nicht, Carla?*

«Mama» sagte sie nie. Carla sprach es ihr unzählige Male vor. Und wurde dabei angeschaut mit dem *Du-lügst*-Blick. Statt ihr nachzusprechen, sagte Regine anschließend jedes Mal sehr akzentuiert: «Carla.» Sie wusste schon mit drei Jahren ganz genau, dass Carla nicht ihre leibliche Mutter war. Blieb ja nicht aus in einem Haushalt mit Personal.

7.

Von Carla und Hartmut Sartorius hatte Richard Maltei nicht mal eine vage Vorstellung, obwohl Kerstin Riedke ihm immerzu mit diesen Leuten in den Ohren lag. Regine dagegen lernte er persönlich kennen, ehe Kerstin sie in den Mittelpunkt ihrer Berichte rückte und ihn mit einem ganz besonderen Anliegen schockierte.

Mit den Abbrucharbeiten im dreizehnten Haus wurde im November 2006 begonnen. Reine Schikane gegenüber den verbleibenden Mietern, fand Richard. Deren Heizkosten stiegen ins Uferlose. Den ganzen Winter über pfiff der Wind durch die Bude, weil die Außenwände an diversen Stellen für größere Fenster durchbrochen wurden und die Türen der geräumten Wohnungen entfernt worden waren. Und obwohl man sehr viel Phantasie brauchte, um sich vorzustellen, wie es später mal aussehen würde, kamen schon im Dezember häufig Mietinteressenten. Deshalb war Richard zum Jahresende hin beinahe täglich auf der Baustelle im Einsatz.

Zwei-, dreimal die Woche kam auch Regine am Nachmittag vorbei, um zu sehen, wie die Dinge standen. So hoch wie in Kerstins Erzählungen von früher trug sie ihren Kopf nicht. Mit Schlabberröcken und sackartigen Pullovern verunstaltete sie sich auch nicht mehr. Trotzdem ließ sich nicht feststellen, ob sie noch denselben *irren Vorbau* wie mit fünfzehn hatte.

Ihre Kleidung war schlicht und edel: modische Stiefel oder Stiefeletten, ein wadenlanger Mantel, darunter wechselweise Hosen oder ebenfalls wadenlange Röcke und Rollkragenpullover oder einen Schal um den Hals und Handschuhe.

Ihre dunklen Haare waren noch genauso lang, wie Kerstin sie oft beschrieben hatte, und stets zu einem Zopf geflochten. Manchmal hatte sie den mit Zierkämmen hochgesteckt. Aber wenn es sehr kalt war, hing er ihr bis auf die Hüften. Dann trug sie eine Mütze, die farblich zu Schal und Handschuhen passte.

Mehr als einen flüchtigen Blick im Vorbeigehen und ein Nicken als Gruß war sie Richard allerdings nicht wert. Mehr wäre auch kaum ratsam gewesen, weil sie sich meist in Begleitung ihres Verlobten befand. Oder Georg Hösch folgte ihr auf dem Fuße, damit sie bloß nicht zu freundlich mit Bauarbeitern und Handwerkern sprach oder gar die Reinigungskraft wie einen Menschen behandelte.

Georg Hösch war ein fieser Typ, ein richtiger Brüllaffe. Dem machte es keiner recht, der ließ auch keinen zu Wort kommen, fuhr immer gleich aus der Haut. Ihr war das sichtlich unangenehm. Davon konnte Richard sich Anfang Januar 2007 selbst überzeugen.

Da war für den späten Nachmittag ein junges Paar angekündigt, das sich eine Drei-Zimmer-Wohnung im zweiten Stock anschauen wollte. Gute Bekannte von Regine, hörte Richard schon vorher. Deshalb kam sie persönlich, statt es dem Makler zu überlassen. Der Brüllaffe war bei ihr und nahm Richard sofort aufs Korn: «Was stehen Sie hier herum? Bekommen Sie Ihren Lohn fürs Nichtstun?»

Richard war etwas zu früh eingetroffen, der Dreck, den er beseitigen sollte, ehe die Mietinteressenten die Räume betraten, wurde noch von zwei Bauarbeitern verteilt. Deshalb rauchte er vor der Nachbarwohnung noch ein Zigarettchen und hielt ein Schwätzchen mit einem der verbliebenen Hausbewohner.

Regine legte dem Brüllaffen eine Hand auf den Arm und sagte: «Georg, bitte. Es ist noch reichlich Zeit.»

Daraufhin wurde sie gemaßregelt wie ein kleines Kind: «Das ist keine Frage der Zeit. Misch dich nicht in Dinge ein, von denen du nichts verstehst. Oder willst du Faulheit entschuldigen? Weißt du, was ein Handwerker die Stunde kostet?»

In dem Moment tat sie Richard leid. Sie errötete, lächelte ihn an, so peinlich berührt und verlegen, dass er gar nicht anders konnte, als ihrem Verlobten den Wind aus den Segeln zu nehmen. «Ich bin kein Handwerker», stellte er richtig. «Ich bin nur der Mann fürs Grobe und kriege sieben fünfzig die Stunde. So teuer wird's also nicht, wenn ich mal faul herumstehe.»

Georg schnappte förmlich nach Luft. Ihn dermaßen zu belehren hatte sich offenbar noch keiner getraut. «Proletenpack!», sagte er verächtlich. «Wird auch noch unverschämt.» Dann stampfte er Richtung Treppenhaus davon, wollte offenbar ins Dachgeschoss.

Regine zögerte, sich ihm anzuschließen. Als sie sicher war, dass Georg es nicht mehr sah, schenkte sie Richard noch ein verlegenes Lächeln und zuckte bedauernd mit den Achseln, als wolle sie sich für das Verhalten ihres Zukünftigen entschuldigen.

Nachdem sie ebenfalls im Treppenhaus verschwunden war, fragte Bernie verständnislos kopfschüttelnd: «Was findet sie bloß an dem Widerling? Der passt doch überhaupt nicht zu ihr. Wie der ihr jedes Mal über den Mund fährt, ich verstehe nicht, warum sie sich das bieten lässt.»

Bernie war einer der beiden Mieter, die sich geweigert hatten, auszuziehen. Der andere war der gehbehinderte Herr Nattwig. Der lebte im zweiten Stock – in der Wohnung 2b, vor der sie standen. Mit Vornamen hieß er Heinrich, war bereits sechsundachtzig und seit langem verwitwet. Bernie kümmerte sich rührend um den alten Herrn, fuhr ihn zum Arzt, kaufte für ihn ein, machte den Hausputz und die Wäsche, brachte ihm sogar täglich ein warmes Mittagessen runter.

Bernie wohnte ein Stockwerk höher in 3c, ging auch schon auf die sechzig zu und hieß mit vollem Namen Bernhard Koch. Aber so stellte er sich keinem vor. Er bot jedem sofort das Du an. Lange Jahre war er als Archivar bei der Stadtverwaltung tätig gewesen, ehe man ihn wegen Asthma, Herzschwäche, Übergewicht und damit verbundenen Beeinträchtigungen des Bewegungsapparates vorzeitig in Rente geschickt hatte. Seitdem hatte er noch ein paar Kilo zugelegt und war für jeden da, der Hilfe brauchte.

Verheiratet war Bernie nie gewesen, bis zum Tod seiner Mutter hatte er die Wohnung mit ihr geteilt. Schon seine Großeltern hatten im dritten Stock gelebt. Seine Mutter und er waren im Haus geboren und aufgewachsen. Seine Mutter war hier auch gestorben. Bernie kannte jeden Winkel und jede Geschichte und passte auf, dass nichts abgebrochen oder angebohrt wurde, was erhalten bleiben sollte oder wichtig war. Dreimal am Tag machte er Kaffee für *die arbeitende Bevölkerung,* wie er Bauarbeiter, Handwerker und Richard scherzhaft nannte.

Mit Bernie hätte Richard schon frühzeitig seine eigene Informationsquelle bezüglich der Familie Sartorius anzapfen können, aber das kam ihm nicht in den Sinn. Er war ja froh, dass der Dicke ihm nicht auch noch mit Carla in den Ohren lag. Die kannte Bernie gar nicht. Mit Hartmut Sartorius hatte er persönlich verhandelt. Den bezeichnete er mal als harten Hund, hatte ihn aber auch nur bei der einen Gelegenheit gesehen.

Mit Regine dagegen hatte Bernie schon zu tun gehabt, ehe die früheren Mieter ausgezogen waren. Und im Gegensatz zu Kerstin, die nur in den eigenen, beengten Wohnverhältnissen von *Carla* sprach und sich in ihrem Salon mit dem *Frau Sartorius* überschlug, duzte Bernie die neue Hauseigentümerin ebenso, wie er Richard, die Bauarbeiter und Handwerker duzte. Er machte keinen Unterschied zwischen Leuten mit viel und solchen mit wenig Geld auf dem Konto. Und seiner Überzeugung nach tat Regine das auch nicht.

Einmal erzählte er, Regine habe dafür gesorgt, dass der alte Herr Nattwig und er nicht noch stärker unter Druck gerieten und bleiben durften, wenn sie sich einverstanden erklärten, dass auch bei ihnen saniert wurde. Das ginge in der heutigen Zeit nicht mehr anders, habe sie gesagt, Wärmedämmung, neue Fenster und so. Man müsse an die Umwelt denken und an die

Kinder, die in fünfzig Jahren atmen, essen, trinken und möglichst gesund alt werden wollten. Dann hätte sie ihrem Vater klargemacht, dieses Haus sei ihr Eigentum, und als Besitzerin könne sie entscheiden, an wen sie vermiete und zu welchem Preis.

«Wir zahlen keinen Cent mehr als früher», verriet Bernie. «Könnten wir uns beide ja auch nicht leisten als Rentner. Das muss aber unter uns bleiben, Richard.»

Wenn Richard es darauf angelegt hätte, hätte er Bernie bestimmt aushorchen und ihm andere Dinge entlocken können als die, mit denen Kerstin ihm ständig auf die Nerven ging. Wollte er aber nicht. Was gingen ihn diese Leute an? Ihm reichte es, dass Kerstin kein anderes Thema mehr hatte.

8.

Nur wenige Tage nach der unerquicklichen Szene mit Regine und dem Brüllaffen änderte sich Kerstins Tenor. Regine hatte getan, was Richard nicht für nötig befunden hatte – zu Hause davon erzählt. So erfuhr Kerstin, dass Georg Hösch sich im dreizehnten Haus wieder mal benommen hatte wie ein Alphatier. Einen *Hilfsarbeiter* für nichts und wieder nichts zusammengestaucht. Aber der Mann hatte ihm tüchtig Kontra gegeben.

«Das war kein Hilfsarbeiter, und tüchtig Kontra war es auch nicht», stellte Richard klar und ergänzte Carlas Schilderung um seinen eigenen Wortlaut.

Das änderte jedoch nichts mehr an Kerstins Sinneswandel: Mit einem Mal war Regine kein komisches Geschöpf mehr, unter dessen Blicken es Kerstin früher kalt überlaufen hatte. Binnen weniger Tage wurde sie zum armen Ding, dem fünf Minuten vor zwölf auffiel, dass es sich an den falschen Mann binden wollte.

«Carla meinte heute, Regine spiele mit dem Gedanken, Georg den Verlobungsring zurückzugeben», sagte Kerstin eine Woche später. «Irgendwer hat ihr geraten, sich mal richtig umzuschauen, es gäbe noch andere gutaussehende Männer, die das Maul nicht so weit aufreißen und entschieden besser zu ihr passen würden.»

Wegen dem aufgerissenen Maul nahm Richard an, Bernie sei «Irgendwer» gewesen. Den Dicken zu fragen bekam er keine Gelegenheit, weil die Firma Kübler ihn anderswo einsetzte.

Die Woche darauf verkündete Carla im Salon, sie hege den Verdacht, Regine habe sich bereits umgeschaut und eine bestimmte Person im Blick. Neuerdings schwärme sie mit verdächtig glänzenden Augen von einem jungen Mann, der etwas in oder mit ihrem Haus zu tun und ihr in einer unangenehmen Situation sehr imponiert habe.

In oder *mit* hatte Kerstin nicht genau verstanden, in welcher unangenehmen Situation, hatte sie nicht erfahren. Sie sortierte nach dem Ausschlussverfahren. Im Haus gab es nur wenige Kandidaten. Bernie und der alte Herr Nattwig schieden aus. Ein fettleibiger Frührentner und ein Tattergreis, womit sollten die einer jungen Frau imponiert haben? Außerdem war ja von einem jungen Mann die Rede gewesen. Bauarbeiter und Handwerker waren alle schon in den Vierzigern und zogen den Kopf ein, wenn es brenzlig wurde. Als jungen Mann, der noch dazu Eindruck gemacht hatte, konnte man eigentlich nur Richard bezeichnen.

Ehe Kerstin das aussprechen und sich aufregen konnte, wies er darauf hin, dass sehr viele Leute *mit* dem Haus zu tun hatten. Makler, Banker, Versicherungsfritzen, welche vom Bauamt, der Stadtverwaltung und weiß der Teufel, wer sonst noch. Dass er mit seinen launigen Sätzen das Interesse der Millionärstochter auf sich gelenkt hatte, konnte und wollte er sich nicht vorstellen.

Er war seit knapp drei Jahren in festen Händen und liebte Kerstin abgöttisch. Von Hochzeit hatten sie zwar noch nicht gesprochen, dennoch war er überzeugt, dass sie ihn ebenfalls über alles liebte und höllisch eifersüchtig war. Warum sonst sollte sie ihm auf dem Heimweg regelmäßig Szenen machen, wenn er sie abends im Salon abgeholt und ihren Mitarbeiterinnen ein nettes Wort oder ein Lächeln gegönnt hatte?

Ende Januar 2007 löste Regine tatsächlich die Verlobung. Von Carla war nicht mehr zu erfahren, als dass es ein Wahnsinnsschock für ihren Mann sei. Hartmut habe Georg doch schon als seinen Nachfolger in der Kanzlei und bei Sartorius-Immobilien gesehen.

Länger als eine Woche spekulierte Kerstin, wer Regine zu dem Schritt bewogen haben könnte. Sich am folgenden Dienstag bei Carla erkundigen mochte sie nicht. Und von sich aus erzählte Carla nur, ihr Mann rede bei jeder Gelegenheit auf Regine ein, ihre Entscheidung noch einmal zu überdenken. Georg sei bereit, über die gefühlsmäßige Verirrung hinwegzusehen. Aber Regine ließe sich auf nichts ein, sie wolle frei sein für eine neue Beziehung. Dabei sei der junge Mann, der sie zu diesem dramatischen Schritt bewogen habe, bereits gebunden.

An einen verheirateten Mann glaubte Kerstin keine Sekunde lang. Dann hätte Carla auch *verheiratet* gesagt, meinte sie. Richard wurde das Gefühl nicht los, dass sie immer noch ihn im Verdacht hatte. Sie wollte wissen, ob er Regine in den letzten Tagen gesehen habe. Als er das verneinte und aufzählte, wo er in den vergangenen beiden Wochen überall eingesprungen war, bestand sie darauf, dass er nach Feierabend auf ein Schwätzchen zu Bernie fuhr und sich bei dem erkundigte. Dass Regine zu dem alteingesessenen Mieter eine Art Vertrauensverhältnis aufgebaut hatte, wusste Kerstin auch von Carla.

Richard tat ihr den Gefallen, einen unverfänglichen Wortlaut gab sie vor. Nach ein wenig belanglosem Geplänkel über den Fortgang der Arbeiten behauptete er, ihm sei zu Ohren gekommen, die neue Hausbesitzerin habe ihren Verlobten abserviert. Falls Bernie gefragt hätte, von wem er das gehört habe, hätte er erklärt, das mache in der Firma Kübler die Runde. Aber Bernie fragte nicht. Er freute sich über den Besuch und war tatsächlich aus erster Quelle informiert – von Regine. Die er jedoch seit Ende Januar auch nicht mehr zu Gesicht bekommen hatte.

«Was soll sie hier herumlaufen oder bei mir sitzen», sagte er. «Ich habe ihr geraten, sich jetzt vordringlich um ihren Vater zu bemühen. Sartorius muss einsehen, dass es der einzig richtige Schritt war, den sie tun konnte. Sie hatte Angst, ihm zu sagen, dass sie sich von Hösch trennen will. Aber verschweigen ließ sich das doch nicht. Hösch arbeitet ja schon in der Kanzlei. Und sein Vater ist da seit Jahren Partner.»

Hösch! Dass Bernie den Brüllaffen beim Nachnamen nannte,

kam einer Degradierung gleich, verwunderte Richard aber nicht. Irgendwie musste auch ein gutmütiges Fass wie Bernie zwischen netten und ekligen Zeitgenossen unterscheiden.

«Hat sie einen Neuen?», erkundigte sich Richard und ging so weit, hinzuzufügen: «Bei Kübler erzählt man, sie hätte ein Auge auf einen verheirateten Mann geworfen.»

«Wie kommen die Leute auf so einen Schwachsinn?», entrüstete der Dicke sich. «Regine und ein verheirateter Mann! Dafür ist sie viel zu anständig.»

«Auch anständige Leute können sich verlieben», gab Richard zu bedenken. «Deshalb muss man ja nicht automatisch eine Affäre anfangen.»

Bernie schüttelte nachdrücklich den Kopf und erklärte: «Sie hat nur endlich eingesehen, dass sie mit Hösch kreuzunglücklich geworden wäre. Und dafür wurde es höchste Zeit. Du hast es ja selbst erlebt. Der hat sie jetzt schon total untergebuttert. Nach der Hochzeit wäre das bestimmt nicht besser geworden. Ich war nicht der Einzige, der ihr das gesagt hat. Ihr Bruder lag ihr damit auch seit Monaten in den Ohren.»

«Sie hat einen Bruder?», wunderte Richard sich, weil Kerstin noch nie ein weiteres Mitglied der Familie erwähnt hatte und Regine immer als Alleinerbin bezeichnete.

Mit einem Mal führte Bernie sich auf, als hätte er sich an einem finsteren Geheimnis den Mund verbrannt. Zuerst wurde er rot, dann blass. Beim Farbwechsel zuckte er unbehaglich mit den Achseln, als hätte er Flöhe zwischen den Schulterblättern. Zu guter Letzt stammelte er: «Ja … Nein … Äh … Ich meine, nicht so, wie du Brüder hast … Sie spricht nur manchmal mit ihm, wenn du verstehst.»

Richard verstand nicht. Aber als Bernie auch noch flehentlich bat: «Halt um Gottes willen den Mund, Richard. Wenn das in der Firma Kübler oder sonst wo die Runde macht und Regine dahinterkommt, dass ich mich verquatscht habe …», da dachte er sich sein Teil.

Ein unehelicher Sohn. So was gab es auch in höheren Kreisen. Und die machten daraus viel eher ein Staatsgeheimnis als kleine Leute. Kerstin sah das jedoch anders. «Blödsinn. Wer weiß, was der Dicke verstanden hat. Wenn Sartorius noch mehr Nachwuchs hätte, hätte Carla längst mal eine Bemerkung gemacht. Uneheliche Kinder kann man heutzutage nämlich nicht mehr so einfach außen vor lassen. Die bekommen Unterhalt und erben zumindest einen Pflichtteil. Und Regine ist Alleinerbin, das weiß ich mit Sicherheit.»

Damit war das Thema für sie abgeschlossen.

9.

Hartmut Sartorius hatte es nie für nötig befunden, mit Carla über die besonderen Umstände beim Tod seiner ersten Frau zu reden. Mit Ausnahme des «… starb bei der Geburt», mit dem er ihr bei der Einstellung als Kinderfrau den Verbleib von Regines Mutter erklärt hatte, damit sie nicht irgendwann annahm, die arme Frau sei neben ihm erfroren, hörte Carla von ihm kein Wort über die Tragödie. Nicht einmal, als klar wurde, dass Regine Bescheid wusste, sprach er offen darüber.

Regine war noch keine vier. Es war Ende November, eine der seltenen Gelegenheiten, bei denen Hartmut einen auf Familie machte. An dem Tag stand die Besichtigung eines dreistöckigen Altbaus auf seinem Programm, den er zu erwerben gedachte. Frau und Tochter durften mitkommen, weil in der Nähe ein Weihnachtsmarkt stattfand und er Regine etwas Abwechslung von ihrem gewohnten Alltag bieten wollte. Ihre Aufenthalte auf dem Dachboden und die vermeintlichen Selbstgespräche im Zwielicht behagten ihm nicht.

Und Carla hatte inzwischen so oft durchblicken lassen, wie nützlich sie sich in seinem Haus fühlte. Vielleicht hatte er ein klein wenig Angst, sie könne lieber zurück ins Allgäu gehen und mit der ihr bereits zustehenden Abfindung die Pension ihrer Eltern auf Vordermann bringen, als noch länger von morgens bis abends auf der Suche nach einem sonderbaren kleinen Mädchen durch eine schöne, alte Villa zu wandern.

Er hielt Regine an der Hand, damit sie im Gedränge zwischen den Ständen nicht abhandenkam. Auf dem Arm wollte sie ebenso wenig getragen werden, wie sie auf einem Schoß sitzen mochte. Carla wollte ihre andere Hand nehmen, und Regine sagte: «Das geht nicht, da hält mein Geschwister mich fest.»

Hartmut zuckte fast unmerklich zusammen. Man musste ihn schon sehr genau beobachten, was Carla im Prinzip immer tat, um den Sekundenbruchteil seiner Betroffenheit zu registrieren. Er hatte sich sofort wieder in der Gewalt.

Einen Moment lang fragte Carla sich, ob ihr Mann womöglich ein schlechtes Gewissen hatte, weil ihre auf seine Veranlassung durchtrennten Eileiter Regine zu einem Schicksal als Einzelkind verdammten und die Kleine sich vielleicht deshalb nicht der Norm entsprechend entwickelte. Dann schweiften ihre Gedanken ab.

Für den antiquierten Ausdruck aus Kindermund gab es eine harmlose Erklärung. Den hatte Regine im Haus aufgeschnappt wie so vieles andere. Die Putzfrau Maria hatte – auf ihre Zyste und die Biopsie angesprochen – schuldbewusst erklärt: «Ich hab nicht gesehen, dass die Kleine in der Nähe war, Frau Sartorius, wirklich nicht. Aber seien Sie mal ehrlich, wäre es nicht besser, wenn Regine Geschwister hätte?»

Natürlich wäre das besser. Und manch einer hätte vielleicht angenommen, Regine habe sich aus Einsamkeit einen imaginären Spielgefährten zugelegt und nenne den Geschwister, weil das ungewöhnlicher klang als irgendein Name. Aber Carla wusste längst, dass Regine neun Monate lang einen Zwillingsbruder gehabt hatte und sich auf den Dachboden zurückzog, weil dort die beiden Wiegen standen, die vor ihrer Geburt angeschafft worden waren. Mitsamt dem eingelegten Bettzeug verstaubten beide unter durchsichtigen Plastikplanen. Regine saß meist auf dem Holzboden dazwischen und erzählte, was sie den Tag über gehört, gesehen und gegessen hatte.

«Zum Dessert gab es Vanillecreme mit Himbeersirup. Morgen macht Frau Schröder Grießpudding, da kann man auch Himbeersirup drauftun. Das ist lecker.»

Carla hatte Ronald Hösch davon erzählt. Ronald war nicht nur ein langjähriger Angestellter der Kanzlei, dem Hartmut später die Partnerschaft anbot, um sich etwas mehr Freiraum für seine Immobilien zu verschaffen. Er war auch ein Freund der Familie, hatte schon für Hartmuts Vater gearbeitet und Hartmuts erste Frau gut gekannt. Von ihm hörte Carla, dass Hartmut am schwärzesten Tag seines bisherigen Lebens nicht nur die weltgewandte Helen, sondern auch einen Sohn verloren hatte. Und unter diesem Aspekt sah Carla das Geplapper des Kindes in einem anderen Licht.

Carla war mit solchen Dingen aufgewachsen. Ihre Mutter unterhielt sich ständig mit einem Bruder, der bei einem Lawinenabgang ums Leben gekommen war. Was sie auch freimütig jedem erzählte, der sie auf ihr Gemurmel ansprach. Es erschien Carla naheliegend, dass Regine in der Villa einen Hinweis auf ihren Bruder erhalten und sich bei einem Besuch im Allgäu ihre Großemargarete – so nannte sie Carlas Mutter damals – zum Vorbild genommen hatte.

Als Regine sich am nächsten Tag wieder auf den Dachboden verzog und zwischen den Wiegen sitzend vor sich hin plapperte, sprach Carla sie an: «Unterhältst du dich mit deinem Geschwister?»

Regine schaute erschrocken auf. Sie hatte nicht bemerkt, dass Carla ihr gefolgt war. Nach ein paar Sekunden nickte sie zögernd.

«Was ist es denn?», fragte Carla, um herauszufinden, wie viel die Kleine wusste. «Ein Brüderchen oder ein Schwesterchen?»

«Er ist ein Junge», antwortete Regine.

«Und wie heißt er?», fragte Carla.

«Er hat keinen Namen», sagte Regine. «Er braucht auch keinen. Außer mir redet ja niemand mit ihm.»

Einen Namen hatte ihr Bruder in der Tat nie bekommen, weil er nie richtig gelebt, keinen einzigen Atemzug getan hatte. Helen Sartorius war verstorben, während Regine mittels einer Geburtszange auf die Welt geholt wurde. Unmittelbar nach dem Tod der Mutter hatte das Herz des Jungen, der sich noch in ihrem Leib befand, zu schlagen aufgehört. Ein eilends durchgeführter Kaiserschnitt und Wiederbelebungsmaßnahmen hatten ihn nicht retten können. Auch das wusste Carla von Ronald Hösch. Auf dem Grabstein seiner Mutter war der Junge nicht mal als Totgeburt vermerkt.

«Wo hast du ihn kennengelernt?», fragte Carla.

Regine schaute sie an mit dem skeptisch zweifelnden Blick. *Soll ich dir das wirklich erklären? Ich bin nicht sicher, ob du es verstehst.* «Nirgendwo», sagte sie nach etlichen Sekunden sorgfältigen Abwägens und legte beide Hände an die Wiegen. «Er war schon bei mir, als ich noch ganz klein in einem Bauch war und meine Mutter das Holz hier gestreichelt hat.»

Wirklich erstaunlich für ein nicht mal vierjähriges Kind. Carla fragte sich, ob Frau Schröder, Maria oder ihre eigene Mutter Regine in die Entstehung des Lebens eingeweiht hatte. Zuzutrauen war es jeder von den dreien. «Und wo ist er jetzt?», fragte sie.

Regine zeigte vage ins Halbdunkel. «Er steht dahinten. Aber du kannst ihn nicht sehen. Das kann keiner, nur ich. Wenn einer kommt, macht er sich immer unsichtbar wie ein Geist. Und wenn es zu lange dauert, ehe er wieder mit mir spielen kann, wird er böse.»

Das war deutlich. «Ich gehe ja schon», sagte Carla und stieg die Treppen wieder hinunter.

10.

Am Freitag in der zweiten Märzwoche wurde Richard wieder mal ins dreizehnte Haus geschickt. In der Wohnung 2c, die Regine im Januar den neuen Mietern persönlich gezeigt hatte, war eine ausdrücklich gewünschte Verbindungstür nicht berücksichtigt worden. Der Durchbruch sollte am Vormittag geschlagen werden. Nachmittags wollten die Leute vor Ort über die Einrichtung ihres neuen Domizils entscheiden und die Küche ausmessen. Sie sollten nicht das Gefühl bekommen, es schere sich keiner um ihre Wünsche.

Als Richard gegen Mittag eintraf, war noch nichts passiert. Er vertrieb sich die Wartezeit bei Bernie. Erst um vier, eine Stunde vor Feierabend, machte sich ein Bauarbeiter ans Werk. Er war noch mit Hammer und Meißel zugange, als Regine um Viertel vor fünf mit einem Pärchen hereinkam. Die Frau mochte Mitte zwanzig sein, der Mann etwa in Richards Alter.

Herr und Frau Brockmüller, teilte Regine mit, obwohl es nicht nötig gewesen wäre, ihm die beiden vorzustellen und denen im Gegenzug zu erklären: «Das ist Herr …», sie stockte, lächelte Richard verlegen an und gestand: «Ich weiß leider nicht, wie Sie mit Familiennamen heißen.»

«Maltei», sagte er, woraufhin sie dem Pärchen überflüssigerweise mitteilte: «Herr Maltei.» Um sich gleich anschließend mit merklich gerötetem Gesicht dafür zu entschuldigen, dass nebenan der Bauarbeiter solch einen Lärm machte. «Ich frage kurz, warum das nicht längst erledigt ist.»

Herr und Frau Brockmüller beachteten Richard nicht weiter. Regine kam zurück und entschuldigte sich erneut: «Tut mir leid, Matthias. Er sagte, ein Arbeiter sei ausgefallen. Wenn er jetzt unterbricht, wird er heute nicht mehr fertig. Er hat bald Feierabend.»

Matthias Brockmüller streifte Richard mit einem verständnislosen Blick, wunderte sich wohl, dass er tatenlos herumstand, und erwiderte: «Das ist doch kein Problem, Regine. Lass den Mann nur weiterarbeiten. Uns stört er nicht. Oder, Angelika-Süße?»

Und von irgendwoher kannte Richard *Angelika-Süße,* die auf ihren High Heels herumstöckelte, als habe sie eine Schlangengrube unter den Füßen. Während er auf den Stiel des groben Besens gestützt auf seinen Einsatz wartete, betrachtete er Angelika Brockmüller und grübelte, wo er sie schon mal gesehen hatte. Es fiel ihm nicht ein.

Aber als das junge Paar in die Küche wechselte und Matthias ein Maßband aus seiner Hosentasche zog, fiel ihm die Miene auf, mit der Regine den beiden nachschaute. Wie ein Kind mit Karies auf der Kirmes. Mama hat erklärt, dass es keinen Paradiesapfel essen darf, weil es sonst schlimme Zahnschmerzen bekommt. Fehlte nur, dass sie eine Schnute zog.

Also hatte doch ein verheirateter Mann sie veranlasst, den Brüllaffen in die Wüste zu schicken. Richard hätte darauf geschworen, konzentrierte sich wieder auf Angelika und wünschte sich, nebenan würde mal kurz Ruhe einkehren, damit er deren Stimme deutlicher hörte. Vielleicht erinnerte er sich dann. Stimmen prägten sich ihm besser ein als Gesichter.

Es dauerte ein Weilchen, ehe er registrierte, dass Regine nun ihn im Visier hatte. Und plötzlich war es ihm peinlich, wieder mal untätig herumzustehen. Er fühlte sich verpflichtet, ihr zu erklären, dass es nichts mit Faulheit zu tun hatte, zeigte in das Zimmer, in dem der Bauarbeiter weiterhin einen ohrenbetäubenden Lärm veranstaltete, und brüllte: «Ich kann da momentan nichts tun, auch nicht helfen! Es ist nur ein Türdurchbruch, Platz für einen Mann!»

«Natürlich!», schrie Regine ebenfalls gegen den Krach an und lächelte genauso verlegen wie vorhin. «Warten Sie nur hier, bis Ihr Kollege fertig ist!»

«Das ist nicht mein Kollege!», erklärte Richard lautstark. «Ich arbeite für die Firma Kübler, Gebäudereinigung. Sieben fünfzig die Stunde, erinnern Sie sich?»

«Natürlich!», schrie sie noch einmal und lachte, wobei sich ihre Verlegenheit verlor. «Wie könnte ich das vergessen!»

Brockmüllers kamen turtelnd zurück. Und Richard fragte sich flüchtig, ob Liebe nicht nur manchmal blind, sondern auch taub machte. Die beiden schienen den Lärm überhaupt nicht wahrzunehmen. Sie diskutierten neckisch, ob ein Esstisch mit Stühlen ins Wohnzimmer gestellt oder das dritte Zimmer als Esszimmer genutzt werden sollte. Matthias plädierte für einen Essplatz im Wohnraum, Angelika für das dritte Zimmer, sie wollte dort keinesfalls in den nächsten drei, vier oder fünf Jahren ein Kinderbett hineinstellen.

Regine ließ die Augen nicht mehr von Richard. Er fühlte sich wie von oben bis unten abgetastet und wusste gar nicht, wohin er schauen sollte. Jedes Mal, wenn ihre Blicke sich begegneten, lächelte sie. Und es wurde von Blick zu Blick verheißungsvoller, dieses Lächeln – bis nebenan die letzten Steine polterten.

Danach kehrte endlich Ruhe ein. Drei Minuten vor fünf. Ein Windstoß fuhr in uralten Mörtelstaub. Durch die nackte Türöffnung schwebte eine Staubwolke heran. Sekundenlang waren Angelika und Matthias Brockmüller von hellgrauen Partikeln umhüllt, ehe sich der Staub hinter Angelika konzentrierte und dunkler wurde. In dem Sonnenlicht, das durch das Fenster in der Küche fiel, formierten sich Tausende von hauchfeinen, schwarzen Stäubchen zu einem Gebilde. Eine aufragende Säule und ein Querbalken. Ein Kreuz aus schwarzem Staub.

Brockmüllers waren zu sehr mit sich und der Frage beschäftigt, ob das Bett im Schlafzimmer mit Blickrichtung zum oder mit dem Kopfteil unters Fenster gestellt werden sollte, um etwas davon zu bemerken. Aber Regine sah es ebenso wie Richard. Während er nur trocken schluckte und wie hypnotisiert auf das unheimliche Phänomen starrte, wurde sie kreidebleich.

«Jetzt aber nichts wie ran, Richard», rief der Bauarbeiter von nebenan. Im selben Moment wirbelten die Partikel durcheinander, das Kreuz löste sich auf. Zurück blieb eine Wolke aus hellgrauem Staub.

«Puh», sagte Regine und ließ vernehmlich den angehaltenen Atem entweichen. «In dieser Wohnung hat früher eine Frau gelebt, die während eines Luftangriffs im Zweiten Weltkrieg im Keller erstickt ist. Es gab da unten einen sogenannten Kohlebunker. Bernie hat mir davon erzählt. Und er meinte, die Leiche läge sehr wahrscheinlich immer noch irgendwo da unten.»

«Man darf nicht alles glauben, was die Leute erzählen», sagte Richard, ging nach nebenan, um dort Steine und Dreck zusammenzufegen und anschließend Feierabend zu machen.

11.

Abends erzählte er Kerstin von dem schwarzen Kreuz, der kurzen Unterhaltung mit Regine, Brockmüllers Turtelei, dem schmachtenden Blick, mit dem Regine das Paar betrachtet hatte, und seiner Vermutung, dass Matthias Brockmüller seinen Teil zu Regines Entscheidung beigetragen hatte. Dass er auch den Eindruck gehabt hatte, sie taxiere ihn von Kopf bis Fuß und versuche mit ihm zu flirten, verschwieg er, bekräftigte lieber abschließend noch einmal: «Ich schätze, sie hat sich in Brockmüller verliebt. Der ist in meinem Alter, hatte aber leider keine Augen für sie.»

«Oder sie hat so komisch geschaut, weil sie solch ein Getue bei ihrem Georg vermisst hat», bot Kerstin eine Möglichkeit, an die er nicht gedacht hatte.

Und ein paar Tage später behauptete sie, der Mann, für den Regine frei sein wolle, sei er.

«Jetzt aber nichts wie ran, Richard!»

Regine hatte den unheimlichen Vorfall ebenfalls daheim erwähnt. Carla hatte natürlich prompt im Salon davon erzählt, einschließlich der Aufforderung des Bauarbeiters. Und entweder hatte Regine es missverständlich wiedergegeben, oder Carla hatte etwas in die falsche Kehle gekriegt. Kerstin interpretierte es jedenfalls so, dass Regine der Meinung sei, der Bauarbeiter habe Richard ermutigt, sie anzusprechen, ein Rendezvous zu vereinbaren oder sonst was. Und das hätte der Mann kaum getan, wenn Richard ihm nicht vorher zu verstehen gegeben hätte, er sei an Regine oder sie an ihm interessiert, meinte Kerstin.

Sie war außer sich vor Wut. Einer ihrer furchtbaren Eifersuchtsanfälle, vermutete er und wollte sie beschwichtigen: «Jetzt reg dich doch nicht so auf und mach dir keine Sorgen. Sie kann frei sein wollen, für wen sie will. Ich will sie nicht und hab ganz bestimmt nicht versucht, mich mit ihr zu verabreden. Ich hab doch dich.»

Kerstin lachte kurz auf. «Du sollst sie wollen, Blödmann. Ich hab die ganze Zeit gehofft, dass sie es auf dich abgesehen hat. So eine Chance bekommt man nur einmal im Leben, begreifst du das nicht? Was hat sie gemacht? Hat sie was gesagt? Wollte sie mit dir ausgehen? Hast du ihr einen Korb gegeben?»

Ehe er antworten konnte, wurde sie erneut laut: «Mein Gott, du bist so dämlich! Du hast dem Dicken von uns erzählt, was? Deshalb hat Regine von einem gebundenen Mann gesprochen.»

Sicher hatte er bei Bernie mal erwähnt, dass er mit einer tollen Frau zusammenlebte, die alles für ihn tat. Er hatte mit dem Dicken ja auch über seine Brüder gesprochen. Kerstins Namen hatte er jedoch nicht genannt, auch nicht gesagt, was sie beruflich machte, mit keiner Silbe erwähnt, dass Regines Stiefmutter ihre Stammkundin war und dass er von Sartorius' Bronchialkarzinom wusste. Das konnte er schwören. Und Kerstin bestand darauf, dass er das tat.

Danach beruhigte sie sich etwas. «Sieh zu, dass du das wieder hinbiegst», verlangte sie. «Erzähl ihm, die tolle Frau hätte dich rausgeworfen, weil tolle Frauen auch tolle Männer mit tollen Jobs haben wollen. Dieselbe Geschichte kannst du Regine auftischen.»

Sie wollte, dass er Regine ansprach, wenn er sie das nächste Mal zu Gesicht bekam. «Flirte mit ihr, das kannst du doch. Wenn ich daran denke, wie du mich damals angemacht hast.» Das hatte er anders in Erinnerung, aber ihr jetzt zu widersprechen riskierte er lieber nicht. «Lad sie zum Essen ein», fuhr Kerstin fort. «Der Rest wird sich ergeben.»

Er wollte nicht glauben, dass sie es ernst meinte. «Und was ist mit uns?», fragte er.

Kerstin zuckte mit den Achseln. «Was soll sein? Wenn es

klappt, wohnen wir vorübergehend nicht zusammen, sonst wird sich zwischen uns nichts ändern, höchstens die finanzielle Seite. Wir müssen uns nie mehr Sorgen machen, wenn du es mit Regine zum Standesamt schaffst. Wenn sie scharf auf dich ist, gönnen wir ihr doch ein Jährchen.»

Alles in allem war ihr Ansinnen für ihn so ungeheuerlich, dass er die Bedeutung des letzten Satzes gar nicht auf Anhieb erfasste. Und als er begriff, was das hieß, da überstieg es lange Zeit seine Vorstellungskraft.

12.

Seit Regine denken konnte, sehnte sie sich nach einem Menschen, der zu ihr gehörte. Carla gehörte zu Väterchen Frost und war eine Stiefmutter. In den Märchen, die sie früher vorzulesen pflegte, wenn Regine im Bett lag und nicht weglaufen konnte, gab es viele Stiefmütter, und alle waren böse. Deshalb wollte Regine als Kind keine.

Carla hatte es zu Anfang richtig beurteilt, nur nicht die richtigen Schlüsse gezogen. Wenn man in dem großen Haus die Ohren aufsperrte, erfuhr man allerlei. *So ein junges Ding. Irgendwie kann sie einem leidtun. Sie gibt sich ja wirklich Mühe, aber was ändert das? Sie ist und bleibt die Stiefmutter.*

Und viel schlimmer: *So ein Unglück! Das war ein herber Schlag für Herrn Sartorius. Nicht nur die Frau, auch den Sohn …* Wie alt sie war, als sie das hörte, vergaß Regine. Aber sie vergaß nie die Erkenntnis, die sie daraus gewann: Sie war nur zweite Wahl, nicht Regina Königin, sondern Regine Muttermörderin.

Ein Bruder wäre schön gewesen, hätte alles leichter gemacht. Zumindest die Schuld hätten sie miteinander teilen können.

Großemargarete – noch bevor Regine eingeschult wurde, machte sie daraus ein schlichtes Großmama – erzählte oft von ihrem Bruder Fritz. Wie sie als Kinder herumgestromert und als Heranwachsende auf die Berge gestiegen waren. Wie schön es da oben gewesen war: Seite an Seite zu sitzen, die mitgebrachte Vesper zu verzehren und den Ausblick zu genießen. Wie Fritz das Bergsteigen zu seinem Beruf gemacht hatte. Und wie er dabei umgekommen war.

«Aber dass er unter Tonnen von Schnee erstickt ist, bedeutet für mich nicht, dass er aufgehört hat zu existieren», sagte Großmama einmal. «Ich rede jeden Tag mit ihm. Manche bitten den lieben Gott um Rat und Hilfe, ich bitte Fritz. Bei dem weiß ich, dass es ihn kümmert. Wenn ich traurig bin, tröstet er mich. Wenn ich Sorgen habe, bespreche ich die mit ihm. Wenn ich nicht weiterweiß, frage ich ihn um Rat. Natürlich erzähle ich ihm auch, wenn es ein schöner Tag ohne Sorgen war. Dann freut er sich mit mir, und das fühlt sich hier …», Großmama legte sich eine Hand auf die Brust, «… ganz warm und fröhlich an.»

So einen Bruder wollte Regine auch haben. Und ein Zwillingsbruder musste noch viel besser sein als ein gewöhnlicher Fritz. Neun Monate auf engstem Raum in rotem Zwielicht, Haut an Haut, verbunden über einen Blutkreislauf. Eine engere Beziehung konnte es doch gar nicht geben. Sie wünschte sich so sehr, irgendwo in ihr sei ein kleiner Rest von ihm erhalten geblieben. Es zirkuliere noch ein Tropfen von seinem Blut in ihren Adern. Oder ein paar seiner Zellen hätten eine Nische in ihrem Hirn oder in ihrem Herzen gefunden. Aber wenn sie eine Hand auf ihre Brust legte, fühlte sich das weder besonders warm noch fröhlich an.

Carla erzählte oft vom Weihnachtsmarkt und der freien Hand fürs Geschwister oder vom Dachboden und dem munteren Geplapper zwischen den Wiegen. An die Zeit erinnerte Regine sich nur vage, aber sie meinte, da sei wirklich etwas bei ihr gewesen. Doch nachdem sie eingeschult worden war, ließ Väterchen Frost in die Tür da oben ein neues Schloss einbauen. Den Schlüssel trug er stets bei sich, weil er fand, für ihre Zukunft sei es sinnvoller, die Nachmittage mit Schulbüchern zu verbringen, statt stundenlang zwischen den Wiegen zu sitzen. Stattdessen saß sie dann wochenlang in jeder freien Minute vor der verschlossenen Tür, ehe sie resignierte, weil es dahinter still blieb.

Danach träumte sie hin und wieder, ihr Bruder wäre an ihrer Seite. Er war jedoch kein Junge in ihrem Alter, sondern ein junger Mann, der genauso aussah wie der blonde Bergsteiger, von dem Großmama unzählige alte Fotos hütete.

In einem dieser Träume begleitete er sie auf dem Schulweg und hielt sie davon ab, die Straße noch schnell vor der einfahrenden Straßenbahn zu überqueren. Am nächsten Morgen wartete sie lieber, bis die Bahn vorbeigefahren war. In einem anderen Traum war er beim Sportunterricht neben ihr und fing sie auf, als sie vom Barren abrutschte. Es waren immer Situationen, in denen er wie ein Schutzengel darüber wachte, dass sie sich nicht verletzte. Aber das tat er nur in den Nächten, wenn sie warm und sicher in ihrem Bett schlief und ohnehin nichts geschehen konnte. Bei Tag fühlte sie sich alleingelassen.

Sie vermisste ihn, diesen Bruder, der nie wirklich gelebt, keinen einzigen Atemzug getan hatte. Sie vermisste ihn so sehr, dass es oft wehtat. Sie hätte so gerne mit ihm gelacht, Dummheiten gemacht, nicht nur eine vermeintliche Schuld, sondern das ganze Leben mit ihm geteilt. Sich aneinander reiben, eine Einheit bilden, streiten um Kleinigkeiten, daran wachsen und erwachsen werden mit dem Bewusstsein von Gemeinsamkeit und Stärke.

Als sie alt genug war, um wirklich zu verstehen, was sie hörte, war sie oft traurig. Wenn Väterchen Frost mal wieder mit den Großeltern in Boston verhandelte, ob sie ihre Enkeltochter nicht doch endlich einmal kennenlernen wollten. Regine würde sich über eine Einladung sehr freuen. «Möchtest du deinen Großeltern selbst sagen, wie sehr du dich freuen würdest, Regine?»

Mochte sie nicht mehr, nachdem sie es einmal probiert und den sorgsam mit Carla einstudierten englischen Text in eine tote Leitung gestottert hatte. Trotzdem führte ihr Vater weiterhin solche Gespräche, und zwar regelmäßig dann, wenn es auf ihren Geburtstag zuging – Helens Todestag. Dann musste er sie sich wohl aus den Augen schaffen. Aber die Großeltern in Boston lehnten es jedes Mal ab, die Muttermörderin einzuladen. Und seine Eltern, die sich in Spanien zur Ruhe gesetzt hatten, wollten dort nicht gestört werden.

Carla sagte dann immer: «Was hältst du davon, wenn wir beide ins Allgäu fahren, Liebes? Großmama und Großpapa freuen sich bestimmt riesig, wenn wir sie besuchen.»

Natürlich freuten die sich riesig. Es war immer Hauptsaison, die Pension gerammelt voll. Da kamen Carlas Hände gerade recht. Wenn sie auch daheim nicht putzen oder Betten machen musste, verlernte Carla das nie.

Regines Bruder hätte stattdessen wahrscheinlich gesagt: «Mach dir nichts draus, Schwesterchen, und sei nicht traurig, weil die Amis dich nicht sehen wollen. Die haben nicht alle Tassen im Schrank. Du kannst wirklich nichts dafür, dass unsere Mutter bei deiner Geburt gestorben ist. Und was die beiden in Spanien angeht, sei froh, dass die keinen Wert auf deine Gesellschaft legen, du würdest mit Frostbeulen zurückkommen.» Dann hätten sie gemeinsam darüber gelacht und die Traurigkeit abgestreift.

Vermutlich hätte ihr Bruder auch in der Schule besser aufgepasst und ihr vorsagen können, wenn sie im Unterricht wieder mal ganz unvermittelt angesprochen wurde: «Hallo, kleine Dame. Nicht träumen. Wo bist du denn mit deinen Gedanken? Wiederhole, was ich eben gesagt habe.»

Wo hätte sie schon sein sollen mit ihren Gedanken? Auf dem Dachboden, zwischen den Wiegen, bei ihrem Bruder, der vielleicht auf sie wartete, Tag für Tag, Jahr für Jahr. Und mit der Zeit wurde er vor Einsamkeit ganz traurig oder böse, weil sie nicht kam. Oder er wurde es leid, noch länger zu warten, und ging fort.

13.

Als Regine zwölf wurde, sorgte Carla dafür, dass sie wieder etwas Greifbares aus der kurzen Zeit bekam, in der sie mit ihrem Bruder zusammen gewesen war: den Verlobungsring ihrer Mutter. Ein Rubin, der beinahe mit Helen begraben worden wäre. Hartmut hatte ihn der Toten über den Finger gestreift, als sie bereits im Sarg lag. Und er hatte nicht geduldet, dass jemand den Ring wieder abzog. Erst am Morgen der Beerdigung hatte der Bestattungsunternehmer sich ein Herz gefasst und den Sarg noch einmal geöffnet. Der Rubin war ein Vermögen wert, so etwas begrub man doch nicht.

Carla hatte das – wie so vieles andere – von Ronald Hösch gehört, der den Ring damals in Empfang genommen hatte. Von Ronald erfuhr sie auch, dass Hartmut das teure Stück seitdem im Safe aufbewahrte.

Ronald war längst kein Freund der Familie mehr. Inzwischen war er vordringlich Carlas Freund. Wann immer es nötig war, war er für sie da – auf rein freundschaftlicher Ebene. Ronald war glücklich verheiratet mit Sophia und völlig vernarrt in seinen Sohn Georg, was dem gar nicht gut bekam.

Oft versuchte Ronald sich als Eheberater. Als Carla sich bei ihm einmal über das unterkühlte Verhalten ihres Mannes mokierte, sagte er: «So ist Hartmut erzogen worden, Carla. Glaub nicht, er hätte als Kind Liebe bekommen. Seine Eltern sind reine Verstandesmenschen. Gefühle waren für sie immer nur Ballast. Der erste Mensch, bei dem er Wärme gefunden hat, war Helen. Und sie starb, weil er ihr nicht glaubte.»

Laut Ronald hatte Helen ihren Tod vorhergesehen. Weil Hartmut keine Zeit hatte, sich mit ihr die Klinik anzuschauen, in der sie entbinden sollte, war Sophia mit ihr hingefahren. Ronalds Frau hatte dort gute Erfahrungen gemacht, als Georg zur Welt kam. Helen schaute sich das Gebärzimmer an und sagte: «Diesen Raum werde ich nicht lebend verlassen.»

Sie wollte zu ihren Eltern nach Boston fliegen und ihre Babys dort zur Welt bringen. Hartmut lachte sie aus. Woher hätte er die Zeit nehmen sollen, sie zu begleiten? Alleine mochte er sie in ihrem Zustand auch nicht fliegen lassen. Ende siebter Monat. Sophia konnte nicht mit, Georg war erst zwei. Also starb Helen. Und Ronald vermutete, Hartmut quäle sich immer noch mit Schuldgefühlen.

Das mochte sein. Und Carla verstand sich darauf, diese Schuldgefühle zu kitzeln. Sie brachte ihn dazu, den Rubin aus dem Safe zu nehmen und ihn Regine als Geburtstagsgeschenk zu überreichen.

Und nie vergaß Carla den dankbaren Blick, mit dem Regine das Schmuckstück überstreifte. Nachdem ihr Vater das Zimmer verlassen hatte, horchte sie mit zur Seite geneigtem Kopf in sich hinein. Nach ein paar Sekunden verzog sich ihr Gesicht zu einer überraschten und glücklichen Miene.

Dann jubelte sie: «Er ist noch da, Carla. Ich höre ihn ganz deutlich. Weißt du, was er sagt? ‹Hi, Schwesterchen, wurde aber auch höchste Zeit, dass wir beide uns mal wieder richtig unterhalten können.› Ist das nicht wunderbar?»

«Ja», sagte Carla. «Ja, Liebes, das ist wunderbar.»

«Glaubst du, er wird mir genauso beistehen und gute Ratschläge geben, wie Fritz es bei Großmama tut?»

Dass sie gute Ratschläge aus dem Jenseits bekam, hatte Carlas Mutter eigentlich nie so explizit behauptet. Sie erzählte immer nur, dass sie Fritz um Rat fragte. Von Antworten war nicht die Rede. Das musste Regine missverstanden haben.

«Er wird bestimmt gut auf dich aufpassen», sagte Carla.

In den ersten Jahren trug Regine den Ring am Mittelfinger und nur daheim. Dass sie ihn mit zur Schule nahm, duldete Carla nicht, sie hätte ihn leicht verlieren oder Neid wecken und ihn auf andere Weise loswerden können. Weil er ihr anfangs viel zu groß war, drehte er sich ständig von selbst mit dem protzigen Stein nach innen. Wenn Regine dann die Faust darum ballte, erwärmte sich der Rubin und schuf für sie die Verbindung zu ihrem Bruder, schlug die Brücke zwischen Leben und Tod. So erklärte sie es Carla einmal. Und Carla widersprach nicht. Man musste den Menschen ihren Glauben lassen, solange er ihnen half.

Regine drehte den Stein, wenn sie Rat und Trost brauchte oder vor einem Problem stand, das sie glaubte, alleine nicht lösen zu können. Ihr Bruder war jederzeit für sie da. Er war ihr Schutz, ihr Halt, manchmal vielleicht ihr zweites, starkes, selbstbewusstes Ich, manchmal wahrscheinlich ihr Verstand, manchmal ein sechster Sinn und manchmal einfach nur nützlich.

Bald meldete er sich auch ungefragt zu Wort, wenn der Ring in der Schmuckschatulle lag, die Carla ihr geschenkt hatte. An ein paar dieser Episoden erinnerte Carla sich besonders gut. Einmal sollte Regine etwas für die Schule besorgen und alleine mit der Straßenbahn in die Innenstadt fahren. Sie war vierzehn, alt genug, um so etwas ohne Aufsicht zu erledigen. Zur Schule fuhr sie ja auch alleine.

Carlas Wagen war zur Inspektion in der Werkstatt. Es regnete in Strömen. Und Regine hatte keine Lust, durch so ein Wetter zur Haltestelle zu laufen. Da warnte ihr Bruder, draußen triebe sich ein Mann mit offener Hose herum. Die Polizei zu alarmieren, hielt er für überzogen. Der Mann wäre längst weg, ehe ein Streifenwagen einträfe. Es reiche völlig, wenn Carla sich das Auto von Herrn Schröder leihen und Regine fahren würde.

Ein andermal brauchte Regine neue Sportschuhe für die Halle. Und das Paar, das Carla für bestens geeignet befand, gefiel ihr gar nicht. Daraufhin sagte ihr Bruder, die Sohlen würden sich schon nach kurzer Zeit lösen, weil der Kleber nichts tauge. Sie würde stürzen und sich übel verletzen. Der Verkäufer war sauer, als sie Carla entsprechend informierte.

Carla seufzte nur gottergeben, zuckte mit den Achseln und erklärte: «Sie hat einen neben sich gehen, der alles besser weiß. Es hat keinen Sinn, ihm zu widersprechen. Bringen Sie uns ein anderes Paar.» Was hätte Carla sonst sagen sollen? Dass ihre Mutter dem Kind einen Floh ins Ohr gesetzt hatte, den Regine geschickt für ihre Zwecke nutzte?

So beurteilte Carla es noch, als Regine mit fünfzehn für den Eklat im damals gerade neueröffneten Salon Riedke sorgte. «*Wenn man solchen Leuten ständig den Hals langmacht, darf man sich nicht wundern …*» Und als sie sich mit siebzehn in den ihrer Ansicht nach umwerfend gut aussehenden Georg Hösch verliebte.

Georg war neunzehn und ein Ass in Mathe. Über einen schwärmenden Teenager sah er geflissentlich hinweg. Da Regine mit Mathe gewisse Schwierigkeiten hatte und Carla ihr eine Freude machen wollte, startete sie einen Verkupplungsversuch. Allerdings wollte Georg dann statt Nachhilfe in Mathematik lieber Biologieunterricht erteilen. Und obwohl Regines Bruder den jungen Hösch angeblich als arroganten Pinsel einstufte, sagte er: «Lass ihn doch fummeln, das macht mehr Spaß, als dämliche Formeln zu pauken.»

Im Gegensatz zu Carla, die das traute Beisammensein möglich gemacht hatte und vollstes Verständnis für die sexuelle Neugier und die Sehnsüchte einer Siebzehnjährigen zeigte, war Väterchen Frost unerbittlich wie immer. Er kam unerwartet früh nach Hause – das tat er gelegentlich und sorgte damit jedes Mal für Hektik in der Küche, weil ihn kein Mensch zum Abendessen erwartet hatte.

Als er seine Tochter und den Sohn seines Partners halb nackt beim Knutschen erwischte, empfahl er dem Knaben, in drei oder vier Jahren wiederzukommen. An den Rat hatte Georg sich gehalten. Carla vermutete, der Gute habe schon damals mehr Wert auf das Wohlwollen ihres Mannes gelegt als auf Regines Nähe.

Zu seiner Tochter sagte Hartmut: «Lern du erst einmal rechnen.»

Regine lernte es nicht. Und in der Schule konnte ihr Bruder leider nicht helfen. Dort durfte sie den Ring ja nicht tragen. Abgesehen davon hatte er schon zu viel Unterrichtsstoff versäumt, als sie endlich das Mittel in die Hand bekam, ihn zu kontaktieren. Um Erklärungen und Ausreden war Regine nie verlegen.

14.

Als es auf die Abiturprüfungen zuging, machte sie Carla verrückt mit ihren düsteren Prophezeiungen. «Das schaffe ich nie, alles andere ja, aber nicht Mathe.»

Carla versprach ihr vier Wochen im Allgäu als Belohnung für eine bestandene Prüfung. Obwohl das für sie beide eine anstrengende Zeit geworden wäre. Regine war inzwischen alt genug, um ebenfalls anzupacken, und tat das auch gerne. Kochen lernen von Großmama und nach der Rückkehr der diplomierten Frau Schröder den Platz am Herd streitig machen. Oder Nachmittage mit Großpapa in seiner Werkstatt, Gebrauchsspuren an Möbeln aus den Gästezimmern beseitigen, damit man nicht ständig neue kaufen musste. Mit einer Schutzbrille auf der Nase Holz schleifen, beizen oder ölen, einen Polsterstuhl aus der Gaststube neu beziehen oder die Malerei an einem Bauernschrank aufarbeiten, das machte Regine Spaß. Es störte sie nicht mal, nachts ein Zimmer mit Carla teilen zu müssen.

Sie hätte liebend gerne nach dem Abitur eine handwerkliche Ausbildung in dem Bereich begonnen. Hartmut hatte ein BWL-Studium angeordnet. Deshalb legte sie keinen großen Eifer an den Tag. Carla dachte, die Aussicht auf einen längeren Aufenthalt im Arbeiterparadies hätte Regine angespornt. Sie musste die Mathe-Klausur ja nicht mit Eins schreiben, eine schwache Vier reichte.

Doch kaum hatte Carla den Vorschlag gemacht, ein paar Tage ins Allgäu zu fahren, jammerte Regine: «Lass mich nicht allein, Carla. Bitte, bleib in meiner Nähe.»

«Ich lasse dich schon nicht alleine», sagte Carla. «Aber ich kann dich schwerlich in die Schule begleiten, mich neben dich setzen und dir vorrechnen. Selbst wenn man mich ließe, wäre ich dir keine große Hilfe. Ich habe noch weniger Ahnung von höherer Mathematik als du.»

Am Morgen des Prüfungstages war Regine unerträglich. Schon um fünf auf den Beinen, hatte sie sich bis halb sieben aus lauter Not zweimal übergeben und jammerte: «Ich habe die ganze Nacht nicht geschlafen vor Angst. Ich habe furchtbare Angst, Carla. Du kannst dir gar nicht vorstellen, wie ich mich fühle.»

Um acht war Carla es leid. «Was hast du eigentlich gelernt in den letzten Jahren?», fragte sie. «Wie man sich mit Toten unterhält, Knödel zubereitet und einen Bauernschrank neu lackiert. Ein bisschen muss doch auch vom Unterricht in der Schule hängengeblieben sein. Weißt du was? Ich packe jetzt unsere Sachen und fahre voraus. Du kannst mit dem Zug nachkommen, wenn du die Klausur geschrieben und dich beruhigt hast.»

Natürlich war Regine wütend. Und zuerst meinte Carla, diese Wut habe sie veranlasst, während der Prüfung aufzuspringen und ins Freie zu rennen – direkt vor einen Kleinlaster. Glücklicherweise konnte der Fahrer rechtzeitig bremsen. Regine stürzte nur, kam mit Prellungen und Schürfwunden davon.

Carla war seit gut einer Stunde auf der Autobahn unterwegs, als das passierte. Im Verkehrsfunk wurde gerade eine Staumeldung durchgegeben. Zwei Kilometer hinter der nächsten Ausfahrt war ein Sattelzug liegengeblieben – während eines Überholvorgangs, er blockierte zwei Spuren. Die Warnung kam etwas spät, es staute sich bereits.

Vor Carla rollte ein dunkelblauer Mercedes nur noch Meter um Meter vorwärts. Der Wagen hatte Diplomatenstatus, wie das CD im Kennzeichen bewies. Zwei der vier dunkelhäutigen Insassen waren farbenprächtig gekleidet und palaverten gestenreich, kamen aber deshalb auch nicht schneller voran.

Carla ärgerte sich ebenfalls, weil es für sie keine Möglichkeit gab, den Stau zu umfahren. Sie hätte zwar die Ausfahrt vor dem Stauende nehmen können. Doch dann hätte sie kilometerweit über Landstraßen und durch Dörfer zuckeln müssen. Danach war ihr nicht.

Über ihr Handy wurde sie von Regines Unfall verständigt, nahm die nächste Ausfahrt und kehrte um.

Als Carla ankam, war Regine bereits daheim. Ziemlich kleinlaut war sie und offenbar überglücklich, ihre Stiefmutter zu sehen. Viel fehlte nicht, dann wäre sie Carla um den Hals gefallen.

«Es tut mir leid, Carla. Nicht böse sein, bitte.»

Böse war Carla nicht, nur erleichtert, dass der Zusammenstoß mit dem Kleinlaster so glimpflich ausgegangen war. Darüber hinaus war sie überzeugt, als Nächstes zu hören: «Mein Bruder sagte …» Und fest entschlossen war sie, Regine klarzumachen, dass dieses Spielchen in gewissen Situationen unangebracht war und überhaupt jetzt endlich mal ein Ende haben musste.

Doch diesmal sollte es ein Mitschüler gewesen sein, der Regine zu ihrer Aktion angestiftet hatte: Dennis Wego, den Carla dem Namen nach kannte. «Bevor wir in den Raum gingen, habe ich Dennis erzählt, dass du unterwegs ins Allgäu bist. Nachdem die Prüfbögen verteilt waren, wussten wir beide nicht, was wir tun sollten. Dennis saß schräg hinter mir.»

Und nach ein paar Minuten hatte Dennis angeblich gesagt, vielmehr geflüstert, damit die Prüfungsaufsicht es nicht hörte: «Schöne Scheiße. Carla ist auf dem Weg ins Paradies, und wir brüten über einem Quatsch, den wir nie im Leben brauchen. Lass uns nicht länger hier herumsitzen. Verschaff uns einen eleganten Abgang, ehe wir uns bis auf die Knochen blamieren, weil wir null Ahnung von der Materie haben. Spring einfach auf und schrei Feuer.»

Das ließ Regine sich nicht zweimal sagen. Sie wollte jedoch nicht alle in Panik versetzen, sprang auf und rannte hinaus mit den Worten: «Meine Mutter stirbt!» Da ihre Mutter seit langem tot und Carla nur Carla war, meinte sie, damit keinen Schaden anzurichten.

«Du bist mir doch deswegen nicht böse, Carla, oder? Tut mir wirklich leid. Das war sehr dumm von mir.»

«Allerdings», sagte Carla und meinte es auch so, bis sie abends die Nachrichten im Fernseher sah. Grauenhafte Bilder, erläutert von der sachlich kühlen Stimme des Sprechers.

Nur wenige hundert Meter hinter der Ausfahrt, die sie genommen hatte, war ein Tanklaster in das Stauende gerast und hatte mehrere Fahrzeuge zu unentwirrbaren Blechknäueln ineinandergeschoben. Die meisten waren ausgebrannt. Es hatte viele Schwerverletzte und insgesamt acht Tote gegeben. Zu den Toten gehörten auch die vier Insassen des dunkelblauen Mercedes. Der Wagen war als solcher nicht mehr zu erkennen. Aber vier Angehörige einer afrikanischen Botschaft wurden besonders erwähnt.

Tags darauf sprach Carla mit Dennis Wego. Sie wollte sich bei ihm bedanken. Vor allem wollte sie wissen, was ihn zu seinen Worten an Regine veranlasst hatte. Doch Dennis bestritt energisch, während der Klausur auch nur ein Wort gesprochen oder geflüstert zu haben, weder mit Regine noch mit sonst wem.

Von der Prüfungsaufsicht erfuhr Carla anschließend, dass Dennis Wego die gestellten Aufgaben problemlos gelöst hatte. Regines Klausurblätter dagegen zeigten nicht den Ansatz eines Lösungsversuchs. Sie waren nur mit Kritzeleien bedeckt, winzige Flämmchen und geschlossene Augen, jede Wimper angestrichelt.

In der Tageszeitung nahm der schreckliche Unfall eine halbe Seite ein. Und dort hieß es, der Fahrer des Tanklasters sei höchstwahrscheinlich vor Übermüdung eingeschlafen.

Regine blieb dabei, Dennis Wego habe sie aufgefordert, den Raum zu verlassen. Und Carla glaubte ihr, dass sie eine Stimme gehört und sich eingebildet hatte, das sei ihr Mitschüler. Spielte es eine Rolle, wer oder ob tatsächlich jemand gesprochen hatte? Er oder sie hatte Carla jedenfalls das Leben gerettet.

Obwohl von einer Fahrt ins Paradies die Rede gewesen war, bezeichnete Hartmut das als Schwachsinn. Er bezweifelte, dass Carla bei ihrem Fahrstil noch hinter dem Mercedes gewesen wäre, als der Tanklaster nahte.

«Ich hatte keine Möglichkeit zu überholen», betonte Carla mehr als einmal. «Und welche Veranlassung hätte ich haben sollen, es zu probieren? Um das Stauende vier Wagenlängen vor dem Mercedes zu erreichen? Lächerlich. Kannst du dich nicht damit abfinden, dass deine Tochter übernatürliche Fähigkeiten hat, weil ihre Mutter auch welche hatte und trotzdem sterben musste?»

Darauf sagte Hartmut nur noch einmal: «Unsinn.»

Er wollte Regine zu einem Psychotherapeuten schicken, weil sie seiner Meinung nach log. Sie sollte lernen, für ihren *Unfug* und ihre Unzulänglichkeiten selber einzustehen und nicht anderen Leuten Worte in den Mund zu legen. Von dieser Maßnahme sah er erst ab, als Carla ankündigte, Regine zu begleiten und selbst ein einleitendes Gespräch mit dem Therapeuten zu führen. Es wäre bestimmt nützlich für den Mann, im Vorfeld zu erfahren, unter welchen emotionalen Bedingungen Regine aufgewachsen war.

15.

Niemand konnte voraussagen, wann Richard erneut ins dreizehnte Haus geschickt wurde und ob Regine dann zufällig ebenfalls dort auftauchte. Einen Tag Urlaub zu nehmen oder blauzumachen, um Regine bei der Uni abzufangen, wie Kerstin es vorschlug, lehnte er ab. Zum einen konnte er sich das nicht leisten, ohne seinen Job zu riskieren. Zum anderen hätte er nicht gewusst, wie er sein Erscheinen erklären sollte. Und das Universitätsgelände war riesig. Auch Kerstin wusste nicht, wo Regine sich um welche Zeit aufhielt.

Sie sah schließlich ein, dass es eine Schnapsidee war, und entschied, er solle nach Feierabend öfter Bernie besuchen. Die Sanierung in dessen Wohnung war noch nicht abgeschlossen. Er könnte sich erkundigen, ob der Dicke in nächster Zeit mal Hilfe beim Möbelrücken brauchte. Bei der Gelegenheit sollte er auch gleich erzählen, seine tolle Freundin habe ihn rausgeworfen, weil er sich in eine andere verliebt habe, die er jedoch für unerreichbar hielte. So käme das schon im Vorfeld bei Regine an und würde deren eventuell vorhandene Hemmungen abbauen, meinte Kerstin.

Warum Richard sich überhaupt darauf einließ, war leicht zu erklären. Hätte er sich geweigert, wäre er wohl die längste Zeit mit Kerstin zusammen gewesen. Sie hätte ihm nie verziehen, wenn er sich nicht wenigstens darum bemühte, ihren Traum zu erfüllen. Und er glaubte nicht, dass es funktionierte, war überzeugt, nur so lange gute Miene zum bösen Spiel machen zu müssen, bis Kerstin zur Vernunft kam und einsah, dass junge Frauen wie Regine Sartorius zwar mal unstandesgemäß flirteten, sich vielleicht sogar unstandesgemäß verliebten. Aber länger als ein paar Wochen hielte so was kaum an, dachte er.

Regine besuchte Bernie häufig und meist nach fünf Uhr. Bis dahin war sie an der Uni beschäftigt, arbeitete neuerdings neben dem Studium als studentische Hilfskraft, hatte Carla im Salon erzählt. *«Sie will ihrem Vater aus dem Weg gehen. Ich kann es verstehen, aber nicht gutheißen. Es kommt der Tag, da wird sie sich wünschen, mehr Zeit mit ihm verbracht zu haben.»*

Dreimal fuhr Richard nach Feierabend zum dreizehnten Haus, half Bernie einmal beim Aufhängen der Gardinen und übte sich im Klagen seines Elends, was ihm gar nicht so schwerfiel, weil Kerstin ihn mit ihren Plänen in den Grundfesten erschüttert hatte. Deshalb hielt er sich auch nicht exakt an ihre Vorgabe.

Er behauptete stattdessen, seine Freundin habe ihm seine Sachen vor die Tür gestellt, weil er zu wenig verdiene. Das hätte sie ihm schon mehrfach vorgeworfen und jetzt nur einen Vorwand gesucht, um ihn loszuwerden.

«Ich habe Regine Sartorius nur mal erwähnt», sagte er, «da unterstellte meine Freundin mir schon, ich sei scharf auf eine Jüngere mit einer Menge Kohle. Sie warf mir Undank vor.» Und so weiter.

Zweimal blieb er mit Bernie allein. Beim zweiten Mal versuchte er, etwas über den ominösen Bruder in Erfahrung zu bringen, den Kerstin als nicht existent abtat, nur weil Carla noch nie ein weiteres Kind erwähnt hatte. Nur wussten Ehefrauen nicht unbedingt von Seitensprüngen ihrer Gatten. Und ein Krösus wie Sartorius sollte imstande sein, Unterhalt abzuzweigen, ohne dass Carla es mitbekam.

Es war Bernie sehr peinlich, dass er dieses Thema noch einmal anschnitt. «Tu mir einen Gefallen und vergiss das, Richard», bat der Dicke. «Es war blöd von mir, so was zu sagen. Das ist mir so rausgerutscht. Regine hat keine Geschwister. Sie tut nur manchmal so, weil sie gerne jemanden hätte, dem sie voll und ganz vertrauen kann, wenn du verstehst. Den Bruder hat sie sich als Kind ausgedacht. Aber deshalb ist sie noch lange nicht verrückt.»

«Natürlich nicht», stimmte Richard zu, obwohl er das etwas anders sah. So, wie Bernie das neulich dargestellt hatte, pflegte Regine ja immer noch Kontakt zu ihrem Bruder. Und wenn eine erwachsene Frau von einer Phantasiegestalt Ratschläge annahm, wie sollte man das bezeichnen? Normal war es jedenfalls nicht.

Beim dritten Mal verabschiedete er sich, als Regine gerade erschien. Anstelle ihres Verlobungsrings trug sie einen dunkelroten Klunker, der ihm vorher noch nie aufgefallen war. Sie hatte ja oft Handschuhe getragen.

Im Hinausgehen deponierte er seine Geldbörse unter einem Hut auf Bernies Garderobenschrank. Dann bezog er Posten im Erdgeschoss und wartete darauf, dass Regine zurückkam. Es vergingen mehr als zwei Stunden, ehe sie endlich im Treppenhaus auftauchte. Der Aufzug war noch nicht in Betrieb. Richard tat so, als sei er gerade wieder von draußen hereingekommen, und erkundigte sich, ob ihr in Bernies Wohnung eine braune Geldbörse aufgefallen sei.

Sie verneinte. Er seufzte und erklärte: «In der Firma habe ich sie auch nicht liegenlassen. Da war ich schon. Dann habe ich sie wohl verloren. Es ist wie verhext. Seit dieses Staubkreuz aufgetaucht ist, habe ich nur noch Pech.»

Darauf bekam er keine Antwort. Sie schaute ihn nur an, als warte sie darauf, dass er weitersprach. Das tat er nach ein paar Sekunden: «Sie haben Bernie wohl auch nichts davon erzählt, was?» Hatte sie bestimmt nicht, sonst hätte der Dicke es längst mal erwähnt. «Ich habe mich nicht getraut», fuhr er fort. «Ich dachte, Bernie hält mich für übergeschnappt, wenn ich ihm mit einer Sache komme, die kein Mensch erklären kann.»

«Ach, so leicht ist Bernie nicht zu erschüttern», sagte sie und begann zu lächeln. Schüchtern oder verlegen wirkte das nicht, eher so, als wüsste sie genau, was er vorhatte. Vermutlich hatte der Dicke sie ins Bild gesetzt. *«Der arme Richard, stell dir vor, seine Freundin hat ihn rausgeworfen, weil sie meinte, er hätte sich in dich …»*

Es hatte den Anschein, als amüsiere sie sich darüber. Auch gut! Sogar sehr gut! Wenn sie lauthals über seine ungeschickte Anmache lachte und sich an die Stirn tippte, was Besseres hätte ihm doch gar nicht passieren können. Dann konnte er Kerstin reinen Gewissens sagen, er hätte es probiert, aber nichts erreicht. Carla würde das wahrscheinlich über kurz oder lang bestätigen.

Er seufzte noch einmal und sprach weiter: «Ich aber. Mich verfolgt dieser unheimliche Anblick immer noch. Meinen Sie wirklich, es hat etwas mit der Frau zu tun gehabt, die vor mehr als sechzig Jahren im Keller umgekommen ist und immer noch da unten liegen soll?»

«Mit wem sonst?», fragte Regine ihrerseits.

Er überlegte, ob er die Frage als Überleitung für eine direkte Einladung nehmen sollte. *«Was halten Sie davon, wenn wir darüber bei einem Abendessen reden? Ich lade Sie ein.»*

Im Geist hörte er sie lachen und vorschlagen: *«Gehen Sie lieber mit Ihresgleichen an eine Dönerbude. Das dürfte für einen Mann mit sieben fünfzig die Stunde erschwinglicher sein.»*

Etliche Sekunden verstrichen. Er befürchtete, dass Kerstin ihm spätestens am Dienstagabend die Hölle heißmachte, wenn er jetzt aufgab. Regine ließ keinen Blick von seiner Miene, drehte den Rubinring an ihrer Linken mit dem Stein nach innen. Sah aus, als trüge sie wieder ihren Verlobungsring.

Und dann sagte sie exakt die Worte, die er im Kopf hatte, aber nicht über die Lippen brachte: «Was halten Sie davon …» Sie stockte, und als sie weitersprach, stimmte der Wortlaut nur noch bedingt mit seinem Satz überein. «… wenn wir das bei einem Essen näher erörtern. Am Samstagabend? Vielleicht finden wir noch ein angenehmeres Thema als schwarzen Staub und verlorene Geldbörsen.»

«Eine gute Idee», sagte er und rang sich ein Lächeln ab. «Darf ich Sie einladen?»

Sie zuckte mit den Achseln. «Es war zwar mein Vorschlag, aber wenn Sie die alte Schule bevorzugen, an mir soll es nicht scheitern.»

16.

Kerstin war mehr als zufrieden, als Richard heimkam und berichtete. Das Restaurant wählte selbstverständlich sie aus, weil sie – nicht völlig zu Unrecht – befürchtete, er könne Regine in irgendeine Kaschemme führen. Allerdings versäumte sie es, ihm zu erklären, wie er mit den Massen von Besteck umgehen sollte. Ihm blieb nichts anderes übrig, als bei Regine abzugucken, in welcher Reihenfolge das Sortiment von Gläsern, Messern, Gabeln und Löffeln benutzt wurde. Deshalb bestellte er das gleiche Menü wie sie.

Vom Wein hatte er ebenfalls keine Ahnung und fühlte sich bis auf die Knochen blamiert, als der Kellner ihm nach einer kurzen Beratung einen winzigen Schluck in eins der Gläser kippte und abwartend neben dem Tisch stehen blieb. Regine signalisierte ihm mit verstohlenen Gesten, er solle sich den Schluck genehmigen und dem Kellner sein Einverständnis zunicken.

Nachdem die überflüssigen Gläser entfernt und die verbliebenen gefüllt waren, bot sie ihm das Du an. Es störte sie anscheinend nicht, dass er sich anstellte wie der letzte Trottel und kaum ein Wort sprach. Sie hakte die Themen Staubkreuz und glücklicherweise unter einem Hut wiederaufgetauchte Geldbörse mit wenigen Sätzen ab und plauderte danach locker über sich und all die Dinge, die sie überhaupt nicht brauchte. Zum Beispiel Besuche in exklusiven Restaurants.

In einem gemütlichen, gutbürgerlichen Lokal hätte sie sich wohler gefühlt. Sie mochte gar keine Sterneküche, die einem ein Stück Fleisch servierte, das im Dialog mit Obst stand. Lieber ein Kalbsschnitzel wie in der Familienpension ihrer Großeltern.

«Wenn ich so etwas höre oder auf der Speisekarte lese,

frage ich mich, ob die Hühnerbrust um Hilfe schreit oder mit der Aprikose einen Fluchtplan schmiedet, um nicht in einem Magen zu enden», sagte sie. «Wir sind so übersättigt und haben verlernt, miteinander zu reden. Deshalb sind wir darauf angewiesen, dass bei unseren Mahlzeiten wenigstens auf den Tellern eine Unterhaltung stattfindet.»

Was er darauf erwidern sollte, wusste er nicht. Sie erwartete auch keine Antwort, fuhr fort mit ihrer Aufzählung. Opernarien waren ihr ebenso ein Gräuel wie laute Techno- und Discomusik. Sie hörte gerne Katie Melua, Nelly Furtado und am liebsten Bryan Adams. Sie ging gerne spazieren. Über Trödelmärkte schlenderte sie viel lieber als durch eine Kunstausstellung und teure Boutiquen. Auf weite Urlaubsreisen konnte sie gut verzichten. Freiwillig wäre sie nie in ein Flugzeug gestiegen. Sie hatte keinen Führerschein, natürlich auch kein Auto, trug keinen Schmuck, außer einer schlichten Armbanduhr. Und zu besonderen Gelegenheiten den dunkelroten Klunker, der ihrer Mutter gehört hatte, erfuhr Richard und fragte sich, was für eine besondere Gelegenheit es denn bei Bernie gewesen sein mochte.

«Mehr habe ich von ihr nicht», sagte sie, drehte den Stein dabei wieder nach innen und schloss die Faust darum. «Sie starb bei meiner Geburt.»

«Das tut mir leid», gab er sich ahnungslos wie vorgeschrieben.

«Mir auch», seufzte sie. «Manchmal. Und manchmal denke ich, ich wäre heute nicht die, die ich bin, wenn sie mich erzogen hätte. Aber eigentlich gefalle ich mir so, wie ich bin, recht gut.» Den Worten folgte ein Lächeln, von dem er nicht hätte sagen können, ob es spöttisch oder verheißungsvoll war.

Er begriff wohl, was sie ihm klarmachen wollte: *Trau dich, Junge. Ich habe genug Kohle für uns beide und liebe das einfache Leben.*

Unsympathisch war sie ihm nicht. Gerade das war ihm

unangenehm. Sie hatte sich nicht besonders herausgeputzt und wirkte bei weitem nicht so vornehm oder überkandidelt wie die Gäste an den anderen Tischen. Vermutlich war sie davon ausgegangen, er führe sie zu einem preiswerten Italiener. Ihren langen Zopf hatte sie mit Kämmen aufgesteckt und einen dezenten Lippenstift aufgetragen, der sich längst abgenutzt hatte. Mit mehr Make-up hatte er sie noch nie gesehen. Wimperntusche oder Rouge brauchte sie auch nicht bei ihren fast schwarzen Augen und den glatten, rosigen Wangen.

Plötzlich erinnerte sie ihn an Monika, in die er mit zwanzig sehr verliebt gewesen war. Er war ein paarmal mit Monika ausgegangen und hatte sich schon nach dem zweiten Rendezvous ausgemalt, sie zu heiraten, Vater zu werden, sonntags mit seinen Söhnen Fußball zu spielen und irgendwann die Schreinerei von seinem Chef zu übernehmen. Daran hatte er ewig nicht mehr gedacht.

Als Nächstes vertraute Regine ihm an, dass sie nicht daran dachte, ihrem Vater zuliebe ihr Studium abzuschließen und sich darum zu bemühen, reiche Leute noch reicher zu machen.

«Ich bin mehr praktisch veranlagt und beabsichtige, mir einen Ausbildungsplatz zu suchen, wenn mein Vater …» Sie brach ab und stocherte auf ihrem Teller herum, als könne sie nicht aussprechen, was sie sagen wollte. Es vergingen etliche Sekunden, ehe sie den Faden an anderer Stelle wieder aufnahm. «Antiquitäten, Restauration, etwas in dem Bereich. Wenn ich mit Holz arbeite, bin ich sehr geschickt. Holz ist ein herrlicher Werkstoff, finde ich. Und altes Holz erzählt Geschichten.»

Sie nahm einen Bissen von ihrer Poulardenbrust mit Steinpilzen, im Dialog mit Kürbis und Aprikosen, betrachtete Richard nachdenklich, während sie kaute und schluckte. Dann fuhr sie fort: «Kurz vor meiner zweiten Abiturklausur habe ich auf einem Trödelmarkt ein altes Regal entdeckt und aufgearbeitet. Es hatte einem Mathematikprofessor gehört – behauptete der Verkäufer.»

Auf die Worte folgte ein leises Lachen. «Ich habe ihm geglaubt und mir vorgestellt, wie das Wissen des Professors im Laufe der Jahre ins Holz gesickert ist und wie es beim Abschleifen in mich eindrang. Die erste Prüfung in Mathe hatte ich verpatzt, bei der zweiten bin ich gut durchgekommen.» Sie lachte noch einmal verhalten und meinte: «Jetzt hältst du mich bestimmt für verrückt.»

«Nein, überhaupt nicht», sagte er. Er wusste nicht, was er von ihr halten sollte, konnte nicht über den Moment hinausdenken. Aber beim Holz konnte er wenigstens mitreden. Obwohl er noch nie mit altem Holz gearbeitet hatte, versäumte er es nicht, darauf hinzuweisen, dass er von Beruf eigentlich Schreiner sei.

Wie nicht anders zu erwarten, fand sie das toll. Dass er den Job aufgegeben hatte, weil das Einsargen von Leichen dazugehörte, verstand sie nicht. «Ekelt es dich vor Toten?» Ehe er ihr antworten konnte, dozierte sie: «Der Tod ist etwas Natürliches. Auch wenn man sich das nur ungern bewusst macht, ist er sogar nützlich. Stell dir vor, es würde niemand mehr sterben. Wo sollte neues Leben hin?»

Er fragte sich, ob sie jetzt an ihren Vater dachte und an den Ausbildungsplatz, den sie sich erst suchen durfte, wenn Sartorius unter der Erde war. So interpretierte er ihren abgebrochenen Satz. Und weil er nicht genau wusste, ob und in welchem Umfang Bernie die ihm zugedachte Aufgabe erfüllt hatte, erzählte er auch noch, es sei die Bedingung seiner früheren Freundin gewesen, sich andere Arbeit zu suchen. Danach hätte sie ständig gemeckert, weil er weniger verdiente als vorher. Schließlich hätte sie sich unter einem Vorwand von ihm getrennt.

«Dummes Weib», kommentierte Regine und wollte wissen: «Wie lange ist das her?»

«Noch nicht sehr lange», antwortete er.

«Das dachte ich mir», sagte sie. «Und es tut immer noch weh, nicht wahr? Man sieht es dir an.»

Wie sie ihn dabei anlächelte, so verständnisvoll und mitfühlend. Er kam sich vor wie ein Schwein, hatte Schwierigkeiten, ihrem Blick standzuhalten, während er sagte: «Aber dass sie mich rauswarf, war vermutlich das Beste, was mir passieren konnte. Inzwischen weiß ich, dass wir eigentlich nicht zueinanderpassten. In allen wichtigen Punkten waren wir unterschiedlicher Meinung. Ich wollte möglichst noch vor meinem dreißigsten Geburtstag heiraten und nicht erst mit fünfzig Vater werden. Kinder sollten auch etwas von ihren Vätern haben, finde ich. Ich habe mir oft vorgestellt, sonntags mit meinen Söhnen Fußball zu spielen. Sie wollte ohne Belastungen leben, keine Verantwortung übernehmen für kleine Menschen, die Zuwendung brauchen, Zeit und Nestwärme. Lieber viel Geld verdienen, schick Urlaub machen, von jetzt auf gleich einen Wochenendtrip buchen. Mit Kindern kann man nicht spontan sein, sagte sie.»

Das hatte er gar nicht sagen wollen. Da hatte sich wohl etwas in ihm verselbständigt, weil Regine ihn an Monika erinnert und er so ein Gefühl hatte, als würde sein ältester Bruder ihm zuflüstern: *«Pfeif auf die Schnepfe. Die tickt nicht sauber. Du brauchst hier nur zugreifen, dann kannst du all das haben, wovon du früher geträumt hast.»*

Er war erleichtert, als er endlich die Rechnung verlangen konnte. Ein halber Monatslohn ging drauf für das zweifelhafte Vergnügen, mit einer Frau zu speisen, die garantiert nie von ihm verlangt hätte, den erlernten Beruf an den Nagel zu hängen, damit sie sich nicht gruselte oder ekelte, wenn er sie küsste.

Kerstin hatte gesagt: «Mach dir keine Gedanken ums Geld. Und komm nicht auf die Idee, sie die Rechnung bezahlen zu lassen. Knausern darf man nicht, wenn man etwas erreichen will.»

Er wollte an diesem Abend nichts erreichen, bestimmt nicht das, was Kerstin vorschwebte. Für ihn war es irreal, wie sie darüber gesprochen hatte. «*Gönnen wir ihr doch ein Jährchen.*» Das klang ihm wieder im Ohr, als er seinen schicken alten, dunkelblauen Mercedes durch Köln-Hahnwald steuerte, vor der Einfahrt zur Sartorius-Villa anhielt und Regine sich für den schönen Abend bedankte.

17.

Regine war ein bisschen enttäuscht, weil er nicht mal den Versuch unternahm, sie zu küssen. Dabei sprach das eigentlich für seinen Charakter – behauptete zumindest ihr Verstand. Nach der saftigen Rechnung im Restaurant hätte manch anderer versucht, als Gegenleistung entschieden mehr zu erhalten als nur einen Kuss zum Abschied. Zurückgewiesen hätte sie ihn kaum, dafür hätte sie zu gerne festgestellt, ob die Realität hielt, was ihre Träume versprachen.

Und anschließend hätte sie sich wahrscheinlich vorgestellt, dass er in einer Kneipe vor irgendwelchen Zechkumpanen damit prahlte. Oder schlimmer, dass er sich vor Kollegen in der Firma Kübler damit brüstete, sie beim ersten Date flachgelegt zu haben. Dass es sich auf diesem Weg in sämtlichen Häusern von Sartorius-Immobilien herumsprach und sie sich von Handwerkern und Mietern entsprechend taxieren lassen müsste. Da hätte sie sich in Grund und Boden geschämt, ihrer Neugier, ihrer Sehnsucht, ihrem Verlangen oder ihrer Verliebtheit – sie wusste noch nicht genau, wie sie ihre Gefühle für Richard definieren sollte – nachgegeben zu haben.

Seit Wochen, genau genommen seit Anfang Januar, geisterte er als zärtlicher Liebhaber durch ihre Nächte. Seinen Vornamen hatte sie von Bernie erfahren. Familiennamen nannte der selten. Sie hatte auch nicht nachfragen mögen, um ihn nicht hellhörig zu machen. Abgesehen davon hatte sie sich keinerlei Hoffnungen gemacht, weil Bernie erzählte, dass Richard mit einer tollen Frau zusammenlebte, die einige Jahre älter war als er und alles für ihn tat. So eine Frau gab kein Mann mit sieben fünfzig die Stunde auf, nur weil eine andere in seiner Gegenwart Hitzewallungen bekam und sich verrückte Fragen stellte.

Bis zu dem Nachmittag im Januar, an dem Georg Hösch sein

Ende als Herrscher über das Sartorius-Imperium einläutete, war ihr der attraktive Gebäudereiniger schon verschiedentlich aufgefallen. Und sie hatte sich jedes Mal gefragt, wie er wohl in einem Anzug aussehen mochte oder in einer schicken Jeans – oder ohne einen Faden am Leib. Verwunderlich waren solche Fragen nicht, wenn man bedachte, dass es seit Monaten zwischen ihr und Georg kriselte und in puncto Liebesleben fast nichts mehr lief.

Carla hatte einmal gesagt: «Wer Schmetterlinge spüren will, muss Raupen schlucken.» Das hatte Regine getan, von der Verlobungsfeier im August bis zu dem Nachmittag im Januar so viele Raupen geschluckt, bis sie keinen einzigen Schmetterling mehr fühlte, wenn sie mit Georg zusammen war.

Aus dem arroganten Pinsel, in den sie sich mit siebzehn verliebt hatte, war ein egozentrisches, machtgeiles Ekel geworden. Es störte sie gewaltig, wie Georg Menschen behandelte, die nicht über ein siebenstelliges Jahreseinkommen verfügten. Bereits bei einem sechsstelligen legte er eine gewisse Gönnerhaftigkeit an den Tag. Dabei bewegte er selbst sich als Angestellter der Kanzlei noch im fünfstelligen Bereich. Aber er ging davon aus, nach der Hochzeit rasch zum Partner ernannt zu werden und als Schwiegersohn mehr Befugnisse zu bekommen, als sein Vater sich in langen Jahren erarbeitet hatte.

Es störte sie noch mehr, dass Georg Kondome benutzte, wenn er mit ihr schlief. Angeblich verspürte er ohne diesen Schutz jedes Mal ein unangenehmes Brennen. Mehrfach äußerte er die Vermutung, mit ihrem pH-Wert stimme etwas nicht, der Säurespiegel in ihrer Scheide müsse viel höher sein als normal.

Carla sagte dazu: «Das ist Unsinn, Liebes. Du hast Blut im Leib, keine Salzsäure. Jeder Arzt wird dir das bestätigen. Präservative benutzt Georg auf Anweisung deines Vaters. Du nimmst ja keine Verhütungsmittel. Und dein Vater meint, eine introvertierte und weltfremde junge Frau wie du sei mit Kindern überfordert.»

Regine hielt sich weder für introvertiert noch für weltfremd. Was war falsch daran, sich eine Familie zu wünschen und nicht erst mit fünfunddreißig oder noch später Mutter werden zu wollen? War es etwa antiquiert, Pornographie zu verabscheuen, es desillusionierend und entwürdigend zu finden, wenn ein Mann sich mit obszönen Darstellungen in Stimmung versetzte und dann verlangte: «Blas mir einen. Ich bin zu müde, um richtig Liebe zu machen.» Liebe machen! Es so zu nennen, war der Gipfel.

Dass sie in ihrem Alter gelegentlich in kindliche Verhaltensmuster zurückfiel und ihrem Bruder abends erzählte, ob es ein guter, ein durchschnittlicher oder ein harter Tag gewesen war … Das tat Großmama doch auch immer noch, die war nun wahrhaftig eine lebenstüchtige Frau. Und wenn sie tagsüber Zwiesprache mit ihrem Zwilling hielt, hätte man das ohne weiteres als Selbstgespräche bezeichnen können, auch wenn sie dabei den Rubin trug und die Hand um den Stein schloss. Es war nur die Vorstellung eines Gegenübers – ein junger Mann, der aussah wie der blonde Bergsteiger in Großmamas Fotoalben, von dem sie als Kind geträumt, den sie in der Funktion eines Schutzengels gesehen hatte.

Nur Väterchen Frost tat das als Schwachsinn ab. Und Carla sagte: «Dein Vater mag aus einem Eisblock geschlüpft oder nach dem Tod deiner Mutter erloschen sein wie ein alter Vulkan. Aber irgendwo in der Kälte oder unter der Asche glimmt ein Fünkchen Verantwortungsgefühl für dich, daran glaube ich fest. Dieses Fünkchen hat ihn damals bewogen, eine liebevolle Betreuung für seinen weiblichen Säugling zu suchen. Nun veranlasst es ihn, sich um deine geistige Gesundheit zu sorgen und dich vor einer Schwangerschaft zu bewahren. Ob er befürchtet, du könntest das Schicksal deiner Mutter erleiden, weiß ich nicht. Vielleicht befürchtet er nur, ich könnte mich verpflichtet fühlen, den nächsten Säugling in meine Obhut zu nehmen. Und ich frage mich, ob der gute Georg auch bereit ist, sich für das Wohlwollen seines Schwiegervaters unters Messer zu legen, so wie ich es damals getan habe. Vielleicht erzählt er dir dann später, dein Säuregehalt verhindere eine Schwangerschaft.»

Wahrscheinlich beurteilte Carla es richtig. Sie hatte ein gutes Gespür für Menschen und Motivationen – nicht bei allen, aber bei vielen. Mehr als einmal hatte Carla vor der Verlobung im August geraten: «Liebes, überleg dir gut, was du tust. Mit neunzehn war Georg noch einigermaßen erträglich, da musstest du es auch nur einen Nachmittag mit ihm aushalten. Jetzt braucht er dich bloß, um schneller die Karriereleiter hinaufzusteigen.»

Das wusste Regine doch, konnte es sich zumindest denken. Und was Carla sagte, zählte nicht mehr, weil Carla panische Angst hatte, bald allein zu sein, mit Mitte vierzig von Väterchen Frost nur noch träumen zu dürfen. Carla hatte so viele Raupen geschluckt, wie ein Mensch nur hinunterwürgen konnte. Ihre Liebe war ein fortwährender Akt der Selbstaufgabe und Selbstverleugnung. So wollte Regine nicht leben, sie wollte das auch nicht bis zum bitteren Ende miterleben. Und deshalb gab es nichts zu überlegen. Sie wollte zu Hause raus, keinen Tag länger als unbedingt nötig in diesem Eisschrank voll gefrorener Tränen leben, in dem sich Carlas Verzweiflung wie Raureif auf alles legte und sämtliche Entscheidungen von Väterchen Frost getroffen wurden. Ihn kümmerte es nicht, ob man andere Pläne hatte.

Eine handwerkliche Ausbildung kam überhaupt nicht in Frage. Dass sie einen Teil des Geldes aus dem Erbe ihrer Mutter, über das sie erst mit fünfundzwanzig hätte frei verfügen dürfen, in eine eigene, kleine Wohnung steckte, duldete er auch nicht. «Was hast du denn mit dem anderen Teil vor? Eine Schreinerwerkstatt einrichten?»

Väterchen Frost investierte alles ins dreizehnte Haus. Das war keine Morgengabe, im Gegenteil. Dieser Kauf war der

Anlass für ihre Verlobung mit Georg gewesen, der dann auch so schnell wie möglich heiraten wollte, damit sie sich das nicht nochmal anders überlegte.

Regine war nicht abergläubisch, erfuhr auch nicht sofort von der Leiche, die womöglich seit über sechzig Jahren irgendwo im Keller lag. Doch etwas an dem verwinkelten, alten Kasten war ihr von Anfang an suspekt. Als warte der Tod auf sie im Halbdunkel hinter den Laken und Bettbezügen, die bei der ersten Besichtigung noch auf dem zu der Zeit als Trockenraum genutzten Dachboden hingen.

Alleine da oben einzuziehen, bei der Vorstellung schüttelte es sie. Dann lieber eine Weile mit Georg leben, der sich vor der Verlobung ja auch um sie bemühte, sogar behauptete, sie sei die Liebe seines Lebens. Eine Alternative zu ihm war nicht in Sicht und tauchte auch nicht auf, als sie im Zuge des Hauskaufs Matthias Brockmüller kennenlernte.

Matthias arbeitete für die Hypothekenbank, mit der Väterchen Frost seit Jahren zusammenarbeitete. Matthias konnte, was sie nicht so perfekt beherrschte: rechnen. Er konnte Zahlen sogar so erklären, dass sie durchblickte. Matthias war ihr auf Anhieb sympathisch. Und es dauerte gar nicht lange, da fuhr sie mit Schmetterlingen im Bauch zu jedem Termin in der Bank. Leider flatterten sie vergebens.

Matthias war frisch verheiratet mit Angelika und auf der Suche nach einer größeren Wohnung. Vorerst lebten sie in seinem Junggesellenapartment, in dem eigentlich kein Platz für zwei Personen war. «Das funktioniert nur, wenn man aneinanderhängt wie zwei Kletten», sagte er einmal. «Wir kriegen einfach nicht genug voneinander.»

Regine wünschte sich, so etwas einmal aus Georgs Mund zu hören. Aber der stauchte lieber Bauarbeiter und Handwerker zusammen. Und sie machte den Fehler, Carla von den Gefühlen zu erzählen, die Matthias in ihr ausgelöst hatte.

Danach hörte sie wochenlang mindestens zweimal täglich:

«Gib Georg den Laufpass, Liebes. Du darfst ihn nicht heiraten, du liebst ihn doch nicht. Eine Trennung zum jetzigen Zeitpunkt kostet weniger Nerven als eine spätere Scheidung, preisgünstiger ist es allemal. Du musst doch nichts überstürzen. Du bist noch so jung. Und es gibt noch mehr Männer wie Matthias Brockmüller, glaub mir. Den Knochen, der für dich bestimmt ist, schnappt dir kein anderer Hund weg, auch wenn das vielleicht erst mal so aussieht.»

Mit solchen Sprüchen hatte Großmama im Allgäu sich vor einer Ewigkeit darum bemüht, Carla die Einsamkeit der Bergwelt schmackhaft zu machen. Und an dem Freitag im März 2007, als Matthias und Angelika Brockmüller ihre neue Küche ausmessen wollten, hatte Regine diesen Spruch den ganzen Vormittag im Kopf gehabt. Stundenlang nur diesen Unsinn. Und im Bauch ein nervöses Kribbeln, gespannte Neugier, erwartungsvolle Unruhe, als würde sie die Chance ihres Lebens verpassen, wenn sie es dem Makler überließ, Matthias und Angelika in die Wohnung zu begleiten.

Dass Richard noch da wäre, hatte sie nicht erwartet, gewiss nicht damit gerechnet, dass kurz darauf seine Beziehung zu der tollen Frau zerbrach. Aber: *«Den Knochen, der für dich bestimmt ist –»*, dass das schwarze Kreuz hinter Matthias und Angelika der Grund für ihre nervöse Unruhe gewesen sein könnte –, *«schnappt dir kein anderer Hund weg, auch wenn das vielleicht erst mal so aussieht …»*, zog Regine keine Sekunde lang in Betracht.

18.

Obwohl Richard es versäumt hatte, das nächste Rendezvous zu vereinbaren, war Kerstin zufrieden, als er heimkam und den Verlauf des Abends schilderte. Natürlich hätte er, um den Schein des Unwissenden zu wahren, nach einer Telefonnummer fragen können. Aber ein Handy besaß Regine nicht, sie leistete sich den Luxus, nicht jederzeit und überall erreichbar zu sein. Und die Geheimnummer der Villa hätte sie ihm wahrscheinlich nicht verraten. Kerstin kannte die Nummer, falls sie mal einen von Carlas Terminen hätte verschieben müssen. Damit war ihm nicht gedient.

Dass er Regine zum Abschied nicht geküsst hatte, bezeichnete Kerstin als taktisch klug. Dabei wussten sie beide, dass es mit Taktik absolut nichts zu tun hatte. Er hatte es eben nicht geschafft, Regine in seine Arme zu ziehen. Und das durfte sich nicht wiederholen.

Kerstin sah zwar ein, dass er in dieser Hinsicht anders gepolt war als viele seiner Geschlechtsgenossen. Einerseits schmeichelte es ihr, dass er nicht mal mit ihrem ausdrücklichen Einverständnis – um nicht zu sagen: auf Befehl – mit einer aparten und wesentlich jüngeren Frau knutschen konnte, geschweige denn weitergehen. Andererseits wollte sie mit seinen Hemmungen nicht allzu viel Zeit verlieren.

Die halbe Nacht bearbeitete sie ihn, um ihn auf die nächste Begegnung vorzubereiten. Jedes Wort wurde einstudiert, jeder Handgriff für den zweiten gemeinsamen Abend geübt. Romantik war angesagt. Kuscheln bei Mondschein. Tiefe Blicke, zärtliche Küsse, das Streicheln nicht vergessen. Viel reden sollte er gar nicht, um sich nicht zu verplappern mit Wissen, über das er eigentlich nicht verfügen durfte. Und wenn ein Mann von großen Gefühlen überwältigt wurde, durfte es ihm die Sprache verschlagen. Wenn er den Anfang gemacht hatte, konnte er Regine die Initiative überlassen. Kerstin ging jede Wette ein, dass es dann schneller ginge. Doch in dem Punkt irrte sie sich.

Richard traf Regine ein paar Tage später bei Bernie wieder. Der Dicke hatte eine köstliche Apfeltorte gebacken und nötigte Richard ein Stück davon auf, dazu gab es frischen Kaffee. Während der noch durchlief, kam Regine dazu. Bernie stellte auch für sie Teller und Tasse auf den Tisch. Dann saßen sie da. Bernie beschwerte sich über den Staub, der immer noch im Haus herumschwirrte. Dreimal täglich musste er wischen und jede Woche die Gardinen waschen, nicht nur bei sich, auch beim alten Herrn Nattwig.

Regine bedauerte das und klang dabei, als interessiere es sie nicht einmal dann, wenn Bernie täglich fünfundzwanzig Staubkreuze beseitigen müsste. Die ganze Zeit spielte sie mit ihrem Ring, drehte den Stein hin und her. Richard wurde das Gefühl nicht los, dass es ihr unangenehm wäre, wenn er in Bernies Gegenwart die Sprache auf Poulardenbrust mit Aprikosen brachte. Nach einer halben Stunde verabschiedete sie sich, ohne dass klar geworden wäre, warum sie überhaupt gekommen war.

«Ich muss auch los», sagte Richard und schloss sich ihr an.

Als sie die Eingangshalle erreichten, fragte er, ob sie morgen Abend Zeit und Lust auf einen Spaziergang hätte. «Nur spazieren gehen», betonte er. «Ein bisschen reden, mehr will ich nicht.»

Sie nickte und hielt ihm bei der Haustür die Hand hin.

«Dann bis morgen», sagte sie. «Sieben Uhr?»

«Sieben Uhr», wiederholte er und bot an, sie daheim abzuholen.

Sie schlug einen Treffpunkt in der Altstadt vor. Als er akzeptierte, bekam er einen festen Händedruck.

Mehr passierte auch am nächsten Abend nicht, außer dass

sie sich unterhielten, wobei er wieder nicht viel sagen musste. Regine erzählte die ganze Zeit, im Grunde war es die Fortführung der Erklärungen, die sie im Restaurant abgegeben hatte. Vorlieben, Abneigungen, Zukunftspläne. Kein Wort über ihren Vater oder Carla, nur ein paar Sätze über den Brüllaffen. Dass sie vor Jahren schon mal eine kurze Affäre mit Georg gehabt hätte, eine sehr kurze.

«Nach seinem Abitur ging er nach Berlin», erzählte sie. «Er hat dort studiert. Als er zurückkam … Ich wusste, dass es ihm nicht in erster Linie um mich ging. Aber ich wollte nicht alleine sein.»

«Das kann ich nachvollziehen», sagte Richard.

Und sie wollte wissen, wie die Frau hieß, die ihm den Laufpass gegeben hatte, weil er nicht mehr genug verdiente.

«Monika», log er, weil er ohnehin wieder an seine Jugendliebe denken musste und sich nicht verzetteln wollte. Irgendeinen anderen Namen hätte er womöglich wieder vergessen oder wäre später nicht sicher gewesen, ob er seine vermeintliche Ex nun Karina, Kathrina, Karin, Katie oder völlig anders getauft hatte.

«Ist es nicht erschreckend, wie wichtig Geld für viele Menschen ist?», fragte sie. «Dabei kann keiner etwas mitnehmen. Man sollte sich besser darum bemühen, am Ende nicht allein zu sein. Helfende Hände kann man zwar auch kaufen, aber Liebe nicht. Kennst du den Spruch: Wie man in den Berg hineinruft, so schallt es heraus?»

Er hätte geschworen, dass sie bei diesen Worten ihren Vater vor Augen hatte. Als er nickte, erfuhr er noch, dass ihre Großmama im Allgäu ein unerschöpflicher Quell solch kluger Sprüche sei.

Viermal gingen sie so spazieren, einmal fuhren sie herum, weil es zu stark regnete, um zu laufen, ehe Regine ihn beim Abschied auf die Wange küsste und «danke» sagte.

«Wofür?», fragte er verblüfft.

«Für deine Zeit, deine Geduld, deine Vernunft und deine Zurückhaltung», sagte sie.

Die nächsten Küsse waren schon intensiver. Unangenehm war ihm das nicht, nicht einmal ungewohnt. Es war wie damals mit Monika. Zwei Wochen später parkte er das erste Mal an einem einsamen Fleckchen. So hatte er das mit Monika auch gemacht.

Als er die Hand unter Regines Rock schob, ihren Schenkel hinaufstrich, packte sie sein Handgelenk, hielt es fest, lächelte ihn an und sagte: «Wir müssen nichts überstürzen. Lass uns damit warten, bis wir beide sicher sind, dass wir es auch wirklich wollen.» So ähnlich war es ihm mit Monika auch ergangen.

Der zweite Anlauf in der darauf folgenden Woche endete genauso. Und nach zwei gescheiterten Versuchen war er mit seiner Weisheit am Ende. Wenn sein Mercedes Regine nicht gut oder nicht komfortabel genug war – Monika hatte sein damaliges Auto, den Fiat Panda, als abtörnend eng empfunden, daran war ihre Beziehung letztlich gescheitert. Er hatte Monika kein besseres Plätzchen bieten können und konnte das auch jetzt nicht.

Regines Zimmer in der elterlichen Villa war für ihn verständlicherweise tabu. Sie ließ sich ja nicht mal bei Tageslicht daheim von ihm abholen. Das Dachgeschoss des dreizehnten Hauses war noch eine Baustelle. In Kerstins Wohnung wollte er sie auf keinen Fall bringen, obwohl Kerstin es mehrfach anbot und ihre komplette Garderobe sowie ihre Kosmetika aus dem Bad für den Zweck in den Keller schaffen wollte. Ihr Namensschild hatte sie längst von der Klingelanlage gekratzt. Trotzdem sah man an jeder Kleinigkeit, dass es die Wohnung einer Frau war.

Kerstin drängte immerzu, er solle Regine nicht länger hinhalten. Dass es umgekehrt war, wollte sie ihm nicht glauben, weil sie jeden Dienstag von Carla hörte, welch große psychische

Belastung es für ihren Mann sei, dass Regine neuerdings mit einem Wischmopp ausging und es rigoros ablehnte, sich mit Georg zu versöhnen.

Den *Wischmopp* verschwieg Kerstin, sagte stattdessen: «Wenn Sartorius sich schon darüber aufregt, dass sie sich mit dir trifft. Was, denkst du, wird passieren, wenn sie ihm erklärt, dass sie dich heiraten will?»

Auf diese Erklärung sollte dann auch möglichst schnell die Trauung folgen. Damit ihr Plan reibungslos funktionierte, durfte Sartorius keinesfalls vor Regines Hochzeit sterben, sonst überlegte die sich das vielleicht nochmal, verlor sich in Schuldgefühlen und bildete sich ein, sie hätte jetzt kein Recht auf Glück.

Es schien Kerstin nicht bewusst zu sein, dass vor ihren Überlegungen noch einiges an Zeit geopfert und viel Aufwand betrieben werden musste. Von ihm! Ausschließlich von ihm. Kerstin durfte derweil gemütlich in ihrer kleinen Wohnung von einer großen träumen, von dreizehn Mietshäusern und einigen Millionen auf dem Konto.

Auf die Testamentseröffnung war Kerstin schon sehr gespannt, schmiedete bereits Pläne, wie sie Regine danach loswerden konnten, ohne sich langwierigen Ermittlungen auszusetzen. Ein inszenierter Selbstmord dürfte die beste Lösung sein, meinte sie. Niemand würde stutzig werden, wenn Regine sich umbrachte, weil sie sich mitschuldig am Tod ihres Vaters fühlte. Wenn Krebspatienten zusätzlichen Stress hätten, ginge es schneller zu Ende, hatte Kerstin neulich gelesen. Den Artikel hatte sie ausgeschnitten und wollte ihn später so platzieren, dass sich jeder Polizist seinen Teil dachte.

Für Richard klang das nach den Fernsehkrimis, die Kerstin sich neuerdings anschaute. Früher hatte sie sich dafür nicht interessiert. Aber man musste doch wissen, wie die Polizei in bestimmten Fällen vorging.

Wenn Kerstin von «später» anfing, hatte Richard jedes Mal

den kleinen Hund vor Augen, den sein jüngerer Bruder sich vor Jahren angeschafft hatte. Doch so ein Tierchen in einer Drei-Zimmer-Wohnung, in der fünf Personen lebten, das war nicht lange gutgegangen. Weil sich keiner fand, der das Hündchen nehmen wollte, hatten sie beschlossen, es einschläfern zu lassen.

Der Älteste kannte einen Tierarzt, der bereit war, für eine kostenlose Inspektion seines Wagens auch einem gesunden Welpen eine Spritze zu setzen. Allerdings hatte der Älteste keine Zeit, den Hund in die Praxis zu bringen. Der Jüngste hatte sich ebenfalls gedrückt. Es war an Richard hängengeblieben. Anschließend hatte er drei Nächte nicht geschlafen.

19.

Als es Kerstin zu dumm wurde, buchte sie ein preiswertes Hotelzimmer auf seinen Namen, obwohl er protestierte: «Ich glaube nicht, dass Regine mit mir in ein Hotel geht. Sie ist nicht so, wie du denkst. Das mit dem Restaurant war auch ein Fehler, eine Nummer kleiner wäre ihr lieber gewesen.»

«Du willst bloß nicht», stellte Kerstin fest.

«Doch», log er.

«Dann tu es», verlangte Kerstin. «Mein Gott, vor mir hast du auch andere Weiber gehabt. Wo ist das Problem? Stell dir vor, du vögelst einen deiner früheren One-Night-Stands.»

Das war kein guter Vorschlag. One-Night-Stands, die ihn in die passende Stimmung versetzt hätten, hatte er nie gehabt. Zweimal war er morgens neben einer Frau aufgewacht, deren Anblick ihm die Frage aufgedrängt hatte, ob er wohl schon wieder fahrtüchtig wäre. An so etwas erinnerte sich kein Mann gerne. Und Monika ... Mit der hätte er gerne, war nur nie so weit gekommen.

«Und wie soll ich Regine dazu bringen, mit mir in ein Hotel zu gehen?», fragte er. «Das ist so offensichtlich.»

Kerstin verdrehte genervt die Augen. «Du hast ihr doch erzählt, dass deine Ex dich rausgeworfen hat, oder?»

Er nickte.

«Hat sie nicht gefragt, wo du untergekommen bist?»

Er schüttelte den Kopf.

«Wahrscheinlich nimmt sie an, du wärst wieder bei deinen Eltern eingezogen», vermutete Kerstin. «Erzähl ihr, das wäre nicht möglich gewesen. Du suchst eine Wohnung und musstest dir für die Übergangszeit ein preiswertes Hotelzimmer nehmen. Zurzeit wohnst du da, gehst folglich mit ihr in deine Bude. Kapiert?»

Natürlich, er war ja nicht blöd. Er dachte sogar einen Schritt weiter als sie, die vor lauter *Wer etwas erreichen will, darf nicht knausern* übersah, dass ein Mann, der nur sieben fünfzig die Stunde verdiente, sich weder Besuche in Nobelrestaurants noch Hotelzimmer über einen längeren Zeitraum leisten konnte. Dass Regine sich fragen könnte, woher das Geld kam. Und wenn Regine diese Frage zum Anlass nahm, ihn genauer unter die Lupe zu nehmen … Er war auch nicht so blöd, Kerstin auf diese Gefahr hinzuweisen.

Sie packte einige von seinen Sachen zusammen. Nur ein bisschen Dekoration für den Kleiderschrank und das Bad, damit seine Behauptung standhielt. Einmal musste er auch in dem Zimmer übernachten, damit das Bett nicht frisch bezogen aussah.

Um es schnellstmöglich hinter sich zu bringen, brachte er Regine schon am nächsten Abend hin. Erst mal nur auf den Parkplatz. Dort erklärte er: «Ich hole mir rasch eine Jacke. Eben habe ich nicht daran gedacht, eine mitzunehmen. Aber wenn wir spazieren gehen, nachher wird es sicher kühl.»

Sie nickte. Und als er fragte: «Kommst du mit?», nickte sie noch einmal. Dabei hätte sie sagen können: «Ich warte lieber im Auto.» Sie wusste, was er vorhatte, ganz genau wusste sie es. Er sah es ihrer Miene an. Wie sie ihn anschaute und lächelte, ehe sie ausstieg.

Wie er befürchtete, wurde es für ihn ein Fiasko erster Güte. Nachdem sie das Zimmer betreten hatten und die Tür abgeschlossen war, zog er Regine an sich und fragte unbeholfen: «Bist du sicher, dass du es jetzt willst, Kleines?» Das klang ziemlich geschwollen, traf es aber auf den Punkt. Sie reichte ihm gerade bis zur Schulter und konnte nicht wollen, was mit ihr geschehen sollte.

«Wenn du dir sicher bist», antwortete sie.

Er fühlte sich wieder wie ein Schwein, als sie sich an ihn schmiegte. Sie murmelte etwas von ihrer Sehnsucht nach Liebe und einer inneren Stimme, der sie vertraute. Er zwang sich, an Kerstin zu denken, an ihre Sehnsucht nach einem schillernden Leben und ihr Vertrauen, dass er die Sache in ihrem Sinne durchstand.

Kerstin hatte ihren Salon extra früher verlassen und darauf bestanden, dass er von der Arbeit in ihre Wohnung kam. Sonst hätte sie ja nicht feststellen können, ob er sich entsprechend vorbereitete. Damit es nicht gar so nach Kontrolle aussah, hatte sie die Waschmaschine mit seinen Arbeitsklamotten gefüllt, während er duschte. Boxershorts und ein frisches Hemd hatte sie ihm herausgelegt und die Socken wieder weggenommen, die er anziehen wollte. «Bist du verrückt? Die sind an der Ferse durchgescheuert. So etwas musst du doch sehen.»

Dann hatte sie ihm ein anderes Paar hingelegt und ihn daran erinnert, Regine ein Kompliment für die großen Brüste zu machen. «Das wird dir ja wohl nicht schwerfallen. Normalerweise steht ihr Kerle doch alle auf Riesentitten.»

Die Worte klangen ihm noch im Ohr. Und plötzlich klangen sie vulgär und dreckig. Er brachte keine Silbe mehr über die Lippen, fühlte wider Erwarten Erregung aufsteigen und konnte sich nicht konzentrieren, als sie endlich auf dem Bett lagen. *Sieben, vierzehn, einundzwanzig, achtundzwanzig – lebenslänglich* – der Ausdruck mogelte sich dreimal in die Zahlenreihe. Er war nahe daran, den Dingen ihren Lauf zu lassen. Das tat er dann doch nicht, verhinderte es in letzter Sekunde.

Auf welche Weise er verhütete, fiel Regine nicht auf. Sie war nur ziemlich irritiert, weil er sie im Eifer des Gefechts zweimal Monika genannt hatte und ins Bad musste, um von Hand zu erledigen, was Kerstin sonst mit dem Mund für ihn tat. Als er zurückkam, wies Regine ihn nicht etwa auf seine Versprecher hin, erklärte stattdessen, so etwas Schönes noch nie erlebt zu haben und wollte wissen, ob es für ihn auch schön oder irgendwie unangenehm gewesen sei.

Er hatte nicht den Schimmer einer Ahnung, was ihm unangenehm hätte sein können – abgesehen von der ganzen Situation. Also versicherte er ihr, es sei ganz wunderbar gewesen, eine völlig neue Erfahrung – das war nicht mal gelogen. Nachdem er sie noch eine Weile im Arm gehalten hatte, schlief sie ein.

Er fand keinen Schlaf. Die halbe Nacht saß er neben ihr auf der Bettkante und schaute in die Dunkelheit, die längst nicht so dunkel war, wie er es gebraucht hätte. Die Vorhänge ließen sich nicht vollständig zuziehen. Durch einige Ritzen fiel in gelben Streifen die Straßenbeleuchtung herein. Das reichte aus, um Regines Kopf auf dem Kissen liegen zu sehen, das rührend junge Gesicht, umrahmt von der dunklen Wallemähne. Ihren Zopf hatte sie gelöst, lag da wie die dunkle Loreley, als die Kerstin sie mal bezeichnet hatte.

Loreley – fiel ihm ein – war gefährlich gewesen, hatte viele Schiffer in den Untergang gelockt. Er kannte die Sage nicht in allen Einzelheiten, aber das wusste er: Gefahr. Und eine dunkle Gefahr war vermutlich schlimmer als jede andere. Zuerst wurde einem vorgegaukelt, wie schön es wäre, und dann …

Obwohl er sich dagegen wehrte, verlor er sich in Vorstellungen des Lebens mit ihr. Nicht auf Befehl, nicht für Geld, aus Liebe. Wäre Kerstin nicht gewesen, hätte er Regine bestimmt lieben können. Sie war jung, sie war hübsch, sie war gescheit, aber nicht gerissen. Sie war unschuldig auf eine Art, die es in der heutigen Zeit wahrscheinlich nur noch sehr selten gab.

Sein Gaumen wurde plötzlich von einem wahren Geschmacksfeuerwerk gekitzelt: Kalbsschnitzel mit frischem, grünem Salat. Ein deftiges Gulasch mit Nudeln oder Klößen. Ein Kartoffeleintopf mit den kleinen Hackbällchen, wie seine Mutter sie machte.

Kerstin war keine herausragende Köchin. Sie hatte die Woche über abends nicht viel Zeit und sonntags nur selten Lust, sich stundenlang in der Küche aufzuhalten. Bei ihr musste es immer schnell gehen, es schmeckte trotzdem – immer ein bisschen nach Maggi, längst nicht so gut wie bei Mutter.

Regine konnte gut kochen, da war er sicher, obwohl er noch keine Kostprobe bekommen hatte. Und auch sonst: Sie hatte in so vielen Dingen dieselben Ansichten wie er, das wusste er bereits aus eigener Erfahrung. Sie erzählte ja immerzu, wenn sie spazieren gingen.

Er könnte garantiert bald wieder im erlernten Beruf arbeiten und in zehn Jahren die Schreinerei übernehmen, sein eigener Herr sein. Sonntags mit seinen Söhnen Fußball spielen … Er spürte den festen Händedruck, mit dem sein früherer Chef ihn begrüßte: *«Hab ich's dir nicht gesagt, Richard. Hast du doch noch eine vernünftige Frau gefunden …»*

Und wenn eine Leiche abgeholt, gewaschen und angekleidet worden war, konnte er abends beim Kuscheln auf der Couch erzählen, wie viel Mühe er sich gegeben hatte. Dass er es als ehrenvolle Aufgabe betrachtete, einen Leichnam so herzurichten, dass die Angehörigen auch am offenen Sarg Abschied nehmen konnten.

Und Regine schmiegte sich an ihn und sagte: «Du bist großartig, weißt du das? Nein, du weißt es nicht, weil es dir nie jemand richtig gesagt hat. Ich wusste es vom ersten Moment an. Ich bin so glücklich mit dir.»

20.

Frühmorgens war er dankbar, dass Regine darauf bestand, für den Heimweg ein Taxi zu nehmen. So konnte er vom Hotel aus direkt zur Arbeit fahren und hatte den ganzen Tag Zeit, Abstand von den nächtlichen Visionen und Empfindungen zu gewinnen.

Als er Kerstin abends vom Salon abholte, kam es flüssig über seine Lippen: «Regine sagte, so was hätte sie noch nie erlebt.» Dass es ihm ebenso ergangen war und er sich stundenlang in Zukunftsträumen verloren hatte, verschwieg er lieber.

«Ich wusste es», triumphierte Kerstin mit glitzernden Augen. «Ich wusste, dass du sie um den kleinen Finger wickeln kannst, wenn du sie dir nur mal richtig vornimmst. Im Bett bist du einsame Spitze. Ich kann das beurteilen, glaub mir.»

Tat er und hörte erleichtert, dass er seinen Kram wieder aus dem Hotel holen und die Rechnung dort begleichen durfte. Die vergangene Nacht sollte die Ausnahme bleiben. Regine sei auf den Geschmack gebracht worden und müsse nun auf Entzug gesetzt werden, damit sie so bald wie möglich empfänglich wurde für das Thema Hochzeit, entschied Kerstin.

Er sollte drei Abende in der Woche mit Regine verbringen und die Wochenenden natürlich, die waren Pflicht. Es kam überhaupt nicht in Frage, dass er Regine erzählte, samstags und sonntags führe er Taxi, um so schnell wie möglich eine kleine Wohnung mieten und einrichten zu können. Wenn sie gerne spazieren ging, war es doch kein Problem, einige Stunden mit ihr zu verbringen.

Sonntags konnte er die Trödelmärkte der näheren Umgebung mit ihr abklappern und sie dort kramen lassen. Samstags konnte er mal mit ihr ins Kino gehen, wenn das Wetter nicht danach war, draußen herumzulaufen. Aber nicht in Actionfilme. Lieber Schmachtfetzen. Diese Bollywoodschinken wären vermutlich genau die richtige Unterhaltung für Regine, meinte Kerstin.

Carla hatte vor geraumer Zeit mal behauptet, im Zeitalter des Zungenpiercings und der Arschgeweihe sei Regine definitiv falsch platziert. Sie suche nach etwas, das es nicht gäbe und in der realen Welt auch nie gegeben habe. Es würde einem nur weisgemacht, früher sei alles besser, gemütlicher, wärmer, menschlicher und die Männer seien ritterlich gewesen.

Für die beiden restlichen Abende pro Woche sollte er schon jetzt einen Sport als Alibi anführen. «Dann kannst du später behaupten, zweimal die Woche am Training teilnehmen zu müssen», sagte Kerstin. «Du packst entsprechendes Zeug in eine Sporttasche und kommst zu mir. Mit zweimal die Woche bin ich zufrieden. Öfter schlafen wir ja jetzt auch nicht miteinander.»

Als Jugendlicher hatte er Fußball gespielt und geboxt, beides kam für ihren Plan nicht in Frage. Fußballspiele hätte Regine sich bestimmt mal ansehen wollen. Und als Boxer hätte er wohl öfter mit irgendwelchen Blessuren herumlaufen müssen. Andererseits war Boxen mit Sicherheit ein Sport, den Regine ablehnte. Und Kerstin hatte in der *Werbepost*, einem Anzeigenblatt, das einmal wöchentlich kostenlos an alle Haushalte im Kreis verteilt wurde, etwas über eine Kampfsportschule in Bergheim gelesen, die Antiaggressionstraining für gefährdete Jugendliche anbot. Das sei die optimale Lösung, meinte sie. Ein Trainer wurde nicht verletzt. Regine würde ihn für sein soziales Engagement bewundern, aber garantiert nie auf die Idee kommen, ihn zu begleiten und zuzuschauen, wie aggressive Jungs aufeinander eindroschen.

Und sollte Regine nach einer Wiederholung des *schönen Erlebnisses* verlangen, musste Richard ihr zu verstehen geben, dass ihm die Nacht mit ihr unendlich viel bedeutete. Dass er trotzdem bedauerte, seinem Bedürfnis nach einer körperlichen

Vereinigung nachgegeben zu haben, weil Sex vor der Ehe sich eigentlich nicht mit seinen Moralvorstellungen vereinbare.

«Sie kriegt einen Lachkrampf, wenn ich das sage», meinte er. «Wo habe ich mir denn meine Moralvorstellung hingesteckt, als ich mit der tollen Frau zusammen war? Oder habe ich der nur die Wolle gehalten, wenn sie Socken strickte? Ich weiß nicht, was du für eine Vorstellung von ihr hast. Vielleicht solltest du Carla nicht jedes Wort glauben. Regine ist nicht von gestern. Du müsstest sie mal reden …»

«Klar», unterbrach Kerstin ihn. «Du hast ein paarmal Händchen gehalten, ihr zweimal ans Knie gefasst und sie einmal gevögelt. Deshalb kennst du sie jetzt besser als Carla, die seit zweiundzwanzig Jahren mit ihr umgeht. Aber gut, wenn du meinst. Dann mach ihr eben klar, dass du etwas gegen Verhütungsmittel hast und ein uneheliches Kind für dich indiskutabel ist, weil jedes Kind Vater und Mutter braucht.»

Auf jede Frage, die eventuell gestellt werden könnte, hatte Kerstin eine Antwort. Doch so viele Fragen stellte Regine in den folgenden Wochen gar nicht. Sie hörte sich nur an, was er so von sich gab.

Dass er nach der Trennung von Monika nicht wieder bei seinen Eltern habe einziehen können, weil er sich zuvor wegen dieser Frau mit seiner Familie überworfen hatte, war nicht gänzlich frei erfunden. Er hatte den Kontakt zu seiner Familie notgedrungen abgebrochen, weil sie mit Kerstin nicht klarkamen. Jedes Mal hatte es Krach gegeben, wenn er sie mitbrachte. Seine Mutter hatte mal aus Versehen Bratensoße auf Kerstins Bluse verschüttet. Da war die tolle Frau ziemlich ausfallend geworden. Nun befürchtete sie, es könne jemand darüber reden, wenn er mit einer Neuen auftauchte. Als Regine die Möglichkeit einer Versöhnung mit seinen Eltern ansprach und er nur den Kopf schüttelte, ließ sie das Thema auf sich beruhen.

Dass er ein möbliertes Zimmer gefunden hatte, was erheblich günstiger war als das Hotel, dass seine Vermieterin aber leider eine verschrobene alte Witwe sei, die keine Damenbesuche duldete, akzeptierte Regine ebenfalls. Dass er Verhütungsmittel ablehnte und aus purer Verantwortung keine Kinder machen wollte, um die er sich nicht selbst kümmern durfte, fand sie sogar toll. Dass er bedauerte, dem Bedürfnis nach einer körperlichen Vereinigung nachgegeben zu haben, sagte er nicht, weil ihm das zu blöd war. Regine sagte es, wenn auch nicht mit diesen Worten.

Natürlich war es schön gewesen, zumindest schöner als alles, was sie vorher mit Georg erlebt hatte. Andere Vergleichsmöglichkeiten hatte sie doch nicht, nur ihre erotischen Träume. Und an den Traummann hatte der reale Richard nicht herangereicht. Dass er sie zweimal Monika genannt hatte, war sehr störend gewesen, hatte deutlich gemacht, dass er mit seinen Gedanken gar nicht bei ihr war.

Hinzu kam: Die Liebesnacht im Hotel hatte sie den Verlobungsring ihrer Mutter gekostet. Väterchen Frost hatte den Rubin konfisziert, damit der nicht in ein Pfandhaus getragen wurde. Ein lächerliches Argument, das wusste ihr Vater ebenso gut wie sie. Nie im Leben und für keinen Preis der Welt hätte sie sich freiwillig von diesem Ring getrennt. Es war ein herber Verlust, daraus machte sie gegenüber Richard keinen Hehl.

Dass sie entschieden mehr verloren hatte als ein teures Schmuckstück, erzählte sie ihm nicht. Das war ihr nicht einmal selbst auf Anhieb klar. Sie dachte, für Zwiegespräche mit ihrem Bruder brauche sie nicht mehr unbedingt ein Hilfsmittel. Sie hatte den Ring in den letzten Jahren ja auch nicht ständig getragen und trotzdem die enge Verbindung gefühlt. Und bei Großmama funktionierte es doch seit Jahren, sogar Jahrzehnten ohne Brücke oder Krücke. Bei ihr tat es das leider nicht. Ihr mochten noch so viele tröstende Worte oder Problemlösungen durch den Kopf gehen, die Gewissheit, die sie empfunden hatte, solange der Ring jederzeit greifbar gewesen war, blieb von nun an aus.

2. Teil

1.

Anfang Juli erreichte Kerstin das erste Etappenziel. Es war Sonntagabend, kurz vor elf. Wie so oft saß Richard noch mit Regine im Auto vor der Einfahrt. Für sein Empfinden hatte er ein volles Programm absolviert. Den Nachmittag und frühen Abend neben ihr auf einer Decke am Rheinufer gelegen, mal ihren Nacken gekrault, mal einen Arm oder den Rücken gestreichelt – und dabei immer das kleine Hündchen seines jüngeren Bruders vor Augen gehabt.

Einen Spaziergang durch die Altstadt hatten sie auch gemacht. Regine brauchte Spaziergänge. Hunde brauchten eben ihren Auslauf. Er hatte sogar mit ihr zu Abend gegessen. Auf wackligen Stühlen vor einer Pizzeria hatten sie sich eine Margherita geteilt, weil sie beide keinen großen Appetit gehabt hatten.

Wurde Zeit, dass er nach Hause kam. Kerstin wartete bestimmt schon sehnsüchtig auf ihn. Der Sonntagabend war ihr immer heilig, weil sie dann ausgeruht war und am nächsten Morgen ausschlafen konnte. Den Arm um Regines Schultern gelegt, schielte Richard zur Uhr am Armaturenbrett.

Regine schaute durchs herabgelassene Seitenfenster auf die Villa, deren gesamtes Obergeschoss hell erleuchtet war. Und unvermittelt sagte sie: «Ich werde mir in den nächsten Wochen Arbeit suchen. Meine Tätigkeit an der Uni bringt nicht viel und ist an die Immatrikulation gebunden. Finanzielle Unterstützung darf ich kaum erwarten, wenn ich mein Studium an den Nagel hänge. Auf Unterhalt klagen möchte ich nicht. Ich bin sicher, dass ich etwas finde, in einem Café oder so, kellnern kann ich. Und dann sollte ich mich wohl ebenfalls um ein möbliertes Zimmer bemühen. Oder meinst du, wenn wir beide zusammenlegen, könnten wir uns gemeinsam eine kleine Wohnung leisten?»

Richard war viel zu überrascht, um auf Anhieb zu reagieren. Dass es ernst werden könnte, hatte er in den letzten Wochen nicht mehr erwartet. Im Gegenteil, er hatte das Gefühl gehabt, Regine ziehe sich von ihm zurück. Erst nach etlichen Sekunden begann er zögernd: «Zwischen können und wollen ist ein Unterschied, Kleines. Ich habe dir doch erklärt, wie ich über ein uneheliches Kind denke. Und dazu könnte es schnell kommen, wenn wir jede Nacht zusammen sind.»

«Meinst du denn, wir beide kennen uns schon gut genug, um zu heiraten?», wollte sie wissen.

Die Antwort ersparte er sich, zog seinen Arm zurück, legte ihr stattdessen eine Hand in den Nacken, die andere unters Kinn, hauchte ihr einen Kuss auf den Mundwinkel. Von solchen Zärtlichkeiten konnte sie nicht genug bekommen, was für ihn den Vorteil hatte, dass er sich nicht zu sehr exponieren musste.

Und plötzlich war ihm, als hielte er Kerstin im Arm. Für den Bruchteil einer Sekunde sah er Kerstins Gesicht ganz deutlich vor sich. Gleich anschließend fühlte er nur noch Knochen in der Hand, keine Haut, keine Haare, keine Muskeln, nur den nackten Schädel, einen Halswirbel, den Unterkiefer. Er ließ Regine abrupt los.

Sie rückte ernüchtert von ihm ab, ihre Stimme zitterte leicht, als sie feststellte: «Du willst mich gar nicht wirklich.»

«Doch», versicherte er eilig, für jedes andere Wort hätte Kerstin ihn gelyncht. «Ich kann dir gar nicht sagen, wie sehr ich dich will. Ich will nur nicht noch einmal verletzt und weggeschickt werden, weil ich nicht gut genug bin. Ich hatte in den letzten Wochen oft das Gefühl, dass du mich nicht wirklich willst. Ein Ring hat dir jedenfalls mehr bedeutet als unsere gemeinsame Nacht. Ich verstehe das sogar, du bist im Luxus aufgewachsen. Was kann ich dir bieten?»

«Liebe», sagte sie. «Mehr erwarte ich nicht. Nur dass du mich liebst. Ich brauche keinen Luxus, auch keinen teuren

Schmuck. Ich kann auf den Rubin verzichten, wenn du … Er war für mich nur wie eine … Er war doch alles, was ich von meiner Mutter hatte.»

«Willst du von mir einen Ring als Ersatz?», fragte er und schickte, um es hinter sich zu bringen, die nächste Frage gleich hinterher: «Willst du mich heiraten?»

«Ja», sagte sie schlicht.

Kerstin triumphierte, als er heimkam. «Wir haben es geschafft.»

Das hatten sie noch lange nicht, fand er. Und in den nächsten Tagen befürchtete auch Kerstin, Sartorius könne Erkundigungen einziehen und in Erfahrung bringen, dass sie zusammenlebten. Dass die Sache mit der Untermiete standhielt, wenn sich ein Privatdetektiv darum kümmerte, bezweifelte sie.

2.

Auf den Gedanken, einen Detektiv auf den Wischmopp anzusetzen, kam Regines Vater nicht. Er erkundigte sich lediglich bei der Firma Kübler nach Richard Maltei. Etwas Negatives hörte er nicht, sonst hätte er das vermutlich an Carla weitergegeben und es garantiert vorgebracht, als Regine verkündete, sie habe sich entschlossen, ihr Studium abzubrechen.

«Ich werde mich jetzt erst mal um einen Aushilfsjob kümmern», sagte sie. «Später werde ich mir einen Ausbildungsplatz in einem Restaurationsbetrieb für Antiquitäten suchen.»

«Sonst noch etwas?», fragte Hartmut. Und Carla meinte, ihn mit den Zähnen knirschen zu hören, während er auf eine Antwort wartete.

«Ja», sagte Regine. «Richard und ich werden uns eine kleine Mietwohnung suchen und das Aufgebot bestellen, sobald wir etwas Passendes gefunden haben.»

«Und wie wollt ihr diese Wohnung einrichten?», fragte Hartmut. «Hat Richard Rücklagen, oder wollt ihr auf dem Fußboden schlafen und in der Küche einen Spirituskocher aufstellen?»

«Es gibt preiswerte elektrische Herdplatten», hielt Regine dagegen. «Und es gibt Banken, die Kredite einräumen, damit man sich Möbel anschaffen kann.»

«Vorausgesetzt, man hat Arbeit und kann Sicherheiten bieten», klärte ihr Vater sie auf.

Carla sah Regine trocken schlucken und blass werden. «Wenn du beabsichtigst, dafür zu sorgen, dass Richard seine Arbeit bei dieser Firma verliert …», setzte sie an.

Als langjähriger und guter Kunde hätte ihr Vater da bestimmt etwas bewirken können. Doch das hatte er nicht vor. Er war zwar der festen Überzeugung, Richard wolle sich an Regines

Seite einen lauen Lenz machen, mit einer Flasche Bier auf der Dachterrasse sitzen oder dieser Beschäftigung anderswo nachgehen. Er war jedoch mittlerweile zu der Einsicht gelangt, dass er überhaupt nichts erreichte, wenn er sich bemühte, Regine zur Vernunft zu bringen. Im Gegenteil, jedes Argument und jede Maßnahme gegen Richard bestärkte sie in ihren Gefühlen für ihn. Ihr die Augen zu öffnen müsse der Wischmopp selbst übernehmen, meinte Hartmut Sartorius.

3.

Am ersten Sonntag im August sah Richard die Frau zum ersten Mal, die ihm das alles eingebrockt hatte. Er war ganz förmlich zum Kaffee bei Regines Eltern eingeladen worden. Das Ehepaar Schröder hatte schon seit einigen Jahren am Wochenende frei. Sonntags kochte Regine. Sie war im Bad, kleine Unpässlichkeit vor Aufregung. Carla kam an die Haustür und ließ Richard herein. Wie sich das für einen jungen Mann mit guten Manieren gehörte, bekam Carla einen Blumenstrauß überreicht, den Kerstin besorgt hatte.

Carla führte ihn in ein großes, edel eingerichtetes Zimmer, in dem Hartmut Sartorius auf einer Couch neben einem Beistelltisch saß, auf dem nur ein Aschenbecher stand. Medikamente, Taschentücher oder gar ein Sauerstoffgerät waren nirgendwo zu sehen. Von einem Arbeitskollegen hatte Richard kürzlich gehört, dass dessen Opa, der auch Lungenkrebs hatte, ohne Sauerstoff gar nicht mehr auskam.

Während Carla die Blumen ins Wasser stellte und Regine Bescheid sagte, ihr Freund sei da, fand Richard Gelegenheit, Regines Vater ohne Ablenkung in Augenschein zu nehmen. Schon dabei kamen ihm erhebliche Zweifel, dass Kerstins Rechnung im wichtigsten Punkt aufgehen könnte.

Hartmut Sartorius war fünfundfünfzig Jahre alt und dunkelhaarig wie Regine, graue Strähnen suchte man bei ihm noch vergebens. Und er ließ seine Haare garantiert nicht färben oder tönen. Mittelgroß und schlank war er, einer von den Männern, die so unmerklich altern, dass man es kaum registriert.

Er war blass an dem Nachmittag. Andere wurden rot vor Wut, Hartmut wurde immer weiß, wenn er sich schwarzärgerte. Aber er sah nicht aus, als hätte er in letzter Zeit Erstickungsanfälle gehabt und Unmengen von Schleim gespuckt. Und dass ein Mann mit einem Bronchialkarzinom im Verlauf von nur einer Stunde vier Zigaretten rauchte, verstärkte Richards Zweifel noch.

Zu Anfang machte Hartmut keinen Hehl aus seiner Antipathie. Kein einziges Mal sprach er Richard mit Namen an. «Sie haben sich verspekuliert, junger Mann», begann er, kaum dass sie zu viert in einem weiteren großen und edel eingerichteten Zimmer am Kaffeetisch Platz genommen hatten. «Ich biete Ihnen hier und jetzt die Gelegenheit, das zu erkennen und sich zu verabschieden. Meine Tochter kann es sich nicht leisten, einen Mann auszuhalten.»

Hinsichtlich der äußeren Erscheinung musste sich jedem, der Richards Einkommensverhältnisse kannte, der Verdacht aufdrängen, dass er bisher ausgehalten worden war. Er trug einen der Anzüge, die Kerstin ihm gekauft hatte, Hemd, Krawatte, neue Schuhe.

«Ihr steht kein großes Vermögen zur Verfügung, weder jetzt noch später», setzte Hartmut seine Ausführungen fort. «Ihr gehört lediglich ein Mietshaus, das bisher keinen Überschuss abwirft. Im Gegenteil, es sind noch Rechnungen offen, die meine Tochter aus eigenen Mitteln nicht begleichen kann. Und ich bezweifle, dass eine seriöse Bank ihr einen weiteren Kredit einräumt, wenn sie sich mit einem Handfeger zusammentut.»

«Vater!», fuhr Regine auf. «Ich dulde nicht, dass du Richard dermaßen beleidigst. Er hat einen ehrbaren Beruf gelernt …»

Hartmut wischte ihren Protest mit einer unwilligen Handbewegung zur Seite. Carla füllte die Tassen und verteilte Tortenstücke. Aus dem Gespräch hielt sie sich raus, wollte ihren Mann nicht zusätzlich aufregen, legte keinen Wert darauf, sich ebenfalls seinen Unmut zuzuziehen, und wusste auch nicht, was sie sagen sollte.

Das wusste Richard umso besser, erst mal gar nichts. So hatte Kerstin ihn das gelehrt, und so entstand genau der richtige Eindruck. Sein Mienenspiel und die Blicke, die er Regine zuwarf, sprachen Bände. *Nur keine Aufregung, Kleines, lass deinen Vater toben. Wenn er sich beim Zähneknirschen die Nerven bloßlegt, sind es seine Zahnschmerzen.*

Die Ruhe selbst, saß er da, als Hartmut nach etlichen Sekunden fortfuhr: «Soll ich Ihrer Reaktion entnehmen, dass Sie nicht aufs große Geld spekulieren?»

Richard nickte nur kurz.

Hartmut nickte ebenfalls – etwas länger und bedächtiger. Er ließ erneut einige Sekunden verstreichen, ehe er weitersprach: «Sie sind handwerklich begabt, gelernter Schreiner, wenn ich meiner Tochter glauben darf.»

Richard schürzte die Lippen und nickte noch einmal.

«Sind Sie bereit, Ihre derzeitige Beschäftigung aufzugeben und mich davon zu überzeugen, dass Sie bezüglich meiner Tochter lautere Absichten hegen?»

Darauf bekam er weder eine Antwort noch eine andere Reaktion, nur einen gespannt abwartenden Blick.

Hartmut sah sich gezwungen zu erklären, wie er sich die Ehe seiner Tochter vorstellte. Es sollte alles vertraglich geregelt werden. Ein Ehevertrag wäre die Grundvoraussetzung, den hätte es mit Georg Hösch auch gegeben. Als Zugabe offerierte er Richard einen Arbeitsvertrag, der ihn verpflichtete – oder ihm die Chance bot –, sich um alle dreizehn Häuser der Sartorius-Immobilien zu kümmern, nicht etwa als Einmann-Putzkolonne, sondern als Hausmeister.

«Wenn die einzige Tochter sich von einem Schreiner den Kopf verdrehen lässt», versuchte Hartmut die gespannte Atmosphäre etwas zu lockern, was ihm jedoch nicht gelang, «muss man nicht für jede Lappalie Handwerker bemühen. Ich schätze, Sie sind in der Lage, kleinere Reparaturen auszuführen. Oder irre ich mich?»

Richard schüttelte noch einmal den Kopf. Dann aßen sie endlich die Torte, die Regine eigens für diesen Zweck gebacken hatte.

Sie war sehr bedrückt, als sie Richard nach dieser Kaffeestunde zu seinem Auto brachte. Draußen entschuldigte sie sich für jedes Wort ihres Vaters und versprach, dafür zu sorgen, dass er nie wieder so gedemütigt wurde. Sie hatte eine leichte Jacke und ihre Tasche mit ins Freie genommen und schlug vor, noch ein Weilchen spazieren zu gehen. Aber er musste das alles erst mal mit Kerstin besprechen.

«Sei mir nicht böse, Kleines», sagte er. «Ich habe meiner Vermieterin versprochen, ihr heute noch die Küche zu streichen. Dass deine Eltern mich nicht überreden, zum Abendessen zu bleiben, war mir klar.»

«Natürlich», sagte Regine, obwohl sie ihm kein Wort glaubte. Und er wusste, dass sie ihm nicht glaubte, gar nicht glauben konnte. Er hatte ihr mit Absicht eine saublöde Ausrede geboten. Wozu sich noch Mühe geben? Er war überzeugt, es sei vorbei, weil Kerstin nun zu der Einsicht kommen musste, dass *sie* sich verspekuliert hatte.

4.

Bedrückt und verunsichert schaute Regine dem Mercedes nach. Sie bemühte sich um Verständnis für Richards Reaktion und machte sich selbst Vorwürfe. In seinem Interesse hätte sie diese Einladung ausschlagen müssen. Sie hatte sich doch denken können, dass er nicht mit offenen Armen empfangen wurde. Aber im Stillen hatte sie gehofft, dass Väterchen Frost seine Meinung zumindest ein klein wenig revidierte, wenn er Richard persönlich kennenlernte, und dass er ihr den Rubin zurückgab. Dass es so arg käme, hatte sie nicht erwartet.

Richard war in infamer Weise gedemütigt worden. Wischmopp war schon schlimm, bezog sich aber ausschließlich auf den Gelderwerb. Aber Handfeger! Den Ausdruck hatte ihr ehemaliger Verlobter für Männer benutzt, denen er Selbstbefriedigung unterstellte, weil sie keine Frau oder Freundin hatten. Vermutlich hatte Väterchen Frost es von Georg übernommen.

Dass Richard jetzt Zeit für sich brauchte, verstand sie sehr gut. Aber er hatte nicht einmal die Hand zu einem Gruß gehoben, als er abfuhr. Es hatte ganz den Anschein, als könne er nicht schnell genug von ihr wegkommen. Und diesen Eindruck vermittelte er ihr nicht zum ersten Mal. Doch auch das konnte sie nachvollziehen.

Er hatte bereits eine böse Enttäuschung erlebt. Und noch nicht völlig überwunden, da war sie sicher. Manchmal, wenn sie Richard verstohlen von der Seite betrachtete, bemerkte sie den Ausdruck auf seinem Gesicht, der ihr schon am ersten Abend im Restaurant aufgefallen war. Sehnsucht, Ratlosigkeit, Trauer.

Und nach wem sollte er sich sehnen, wenn er mit der Frau zusammen war, die er liebte? Was sollte ihn ratlos machen, wenn nicht die Frage: Ist so ein junges Ding wirklich die richtige Frau für mich? Um wen sollte er trauern, wenn nicht um die tolle Monika?

Bernie hatte einmal gesagt: «Du hättest hören müssen, wie er von dieser Frau sprach, Regine. Er hat sie vergöttert und war am Boden zerstört, als sie ihn rauswarf.»

Am Boden zerstört hatte Richard zwar nicht gewirkt, als er behauptete, seine Geldbörse verloren zu haben. Aber manchmal merkte man erst nach einer gewissen Zeit, wie hart ein Verlust einen tatsächlich traf. So war es ihr mit dem Rubin doch auch ergangen.

Tolle Frauen mochten sich weigern, Mutter zu werden, aber sie hatten Erfahrung im Leben und in der Liebe. Tolle Frauen hatten eigene Wohnungen und Berufe, die sie finanziell unabhängig vom Elternhaus machten und es ihnen erlaubten, einen Mann aufzunehmen, der nur sieben fünfzig die Stunde verdiente. Tolle Frauen konnten so einem Mann teure Anzüge kaufen und Markenjeans und ein schickes Auto. Auch wenn es ein älteres Baujahr war, der Mercedes war ein Schmuckstück. Von seinem Lohn hatte Richard sich das alles unmöglich leisten können. Um sich das auszurechnen, brauchte es keine höhere Mathematik. Väterchen Frost dürfte das ebenso gesehen haben wie sie.

Und garantiert hatte Monika höchstens Körbchengröße C und einen normalen pH-Wert. Regine hatte im Hotel ein blödes Gefühl gehabt, als Richard so eilig aufstand und ins Bad huschte. Und dann lief da minutenlang das Wasser. Hatte er geweint, weil er glaubte, Monika betrogen zu haben? Oder hatte Georg doch keine hanebüchene Ausrede für den Kondomgebrauch geboten?

Seitdem machte Richard jedenfalls keine Anstalten mehr, mit ihr zu schlafen, bot alle möglichen und unmöglichen Ausflüchte. Aufdrängen mochte sie sich ihm nicht. Vielleicht hätte sie, als er ihr den Heiratsantrag machte, sagen müssen: «Lass uns damit noch warten, bis wir beide völlig sicher sind, dass wir es wirklich wollen.»

Er wollte nicht wirklich. Sein Verhalten ließ gar keinen anderen Schluss zu. Wenn Monika morgen mit einem Finger winkte, rannte er los. Da war Regine ziemlich sicher. Und sie ... Sie wollte doch eigentlich nur daheim ausziehen und nicht allein sein, gewiss nicht allein in der riesengroßen Wohnung im dreizehnten Haus. Da mochte Bernie noch hundertmal sagen: «Du wärst doch hier nie allein, Regine. Ich bin immer da.»

Ja, natürlich. Und der alte Herr Nattwig war immer da. Und bald würden Mieter da sein. Matthias und Angelika wollten in wenigen Wochen einziehen. Ein Haus voller Leben, in dem aus Staub ein schwarzes Kreuz entstanden war. Und wenn es nun doch nichts mit der Frau zu tun hatte, die vor ewigen Zeiten im Keller erstickt war und womöglich immer noch da unten lag?

In der vergangenen Nacht hatte sie geträumt, Richard hätte sie in den Keller geführt, um dort mit ihr zu schlafen. Er hatte ein Windlicht mit einer Kerze dabei, weil es kein elektrisches Licht gab. Es ging tiefer und tiefer hinab. Ganz unten, in einem vollkommen schwarzen Raum, hatte er eine Kuhle im festgestampften Lehmboden geschaffen und mit Decken ausgepolstert, damit sie weich und warm lagen. Eigentlich war es ein schöner Traum gewesen, zärtlich und trotz der Finsternis rundum romantisch. Doch etwas daran hatte sie zutiefst beunruhigt. Sie wusste nur nicht, was.

Sie wusste auch nicht, ob sie Richard wirklich liebte. Es war doch ein großer Unterschied zwischen Verliebtheit und Liebe. Verliebtheit war gleichbedeutend mit haben wollen. Sie wollte immer haben und wusste das nur zu gut: einen Menschen, der zu ihr gehörte. Früher einen Bruder, jetzt einen Mann. Vielleicht konnte sie gar nicht richtig lieben, weil ihr niemand vorgelebt hatte, wie man das tat. Bei Georg hatte es sie nicht großartig gestört, ihn auch nicht. Aber Richard war sensibel und feinfühlig, fand sie, vielleicht spürte er es.

Der dunkelblaue Mercedes war längst aus ihrem Blickfeld verschwunden, als sie sich endlich in Bewegung setzte. Zurück ins Haus ging sie nicht. Was sollte sie dort? Die Brücke zu ihrem Bruder lag wieder im Safe – vermutete Carla jedenfalls. Regine war da nicht so sicher, hielt es für denkbar, dass Väterchen Frost den Ring an den Platz gebracht hatte, an den er seiner Meinung nach gehörte: ins Grab seiner geliebten Helen.

Wie auch immer, mit Carla wollte sie sich jetzt nicht auseinandersetzen. Die bekam jedes Mal eine Gänsehaut, wenn sie Richards Auto vor der Einfahrt stehen sah. «*Dass er genau so einen Wagen fährt wie den, in dem damals die vier Leute von einer afrikanischen Botschaft verbrannt sind, halte ich für ein böses Zeichen.*» Für Carla gab es nur noch böse Zeichen. Sie zählte ihre letzten Wochen mit Väterchen Frost.

Regine brauchte jetzt einen Menschen, der ein bisschen Ordnung ins Durcheinander der eigenen Gefühle brachte und optimistisch in die Zukunft schaute. Den Mann, der Richard als anständigen, geduldigen, hilfsbereiten und ehrlichen Kerl kennengelernt hatte. Bernie hatte sich schon hocherfreut gezeigt, als er hörte, dass sie miteinander ausgingen. Seit das Thema Heirat aufgekommen war, wusste er sich gar nicht zu lassen.

«Das ist doch mal eine gute Nachricht. Das freut mich aber für dich, Regine. Ach was, es freut mich für euch beide. Ihr seid wie füreinander geschaffen. Meiner Mutter ist das sofort aufgefallen.»

Seine Mutter war zwar längst tot. Aber Bernie kommunizierte regelmäßig mit ihr – anders als Großmama im Allgäu mit Fritz. Bernie konnte sich richtig mit seiner Mutter unterhalten – behauptete er jedenfalls. Er besaß ein dreibeiniges Tischchen, mit dessen Hilfe er Kontakt aufnahm. Das Tischchen sei sein Medium, hatte er Regine erklärt, so wie der Rubin ihr Medium gewesen sei.

Sie hatte ihm vom Ring ihrer Mutter erzählt, von der kindlichen Vorstellung einer Brücke aus rotem Licht, auf der ihr

Bruder aus dem Jenseits in die reale Welt wechseln konnte. Wie schwer der Verlust sie getroffen hatte, wusste Bernie inzwischen ebenfalls. Er hatte ihr schon mehrfach seine Hilfe angeboten. «Wenn du einen Rat brauchst, du kannst jederzeit kommen.»

Aber er hatte ausgeschlossen, dass sie ihren Bruder mit dem dreibeinigen Tischchen erreichen könnte. Deshalb hatte sie von seinem Angebot bisher keinen Gebrauch gemacht. Das tat sie auch an dem Sonntag nicht. Es wäre ihr zu peinlich gewesen, mit Bernies Mutter über wahre Liebe, die tolle Monika, Körbchengrößen und pH-Werte zu sprechen, am Ende wusste so eine alte Frau gar nicht, was das war.

5.

Kerstin hatte den Nachmittag zur Schönheitspflege genutzt und Richard nicht so früh zurückerwartet. Es war nicht mal sechs, als er die Wohnungstür aufschloss und durch den schmalen Flur kam. Mit hochgelegten Beinen saß Kerstin im Bademantel auf der Couch. Ihr Gesicht war mit einer weißen Pampe beschmiert, zwischen ihren frischlackierten Zehennägeln steckten Wattebällchen, ihre Fingernägel waren auch noch nicht trocken. Anfassen durfte er sie nicht, zur Begrüßung küssen wie sonst konnte er sie nicht. Es war fast nichts übrig von ihrem Gesicht. Nur ihre Augen starrten ihn feindselig aus der Schmiere an, als er seine Eindrücke schilderte.

«Hast du Sartorius geröntgt?», nuschelte sie. Ihre Lippen bewegten sich kaum beim Sprechen, das weiße Zeug spannte. «Oder stand da zufällig ein CT herum?»

Er schüttelte den Kopf.

«Wie willst du dann seinen Zustand beurteilen? Das ist ein knallharter Geschäftsmann. Vor einem Fremden lässt der sich nicht anmerken, wie dreckig es ihm geht. Außerdem bekommt er Morphium. Schmerzen hat er nicht.»

«Er hat vier Zigaretten geraucht», wiederholte Richard.

«Ja und?», fragte Kerstin unverändert aufgebracht. «Er hat immer geraucht wie ein Schlot. Wozu soll er sich das jetzt noch verkneifen? Das Ding in seiner Lunge ist inoperabel und hat ordentlich gestreut, schon vergessen?»

«Nein. Vielleicht ist er ja todkrank», räumte Richard ein. «Aber Regine erbt kein Vermögen. Sartorius sagte …»

«Sartorius», wurde er unterbrochen, «wünscht dich auf den Mond. Da wird er dir gerade auf die Nase binden, wie viel Regine erbt. Für den Anfang hat sie ein Haus, das ein paar Millionen wert ist. Das kann er ihr nicht mehr wegnehmen.»

Sie schnitt Grimassen, um die Schönheitsmaske um den Mund herum zu lockern, und wedelte mit den Händen, damit der Lack schneller trocknete. «Es kommen allein in dem einen Kasten um die zwanzigtausend an Miete rein – jeden Monat. Das haben wir doch schon durchgerechnet. Zieh mal die Hälfte fürs Finanzamt ab, es bleibt immer noch genug. Wenn du dich daran erst gewöhnt hast, kannst du dir bald nicht mehr vorstellen, mit weniger auszukommen. Und wenn Sartorius unter der Erde ist, wird es zehnmal so viel sein.»

«Er sagte aber was von offenen Rechnungen und einem weiteren Kredit, den Regine kaum bekäme», brachte Richard noch einen Einwand vor, um sie zur Vernunft zu bringen. «Das klang für mich so, als ob sie schon einen Kredit aufgenommen hätte.»

«So konnte es auch nur für dich klingen», bekam er zur Antwort. «Das Haus war ein Geschenk. Seit wann lässt man Geschenke von dem bezahlen, der sie bekommt? Und für was sonst hätte sie einen Kredit aufnehmen sollen? Sie hat kein Auto, fliegt nicht in Urlaub. Möbel hat sie auch noch nie kaufen müssen.»

Das weiße Zeug hatte am Kinn und über der Oberlippe Risse bekommen und auf den Wangen Blasen geworfen. Kerstins Nase sah aus, als ob sie sich pellte. Sie prüfte vorsichtig den Lack auf ihren Fingernägeln und zupfte die ersten Fetzen von den Wangen.

«Soll ich auf alles verzichten, nur weil du Schiss hast?», fragte sie dabei. «Soll ich hinter einem Stuhl stehen und Kühe wie Carla frisieren, bis ich nicht mehr aufrecht stehen kann?»

Sie zog ein großes Stück von Kinn und Oberlippe, riss ein paar lose Fetzen von Wangen und Stirn und sah nun fast aus wie eine verwesende Leiche.

«Hör auf damit», verlangte er.

Sie verstand nicht, wie er das meinte. «Nein, ich höre nicht auf!», keifte sie. «Du hast nichts und kannst nichts, außer gut vögeln. Mehr hast du bei dieser Sache nicht zu tun. Hast du mal durchgerechnet, wie viel ich schon in dich investiert habe? Dein Auto, deine Klamotten, von Unterkunft, Verpflegung und unserem Urlaub will ich gar nicht reden. Habe ich bisher einen Cent von dir zurückbekommen?»

So hatte sie noch nie mit ihm gesprochen. Ihm lag ein Widerspruch auf der Zunge. Am gemeinsamen Haushalt einschließlich der Miete beteiligte er sich zur Hälfte. Mehr war nicht drin bei seinem Verdienst. Zum Urlaub hatte er auch schon mal fünfhundert Euro beigesteuert, als er noch im Baumarkt beschäftigt gewesen war, jetzt konnte er sich das nicht mehr leisten. Aber er hatte doch einen Beruf erlernt – und für sie aufgegeben. Und wenn er sie jetzt daran erinnerte und sie ihn rauswarf ... Wütend genug war sie.

«Nein», murmelte er. Anschauen konnte er sie nicht mehr. Er rechnete damit, beim nächsten abgerissenen Fetzen rohes Fleisch zu sehen oder ihre Knochen.

«Habe ich dir sonst mal etwas abverlangt, was du nicht tun konntest?», wollte Kerstin wissen.

Er schüttelte den Kopf und betrachtete seine Schuhe. Die hatte sie auch gekauft, letzten Montag, damit er heute einen guten Eindruck machte, weil Carla auf solche Dinge achtete.

«Dann wird es doch höchste Zeit, dass du dich revanchierst und endlich mal was für mich tust. Oder meinst du nicht?»

«Ja», sagte er.

Kerstin nickte bekräftigend und schlug einen versöhnlichen Ton an. «Wegen der beiden Verträge brauchst du dir keine unnötigen Gedanken zu machen. Den Arbeitsvertrag finde ich nicht schlecht. Damit hast du eine sichere Anstellung und verdienst wahrscheinlich mehr als jetzt. Und wenn du dich um alle Häuser kümmern sollst, bist du flexibel. Wir können uns auch mal nachmittags treffen, wenn du Lust hast. Ich bin meine eigene Chefin. Und du bist dann auch dein eigener Herr.»

«Ja», sagte er noch einmal.

«Damit du siehst, dass ich dich nicht loswerden will, machen wir Folgendes», fuhr sie fort. «Du gibst mir die Hälfte von deinem Lohn. Ich lege das Geld auf die Seite für den Fall, dass wir später einen Mann anheuern müssen. Die Polizei kann sehr unangenehm werden, wenn es um ein großes Vermögen geht und man noch nicht lange verheiratet ist. Da ist es besser, wenn ein Fremder die Drecksarbeit erledigt. Aber billig ist das bestimmt nicht, zehntausend müssen wir mindestens einkalkulieren für einen guten Mann.»

Diese Weisheit hatte sie zwischenzeitlich aus einem Fernsehkrimi gewonnen. Aber wie sie sich das vorstellte, war ihm schleierhaft. Einen Mörder fand man nicht übers Arbeitsamt und auch nicht in der nächsten Kneipe. Davon abgesehen: die Hälfte von seinem Lohn! Was für eine Art von Sicherheit sollte ihm das denn geben? Und glaubte sie, Regine würde nicht merken, wenn die Hälfte seines Einkommens verschwand, und nicht wissen wollen, was er mit dem Geld machte?

«Hat Sartorius gesagt, wie viel er dir zahlt?», fragte Kerstin.

Als er den Kopf schüttelte, zeigte sich wieder mal, dass sie ihm gedanklich drei Schritte voraus war. «Na, das sehen wir ja, wenn der Arbeitsvertrag vorliegt. Erzähl Regine, dass deine Eltern nicht auf Rosen gebettet sind und du sie unterstützen willst. Dann wundert sie sich nicht, wo du dein Geld lässt. Es imponiert ihr wahrscheinlich.»

Sie kam auf den Ehevertrag zu sprechen. «Das ist bei denen so üblich und hat in deinem Fall nichts zu bedeuten. Kritisch wäre es nur, wenn du dich scheiden lässt. Das wirst du nie tun. Deshalb brauchen wir uns auch keine Gedanken wegen Gütertrennung zu machen. Wichtig ist jetzt nur, herauszufinden, ob Sartorius Regine enterbt, wenn sie dich heiratet. Dann kriegt sie nur den Pflichtteil, das ist die Hälfte.»

Was ihn betraf, verließ Kerstin sich auf die gesetzliche Erbfolge. Sollte die im Ehevertrag ausgeschlossen werden, musste er eben zusehen, dass Regine ein eigenes Testament aufsetzte und ihn zum Alleinerben bestimmte. Das tat sie garantiert, wenn er ihr klarmachte, dass er ohne sie vor dem Nichts und auf der Straße stand.

Inzwischen hatte Kerstin sich die weiße Schmiere völlig vom Gesicht gerissen und sah wieder aus wie die Frau, ohne die er sich sein Leben gar nicht mehr vorstellen konnte.

Sie lächelte ihn zuversichtlich an. «Du machst das schon. Vor Sartorius brauchst du keine Angst zu haben. Der pfeift auf dem letzten Loch, glaub mir. Und Regine wird vollstes Verständnis zeigen, wenn du ihm nach diesem Theater lieber aus dem Weg gehst.»

6.

Wie immer lag Kerstin vollkommen richtig mit ihrer Einschätzung. Auf ihre Weisung fuhr Richard am nächsten Nachmittag zur Uni, fing Regine auf dem Weg zur Straßenbahn ab und mimte den Zerknirschten. Mindestens fünfmal entschuldigte er sich für sein Verhalten am vergangenen Nachmittag, den überhasteten Aufbruch und die dämliche Ausrede, die er ihr geboten hatte.

«Das war feige. Aber ich wusste nicht, was ich sonst sagen sollte, Kleines. Nachdem ich deinen Vater erlebt hatte und mir vorstellen konnte, wie er dir zusetzt, und das Tag für Tag, dachte ich, es sei nur eine Frage der Zeit, bis er dich mürbegemacht hat. Ich hatte panische Angst, dich zu verlieren.»

«Das heißt, du liebst mich wirklich», stellte Regine fest.

«Natürlich», versicherte er. «Zweifelst du daran?»

«Ich weiß es nicht.» Sie zuckte mit den Achseln. «Lass uns ehrlich miteinander sein, ja? Ich weiß nicht, ob ich dich genug liebe, um dich zu heiraten. Und manchmal habe ich das Gefühl, du bist mit deinen Gedanken auch nicht bei mir, sondern bei Monika.»

«Ach, Kleines», sagte er, «wenn du glaubst, mich nicht genug zu lieben, ist es vermutlich mehr, als ich zu erhoffen wage. Und was Monika angeht, sie ist Vergangenheit, aus, vorbei und vergessen. Das kann ich dir schwören.»

«Das glaube ich dir aber nicht», sagte Regine. «An dem Abend im Restaurant hast du gesagt, dass es noch wehtut. Und im Hotel …»

«Nein, Kleines», korrigierte er und unterbrach sie damit. «Das hast du gesagt. Ich habe dir nur nicht widersprochen, weil du nicht völlig unrecht hattest. An dem Abend im Restaurant war es noch frisch. Wir beide kannten uns kaum. Ich konnte mir nicht vorstellen, dass du mehr von mir willst als ein Essen und etwas Unterhaltung. Und ich wusste ehrlich gesagt auch noch nicht, ob ich mehr von dir wollte als ein wenig Ablenkung von meiner beschissenen Situation, die ich letztlich dir zu verdanken hatte, obwohl du gar nichts dazu beigetragen hattest. Ich hatte nur den Fehler gemacht, dich einmal zu erwähnen.»

Er erzählte noch einmal das Märchen von der rückblickend gar nicht so tollen und grundlos eifersüchtigen Frau, das er Bernie geboten hatte, schmückte hier und da ein bisschen aus, ließ geschickt noch ein paar deftige Ausdrücke einfließen, weil ihm auffiel, dass Regine bei der *beschissenen Situation* nicht etwa zusammengezuckt war. Sie hatte genickt, als hätte er mit dem einen Wort den Wahrheitsgehalt seiner Ausführungen untermauert.

«Mir ist erst nach ein paar Wochen mit dir klar geworden, dass ich bei Monika immer nur zurückgesteckt hatte», sagte er.

Regine hörte aufmerksam zu, besonders, als er erneut auf seine Sehnsucht nach Kindern zu sprechen kam. Als er wieder schwieg, schlug sie vor: «Dann lass uns jetzt den vergangenen Nachmittag vergessen und von der Zukunft reden. Du musst nicht als Hausmeister arbeiten, wenn du das nicht willst.»

«Das ist für mich kein Problem», erklärte er. «Ich bin gerne bereit, bei Kübler zu kündigen, wenn dein Vater so großen Wert darauf legt, mich zu kontrollieren. So erfüllend ist meine derzeitige Tätigkeit als Handfeger nicht, dass ich lange über eine bessere Arbeit nachdenken müsste. Wenn ich etwas mehr verdiene als sieben fünfzig die Stunde, kann ich meinen Eltern vielleicht das Geld zurückgeben, mit dem sie mir aus der Klemme geholfen haben, als ich plötzlich auf der Straße stand. Nur von meinem Lohn hätte ich dich nicht groß ausführen und mir auch nicht wochenlang ein Hotelzimmer leisten können.»

Diese Behauptung schien ihm um Längen besser als das, was

Kerstin vorgegeben hatte. Falls Regine sich Gedanken wegen der hohen Rechnung im Restaurant und der Hotelkosten gemacht hatte, könnte sie die jetzt abhaken. Damit es keinen Widerspruch zum Bruch mit der Familie gab, fuhr er fort: «Auch wenn sie wütend auf mich waren und immer noch sind, in der Notlage waren sie meine Eltern. Sie haben ihr Sparbuch geplündert.»

«Ich beneide dich um deine Familie», sagte sie, hakte sich bei ihm unter und schwärmte auf dem Weg zum Auto vom gemeinsamen Leben, als sei alles in schönster Ordnung.

Für sie war es das auch, weil er sich mit der Hausmeistertätigkeit einverstanden erklärte und sie glaubte, nun müsse ihr Vater einsehen, dass Richard sich ehrlich bemühe und kein Schmarotzer sei. Es war nicht mehr die Rede von einer kleinen Mietwohnung und einem Aushilfsjob, um ihr Scherflein zum gemeinsamen Haushalt beizusteuern. Stattdessen verkündete sie: «Ich sorge dafür, dass die restlichen Arbeiten im Dachgeschoss zügig vorangetrieben werden. Viel zu tun ist da eigentlich nicht mehr. Ich habe mich nur seit Monaten nicht darum gekümmert, dass die Wohnung bezugsfertig wird.»

Am späten Dienstagnachmittag entdeckte sie bei einem Stadtbummel in der Auslage eines Trödelladens, der sich hochtrabend «Antiquitätenmarkt» nannte, eine alte Kaffeemühle, die sie unbedingt haben wollte. Mittwochs wollte sie zu einem Sanitärfachhandel. Den Mittwoch und Freitag hatte Richard für sein *Training* reserviert. Das wusste sie genau, bat trotzdem um seine Begleitung. Die Ausstattung für das große Bad neben dem Schlafzimmer hatte Georg ausgesucht, ihr gefielen die Sachen gar nicht.

«Er bezeichnete sie als minimalistisch», sagte sie. «Dafür hatte er ein Faible, nur nicht, wenn es um Geld ging. Die Badewanne sieht aus wie ein Bottich und kostet ein Vermögen. Ich möchte es lieber gemütlich haben. Aber dir muss es ja auch gefallen.»

Zum Glück waren die Sachen noch nicht geliefert, sodass sie sich abbestellen ließen. Das würde nicht lange dauern, meinte sie. Er käme bestimmt rechtzeitig zum Antiaggressionstraining mit den gefährdeten Jugendlichen. Ein Irrtum. Ersatzweise wollte sie nämlich ein Modell, das sie in einem Katalog gesehen hatte, bevor ihr Verflossener seinen Geschmack durchsetzte. Der Verkäufer legte ihr Kataloge vor, um herauszufinden, welche Badewanne ihr vorschwebte. Als sie die endlich entdeckte, bedauerte der Mann: «Die Serie ist nicht mehr lieferbar.»

«Das kann gar nicht sein», protestierte Regine. «Hier wird sie doch angeboten.»

«Der Katalog ist schon etwas älter», gestand der Verkäufer und gab sich Mühe, ihr eine vergleichbare Ausstattung schmackhaft zu machen.

Sie schüttelte zu allem den Kopf und erklärte mit einem Lächeln, das keinen Widerspruch duldete: «Ich bin sicher, dass die Sachen noch irgendwo vorrätig sind. Wenn der Hersteller die Produktion einstellt, bedeutet das doch nicht, dass alle Stücke vernichtet werden.»

Fast zwei Stunden mussten sie bei Kaffee und Gebäck warten, während der Verkäufer sich quer durch die Republik telefonierte. Richard telefonierte auch mal. Um den Schein zu wahren, tat er so, als bitte er einen Vereinskameraden, für ihn einzuspringen. Ausnahmsweise, nur dieses eine Mal. Das betonte er sowohl am Handy als auch nochmal gegenüber Regine. Sie sollte sich bloß nicht einbilden, ihn auch noch mittwochs und freitags für sich vereinnahmen zu können.

Der Verkäufer schaffte es tatsächlich, alles bis auf die Dusche aufzutreiben. Billiger als der minimalistische Kram waren die gemütlichen Teile nicht, im Gegenteil. Deshalb freute sich der Verkäufer wahrscheinlich so. Seinen Triumph hörte Richard noch Stunden später, als er längst neben Kerstin im Bett lag. «Gnädige Frau, es wird einige Wochen dauern, bis die Sachen hier sind. Aber ich bin überzeugt, dass auch die Dusche noch irgendwo auf Lager ist.»

«Ich auch», sagte Regine und bat um telefonische Benachrichtigung, wenn er fündig geworden war.

7.

Freitag unterschrieb Richard den Arbeitsvertrag und nahm den Entwurf für einen Ehevertrag in Empfang. Regine war nicht dabei. Sie hatte an der Uni zu tun. Weil er an dem Abend wieder *aggressive Jungs trainierte,* hätten sie ohnehin kaum Zeit füreinander gehabt. Mit Sartorius brauchte er sich auch nicht auseinanderzusetzen. Ronald Hösch, der beinahe Regines Schwiegervater geworden wäre, legte ihm mit unbewegter Miene die Schriftstücke vor.

Mit dem Arbeitsvertrag konnte Richard voll und ganz zufrieden sein. Im Ehevertrag fand er auf Anhieb auch nichts, was Anlass zur Besorgnis geboten hätte. Gütertrennung selbstverständlich, aber kein Hinweis, dass er im Todesfall von der gesetzlichen Erbfolge ausgeschlossen wäre. Er wollte nicht alles noch ein zweites Mal durchlesen, es wäre damit für ihn nicht verständlicher geworden.

Nachdem er die Kanzlei verlassen hatte, rief er Kerstin im Salon an. Sie hatte ihn gebeten, sofort Bescheid zu geben, wie es gelaufen sei. Zufrieden hörte sie, dass er Regines Vater nicht zu Gesicht bekommen hatte. Sie hielt das für ein gutes Zeichen. «Das hätte Sartorius sich nicht entgehen lassen, wenn er gesundheitlich in der Lage gewesen wäre.»

Abends las sie alles durch und entdeckte auch keinen Haken. Den Arbeitsvertrag fand sie sogar großzügig, rechnete aus, dass ihm als verheirateter Mann netto fast dreitausend Euro blieben. Wenn sie die Hälfte für den guten Mann beiseitelegte, ginge es unter Umständen schneller als geplant, sagte sie. Und obwohl Richard erst ab Dezember als Hausmeister für Sartorius-Immobilien im Einsatz wäre, bestand sie darauf, dass er bei der Firma Kübler sofort die Kündigung einreichte. Damit er nicht nochmal als Springer in einem der anderen Häuser eingesetzt wurde. Dann bekäme er später von den Mietern nicht den nötigen Respekt, meinte Kerstin.

Am Entwurf für den Ehevertrag hatte sie ebenfalls nichts auszusetzen. Ob Regine unverändert die Alleinerbin ihres Vaters war, ging aus den Verträgen natürlich nicht hervor. Carla müsste es wissen, meinte Kerstin, konnte es sich aber nicht leisten, gezielt danach zu fragen. Und von sich aus verkündete Carla beim nächsten Besuch im Salon Riedke nur, Regines Zuchthengst würde noch einem Test unterzogen, bevor der Ehevertrag unterzeichnet und das Aufgebot bestellt werden könnten.

Wegen der Ausdrucksweise nahm Kerstin an, Regine sei nur bereit, Richard aufs Standesamt zu begleiten, wenn sie einen positiven Schwangerschaftstest in der Hand hielte. Sie war in Sorge deswegen. Eine Schwangerschaft würde Regines Tod garantiert verteuern, meinte sie. Und wenn man bis nach der Geburt wartete, hätte man ein Kind am Hals.

Doch Regine unternahm in den folgenden Wochen keinen Versuch, mehr von Richard zu fordern als die Streicheleinheiten, die er ihr freiwillig zukommen ließ. Nach dem unheimlichen Gefühl, plötzlich Kerstin im Arm und nur noch deren nackten Schädel in den Händen zu halten, kostete es ihn Überwindung, Regine zu küssen. Jedes Mal, wenn er mit ihr zusammen war, klangen ihm Kerstins Verhaltensmaßregeln im Ohr. Er sollte sich benehmen wie ein Mann, der die Hochzeitsnacht kaum noch erwarten konnte. Das schaffte er einfach nicht. Trotzdem bekam Regine von ihm immer noch mehr Zärtlichkeit als von Georg Hösch. Der hatte auch in dieser Hinsicht den minimalistischen Stil bevorzugt. Insofern vermisste sie nicht einmal etwas. Abgesehen davon hatte sie ganz andere Probleme als Richards Zurückhaltung.

Mit den beiden Vertragsangeboten hatte ihr Vater sie kurzzeitig in Sicherheit gewiegt. Dabei hatte er bereits zu diesem Zeitpunkt eine profane und wirkungsvolle Waffe eingesetzt, um den Wischmopp zu veranlassen, ihr die Augen zu öffnen: Geld. Seit ihrer Ankündigung, Richard heiraten zu wollen, bezahlte Hartmut Sartorius die Handwerker nicht mehr. Regine registrierte das nur nicht sofort, weil die Rechnungen bei der Verwaltung eingingen.

Es war noch eine Menge im Haus zu tun. Lediglich die Fassade und das Erdgeschoss erstrahlten in neuem Glanz. Ein Internist und ein Zahnarzt hatten ihre Praxen fristgerecht eröffnet. In der Versicherungsagentur im rechten Seitenflügel wurde ebenfalls schon gearbeitet. Und fünf Wohnungen waren von neuen Mietern bezogen worden. Mit Bernie und Herrn Nattwig waren das sieben Privatleute, die brav ihre Mieten überwiesen. Die restlichen fünf Wohnungen und der linke Flügel, in dem die Büros der Sartorius-Immobilien lagen, waren ebenso wenig bezugsfertig wie das Dachgeschoss.

Sartorius-Immobilien hatte den kleineren Seitenflügel von Regine gemietet, sie ihrerseits die Verwaltung ihres Eigentums auf die bereits bestehende Hausverwaltung übertragen. Das war noch während ihrer Verlobungszeit mit Georg Hösch vertraglich festgelegt worden und ließ sich nicht von heute auf morgen rückgängig machen. Wobei sie das auch nicht rückgängig machen wollte, von Verwaltung hatte sie genauso wenig Ahnung wie von Baufinanzierung.

Zwei Millionen hatte sie aufnehmen müssen, zusammen mit den zweieinhalb aus dem Erbe ihrer Mutter hatte das knapp gereicht, um die Kaufsumme abzudecken. Das Geschenk, von dem Kerstin Riedke so überzeugt war, bestand in einem Versprechen. Sämtliche Kosten der Umbaumaßnahmen bis hin zur kompletten Einrichtung des Dachgeschosses hatte Hartmut Sartorius übernehmen wollen. Nur hatte er das einer mit Georg Hösch verlobten Tochter versprochen. Er sah nicht ein, dass er sein Wort halten sollte, wenn Regine sich nicht mehr an ihr Wort gebunden fühlte.

Bis sie die Verlobung löste, hatte Hartmut ihr wiederholt

vorgerechnet, wie rosig ihre Zukunft in finanzieller Hinsicht aussehen würde. Das Haus brachte, sofern es keinen Leerstand gab, eine jährliche Rendite von rund zweihundertfünfzigtausend. Das hatte Kerstin Riedke ziemlich genau ausgerechnet. Mit etwa der Hälfte dieser Einnahmen sollte Regine für Zinsen und Tilgung der günstigen ersten Hypothek aufkommen. Außerdem mussten Rücklagen geschaffen werden, um die veraltete Gasheizung zu ersetzen, die beiden Seitenflügel im Kellergeschoss zu sanieren und später notwendige Reparaturen zu finanzieren. Es wäre trotzdem genug übrig geblieben für ein sorgenfreies Leben. Georg hätte ja ebenfalls Einkünfte aus seiner Tätigkeit in der Kanzlei gehabt.

Hätte, wäre, wenn. Es war nun einmal anders gekommen. Und die Mieteinnahmen flossen bei weitem noch nicht in voller Höhe.

Als Anfang September die ersten Mahnungen an Regine weitergereicht wurden und die Handwerker ihre Arbeit einstellten, bat sie Matthias Brockmüller um Hilfe. Er war durch seine Tätigkeit bei der Bank über ihre Konten und ihre Möglichkeiten informiert und vermittelte ihr eine zweite zinsgünstige Hypothek. Bis zur Bewilligung vergingen nur wenige Tage. Trotzdem musste sie anschließend andere Handwerker verpflichten, um dafür zu sorgen, dass die restlichen Mieter einziehen konnten. Und nicht jeder Installateur, Elektriker oder Fliesenleger hatte die Zeit, sofort anzufangen. Es hagelte Beschwerden an allen Ecken. Täglich entstanden neue Kosten, weil Mieter ihre alte Wohnung räumen mussten, in die neue nicht einziehen konnten und sich in einem Hotel einquartierten.

Lern du erst einmal rechnen!

8.

Regine war total überfordert mit der Situation. Bernie stand ihr zur Seite, so gut er konnte. Wer von den neuen Mietern mit sich reden ließ, wurde von ihm dahin gehend aufgeklärt, dass es gar nicht so übel war, auf einer Baustelle zu leben. Das taten der alte Herr Nattwig und er schließlich schon seit letztem November. Und so laut oder dreckig wie zu Anfang war es nun wirklich nicht mehr.

Bernie informierte auch Richard über die Schwierigkeiten, in denen Regine steckte. «Das muss aber unter uns bleiben. Sie wollte nicht, dass ich dir etwas davon sage. Sie meinte, du hättest schon genug Angst, sie zu verlieren, und könntest gar nichts tun, um ihr zu helfen. Am besten benimmst du dich weiter ganz normal, als hättest du keine Ahnung, dass ihr Vater ihr den Geldhahn zugedreht hat.»

Kerstin, die partout nicht glauben wollte, dass noch irgendein Hahn vonnöten sei, weil Carla nichts dergleichen im Salon erwähnte, gab ihm denselben Rat, wobei das aus ihrem Mund wie ein Befehl klang. «Benimm dich wie sonst auch.»

Das tat Richard. Dreimal die Woche fuhr er abends um halb sieben zum dreizehnten Haus. Bei der Firma Kübler hatte er um siebzehn Uhr Feierabend gehabt, es sei denn, er war in Büroetagen eingesetzt worden, das hieß meist Spätschicht. Und nach Feierabend fuhr man ja erst mal nach Hause, ging unter die Dusche, spülte den Schweiß und den Dreck ab, zog sich um, aß vielleicht noch eine Kleinigkeit.

Obwohl er seit Anfang September alle Zeit der Welt hatte, dachte er nicht daran, auch nur eine Minute mehr als von Kerstin vorgeschrieben mit Regine zu verbringen. Mittwochs und freitags ließ er sich gar nicht blicken, damit sie nicht wieder auf die Idee verfiel, ihn für etwas einzuspannen, was angeblich nicht lange dauerte. Sie musste begreifen, dass seine Trainingseinheiten eine feststehende Größe waren, an der es nichts abzuknapsen gab.

Vielleicht begriff sie sogar, dass er nicht der richtige Mann für sie war. Er hoffte darauf, weil er nicht mehr tun konnte. Nochmal mit Kerstin reden und versuchen, sie zur Aufgabe ihres Plans zu bewegen, das konnte er vergessen. Er wusste beim besten Willen nicht, welches Argument er noch vorbringen sollte. Den Schlussstrich musste Regine ziehen, und zwar so, dass auf ihn nicht der Schatten eines Verdachts von Unwillen oder Vernachlässigung fiel.

Wenn er ins Haus kam, war sie entweder bei Bernie oder mit Matthias Brockmüller zusammen. Matthias und Angelika waren – von Bernie bequatscht – bereits eingezogen, obwohl in ihrer Wohnung noch einiges im Argen lag und die Einrichtung nicht komplett war. Weil Brockmüllers tagsüber ihren Berufen nachgingen, hatte Regine einen Schlüssel, beaufsichtigte Handwerker, nahm neue Möbel und die schicke Einbauküche in Empfang und überwachte deren sachgemäßen Aufbau.

Matthias revanchierte sich, indem er ihre Finanzen überwachte und ihr zu einer preiswerten Grundausstattung verhalf. Er hatte schnell ausgerechnet, dass es auch mit der zweiten Hypothek nicht möglich war, Handwerker fürs Dachgeschoss zu verpflichten und die große Wohnung mit Antiquitäten auszustatten. Die Mieter hatten Vorrang, damit Geld hereinkam.

Aber Matthias kannte einen Unternehmer, der mit Nachlassauflösungen und Entrümpelungen sein Geld verdiente. Da ließe sich manches Schnäppchen machen, meinte er, wollte auch den Transport sperriger Stücke übernehmen. Er fuhr einen Opel Kombi, darin ließ sich einiges unterbringen.

Matthias bot sogar an, bei der Aufarbeitung zu helfen. Zwar hatte er keine praktische Erfahrung mit altem Holz, dafür aber abends oft sehr viel Zeit. Seine Frau war gelernte Köchin und

Mitinhaberin einer kleinen Catering-Firma. Oft war Angelika noch um Mitternacht im Einsatz.

Obwohl Richard ganz zu Anfang vermutet hatte, Regine wäre an Matthias interessiert, sah er keine Gefahr darin, die beiden stundenlang alleine zu lassen. Im Gegenteil, wären sie sich nähergekommen – etwas Besseres hätte ihm gar nicht passieren können. Aber auch das schien eine vergebliche Hoffnung. Und solange Kerstin an ihrem Plan festhielt, hieß die Gefahr für ihn Angelika.

Bei der ersten offiziellen Begegnung in ihrer neuen Wohnung hatte Angelika Brockmüller die Stirn gerunzelt und sich erkundigt: «Sind wir uns schon mal begegnet, Richard? Ich bin mir ziemlich sicher, weiß aber im Augenblick nicht, wo.»

Dass er auf einen Besen gestützt in ihrem Wohnzimmer auf seinen Einsatz gewartet hatte, während nebenan ein Bauarbeiter mit Hammer und Meißel einen Höllenlärm verursachte, hatte Angelika-Süße anscheinend vergessen. Sie war ja auch mehr auf ihre High Heels konzentriert gewesen. Aber sie hatte ihn vorher schon einmal gesehen – und zwar zusammen mit Kerstin. Inzwischen erinnerte er sich wieder.

Angelika war im vergangenen Jahr ein paarmal im Salon Riedke gewesen, eine von den Kundinnen, die nie Zeit hatten und voraussetzten, dass man alles stehen und liegen ließ, wenn sie auf der Bildfläche erschienen. Bei solch einer Gelegenheit war sie Zeugin einer innigen Szene geworden.

Es war an Kerstins Geburtstag gewesen, um Viertel vor sechs. Um die Zeit wurden keine Kundinnen mehr angenommen. Angelika – die damals noch nicht Brockmüller, sondern Schmidt geheißen hatte – war nur ein paar Sekunden nach Richard hereingekommen. Er hatte einen Rosenstrauß dabeigehabt und Kerstin in den Aufenthaltsraum gezogen für einen langen Kuss bei offener Tür.

So was liebte Kerstin, wenn möglichst viele sahen, dass sie einen wesentlich jüngeren und sehr attraktiven Freund hatte, der sie am liebsten an Ort und Stelle vernascht hätte. Also hatte er sein Knie zwischen ihre Schenkel geschoben und eine Hand unter ihren Arbeitskittel. Und Angelika hatte das gesehen, während sie zuerst mit Jasmin, Mandy und Gülcan verhandelte, ob sie nun eine Viertelstunde vor Geschäftsschluss noch bedient wurde oder nicht.

Weil keine von Kerstins Mitarbeiterinnen bereit gewesen war, ihren Feierabend zu verschieben, war Angelika schließlich zum Aufenthaltsraum gekommen, hatte sich geräuspert, Richard von Kopf bis Fuß gemustert und zu Kerstin gesagt: «Wie es aussieht, haben Sie auch schon etwas anderes im Sinn als Ihr Geschäft, Frau Riedke.»

Unter diesen Voraussetzungen hielt auch Kerstin es für besser, dass Richard nicht stundenlang bei Brockmüllers saß. Regine musste wirklich nicht erfahren, wie gut er Carlas Friseurin kannte. Sonst erinnerte Regine sich womöglich daran, dass sie mit fünfzehn prophezeit hatte: «Wenn man solchen Leuten ständig den Hals langmacht, darf man sich nicht wundern, wenn man eines Tages etwas aufs Dach bekommt.»

Es gefiel Kerstin allerdings nicht, dass Regine so viel Zeit mit Matthias verbrachte. Am letzten Donnerstag im September fragte sie ungehalten: «Verdammt nochmal, was hat sie denn jeden Abend bei Brockmüller zu suchen?»

«Matthias beschafft ihr Antiquitäten zu günstigen Preisen», sagte Richard. So hatte Regine es ihm erklärt, und von finanziellem Notstand wollte Kerstin doch auch gar nichts hören.

An dem Abend war die Rede von einem Esstisch und sechs Stühlen aus Kirschbaumholz gewesen. Die wollte Regine sich am nächsten Abend mit Matthias anschauen.

«Da fährst du mit», bestimmte Kerstin. «Möbel mit ihr auszusuchen ist deine Aufgabe und nicht die von Brockmüller.»

«Irrtum», widersprach er. «Morgen ist Freitag, da bin ich offiziell in der Kampfsportschule. Dass ich ständig Ausnahmen von der Regel machen kann, wollen wir nicht einreißen lassen.

Sonst wird das schnell zur Gewohnheit. Ich habe auch keine Lust, mich in einem Schuppen herumzudrücken.»

«Wieso Schuppen?», fragte Kerstin verständnislos. «Ich denke, sie kauft Antiquitäten.»

Er zuckte mit den Achseln. «Aus Nachlässen und Entrümpelungen. Matthias sagte, da sind echte Schnäppchen dabei, manche in schlechtem Zustand, dafür fast geschenkt. Den Kirschbaumkram kriegt sie wahrscheinlich umsonst, muss ihn nur aufpolieren. Das macht ihr bestimmt Spaß. Sie arbeitet ja gerne mit altem Holz.»

Kerstin stutzte, dann wurde sie wütend. «Du Idiot! Da hast du den Test für den Zuchthengst, und du merkst das natürlich nicht. Sie zieht das durch, tut so, als wäre sie tatsächlich knapp bei Kasse.»

«Und wenn sie nicht nur so tut?», fragte er.

«Hätte Carla mir das längst erzählt», meinte Kerstin.

Da war wirklich nichts zu machen. Kerstin verließ sich voll und ganz auf Carla, hatte ihm sogar strikt untersagt, sich mal bei Bernie nach Regines Vater und dessen Gesundheitszustand zu erkundigen. Das könnte leicht zum Bumerang werden, meinte sie, weil er offiziell gar nicht wissen durfte, dass Sartorius sterbenskrank war. Regine sprach ja mit ihm nicht darüber.

9.

In der Zwischenzeit war nicht etwa bei Regine der Eindruck entstanden, den ihr Vater vermitteln wollte. Matthias Brockmüller fiel auf, dass Richard sich keineswegs benahm wie ein Mann, der in Kürze heiraten wollte. Wenn Richard abends auftauchte, bekam Regine ein flüchtiges Küsschen zur Begrüßung und ein läppisches «Hallo, Kleines». Eine halbe Stunde später gähnte Richard das erste Mal. Darauf folgte meist der entschuldigende Hinweis, er hätte einen harten Tag gehabt und müsse am nächsten Morgen um fünf Uhr aus dem Bett.

Dann sagte Regine für gewöhnlich: «Natürlich, Richard, wenn du fahren möchtest, fahr nur.» Häufig entschuldigte sie sich noch bei ihm für ihre Gedankenlosigkeit, bekam ein weiteres Küsschen zum Abschied. Und das war's. Er fragte nicht mal, wie sie nach Hause käme, setzte voraus, dass Bernie oder Matthias den Chauffeur für sie spielten, wenn es zu spät wurde, um eine junge Frau noch unbesorgt alleine mit der Straßenbahn fahren zu lassen.

Aber wenn Matthias eine Bemerkung machte, antwortete Regine: «Tu mir den Gefallen und hack du nicht auch noch auf Richard herum. Ich muss mir zu Hause schon genug anhören. Du sitzt den ganzen Tag am Schreibtisch und kannst nicht beurteilen, wie erschöpft ein Mann ist, der den ganzen Tag körperlich hart arbeiten muss.»

Dann kam der wundersame Wandel. Am letzten Freitag im September erschien Richard schon kurz nach Mittag. Regine saß noch in Bernies Küche, der sie wie so oft mit einem Mittagessen versorgt hatte und mit Zufriedenheit hörte, dass Richard dem Chef der Firma Kübler die Situation erläutert habe.

«Wir sind übereingekommen, dass ich keine Kündigungsfrist einhalten muss, damit ich dir zur Seite stehen kann, Kleines. Es wird zwar finanziell eng für mich. Arbeitslosengeld bekomme ich erst im November. Aber das ist jetzt zweitrangig. Du hast Probleme. Und ich habe eine Bitte. In Zukunft möchte ich von dir hören, wenn du Schwierigkeiten hast, und nicht von einem Handwerker, den ich zufällig in der Stadt treffe, erfahren, dass er auf seine Bezahlung wartet. Hatten wir uns nicht versprochen, ehrlich miteinander zu sein? Warum hast du nichts gesagt? Hattest du Angst, ich würde dich verlassen, wenn ich höre, dass dein Vater dir den Geldhahn zugedreht hat?»

Gut gesprochen, fand Bernie.

Bis Matthias aus der Bank kam, besserte Richard ein paar Stellen im frischrenovierten Treppenhaus aus, die von einziehenden Mietern oder deren Spediteuren beschädigt worden waren.

Abends stand er dann ebenfalls in einem Schuppen und heuchelte Bewunderung für einen vergammelten Tisch und ein halbes Dutzend Stühle mit verschimmelten Sitzpolstern.

«Der Tisch muss komplett abgeschliffen, gebeizt und versiegelt werden», stellte Regine mit hörbarem Unbehagen fest. Für die Stühle galt dasselbe, die mussten nur zusätzlich auch neu gepolstert werden. Matthias schien ebenfalls skeptisch.

Und Richard sagte: «Das kannst du, Kleines. Ich bin sicher, dass du es kannst. Du träumst schon so lange davon, mit altem Holz zu arbeiten. Erfüll dir deinen Traum. Denk an das Regal vom Mathematikprofessor. Wer weiß, wer an diesem Tisch oder auf den Stühlen gesessen hat.»

Als Regine die Sachen tags darauf mit Matthias abholte, sagte der: «Ich will nicht wieder auf Richard herumhacken, Regine. Aber ich kann mir nicht helfen, ich werde das Gefühl nicht los, dass er dich verarscht. Was sollte das denn gestern?» Er ahmte Richards Stimme nach: «Das Regal vom Mathematikprofessor.» In seinem normalen Ton sprach er weiter: «Das ist nun wirklich kein Vergleich mit einer Essgruppe. Er ist gelernter Schreiner. Selbst wenn er noch keine Möbel gebaut und keine

Ahnung von Aufarbeitung hat, hätte ich an seiner Stelle trotzdem gesagt, dass wir es gemeinsam versuchen können, dass ich dir helfe, so gut ich kann.»

«Das tut er doch», verteidigte sie Richard.

Und er machte seine Sache gut. Durch seine früheren Tätigkeiten bei diversen Subunternehmern verstand Richard von allem etwas: Installationen, egal, ob Wasser oder Elektrik, er konnte Fliesen und Tapeten kleben, Parkett und Teppichböden verlegen. Er brauchte bloß Material und Werkzeug: einen Tapeziertisch, Fliesenschneider und so weiter. Und das konnte er auch noch preisgünstig in einem Baumarkt besorgen. In Erwartung der Millionen, die nun bald kommen sollten, streckte Kerstin zweitausend Euro vor.

10.

Nur eine Woche nachdem Richard mit der Arbeit im Dachgeschoss begonnen hatte, legte Kerstin ihm die Sachen heraus, die er tragen sollte, wenn das Aufgebot bestellt wurde. Der Ehevertrag war unterzeichnet und Kerstin sehr zufrieden mit dem Stand der Dinge. Er nicht. Er hasste sich für seine halbherzigen Bemühungen, Regine loszuwerden, für das ganze Theater und für die Feigheit, die es ihm verbot, Regine einmal richtig vor den Kopf zu stoßen, weil Kerstin es am nächsten Dienstag erfahren und zurückgestoßen hätte, und zwar vor seinen Kopf.

Der Termin für die Trauung wurde auf den fünfzehnten November festgesetzt. Das war ein Donnerstag. Eine große Feier sollte es nicht geben, eine Hochzeitsreise war auch nicht geplant, Regine bestand nicht mal auf dem Segen der Kirche. Er war nicht gläubig, hatte sich nie Gedanken gemacht über Gott und Priester. Aber eine Hochzeit in Weiß, vor einem Altar und so einem Mann im Talar, der garantiert sagte: «Bis dass der Tod euch scheidet.» Darüber wollte er nicht nachdenken.

«Du sollst auch nicht nachdenken», sagte Kerstin. «Du kümmerst dich nur darum, dass die Wohnung bezugsfertig wird. Den Rest kannst du unbesorgt mir überlassen. Oder habe ich bisher etwas getan, was für dich von Nachteil gewesen wäre?»

Eigentlich nicht. Diese Erkenntnis beruhigte ihn ein wenig. Die Arbeit im Dachgeschoss lenkte ihn zusätzlich ab. Dabei fühlte er sich nicht viel anders als früher; ein Mann in einem Beruf, der ihm Spaß machte. Und abends fuhr er heim zu einer Frau, die ihn liebte und glücklich war, weil er etwas für sie tat, was nur er allein tun konnte. Es hatte auch den positiven Aspekt, dass die Mieter ihn als einen Mann kennenlernten, der sich lieber persönlich darum kümmerte, seiner zukünftigen

Ehefrau ein behagliches Nest zu schaffen, als es unzuverlässigen Handwerkern zu überlassen.

Nur fünf Leute im Haus wussten, dass Richard zu Anfang den Dreck zusammengekehrt hatte: Bernie, der alte Herr Nattwig, Matthias und Angelika, die von ihrem Mann an die erste Begegnung in der Wohnung erinnert worden war.

Die Fünfte war Frau Haase, die für Sartorius-Immobilien tätig war und Richard auf den Leim ging wie eine Fliege. Mit Vornamen hieß sie Ines, war in Carlas Alter und seit zehn Jahren geschieden. Vor ihrer Hochzeit und in den ersten zwei, drei Ehejahren hatte Frau Haase für einen anderen Steuerberater gearbeitet. Nach ihrer Scheidung hatte Hartmut Sartorius sie eingestellt und ihr damit das Leben gerettet. Das betonte sie oft. Sie war ihrem Chef treu ergeben und trotzdem schon nach wenigen Tagen im linken Seitenflügel derselben Überzeugung wie Bernie: ein sympathischer und tüchtiger junger Mann, dieser Richard Maltei.

Tüchtig war er, das stand außer Frage. Tagsüber arbeitete er praktisch ohne Pause. Wenn Bernie ihm nicht zwischendurch einen Becher frischaufgebrühten Kaffee hinaufbrachte und darauf bestand, dass er sich irgendwo hinsetzte, um den Kaffee zu trinken und dazu einen Happen zu essen, verzehrte er die mitgebrachten Wurstbrote, nachdem er frischen Kleister angerührt oder sonst etwas getan hatte, was ihm eine kurze Wartezeit aufzwang.

Und nachts fiel es dann wieder über ihn her wie ein Hagelschauer. Ab dem fünfzehnten November nur noch zwei Abende die Woche mit Kerstin, zwischendurch vielleicht mal die eine oder andere Stunde am Nachmittag, wenn er sich als Hausmeister loseisen konnte. Aber keine Nächte mehr, kein Sonntagabend, von einem gemeinsamen Urlaub ganz zu schweigen.

Gönnen wir ihr doch ein Jährchen! Das wären zwölf Monate, wenn Sartorius sich denn bequemte, in der Zeit zu sterben.

Richard glaubte das nicht, sah immer noch den Mann vor sich, der ihn Anfang August als Handfeger bezeichnet hatte.

Kerstin dagegen befürchtete inzwischen, Sartorius könne zu früh abkratzen. Bis Ende November sollte Regines Vater nach Möglichkeit noch durchhalten, zwei Wochen nach der Hochzeit wäre ein guter Zeitpunkt, meinte sie. Aber laut Carla war sein Zustand mittlerweile sehr kritisch. Kerstin setzte Carla nur noch in die hinterste Ecke, weil die meist schon mit verheultem Gesicht zur Tür hereinkam und augenblicklich weitere Tränen flossen, wenn Kerstin sich nach dem Befinden ihres Mannes erkundigte.

Einmal schluchzte Carla: «Fragen Sie mich nicht, Frau Riedke. Bitte, fragen Sie mich nicht.» Ein andermal entschuldigte sie sich, dass sie ihrem Elend freien Lauf ließ. «Daheim spiele ich die Starke. Ich heule erst, wenn ich ins Auto steige und zu Ihnen komme, Frau Riedke.»

Das deckte sich mit dem, was Richard aufschnappte, als er mal mit Regine bei Bernie zu Mittag aß. Es gab geschmorte Rippchen, Salzkartoffeln und Bohnensalat. Vor dem Essen ging Richard noch rasch ins Bad, um sich die Hände zu waschen. Und da hörte er, wie Bernie etwas von einer versöhnlichen Geste sagte und dass er fest daran glaube, die käme noch. Und Regine erwiderte mit kippender Stimme, die verdächtig nach heruntergeschluckten Tränen klang: «Mein Vater war immer ein Sturkopf, und jetzt ist er nicht mehr ansprechbar. Was soll denn da noch kommen?»

Als sie Richards Schritte im Flur hörte, wechselte sie flugs das Thema: «Hast du schon gesehen, was für schöne Fliesen Richard für unsere Küche gekauft hat?»

Hatte der Dicke nicht, an dem Nachmittag hatte Bernie auch keine Zeit, Fliesen zu bewundern. Er musste mit Herrn Nattwig zum Arzt, Regine wollte mitfahren und ein paar Besorgungen machen.

Obwohl Richard nun von morgens bis abends im Haus war,

musste er sich nicht allzu oft mit ihr auseinandersetzen. Die Vormittage verbrachte sie nach wie vor an der Uni, aufgegeben hatte sie ihr Studium noch nicht. Wenn es wirklich so schlecht um ihren Vater stand, konnte sie damit auch warten, bis er unter der Erde war. Da musste sie ihn in seinen letzten Tagen nicht noch zusätzlich aufregen.

Nachmittags war sie entweder in der Werkstatt eines Restaurators. Auch das hatte Matthias ihr vermittelt, damit sie sich im Schnellverfahren einige unbedingt notwendige Kenntnisse für den Umgang mit altem Holz aneignete. Oder sie ließ sich in der Verwaltung von Frau Haase erklären, wie Nebenkostenabrechnungen erstellt wurden und dass die Müllabfuhr nun mal ihren Preis hatte. Frau Haase war neben Richard übrigens die einzige Angestellte von Sartorius-Immobilien.

Gelegentlich machte Regine auch Einkäufe für den Haushalt. Damit kam sie dann natürlich hinauf in die Wohnung, stellte Tüten oder Päckchen ab, schaute Richard minutenlang bei der Arbeit zu, bewunderte seine Geschicklichkeit und verabschiedete sich wieder mit den Worten: «Ich habe noch einiges zu tun und will dich nicht stören.»

Dann rannte sie entweder zur Straßenbahnhaltestelle oder ließ sich von Bernie irgendwohin kutschieren. Sie hatte den Dicken auch als Trauzeugen verpflichtet. Er freute sich über jeden Gefallen, den er ihr tun konnte, und lobte ihren guten Geschmack, wenn sie ein halbes Dutzend billige Teller, Tassen, Gläser, zwei Kaffeebecher, drei Handtücher oder sonst was gekauft hatte. Bernie brachte ihr auch bei, wie man Hosen bügelte und Töpfe schrubbte. Kochen konnte sie, das hatte sie von Großmama im Allgäu gelernt. Ansonsten hatte sie vom Haushalt keinen blassen Schimmer und wollte sich daheim nicht die Blöße geben, eine Diplomhauswirtschafterin zu fragen.

Die Abende verbrachte sie unverändert oft mit Matthias. Mit dem schleppte sie die zwingend notwendige Einrichtung zusammen. Auf den vergammelten Kirschbaumkram fürs Wohnzimmer folgten für die Küche ein zusätzlicher Tisch und zwei unterschiedliche Stühle, Elektroherd und Kühlschrank mit Drei-Sterne-Gefrierfach aus den achtziger Jahren des letzten Jahrhunderts, beides noch voll funktionsfähig, aber entsetzliche Stromfresser, ein Spülschrank mit Becken und Abtropffläche, dessen Seitenteile nur ganz leicht von Feuchtigkeit aufgequollen, aber längst wieder getrocknet waren, sowie eine Anrichte und ein wurmstichiges Ungetüm mit klobigem Unterteil und Glastüren oben, das sie Büfett nannte. Fürs Schlafzimmer kamen noch ein Bett von einem Meter vierzig Breite mit passenden Nachttischchen und ein Bauernschrank, dessen Türen schief in den Angeln hingen, hinzu.

Richard wurde nur zum Ausladen und Hinaufschaffen gebraucht. Danach war es meist zehn vorbei, und Regine zeigte vollstes Verständnis, dass er hundemüde war und nur noch ins möblierte Zimmer wollte. Immerhin hatte er seit dem frühen Morgen geschuftet.

Kerstin amüsierte sich, wenn er heimkam und über den alten Plunder nörgelte, der sich in einem der drei sogenannten Kinderzimmer ansammelte. «Lass sie doch, Schatz. Das Zeug kommt später auf den Müll. Wir richten uns ganz schick ein.»

Neuerdings war er Kerstins Schatz, so hatte sie ihn früher nie genannt. Alles, was sie an der Sache störte, war die Tatsache, dass Regine immer noch mehr Zeit mit Matthias verbrachte als mit ihrem zukünftigen Ehemann und Alleinerben.

Carla hatte ihr zwischenzeitlich von Matthias vorgeschwärmt. Der war zweimal mit in die Villa gegangen, als er Regine heimbrachte, weil sie ihm Unterlagen mitgeben wollte, die sie in ihrem Zimmer aufbewahrte. Bei den Gelegenheiten hatte Carla sich mit Matthias unterhalten. Und auch wenn er nicht mit hineinging: Mit ein bisschen Aufmerksamkeit konnte Carla gar nicht entgehen, dass mal wieder der Opel Kombi und kein Mercedes in der Einfahrt hielt. Auch bei Dunkelheit waren beide Fahrzeuge gut voneinander zu unterscheiden. Netter junger Mann, hatte Carla zu Kerstin gesagt, der mit offenen Augen durchs Leben ging und Regine vielleicht doch noch zur Vernunft brachte.

Und da Kerstin Angelika Brockmüller persönlich kannte und als Zicke beurteilte, womit sie gar nicht so falschlag, befürchtete sie, Matthias könne auf den Geschmack kommen.

Das glaubte Richard weniger. Matthias war hoffnungslos verliebt in seine Zicke, fiel regelrecht über sie her und riss ihr fast die Kleider vom Leib, wenn sie die Wohnung betrat. Vermutlich küsste er noch den Boden, über den Angelika gewandelt war. Sobald sie auftauchte, war Regine abgemeldet. Richard hatte es mittlerweile oft genug gesehen. Und er konnte sich nicht teilen, hatte mit dem Dachgeschoss genug zu tun.

Schließlich sah Kerstin auch ein, dass es ohne Schweiß keinen Preis gab. Zuerst musste die Wohnung fertig werden, wo sollte er sonst nach der Hochzeit mit Regine hin?

11.

Doch Regine war nachdenklich geworden. Ihre erotischen Träume hatten sie neugierig auf Richard gemacht und dafür gesorgt, dass sie sich in ihn verliebte. Und was keine noch so eindringlich warnende Stimme und keine Aktion ihres Vaters vermochte, ein paar unerotische Träume schafften es, sie zu verunsichern.

Es waren Szenen, die sie so ähnlich mit Richard erlebt hatte, aber nur so ähnlich. Nie war Richard so, wie sie ihn in den entsprechenden Momenten tatsächlich erlebt hatte. Einmal mokierte er sich über den «Schrott» fürs Esszimmer. Ein andermal machte er abfällige Bemerkungen über die beiden Kaffeebecher, lästerte sogar über Bernie, der ihren guten Geschmack gelobt und gesagt hatte: «Die sind wirklich hübsch, Regine. Auch das restliche Geschirr, schlicht, aber edel. Wie preiswert es war, sieht man wirklich nicht.»

Diese Träume waren noch harmlos. Doch dann hatte sie einen, der sie sehr verstörte. Darin saß Richard missmutig neben ihr im Sanitärfachgeschäft vor Kaffee und Gebäck. Er war sauer, weil er warten musste, während der Verkäufer telefonierte. «So viel Aufwand für eine schwarze Badewanne», meckerte er.

«Die Wanne ist weiß», widersprach der Verkäufer.

«Nicht mehr, wenn sie dreckig wird», antwortete Richard.

Kaum war das ausgesprochen, verwandelte sich der Verkäufer in den blonden Bergsteiger von Großmamas Fotos, von dem sie als Kind manchmal geträumt hatte. «Vergiss es, Schwesterchen», sagte er. «Oder willst du im Dreck enden?»

Vielleicht machte diese irreale Komponente sie empfänglicher für verräterische Gesten auf der realen Ebene. Vielleicht bekam sie auch einfach nur Angst vor der eigenen Courage und war deshalb aufmerksamer. Nun, wo es mit Riesenschritten auf die Hochzeit zuging, fiel ihr endlich auf, dass Richard sich unbestreitbar große Mühe gab – mit der Wohnung, nicht mit ihr.

Am letzten Oktobertag stieg sie nachmittags hinauf ins Dachgeschoss, um ihn zu fragen, ob er mitfahren wolle, eine Kommode anzuschauen, die laut Matthias gut zum Bauernschrank im Schlafzimmer passen würde. Richard hörte sie nicht kommen. Bernie hatte ihm ein Kofferradio geliehen, das ständig in Betrieb war. Die Lautstärke war ziemlich hoch eingestellt. Er werkelte eifrig in der Küche, klebte Fliesen an die Wand, an die Herd und Spüle gestellt werden sollten, summte die Melodie eines Schlagers mit und wirkte so entspannt, so zuversichtlich – bis er auf sie aufmerksam wurde.

Da zuckte er zusammen, als hätte sie ihn bei etwas Schändlichem erwischt. Ehe er zu lächeln begann, vergingen mindestens fünf Sekunden. Und dann wirkte seine Miene lauernd und misstrauisch. Fast erwartete sie, dass er fragte: «Was willst du?»

Das tat er natürlich nicht. Wie üblich sagte er: «Hallo, Kleines. Schön, dich zu sehen.» Und fügte gleich hinzu: «Aber wenn nichts Besonderes anliegt, solltest du mich das hier ungestört zu Ende bringen lassen, ehe der Kleber antrocknet.»

«Ich wollte dir nur Bescheid sagen, dass Matthias und ich gleich nochmal losfahren, um eine Kommode …», begann sie, weiter kam sie nicht.

«Viel Spaß», wünschte er. «Ich will hier heute noch fertig werden. Morgen kann ich ja nichts tun wegen Allerheiligen.»

Von dem Feiertag hatte er schon montags gesprochen und angekündigt, keine Zeit zu haben. Ein Kumpel habe ihn gebeten, bei etwas zu helfen, wofür ein Tag, an dem man keinen Lärm machen dürfe, bestens geeignet sei. Als ihr das wieder einfiel, fragte sie sich, welche Art von Hilfe das wohl sein mochte. Und welcher Kumpel? Einer aus der Kampfsportschule? Ein ehemaliger Arbeitskollege oder ein Freund von früher? Richard hatte ihr noch nie jemanden vorgestellt, war noch nie mit ihr irgendwohin gegangen, wo ihn jemand gekannt hätte.

Er widmete sich bereits wieder der Wand. Und sie war in dem Augenblick erleichtert, gehen zu können, ohne sich von ihm berühren lassen oder einen seiner flüchtigen Küsse in Empfang nehmen zu müssen.

Das war der Mittwoch, zwei Wochen vor dem Termin auf dem Standesamt. In der Nacht zum Donnerstag träumte sie, Richard säße neben ihr im Salon Riedke. Carlas Friseuse stand hinter ihr und wartete darauf, mit dem Haareschneiden beginnen zu können. Richard hielt die Schere mit erhobener Hand fern, während er ihr erklärte: «Nur die Spitzen, Kleines.»

Da betrat der blonde Bergsteiger den Salon und sagte: «Lass dich nicht verarschen, Schwesterchen. Du weißt doch: Wenn man solchen Leuten ständig den Hals langmacht, darf man sich nicht wundern, wenn man eines Tages was aufs Dach bekommt. Und du weißt auch, was passiert, wenn Nero den Daumen senkt.»

Genau in dem Moment spreizte Richard den Daumen der erhobenen Hand ab und drehte die Hand langsam. Die Schere war plötzlich nicht mehr hinter ihr, sondern direkt vor ihrem Gesicht. Die Spitzen klafften auseinander und näherten sich ihren Augen.

«Nur die Spitzen, Kleines», wiederholte der Bergsteiger, was Richard zuvor gesagt hatte, und ergänzte: «Durch die Augen direkt ins Hirn. Exitus.»

Sie wachte keuchend auf, rang minutenlang nach Luft und hatte noch beim Frühstück das Gefühl, zu ersticken. Nach dem Frühstück bat sie ihren Vater, ihr den Rubinring zurückzugeben. Sie hoffte, mit dem Stein in der Handfläche ihre widersprüchlichen Empfindungen zu ordnen und die irrationale Angst loszuwerden, die der Traum ausgelöst hatte.

Natürlich lehnte Väterchen Frost ab, betrachtete sie nachdenklich, ehe er sich erkundigte: «Wozu brauchst du den Ring? Willst du ihn versetzen, damit du zu einem Trauring kommst? Es wird ja allmählich höchste Zeit, nicht wahr? Weiß unser

Hausmeister in spe nicht, wer für den Kauf der Ringe zuständig ist? Oder kann er sich das nicht leisten, weil er seit dem ersten September ohne Arbeit ist?»

«Das ist nicht wahr», widersprach sie. «Richard hat …»

«In der Gebäudereinigungsbranche sind zwei Wochen Kündigungszeit üblich», wurde sie unterbrochen und belehrt. «Er hat gekündigt, kurz nachdem ich ihm die Stelle offeriert hatte.»

«Woher weißt du das?», fragte sie.

«Ich habe einen Vertrag mit diesen Leuten», sagte Hartmut. «Es hat mich nur einen Anruf gekostet.»

«Und wann hast du angerufen?», wollte Regine wissen.

«Mitte September», sagte er. «Auf den Tag genau weiß ich es nicht mehr.»

Sie hätte geschworen, dass er sogar die genaue Uhrzeit noch wusste. «Warum hast du bisher nichts gesagt?», fragte sie.

Statt ihr zu antworten, stellte er fest: «Er hat es dir also verschwiegen. Was erwartest du von diesem Mann? Womit hat er sich die Zeit vertrieben, in der dir das Wasser bis zum Hals stand und dein Freund Brockmüller die Rettungsringe auswarf?»

Eine berechtigte Frage, fand Regine.

Kurz darauf wollte sie von Carla wissen: «Wusstest du das?»

Carla nickte, obwohl es nicht ganz den Tatsachen entsprach. Ihr hatte Hartmut nur mitgeteilt, er hätte Erkundigungen eingezogen und seine Meinung über den Wischmopp bestätigt bekommen.

«Und warum hast du es mir nicht gesagt?», fragte Regine.

«Hättest du mir geglaubt?», erkundigte sich Carla ihrerseits. «Ich hatte bisher nicht das Gefühl, dass dich meine Bedenken kümmern.»

«Hat Vater sonst noch etwas über Richard herausgefunden?», wollte Regine wissen.

«Was zum Beispiel?», fragte Carla in der Annahme, Regine sei selbst über das eine oder andere gestolpert und könne ihr einen Hinweis geben.

Aber Regine zuckte nur mit den Achseln, fühlte sich, wie Matthias und ihr Bruder es in ihrem Traum ausgedrückt hatten: verarscht. Wochenlang das Gähnen und die Hinweise auf einen harten Arbeitstag. Sie hätte wirklich zu gerne gewusst, womit Richard sich die Zeit vertrieben hatte.

«Liebes, überleg dir gut, was du tust», mahnte Carla. «Georg war nicht der Richtige. Richard ist erst recht kein Mann für dich. Noch kannst du die Trauung abblasen. Das kostet nicht so viele Nerven wie eine Scheidung.»

«Er gibt sich so viel Mühe mit der Wohnung», sagte sie hilflos.

«Wir bezahlen ihm seine Mühe», erklärte Carla. «Du musst ihn nicht heiraten, nur weil er die Wohnung bezugsfertig macht. Denk noch einmal gründlich über alles nach, bitte. Das geht am besten mit ein wenig Abstand. Was hältst du davon, wenn wir übers Wochenende ins Allgäu fahren?»

Regine zuckte unschlüssig mit den Achseln. «Zuerst will ich wissen, was Richard sich dabei gedacht hat.»

Mit ihm könne sie erst am Freitag sprechen, glaubte sie. Er wollte ja den Feiertag nutzen, um einem Kumpel bei etwas zu helfen. Aber Bernie war bestimmt da und hielt sein dreibeiniges Tischchen bereit. Als sie zur Straßenbahnhaltestelle ging, war sie noch nicht sicher, ob sie Bernie um ein Gespräch mit seiner Mutter bitten sollte. Das erübrigte sich dann auch.

Als sie ins Haus kam, warf sie zuerst einen Blick in den Innenhof, um festzustellen, ob Bernies silbergrauer Van dort stand. Hätte ja sein können, dass er zum Friedhof gefahren war. Aber der Van war da. Und zwei Plätze weiter stand der dunkelblaue Mercedes, bei dessen Anblick Carla jedes Mal eine Gänsehaut bekam.

12.

Im Geist lebte Richard schon mit Kerstin in der Wohnung. Deshalb machte es ihm so viel Spaß, alles tipptopp herzurichten. In Gedanken war es einfach, ein Jährchen zu überspringen und sich auszumalen, wie es danach wäre. Und vielleicht ging es ja wirklich schneller.

«Noch drei Wochen», hatte Kerstin am Dienstagabend gesagt. «Im Höchstfall drei, wahrscheinlich weniger.»

An dem Nachmittag hatte Carla einen relativ gefassten Eindruck gemacht und erzählt, ihr Mann sei übers Wochenende in der Klinik gewesen, die Ärzte hätten ihm nahegelegt zu bleiben, weil er daheim nicht optimal betreut werden könne. Er habe abgelehnt, weil er bis zur letzten Minute Einfluss auf Regine nehmen wolle.

«Am besten machst du mir mal einen Plan von der Wohnung», bat Kerstin am Donnerstagvormittag, während Regine daheim noch um den Rubinring verhandelte. «Zeichne auch die Steckdosen ein. Wir brauchen eine neben der Wanne im großen Bad.»

Einige Jahre zuvor hatte Carla ihr erzählt, dass sie Regine mit dem Föhn in der Wanne erwischt habe. Bodenloser Leichtsinn natürlich. Aber hervorragend, wenn man auf fremde Hilfe lieber verzichten sollte. Es durfte nur kein Verlängerungskabel herumliegen, das brachte die Polizei womöglich auf dumme Gedanken. Kerstin hatte Abstand von der absurden Idee genommen, einen Fremden anzuheuern. Und wie immer dachte sie entschieden weiter als Richard. Er durfte nämlich nicht in der Nähe sein, wenn es passierte.

«Das übernehme ich», sagte sie. «Du lässt nur Schlüssel für mich machen, damit ich unbemerkt reinkomme. Dann trinkst du solange irgendwo ein Bier und siehst zu, dass du nicht allein zurück in die Wohnung kommst. Wen du mitbringst, ist egal, Hauptsache, du hast einen Zeugen dabei, wenn du sie findest.»

Aus dem Grund fuhr er am ersten November nach dem Mittagessen doch nach Köln und machte sich umgehend an die Arbeit. Viel Lärm entstand dabei nicht, und er war sicher, von Regine nicht gestört zu werden. Damit es nicht weiter auffiel und Regine keine unnötigen Fragen stellte, tauschte er zuerst in der Küche zwei normale Steckdosen gegen Doppelstecker aus. In der Küche konnte man ja nie genug Stromquellen haben. Im großen Bad war es etwas mühsamer. Glücklicherweise klebten hier noch keine Fliesen. Zuerst mussten die neubestellte, gemütliche Wanne, Dusche, Waschbecken und Klo eingebaut werden. Bisher waren die Sachen aber noch nicht mal geliefert.

Was die Platzierung anging, orientierte er sich an den Wasseranschlüssen, gab zwanzig Zentimeter zu den Maßen einer Standardwanne hinzu und fräste die erste Rille in die nackte Wand – senkrecht nach unten. Das war keine elegante Lösung, aber Leerrohre zur Verlegung von Elektroleitungen gab es in der Längswand gar nicht. Die nächste Abzweigdose befand sich an der Querwand. Da musste er auch eine Rille zum Fußboden hin fräsen. Das Kabel wollte er dann in der Kante zwischen Wand und Boden verlegen. Später würde es hinter den Fliesen verschwinden.

Er war gerade dabei, das Kabel in der Abzweigdose anzuschließen, als Regine hereinkam. Sie blieb in der Tür stehen, musterte ihn mit ausdrucksloser Miene und fragte: «Warum tust du das?»

Richard fühlte sich auf der Stelle ertappt und wusste nicht, was er erwidern sollte. Und ehe ihm etwas Unverfängliches einfiel, erklärte sie: «Ich habe die Ausstattung für dieses Bad wieder abbestellt. Ich habe nur noch nicht daran gedacht, es dir zu sagen. Aber du sagst mir ja auch nicht alles.»

Er stand da wie vom Donner gerührt. Abbestellt? Nachdem sie so einen Wirbel gemacht hatte, den Kram zu bekommen?

Sie schaute ihn an, als wolle sie sich in sein Gehirn bohren, und schoss die nächste Frage ab wie einen Pfeil: «Kennst du Carlas Friseuse?»

«Wen?», fragte er, atemlos vor Schreck. Der Schock verlieh seiner Stimme genau die richtige Portion Ratlosigkeit, die es brauchte, um einigermaßen glaubwürdig zu klingen.

Sie winkte ab. «Vergiss es. Ich habe schlecht geträumt. Bist du einverstanden, wenn ich Carla begleite? Sie will übers Wochenende ihre Eltern besuchen.»

«Aber sicher», sagte er rasch. «Warum sollte ich etwas dagegen haben? Fahr nur mit.»

«Gut.» Sie nickte versonnen, ließ den Blick nicht von seinem Gesicht. «Wir werden wahrscheinlich morgen früh aufbrechen. Zurück kommen wir am Mittwoch oder Donnerstag. Dann müssen wir beide unbedingt einige Dinge klären.»

Mittwoch oder Donnerstag war nun entschieden länger als übers Wochenende. Doch dagegen hatte er auch nichts, im Gegenteil. Er hätte in dem Moment geschworen, dass sie Bescheid wusste.

13.

Richard ließ alles stehen und liegen und machte sich umgehend auf den Heimweg. Kerstin war ebenfalls schockiert, als er wiedergab, was Regine ihn gefragt hatte. Kerstin meinte, Angelika hätte Regine eingeweiht. Auf das abbestellte Bad ging sie nicht sofort ein, regte sich zuerst über seine Dämlichkeit auf. «Und da kommst du Idiot schnurstracks zurück. Warum hast du nicht angerufen? Schon mal daran gedacht, dass es eine Falle sein könnte? Ist dir jemand gefolgt?»

Ihm war niemand aufgefallen, weder im Stadtverkehr noch auf der Autobahn oder der Landstraße.

Kerstin kam auf den Besuch bei Carlas Eltern zu sprechen, daran glaubte sie keine Sekunde lang. «Blödsinn. Carla lässt ihren Mann doch jetzt nicht allein. Der kann jeden Moment sterben.»

Unter dem Vorwand, Carlas Termin für den kommenden Dienstag um eine Stunde verschieben zu müssen, rief sie am nächsten Vormittag vom Salon aus in der Villa an, geriet aber nur an die Hauswirtschafterin und hörte, Frau Sartorius sei nicht zu sprechen.

Daraus schloss Kerstin, dass Carla daheim war und nicht gestört werden wollte. Wahrscheinlich saß sie bei ihrem Mann, hielt Händchen, überwachte die Atemzüge oder sonst was. Nach Regine fragte Kerstin verständlicherweise nicht. Das musste Richard übernehmen, nachdem sie ihn telefonisch informiert hatte. Aber Regine war auch nicht zu sprechen. Bei ihr hieß es, sie sei unterwegs. Wohin, ob allein oder in Begleitung, wusste die sehr reserviert klingende Frau Schröder angeblich nicht.

Kerstin mutmaßte sofort, dass Regine sich mit Matthias herumtrieb. «Ich habe dich mehr als einmal gewarnt», fauchte sie Richard an, als er sie abends vom Salon abholte. «Was erwartest du, wenn du sie ständig mit Brockmüller herumziehen lässt? Bisher hast du nicht mal Ringe gekauft. Hast du sie wenigstens nochmal gevögelt seit der Nacht im Hotel?»

Natürlich nicht. Das hatte sie ihm doch verboten! Wie oft hatte sie gepredigt, er solle bis zur Hochzeit warten.

«Du Idiot», schimpfte sie erneut los. «Mit dem Aufgebot war die Hochzeit beschlossene Sache. Fünf Minuten neben dem Tapeziertisch hätten gereicht. Muss man dir denn für alles eine Gebrauchsanweisung schreiben? Da darfst du dich nicht wundern, wenn sie auf dumme Gedanken kommt.»

So dumm waren Regines Gedanken doch gar nicht, fand er. Und mit Matthias hatten sie garantiert nichts zu tun. Er hätte seine Hand ins Feuer gelegt, dass es um seine gestrige Arbeit im großen Bad ging. *«Warum tust du das?»*

«Vielleicht hat Sartorius doch noch einen Detektiv eingeschaltet», meinte er. «Könnte ja auch sein, dass Regine so von uns beiden erfahren hat. Du bist den ganzen Tag im Salon, ich war auch nicht da. Ins Haus rein kommt jeder, wenn die Tür unten nicht offen steht, muss man nur auf genügend Klingelknöpfe drücken. Ein einfaches Türschloss ist kein Hindernis, das macht ein Profi auf, ohne dass einer was davon merkt. Und dann eine Wanze unter den Tisch oder hinter einen Schrank gepappt.»

«Quatsch.» Kerstin tippte sich an die Stirn.

Am Samstagvormittag rief sie dreimal in der Villa an, ließ Richard nachmittags mit seinem Handy fünfmal Brockmüllers Nummer wählen, jedes Mal ohne Erfolg. Den Sonntag nutzte sie, um Richards Sachen zu packen. Das tat sie lieber selbst, damit nicht aus Versehen einer von ihren Slips zwischen seine Boxershorts geriet. Er hätte so gerne ein Teil von ihr mitgenommen, ein persönliches Teil, kein Handtuch. Das legte sie dazu, außerdem ein Geschirrtuch und eine Rolle Klopapier. Seine Habseligkeiten passten in einen Koffer und zwei Kartons. Als er bei ihr eingezogen war, hatten sie in einen Karton gepasst.

Montags schickte Kerstin ihn los, eine Luftmatratze zu kaufen. Sonst hätte er auf dem frischverlegten Parkett schlafen müssen, weil für das alte Bett im Schlafzimmer noch keine neue Matratze angeschafft worden war. Eine Wolldecke spendierte sie ihm auch. Zum Glück waren die meisten Heizkörper im Dachgeschoss schon angeschlossen.

«Kauf ein Paar Ringe und ruf mich an, sobald du weißt, was los ist», verlangte sie, als er zurückkam, um den Koffer und die beiden Kartons abzuholen. Dann nahm sie ihm die Schlüssel zu ihrer Wohnung und der Haustür sowie sein Handy ab.

«So ein Ding ist tückisch», erklärte sie Letzteres. «Wenn die Kripo sich damit beschäftigt ...»

Ganz wohl war ihr offenbar auch nicht in ihrer Haut.

«Und wie soll ich dich anrufen?», fragte er. Im Dachgeschoss gab's noch kein Telefon.

«Such dir eine Telefonzelle», riet Kerstin und untersagte ihm strikt, in nächster Zeit im Salon zu erscheinen.

Eine Dreiviertelstunde später fuhr Richard in den Innenhof, trug seinen Kram in den Aufzug, fuhr nach oben, lief anschließend von einem Raum in den anderen und wusste nicht, wohin mit sich. Von den Vorstellungen des Lebens mit Kerstin in dieser Wohnung war er weit entfernt. Unentwegt ging ihm ihr wütender Vortrag durch den Kopf. «Sieh bloß zu, dass du das wieder hinbiegst. Wir haben nirgendwo eine Wanze, sonst hätten wir längst Besuch von der Kripo gehabt. Du glaubst doch nicht im Ernst, dass Sartorius auch nur eine Sekunde gezögert hätte, uns die Bullen auf den Hals zu hetzen.»

Er wusste nicht mehr, was er glauben sollte. Ein todkranker Mann hatte in den letzten Wochen seines Lebens wahrscheinlich andere Bedürfnisse, als sich mit der Polizei auseinanderzusetzen. Der sagte nur noch seiner Tochter, was Sache war.

Am liebsten wäre Richard umgekehrt und hätte es darauf ankommen lassen, ob Kerstin ihn richtig vor die Tür setzte oder nicht. Er glaubte, das täte sie nicht, weil sie ihn doch liebe. Sie würde ihn verfluchen, tagelang zetern wie ein Rohrspatz, weil sie sich diese zweihundertvierzig Quadratmeter mit Dachterrasse und die Sartorius-Millionen ein für alle Mal abschminken könnte.

Und irgendwie hatte sie ja recht! Zu der Einsicht kam er, nachdem er länger als eine Stunde von einem leeren Zimmer ins andere gelaufen war. Den Raum voller altem Plunder mied er, schaute sich nur das Werk seiner Hände an, Fußböden und Wände, alles tipptopp. Auch eins der kleinen Badezimmer konnte sich sehen lassen.

Er hatte nur das eine hergerichtet, das dem Schlafzimmer am nächsten lag. In den beiden anderen hatte er noch keinen Handschlag getan. Für den Anfang reichte ja wohl auch ein *Kinderzimmer* mit Bad, vor allem, wenn man bedachte, dass Kerstin für Wanne, Klo, Waschbecken und Fliesen bezahlt hatte. Dabei wollte sie selbst keine Kinder. Aber ein zweites Bad könne später nicht schaden, hatte sie gemeint. Dann stand man sich nicht gegenseitig im Weg, wenn man sich gleichzeitig fertig machte, um auszugehen.

Sie hatte wirklich recht! Er hatte schon so viel Zeit und Mühe investiert, kam ausgezeichnet mit den Mietern zurecht, verstand sich gut mit Bernie und Frau Haase, wurde von allen behandelt wie der neue Besitzer. Und so hatte er sich in den letzten Wochen auch gefühlt. Also packte er aus und pumpte die Luftmatratze auf.

Danach ging er auf ein Schwätzchen runter zu Bernie. Der freute sich doch immer, wenn er Besuch bekam. Kerstin hatte ihn zwar noch einmal ausdrücklich davor gewarnt, den Dicken auszuhorchen. Aber er musste ja nicht fragen, wie Regine darauf gekommen sei, dass er Carlas Friseurin kannte, und warum sie die Ausstattung fürs große Bad wieder abbestellt habe. Was er sonst fragen sollte, wusste er allerdings auch nicht. Also erzählte er nur, Regine sei übers Wochenende mit ihrer Stiefmutter ins Allgäu gefahren.

Bernie wusste davon nichts und meinte: «Das tut ihr sicher gut nach all dem Stress, den sie zu Hause hat.»

«Was ist denn da los?», fragte Richard. «Mit mir spricht sie ja nicht darüber. Hat ihr Vater sich immer noch nicht mit mir abgefunden?» Er war stolz auf sich, weil ihm bei all seinem Stress eine so unverfängliche Formulierung eingefallen war.

Bernie winkte ab. «Das kannst du vergessen. Der ist krank. Da ist nichts mehr zu machen.»

Als *Unwissender* hätte Richard sich nun eigentlich erkundigen müssen, an welcher Krankheit Sartorius litt. Der Gedanke kam ihm jedoch nicht. «Das ist ja furchtbar», sagte er und verabschiedete sich wieder, um dort weiterzumachen, wo er donnerstags aufgehört hatte.

Matthias Brockmüller kam zur gewohnten Zeit am späten Nachmittag nach Hause. Bei ihm probierte Richard sein Glück unter dem Vorwand, Regine hätte am Mittwoch eine Kommode erwähnt, wahrscheinlich fürs Schlafzimmer. Aber sie hätte nicht gesagt, wann die abgeholt werden und ob er beim Transport helfen sollte, weil sie für ein paar Tage mit ihrer Stiefmutter zu den Großeltern ins Allgäu gefahren sei.

«Die mag sie ja sehr gerne», sagte er und fügte Bernies Worte an. «Und bei all dem Stress, den sie in den letzten Wochen zu Hause hatte, dachte ich, so eine kleine Auszeit wird ihr sicher guttun.»

Von der Auszeit wusste auch Matthias nichts. Er hatte Allerheiligen für ein langes Wochenende genutzt und war mit Angelika nach Wien geflogen. Am Donnerstagmorgen hin, gestern Abend zurück. War schön gewesen und gar nicht teuer. Und was die Kommode anging: «Die wollte Regine doch gar nicht.»

«Ja dann», sagte Richard und brachte ein harmloses Lächeln zustande. «Hat sie wohl vergessen, mir das zu sagen. Ist ja auch nicht so wichtig.»

Sich zu erkundigen, ob Angelika inzwischen eingefallen sei,

wo sie ihn tatsächlich das erste Mal gesehen hatte, und ob sie darüber mit Regine gesprochen habe, riskierte er nicht.

Danach fuhr er zu Saturn, kaufte sich ein preiswertes Handy und eine Prepaidkarte, weil er keine Lust hatte, Telefonzellen zu suchen. Obwohl er noch gar nicht wusste, was los war, rief er Kerstin an. Minutenlang überschüttete sie ihn mit Vorwürfen und Beschimpfungen, weil er es versäumt hatte, sich bei Frau Haase nach Regines Verbleib zu erkundigen. Das wäre naheliegend gewesen. Nun war es zu spät, Frau Haase machte pünktlich um fünf Feierabend.

14.

Am Dienstagmorgen probierte Richard es gleich um neun im linken Seitenflügel. Frau Haase begann auch pünktlich mit ihrer Arbeit, hantierte im Innern eines kastenförmigen Geräts und blickte erfreut auf, als er hereinkam. Mit der Begrüßung überschlug sie sich fast. «Guten Morgen, Herr Maltei. Das trifft sich hervorragend, dass Sie vorbeischauen. Ich stehe hier nämlich vor einem kleinen Problem. Der Developer muss ersetzt werden.»

Vorne an dem Gerät blinkte eine Anzeige mit dem entsprechenden Hinweis. Es handelte sich um einen antiquierten Laserdrucker, den Frau Haase um nichts auf der Welt gegen einen neuen eintauschen wollte. Developer und andere notwendige Materialien musste sie zwar bei einem Händler in München bestellen, doch das zahlte sich aus, weil das uralte Schätzchen entschieden kostengünstiger druckte als alles, was nach ihm auf den Markt gekommen war.

Wie man mit solch einem Teil umging, wusste Richard nicht. Mit Computern und ihren Anhängseln hatte er noch nie zu tun gehabt. Er erwiderte den überschwänglichen Gruß freundlich, betrachtete das Display und sagte in der Annahme, dass von ihm erwartet wurde, das *kleine Problem* zu beseitigen: «So sieht es aus. Am besten rufen Sie einen Techniker.»

«Das ist nicht nötig», klärte Frau Haase ihn auf. «Wir haben Ersatz am Lager. Ich hatte schon überlegt, ob ich rasch hinuntergehen soll. Aber wenn in der Zwischenzeit jemand anruft …»

Wäre das nicht so tragisch gewesen. Der Anrufer hätte eine Nachricht auf den Anrufbeantworter sprechen oder es fünf Minuten später nochmal probieren können. Aber das Lager befand sich im Keller, und dort gruselte es Frau Haase. In der

Zwischenzeit hatte Bernie auch ihr von der bei einem Luftangriff im Zweiten Weltkrieg verstorbenen und da unten verbuddelten Frau erzählt.

Richard hatte kein Problem in den schlechtbeleuchteten Gängen, die rechts und links vom Haupttrakt abzweigten. In dem unter dem mittleren Teil des Gebäudekomplexes liegenden Kellerbereich war alles neu gemacht und für die Mieter hergerichtet worden. Dort führte auch eine Tür hinaus zu den Parkplätzen im Innenhof, der tiefer lag als die vor dem Haus vorbeiführende Straße. Die Sanierung der beiden Kellerseitenflügel war aus Kostengründen auf unbestimmte Zeit verschoben worden.

Im rechten gab es nur leere Lattenverschläge, sie hatten früher als Kellerräume gedient. Der Gang dazwischen endete vor einer Eisentür, hinter der sich der Heizkessel der alten Gasheizung befand. Links war der Gang schmaler und wurde nur von zwei 60-Watt-Birnen beleuchtet. Auf einer Seite grenzte er an die Außenmauer. Auf der anderen lagen wie im rechten Flügel Lattenverschläge. Sie waren bis unter die Decken vollgestopft mit Gerümpel. Etliche der ausziehenden Mieter hatten ihren Sperrmüll hier zurückgelassen. Auch dieser Gang endete vor einer Eisentür. Dahinter war das Lager untergebracht.

Es erstreckte sich über die gesamte Breite des linken Flügels, war eingerichtet mit einer Werkbank und ein paar Regalen. Die Vorräte an Büromaterial waren übersichtlich in einem davon gestapelt. Sämtliche Kartons waren beschriftet. Richard fand rasch, was er suchte.

Frau Haase bedankte sich überschwänglich, als er zurückkam, mit dem Laserdrucker kam sie allein zurecht. Nachdem der wieder betriebsbereit war, bot sie Richard einen Kaffee an, verschwand in der Küche und plapperte unentwegt weiter.

Richard hatte Mühe, sich mit seinen Fragen gegen ihren Redeschwall zu behaupten. Als er endlich Antwort bekam, machte ihn das nicht klüger. Frau Haase hatte keine Ahnung, dass Regine verreist war, konnte ihm somit auch nicht sagen, ob sie alleine oder mit der Stiefmutter unterwegs war.

Kurz vor Mittag rief er im Sanitärfachgeschäft an und hörte, dass das Luxusbad nicht wegen einer fehlenden Dusche abbestellt worden war. Den genauen Grund konnte ihm die Dame am Telefon nicht nennen, aber die Sachen waren vollzählig vorhanden, das wusste sie mit Sicherheit.

Kerstin hoffte vergebens darauf, nachmittags von Carla irgendeine Erklärung zu hören. Ihre langjährige Stammkundin ließ den festen Termin wegen einer «familiären Angelegenheit» von der Hauswirtschafterin absagen.

Schon um halb fünf machte Kerstin Feierabend und beorderte Richard zu einem Juwelier in die Innenstadt. Dass er ein Paar Trauringe kaufte, darauf verließ sie sich lieber nicht. Das tat sie selbst, wählte aus und bezahlte auch.

15.

An diesem Dienstag fuhren Regine und Carla nach Kempten und machten ebenfalls Einkäufe. Unter anderem suchten sie gemeinsam ein Kleid aus, das Regine auch zu anderen festlichen Gelegenheiten tragen konnte. Es musste nicht unbedingt die eigene Hochzeit sein. Carla vermied es, an dieses Thema zu rühren. Sie verschaffte Regine lieber etwas mehr Zeit zum Nachdenken.

Am Mittwochabend packten sie ihre Koffer für die Rückfahrt. Und am Donnerstagmorgen stellte Carla fest, dass ihr Wagen nicht in Ordnung war. Dass nur zwei alte Putzlappen in den Auspuffrohren steckten, fiel einer technisch absolut unbedarften jungen Frau wie Regine nicht auf.

Es gab eine kleine Werkstatt am Ort, mit dem Besitzer war Carla zur Schule gegangen. Er fand einen Schaden an der Elektronik und sah sich außerstande, den im Laufe des Tages zu beheben. Dazu wäre ein Ersatzteil vonnöten, das er erst bestellen müsse, erklärte er. Das Teil war bis zum Freitagnachmittag noch nicht eingetroffen. Übers Wochenende rechnete auch niemand mit einer Lieferung.

Regine wurde nervös. «Ich habe Richard gesagt, dass wir Mittwoch oder Donnerstag zurückkommen.»

«Ruf ihn an», schlug Carla vor. «Sag ihm, dass wir die Rückfahrt wegen einer Autopanne auf Anfang nächster Woche verschieben müssen. Wenn es dich beruhigt, kannst du ihm auch versichern, wie sehr du ihn liebst und vermisst, dass du es kaum abwarten kannst, wieder bei ihm zu sein, und dass du ihm seine Lügen verzeihst.»

Dafür handelte Carla sich einen unwilligen Blick ein und die Zurechtweisung: «Erspar mir deinen Sarkasmus. Dafür habe ich jetzt wirklich nicht die Nerven.»

«Entschuldige», sagte Carla.

Im Verlauf des Samstags probierte Regine wieder und wieder, Richard auf seinem alten Handy zu erreichen. Sie bekam keine Verbindung, weil Kerstin Riedke das Gerät sofort nach der Konfiszierung mit einem gezielten Tritt zerstört und die Einzelteile entsorgt hatte. In Richards *möbliertem Zimmer* war angeblich kein Telefonanschluss vorhanden. Den Namen seiner *Vermieterin* kannte Regine nicht. Die genaue Adresse hatte sie auch erst erfahren, als sie das Aufgebot bestellten.

Da Richard angeblich bei einer alten Witwe untergekommen war und Carla davon ausging, dass ältere Frauen in ländlicher Gegend in Einfamilienhäusern oder zumindest in überschaubaren Wohnkomplexen lebten, verwies sie auf den Internetanschluss der Pension. Damit sollte es möglich sein, eine oder mehrere Telefonnummern für die Adresse, die Regine kannte, in Erfahrung zu bringen.

Regine lehnte ab, obwohl ihr längst klar war, wie wenig sie im Grunde von Richard wusste. Aber sie wollte ihm ins Gesicht sehen, wenn sie ihn zur Rede stellte.

Montags hieß es in der Werkstatt, die Reparatur dauere bis zum Nachmittag. Carlas Wagen könne um fünf Uhr abgeholt werden. Das konnte er nicht, zuerst musste noch eine Probefahrt gemacht werden, bei der ein Mechaniker für ein kleines Trinkgeld ein sonderbares Geräusch im Motorraum hörte, dem er erst noch auf den Grund gehen wollte.

«Fahren wir eben morgen», sagte Carla.

Aber inzwischen hatte Regine das Spiel durchschaut: Entführung der verunsicherten Braut vor der Hochzeit. Am Dienstagmorgen verkündete sie beim Frühstück: «Wenn wir auch heute nicht zurückfahren können, nehme ich den Zug.»

Am Dienstagabend – eine knappe Woche später als ursprünglich geplant – waren sie wieder zurück. Während der stundenlangen Fahrt hatten sie kaum ein Wort miteinander gewechselt.

Weil Regine darauf bestand, setzte Carla sie vor dem dreizehnten Haus ab und fuhr sofort weiter.

Regine durchquerte die Eingangshalle, warf einen Blick in den Innenhof und stellte fest, dass Richards Wagen nicht auf seinem Platz stand. Trotzdem fuhr sie mit dem Aufzug hinauf ins Dachgeschoss. Dass er bereits eingezogen war, entging ihr, weil es zu viel zu sehen gab und sie nicht jedes Zimmer kontrollierte.

Fußböden, Wände, eins der kleinen Bäder, alles fertig. Und damit nicht genug. Länger als eine halbe Stunde stand sie reglos auf einem Fleck in der Diele und schaute durch die offenen Türen in die Räume, die Richard mit den vorhandenen Sachen eingerichtet hatte.

Der Bauernschrank mit den schiefhängenden Türen und das schmale Bett mit den beiden Nachttischchen im Schlafzimmer, die alte Matratze war längst entsorgt worden, sodass sie auf den rostigen Sprungrahmen blickte. In der Küche standen Herd, Kühlschrank, Spüle und das wuchtige alte Büfett an einer Längswand nebeneinander. Hinter den Glastüren im Oberteil waren das billige Geschirr und die preiswerten Gläser eingeräumt. Die alte Kaffeemühle, die sie im August in einem Trödelladen gekauft hatte, stand in dem offenen Fach zwischen den beiden Seitenteilen, in denen blaubeschriftete Porzellanschuber für Mehl, Zucker, Salz und Gewürze steckten. Der kleine Tisch und die beiden unterschiedlichen Stühle waren an der sonst freien Wand gegenüber aufgestellt. Einer der Kaffeebecher auf dem Tisch wirkte wie ein Dekorationsstück – oder eine Verhöhnung.

Im Wohnzimmer war es noch schlimmer, so kahl. Die eigentlich für die Küche vorgesehene Anrichte war nicht ganz zwei Meter lang und stand an der Längswand, rechts und links waren jeweils mehr als vier Meter Platz. Mitten in dem großen Raum stand der vergammelte Esstisch, umrahmt von den Stühlen. Die verschimmelten Polster waren mit Plastikfolie überzogen. Fehlte nur noch das handgemalte Schild: «*Willkommen im neuen Daheim. Werde glücklich mit dem alten Plunder.*»

Kirschbaum, achtzehntes Jahrhundert. Der Tisch sei ein Prachtstück, hatte Großpapa gesagt, als sie ihm die Fotos zeigte, die sie von den meisten Sachen gemacht hatte, um vorher und nachher zu dokumentieren. Und sie hatte sich bereits mit Richard an diesem Tisch sitzen sehen, ein köstliches Essen bei Kerzenlicht, leise Musik, ein romantischer Abend und eine Nacht voller Zärtlichkeit.

Nun sah sie ihn vor ihrem geistigen Auge mit *Monika*. Er bettelte um Liebe und Unterkunft. Monika hatte weder Gesicht noch Gestalt, aber was änderte das?

16.

Als Regine das Haus wieder verlassen wollte, lief sie Bernie in die Arme, der sofort mit Fragen über sie herfiel: «Wo warst du denn? Wir haben uns Sorgen gemacht und dachten schon, es wäre was passiert. Warum hast du dich nicht mal gemeldet? Du solltest dir endlich ein Handy anschaffen, damit man dich erreichen kann.»

Sie hätte aus dem Allgäu bei ihm anrufen können, daran hatte sie nicht gedacht. Nun hörte sie, dass Richard schon seit mehr als einer Woche im Dachgeschoss lebte. «Haust», sagte Bernie. «Komfortabel ist es da oben ja noch nicht.»

Wo Richard sich derzeit aufhielt, konnte Bernie ihr nicht sagen. «Ich habe ihm mehrfach angeboten, dass er abends zu mir kommen kann, wenn ihm die Decke auf den Kopf fällt. Er hat ja nicht mal einen Fernseher. Gemütlich sitzen kann er auch nirgendwo. Aber er arbeitet lieber. Auch wenn er erst ab Dezember als Hausmeister bezahlt wird, stellt er sich den Mietern schon mal vor und macht kleinere Reparaturen. Zu tun ist immer was. Die Leute aus den anderen Häusern kennen ihn ja praktisch noch nicht. Viele sind berufstätig, die kann er nur abends antreffen. Das tut ihm gut, sich zu beschäftigen, sagte er. Es lenkt ihn ab. Er ist ja fast verrückt geworden, der arme Kerl, weil er nichts von dir sah und hörte.»

Der arme Kerl! Bernies Bedauern konnte sie sich nicht anhören. Es klang so, als sei sie an allem schuld. Und das sah sie anders. Es floss nur so aus ihr heraus, die Auffälligkeiten in Richards Verhalten, dass er sie in den letzten Wochen kaum noch berührt und manchmal direkt feindselig gewirkt hatte. Seine Lüge wegen der Kündigung in der Firma Kübler. Die hatte Bernie schließlich selbst gehört. Und wegen Allerheiligen hatte er sie ja auch belogen, zuerst keine Zeit, dann war er doch da.

Hinzu kamen ihre Träume, die nächtlichen Warnungen ihres Bruders, ihre Furcht vor einem erneuten Irrtum und die Vorstellung, dass Richard jetzt – genau in diesen Minuten – Monika anbettelte, ihn wieder aufzunehmen.

Bernie hörte ihr wie immer aufmerksam zu und versuchte, sie zu beruhigen. «Das können wir schnell in Erfahrung bringen. Fragen wir einfach meine Mutter. Sie wird dir besser als ich sagen können, ob du recht hast oder nicht.»

Viel Zeit, über seinen Vorschlag nachzudenken, ließ er ihr nicht. Er führte sie in seine Wohnung. Und noch während er erläuterte, wie eine Séance normalerweise ablief, zog er bereits die schweren Vorhänge zu, stellte sein dreibeiniges Tischchen – es hatte etwa die Größe eines Blumenhockers – auf den Esstisch im Wohnzimmer und zündete im Hintergrund zwei Kerzen an.

«Wenn ich alleine mit ihr sprechen will, brauche ich nur eine Kerze», erklärte er dabei. «Wenn zwei brennen, sieht sie sofort, dass ich Besuch habe.» Der Esstisch lag trotzdem im Dunkeln. Die Kerzen müssten weiter weg stehen, damit die Flammen nicht erloschen, wenn seine Mutter erschien, behauptete er. Als ob die sich in Form eines Wirbelsturms materialisierte.

Er bat Regine, Platz zu nehmen und ihre Fingerspitzen an das Tischchen zu legen. Nur die Fingerspitzen, bitte. «Erschrick nicht, wenn sie sich bemerkbar macht», warnte er noch. «Manchmal vibriert nur der Tisch. Manchmal flackern die Kerzen. Die sind auch schon ausgegangen. Aber viel mehr passiert eigentlich selten. Hab keine Angst.»

Natürlich hatte sie Angst, nicht vor einer Geistererscheinung, nur vor der Auskunft, dass sie sich für den Donnerstag getrost etwas anderes vornehmen könne und überlegen solle, ob sie noch einige Zeit in der elterlichen Villa bliebe oder lieber eine Matratze für das Bett da oben besorgte.

Sie fühlte ihren Herzschlag in den Fingerspitzen pochen, als Bernie sich ihr gegenübersetzte, ebenfalls seine Hände an das

Tischchen legte und mit getragener, ehrfurchtsvoller Stimme zu sprechen begann: «Mutter, wie du siehst, habe ich einen Gast. Hier bei mir ist Regine, sie braucht dringend deinen Rat. Wenn du mich hörst, Mutter, gib uns bitte ein Zeichen.»

Die beiden Kerzen flackerten nicht einmal, als es losging. Nur das Tischchen vibrierte leicht.

«Sie ist da», sagte Bernie. «Jetzt haben wir zwei Möglichkeiten. Du kannst selbst mit ihr sprechen. Dafür muss ich mich in tiefere Trance versetzen. Dann benutzt meine Mutter mich als Medium. Ich selbst bin dabei praktisch nicht vorhanden, höre nicht, was gesprochen wird, und kann mich später an nichts erinnern.»

Ihr war es lieber, dass Bernie die Fragen stellte. Sie wusste nicht, wie sie einen Geist ansprechen sollte. Sie wusste ja nicht mal, ob ein Geist da war oder ob Bernie ihr etwas vorspielte, um Richard einen Gefallen zu tun. Das kleine Tischchen zum Wackeln zu bringen, war keine Kunst. Im Gegensatz zu ihr berührte er es nicht bloß mit den Fingerspitzen.

Doch kaum hatte Bernie die erste Frage gestellt: «Mutter, kannst du uns sagen, wo Richard sich derzeit aufhält?», sagte er auch schon: «Tut mir leid, Regine, sie zieht es vor, ein Gespräch von Frau zu Frau zu führen, damit es für dich nicht peinlich wird.»

Unmittelbar darauf sackte Bernie auf seinem Stuhl in sich zusammen. Und dann sprach ohne Zweifel eine ältere Frau, betulich, mit dem typischen Dialekt der Stadt: «Mach dir keine Sorgen, Kindchen. Es strengt ihn an, aber er erholt sich schnell.»

Regine fühlte sich beschämt. Die Vermutung, dass Bernie sie an der Nase herumführte, räumte seine Mutter binnen kürzester Zeit restlos aus. Auch die schlimmste Befürchtung nahm sie ihr schon mit den ersten Sätzen. Natürlich war Richard nicht bei Monika oder einer anderen Frau. Es gab für Richard überhaupt keine anderen Frauen mehr, seit er Regine das erste Mal gesehen hatte.

Daran war seine Beziehung zu Monika doch zerbrochen. Er hatte sich mit der Trennung nur so schwergetan, weil er nicht wusste, ob eine Tochter aus reichem Haus einen armen Schlucker wie ihn überhaupt zur Kenntnis nahm. Und wenn ja, wie lange sie es mit ihm aushielt.

Der arme Richard hatte sich so elend gefühlt in den letzten Tagen, ausgenutzt und als kostenlose Arbeitskraft missbraucht. Und er hatte Regine auch nicht belogen, wenn er abends in Brockmüllers Wohnung von einem harten Arbeitstag gesprochen hatte, obwohl er schon nicht mehr bei der Firma Kübler beschäftigt war. Sieben fünfzig die Stunde, davon konnte man gerade mal leben, aber nicht auch noch Fliesen, Parkett, Teppichböden, Tapeten und eine komplette Badezimmerausstattung kaufen.

Richard hatte in den Wochen auf einer Großbaustelle schwarzgearbeitet und mehr verdient als in der Gebäudereinigung. Und an Allerheiligen war er mit der Hilfe für einen Freund schneller fertig geworden als gedacht. Und was tat er anschließend? Legte er sich in seinem möblierten Zimmer auf die faule Haut und ruhte mal aus? Nein, er kam her und schuftete weiter.

Nachdem das gesagt war, hörte Regine nicht etwa, wo Richard sich zurzeit aufhielt. Bernies Mutter machte sich vielmehr daran, ihr gehörig den Kopf zu waschen. Sie riet dringend, sich nicht so häufig bei Matthias aufzuhalten. Natürlich verstand sie, dass eine junge Frau aus kultiviertem Elternhaus sich zu einem Mann wie Matthias hingezogen fühlte. Er war gebildet, vielseitig interessiert und im Gegensatz zu seiner Frau in keiner Weise oberflächlich. Er war trotz seiner Jugend schon in verantwortungsvoller Position tätig und nett anzusehen. Matthias Brockmüller war ein Mann, bei dem eine Frau sich wünschen durfte, der Mann, für den sie sich entschieden hatte, wäre wie er.

Aber wenn Regine sich das wünschte, durfte sie sich nicht

wundern, dass Richard sich von ihr zurückzog. Der Arme hatte doch nur Augen im Kopf, Gedanken lesen konnte er nicht. Er kam beinahe um vor Furcht, ihr nicht genug bieten zu können. Für ihn musste sie auf die Liebe ihres Vaters verzichten, auf viele Annehmlichkeiten und ein sorgloses Leben. Und Richard konnte nicht mehr für sie tun, als ein gemütliches Heim zu schaffen. Darum hatte er sich bemüht in den letzten Wochen, von früh bis spät. Und jeden Abend hatte er erleben müssen, dass sie den netten Matthias ihm vorzog.

Der arme Richard war ein einfacher Mensch. Er trug sein Herz nicht auf der Zunge, litt still für sich, statt sie zur Rede zu stellen. Und jedes Mal, wenn er sie sah, zitterte er beim Gedanken, es sei das letzte Mal. Sie sei nur noch gekommen, um ihm zu sagen, dass sie ihn nicht mehr brauche und ihn keinesfalls heiraten wolle.

«Aber das ist doch nicht wahr», rechtfertigte sich Regine. «Matthias ist nur ein guter Freund. Er ist verheiratet, ich würde nie …»

«Ich weiß das, Kindchen», unterbrach die dialektgefärbte Altfrauenstimme. «Aber Richard weiß es nicht. Ich hab ihn oft weinen sehen in den letzten Wochen. Sprich einmal in Ruhe mit ihm, sag ihm, was du gerade mir gesagt hast. Und frag immer zuerst ihn, wenn du einen Rat brauchst. Auch wenn er nicht weiß, wie man ein Problem am besten angehen könnte, er fühlt sich dann nicht übergangen und ausgeschlossen.»

Nach dieser Séance erschien alles in einem anderen Licht. Richards Verhalten, sein Schweigen und Ausweichen, dass er sie nicht mehr in die Arme genommen und erschreckt gewirkt hatte, sobald sie in seiner Nähe erschienen war. Wie hätte er noch zärtlich sein können, wenn er befürchten musste, dass sie ihn zurückstieß?

Sie fühlte sich so elend, als Bernie aus seiner Trance erwachte und sich erkundigte, ob seine Mutter ihr habe helfen können. Sie fühlte sich noch elender, als er vorschlug, bei ihm auf Richard zu warten. «Er müsste eigentlich jeden Moment kommen.»

Richard kam nicht. Bis nach Mitternacht saß sie mit Bernie zusammen, stieg zweimal hinauf ins Dachgeschoss, unzählige Erklärungen und Entschuldigungen auf der Zunge, im Hinterkopf die betuliche Frauenstimme und im Herzen die Furcht, dass sie um einen oder zwei Tage zu spät gekommen war.

Um halb eins stieg sie in ein Taxi und ließ sich nach Hause fahren. Carla war noch auf und sah sie weinend ins Haus kommen. Auf ihre Fragen bekam Carla keine Antwort. Regine hastete die Treppe hinauf, schloss sich in ihrem Zimmer ein und weinte dort weiter.

17.

Um die Zeit lag Richard neben Kerstin und war halbwegs zufrieden. Kerstin hatte jedenfalls nicht wieder darauf bestanden, dass er zurückfuhr und die Nacht auf der Luftmatratze verbrachte. Er hoffte, sie endlich überzeugt zu haben, dass es vorbei war. Regine war weg. Und ihn traf keine Schuld. Er hatte getan, was er konnte: nicht nur die Wohnung auf Vordermann gebracht, sondern auch so hergerichtet, dass man notfalls drin leben konnte. Was er die ganze letzte Woche ja zwangsläufig hatte tun müssen.

Elektroherd und Kühlschrank waren angeschlossen, sämtliche Schrankböden mit Papier abgedeckt, damit keine Holzwürmer oder sonst ein Ungeziefer übers Geschirr oder in die Wäsche krochen. Die Wanne im kleinen Bad hatte er mit einem Vorhang versehen. Er duschte lieber. Aber Anschlüsse für eine Dusche gab es in keinem der drei sogenannten Kinderbäder. Sie habe es als Kind gehasst, wenn Carla sie unter die Dusche stellte, hatte Regine mal erwähnt. Sogar eine Klobürste hatte er angeschafft. Nur keine neue Matratze für das alte Bett.

Morgen musste er noch durchhalten zwischen dem alten Plunder. Richtig aufatmen durfte er erst am Donnerstagnachmittag, wenn der Termin im Standesamt geplatzt war.

Ein bisschen leid tat es ihm nun doch – um die Wohnung, in die er so viel Schweiß und Kerstins sauer verdientes Geld investiert hatte, und um den Hausmeisterposten. Den könne er vergessen, meinte er, obwohl er einen Arbeitsvertrag hatte. Aber denen würde schon was einfallen, ihn loszuwerden.

Früh am Mittwochmorgen fuhr er zurück zum dreizehnten Haus, um den Schein zu wahren. Und er hatte die Wohnungstür kaum hinter sich geschlossen, da klopfte es bereits, und Bernie überraschte ihn mit der Botschaft, Regine sei wieder da und habe die halbe Nacht auf ihn gewartet. Es versetzte Richard einen Stich, der ihm durch Mark und Bein ging. Aber wenigstens war er vorgewarnt und hatte Zeit, die Enttäuschung zumindest oberflächlich zu verarbeiten. Dass er Bernie gegenüber nicht mit heller Begeisterung reagierte, war nicht so verräterisch.

«Ich glaube, du brauchst dir keine Sorgen mehr zu machen», sagte der Dicke. «Sie war ziemlich durcheinander, meinte, du hättest sie belogen und wärst wieder bei Monika, mit der du vorher zusammen warst.»

«Wie kommt sie denn darauf?», fragte Richard verblüfft, weil Regine ihn zuletzt nach Carlas Friseuse gefragt hatte.

Bernie zuckte mit den Achseln, um sich gleich anschließend zu erkundigen: «Wo warst du denn gestern Abend?»

«Beim Training», sagte Richard. «Ein Kollege war verhindert, ich musste für ihn einspringen.»

«Ach», wunderte Bernie sich. «Trainiert ihr die Jungs auch nachts?»

«Meinst du, die gehen freiwillig nach Hause? Um eins habe ich die Letzten heimgeschickt. Einer traute sich nicht allein. Er bezieht ständig Prügel von zwei älteren Brüdern. Da musste ich mit und bin bis eben geblieben. Immer noch besser, als allein hier zu sitzen, dachte ich. Ich hatte wirklich nicht erwartet, dass Regine noch rechtzeitig zur Trauung zurückkommt. In welcher Hinsicht soll ich sie denn belogen haben?»

Bernie lächelte verlegen. «Mit deiner Arbeit bei Kübler, vielmehr mit der Kündigung. Sag ihr bloß nicht, dass du das von mir weißt. Ich hab ihr erzählt, du hättest danach schwarz auf einer Großbaustelle gearbeitet und mehr verdient, sonst hättest du das alles hier ja nicht bezahlen können. Und an Allerheiligen wärst du bei deinem Freund früher fertig geworden.»

«Kannst du hellsehen?», fragte Richard geistesgegenwärtig und behauptete umgehend, tatsächlich – wenn auch nicht auf einer Großbaustelle – schwarzgearbeitet und so das Geld für das gesamte Material zusammengebracht zu haben. Und selbstverständlich versprach er Bernie, zu schweigen wie ein Grab.

Nachdem der Dicke sich wieder verzogen hatte, rief Richard im Salon an und informierte Kerstin. Sie hatte nicht viel Zeit für ihn, wollte sich einer Kundin widmen, die gerade hereinkam. Carla. Kerstins Meinung nach immer noch die zuverlässigste Quelle, um zu erfahren, was los war und wo Regine sich herumgetrieben hatte.

Regine kam am frühen Nachmittag in die Wohnung, zusammen mit dem Fahrer eines Kleintransporters, den sie angemietet hatte. Der Mann schleppte nach und nach die Sachen herein, die sie am Vormittag gekauft hatte: zwei zusammengerollte und in Plastik geschweißte Matratzen von je siebzig Zentimeter Breite, einen Lattenrost von einem Meter vierzig, der den rostigen Sprungfederrahmen ersetzen sollte, aber erst zusammengesteckt werden musste. Zwei prall mit Kopfkissen und Daunendecken gefüllte Plastiksäcke mit dem Werbeaufdruck eines Discounters für alles, was mit Betten zu tun hatte. Dort hatte Regine den ganzen Kram, auch zwei Garnituren Bettwäsche und Laken gekauft.

Sie selbst holte alles aus dem Aufzug, was sie ihrem Zimmer in der elterlichen Villa entnommen hatte: einen kleinen Fernseher, eine kompakte Ministereoanlage mit zwei Lautsprecherboxen, einige CDs, einen Karton voller Krimskrams und zwei große Koffer mit Kleidung. Außerdem brachte sie noch zwei Tüten voller Lebensmittel und Putzzeug mit.

Nachdem sie den Fahrer entlohnt und verabschiedet hatte, erklärte sie ihr tagelanges Ausbleiben mit dem Defekt an Carlas Wagen und einem Problem in der Werkstatt.

«War das Telefon auch kaputt?», fragte Richard. Er gab sich keine Mühe, seinen Frust und die Enttäuschung zu verbergen. «Konntest du nicht anrufen und Bescheid sagen? Dann hätte ich gewusst, woran ich bin, und nicht annehmen müssen, dass ich dich nicht wiedersehe. Es war keine schöne Vorstellung, dass du mich nur gebraucht hast, um hier die restlichen Arbeiten zu erledigen.»

«Es tut mir leid», setzte sie an. «Ich habe am Samstag immer wieder versucht, dich zu erreichen. Aber dein Handy …»

«Hab ich verloren», unterbrach er sie. «Vielleicht ist es mir auch beim Training am Freitag geklaut worden. Keine Ahnung. Ich muss mir bei Gelegenheit ein neues kaufen. Aber es gab ja wohl noch andere Möglichkeiten. Bernie oder Matthias, du hättest einem von beiden Bescheid sagen können.»

«Daran habe ich nicht gedacht», sagte sie und schaute nervös und schuldbewusst an ihm vorbei.

Er wartete darauf, dass sie auf Monika und seine außerplanmäßige Arbeit im großen Bad zu sprechen kam. Stattdessen begann sie in ihrer Handtasche zu kramen, zog ein kleines Schmucketui heraus und sagte: «Ich hoffe, sie gefallen dir.»

Die Trauringe. Das Paar, das Kerstin gekauft hatte, lag zwischen seiner Unterwäsche und den Socken im Karton in dem Kinderzimmer neben dem kleinen Bad.

«Du solltest ihn anprobieren», sagte Regine und zog den größeren Ring aus der Steckleiste. «Wenn er nicht passt, kann ich ihn morgen früh noch schnell umtauschen.»

Der Ring passte wie angegossen. Sie hatte ein gutes Augenmaß, drückte ihm das Etui in die Finger, schwärmte kurz von dem Kleid, das sie morgen tragen wollte, und sagte mit einem Lächeln, das für sein Empfinden nicht zu den Worten passte: «Carla hat sich leider nicht umstimmen lassen.»

Sie hatte schon vor Wochen versucht, Carla als zweite Trauzeugin zu gewinnen. Große Aussicht auf Erfolg hatte sie jedoch nicht gesehen und sich deshalb vergewissert, dass Matthias als Ersatz zur Verfügung stand. Nun erklärte sie mit diesem unpassenden Lächeln: «Und Matthias hat keinen Urlaub bekommen. Angelika will für ihn einspringen. Wenn dir das nicht recht ist, können wir auch auf Trauzeugen verzichten.»

«Ich habe nichts gegen Angelika», sagte er.

Regine nickte. «Gut. Dann bis morgen.»

Sie ging wieder, ohne Abschiedskuss, ohne eine zärtliche Geste. Es war für ihn noch einmal Anlass zur Hoffnung, dass der Kelch an ihm vorüberging. Dass sie bei der Trauung nein sagte oder nicht auf dem Standesamt erschien.

Abends wuchs diese Hoffnung noch. Er telefonierte lange mit Kerstin, die zwischen Triumph und Besorgnis schwankte. Carla hatte ihre versäumten Termine damit erklärt, ihr Mann sei vorletzten Samstag doch wieder in die Klinik eingeliefert worden.

Und Carla war nur von seiner Seite gewichen, wenn die Erschöpfung sie übermannt hatte und die Ärzte darauf bestanden, dass sie nach Hause fuhr und einige Stunden schlief. Carla hatte sogar Regine stundenweise ans Bett des sterbenden Vaters gesetzt und zu Kerstin gesagt: «Ich hoffe inständig, dass die letzten Atemzüge ihres Vaters dieses dumme Kind noch zur Vernunft bringen. Wenn nicht, sehen wir uns heute wahrscheinlich zum letzten Mal, Frau Riedke. Mein Mann wird die nächste Woche nicht mehr erleben. Nach der Beisetzung reise ich ab. Ich werde mir nicht auch noch ansehen, wie Regine sehenden Auges in ihr Unglück stürzt.»

«Hat sich was mit Vernunft», triumphierte Kerstin. «Wenn ich gewusst hätte, dass Regine Trauringe besorgt hat, hätte ich die blöde Kuh gleich verabschiedet. Wir nehmen das Paar, das ich gekauft habe, später für uns.» Der triumphierende Ton verlor sich, machte Platz für Zorn und Unbehagen: «Aber warum, verdammt nochmal, erzählt Regine dir, sie wäre mit Carla im Allgäu gewesen? Warum sagt sie dir nicht, dass es mit ihrem Vater zu Ende geht? Ich verstehe das nicht.»

Er verstand es auch nicht. «Kannst du morgen zum Standesamt kommen?», fragte er. Er hätte sie gerne in der Nähe gehabt, wenn es schiefging, nur damit sie sah, dass es nicht seine Schuld war.

Sie lachte ihn aus. «Wie stellst du dir das vor? Soll ich

mit Blumen auf der Straße stehen und gratulieren, wenn ihr rauskommt? Ich trinke um zwölf ein Glas Sekt. Wir haben es geschafft, Richard.»

Das hatte sie inzwischen so oft gesagt, dass sie es vermutlich glaubte. Er tat das nicht, im Gegenteil. Es würde schiefgehen, und zwar gewaltig, weil irgendetwas nicht stimmte, das spürte er.

3. Teil

1.

Es war für Carla Sartorius ein ungeheurer Schock, als sie erfahren musste, dass sie mit ihren phantasievollen Umschreibungen der Tatsachen und den meist schamlosen Übertreibungen im Salon Riedke das Todesurteil über ihre Stieftochter gesprochen hatte. Wenn Regine früher Zeugin von «traumhaft schönen» Urlaubsgeschichten geworden war, hatte sie auf dem Heimweg regelmäßig ihren Unmut geäußert. «Warum tust du das, Carla? Warum erzählst du Frau Riedke so einen Unsinn? Hast du das nötig, dich bei dieser Frau derart aufzuspielen?»

«Aufgespielt» hatte Carla sich doch gar nicht. Und Regine hatte auch einmal gesagt, es sei nicht verwunderlich, dass Carla an der Seite von Väterchen Frost ihr typisches Lächeln entwickelt hätte, ihre Ironie, die man getrost Sarkasmus nennen dürfe, und ihren Hang, Außenstehende auf den Arm zu nehmen und ihnen Märchen zu erzählen.

Was hätte Carla denn sonst erzählen sollen? Dass sie mit zweiundzwanzig geglaubt hatte, sie könne einen Märchenprinzen vom Fluch der bösen Fee erlösen? Und dass sie seitdem mit Prinz Eisenherz lebte?

Man legte seinen Kopf nicht in ein Waschbecken und sagte: «Für die nächsten drei Wochen können Sie meine Termine streichen, Frau Riedke. Ich fahre mal wieder mit meiner Stieftochter ins Allgäu, damit mein Mann ungestört seiner ersten und einzigen Hochzeitsreise gedenken kann.» Oder: «Regine hat bald Geburtstag. Den feiern wir beide wie üblich bei meinen Eltern. Es ist ja der Todestag meiner Vorgängerin, den verbringt mein Mann lieber allein mit alten Fotos und auf dem Friedhof.»

Carla erzählte stattdessen von Ägypten, den Bahamas und dem Nordmeer. Und als Regine verkündete, sich mit Georg

Hösch verloben und bald heiraten zu wollen, machte Carla im Salon Riedke aus einer Bronchitis ein Karzinom. Hartmut hatte in der Nacht ein paarmal gehustet. Sie hatte wach neben ihm gelegen und sich gewünscht, er würde einmal ernsthaft krank werden. Nur ein einziges Mal, nur für ein paar Wochen, in denen er sie wirklich brauchte. Und das auch begriff.

Irgendwann hatte Carla es aufgegeben, um die Liebe ihres Mannes zu kämpfen. Aber sie hatte nie aufgehört, Hartmut zu lieben. Sie bekam immer noch Herzklopfen, wenn sie seinen Wagen vorfahren hörte. Und wenn er ihr spätabends zu verstehen gab, dass er gewillt war, wieder mal seinen ehelichen Verpflichtungen nachzukommen, schmolz sie dahin wie Butter in einer heißen Pfanne. Daran hatte die Zeit nichts geändert. Im Gegenteil, in solchen Momenten meinte sie, in all den Jahren mit ihr müsse doch in Hartmut etwas gewachsen sein. Und wenn es nur Verbundenheit wäre, das Gefühl, dass sie zusammengehörten, das hätte ihr gereicht.

Carla war süchtig nach ihm, vielleicht weil sie nie ein wirkliches Echo fand. Die Vorstellung, ihn zu verlieren, machte sie krank. Dabei dachte sie weiß Gott nicht an den Tod, bloß ans Allgäu.

Natürlich war ihr Ehevertrag nicht zeitlich befristet, das wäre wohl sittenwidrig gewesen. Nur die Höhe ihrer Abfindung war festgelegt. Zehntausend für jedes Jahr. Als Carla unterschrieben hatte, hatte noch die D-Mark gegolten. Im Höchstfall eine Viertelmillion.

Daraus hatte sie den Schluss gezogen, dass Hartmut seine Tochter mit fünfundzwanzig für alt genug befand, fortan auf eine liebevolle Betreuung zu verzichten oder allein mit dem Zug ins Allgäu zu fahren, wenn ihr der Sinn danach stand, ihre Stiefmutter und deren Eltern zu besuchen.

Dass Regine schon mit einundzwanzig den Entschluss fasste, sich der ständigen Bevormundung zu entziehen und der frostigen Atmosphäre ihres Elternhauses den Rücken zu kehren, wer wollte ihr das verdenken, nachdem Hartmut ihre Wünsche und Pläne so hartnäckig ignorierte und sogar ihr mütterliches Erbe nach eigenem Gutdünken einsetzte, ehe Regine selbst darüber verfügen durfte? Was sie erst mit fünfundzwanzig hätte tun können, dafür hatte er gesorgt.

Carla verstand Regine ja, sie selbst war schließlich nicht viel älter gewesen, als sie aus ähnlichen Gründen im Hause Sartorius vorstellig geworden war und sich ein halbes Jahr später auf diese Ehe eingelassen hatte.

Und nun war es vorbei – für sie.

Es war nie offen darüber gesprochen worden, dass sie zu gehen hätte, wenn Regine ging. Manche Dinge musste Hartmut nicht aussprechen. Vielleicht dachte er selbst nicht einmal daran, weil Carla für ihn längst zum Inventar gehörte wie das Ehepaar Schröder und die Putzfrau Maria. Und nach all der Zeit reichte ihr das nicht mehr. Wenn mit Regine der letzte Funken Wärme aus der Villa verschwand, musste jemand diesen Funken ersetzen. Und wenn Hartmut dazu nicht imstande war, neben ihm erfrieren wollte Carla nicht. Dann lieber morgens um fünf aus den Federn, zum Bäcker radeln, Frühstück für die Gäste machen und sich spätabends in der Gaststube von Mutter oder Vater ablösen lassen, ehe sie im Stehen einschlief.

Carla sah an dem verhängnisvollen Dienstag nach Regines Verlobung mit Georg Hösch nicht so frisch aus wie sonst, als sie den Salon Riedke betrat und Platz nahm. Auf ihre Blässe angesprochen, flossen ein paar Tränen. Und dann rutschte ihr diese Ungeheuerlichkeit heraus. «Mein Mann ist krank, er hat ein Bronchialkarzinom, inoperabel.» Eine sorgfältig durchdachte Aktion war das keinesfalls.

Sie konnte nur unmöglich sagen: «Ich heule, weil Regine bald heiraten will. Dann darf ich mich mit meiner Abfindung für treue Dienste ins Allgäu zurückziehen und wieder in die Familienpension meiner Eltern einarbeiten. Die werden sich freuen. Regines zukünftiger Schwiegervater meint zwar, ich hätte mich da in etwas hineingesteigert. Mein Mann ginge davon aus, dass ich bei ihm bliebe. Aber dann soll er mir das gefälligst sagen. Ich will einmal aus seinem Mund hören, dass ich ihm etwas bedeute, sonst bin ich weg.»

Natürlich hätte Carla ihre Behauptung in der darauf folgenden Woche abschwächen und später komplett zurücknehmen können. Bei den Möglichkeiten der Medizin heutzutage starb ein Mensch nicht automatisch binnen kürzester Zeit, wenn bei ihm eine Krebserkrankung diagnostiziert worden war.

Sie dachte auch daran, beim nächsten Aufenthalt im Salon Riedke von einem Irrtum zu sprechen. Nur ein Schatten auf der Lunge oder etwas, das sich mit einer Chemotherapie beseitigen ließ. Inzwischen war ihr nämlich klar geworden, dass ihre Schwindelei nach Regines Hochzeit schnell auffliegen würde.

Aber eben erst nach der Hochzeit, wenn sie weg und Hartmut immer noch da war. Und bis dahin, meinte Carla, wäre ihr vermutlich noch öfter zum Heulen, wenn sie nach dem Befinden von Mann und Stieftochter gefragt wurde, wie Kerstin Riedke das regelmäßig tat. Also schmückte sie weiter aus, hielt sich quasi die Hintertür ins Tal der Tränen offen, auch dann noch, als Regine die Verlobung löste und als Ersatz für einen Egomanen einen Wischmopp auserwählte. Mit dem war es ihr ja auch verdammt ernst.

Und irgendwann dachte Carla: *Nach mir die Sintflut. Wenn ich über alle Berge bin, kann es mir schnurzpiepegal sein, was meine ehemalige Friseurin von mir denkt. Sie wird kaum mal ihren Urlaub in unserer Pension verbringen, um mich zur Rede zu stellen.*

2.

Drei endlose Stunden nach seinem kargen Frühstück am Donnerstag – er hatte absolut keinen Appetit und begnügte sich mit einem löslichen Kaffee – vertrieb Richard sich damit, den Lattenrost zusammenzustecken, die beiden Matratzen zu entrollen, Kopfkissen und Daunendecken in steife, weil fabrikneue Bezüge zu stecken und ein ebenso steifes Laken über die Matratzen zu ziehen.

Die Sachen hätten vor dem ersten Gebrauch gewaschen werden müssen, und zwar separat von links – stand auf roten Zettelchen, die aus den Verpackungen fielen. Dasselbe galt für Frotté- und Geschirrtücher, die nahmen keine Feuchtigkeit auf, wenn sie neu waren. Er wusste das, Kerstin brauchte oft genug neue Handtücher für den Salon. Regine wusste es anscheinend nicht, sie hatte ihre Einkäufe immer nur abgeladen, auch Geschirr, Besteck und Gläser nicht gespült. Damit hatte er sich letzte Woche einen Nachmittag vertrieben – und es geschafft, den ganzen Kram mit dem einzigen Tuch, das Kerstin ihm mitgegeben hatte, abzutrocknen. Er hatte das Tuch zwischendurch immer mal über einen Heizkörper gehängt.

Die Koffer mit Regines Kleidung rührte er nicht an, hätte in Ermangelung von Kleiderbügeln ohnehin nichts in den Schrank hängen können. Ihm kam auch nicht der Gedanke, im kleinen Bad mal durch die Wanne, das Waschbecken und über den Spiegel zu wischen. Er schloss lieber noch schnell im Wohnzimmer den kleinen Fernseher und die Stereoanlage an. Dann wurde es höchste Zeit, nochmal schnell in die Wanne zu steigen und sich dem Anlass entsprechend anzukleiden.

Pünktlich um elf stand Bernie im Innenhof bereit, bekleidet mit einem etwas zu engen, schwarzen Anzug, weißem Hemd und roter Fliege. Der Dicke sah aus wie ein SPD-Mann, der sich nicht entschließen konnte, ob er zum Zirkus oder zu einer Beerdigung gehen wollte. Sein rundes Gesicht glühte vor Aufregung. Im Wagenfond lag seine neueste Errungenschaft, ein digitaler Fotoapparat.

«Nervös?», erkundigte er sich.

Richard war nicht nervös. Er fühlte sich wie ein Schwein auf dem Weg zum Schlachthof.

Auf Angelika Brockmüller mussten sie fünf Minuten warten. Sie kam erst herunter, als Bernie nachdrücklich die Hupe betätigte. Dann beschwerte sie sich über die Hektik, die er ihrer Meinung nach verbreitete. Kaum hatte sie auf dem Beifahrersitz Platz genommen, klappte sie die Sonnenblende herunter und kramte einen Lippenstift aus ihrer Handtasche, um zu Ende zu führen, was sie wegen seiner Huperei unterbrochen hatte. Als Bernie anfuhr, rutschte sie ab, zog sich eine rote Strieme übers Kinn und wies ihn unwillig zurecht: «Pass doch auf, du Trottel. Wie sehe ich denn jetzt aus.»

«Es ist nicht deine Hochzeit», sagte Bernie und wies auf ein Päckchen Papiertücher im Seitenfach der Tür hin.

Regine kam mit einem Taxi, natürlich allein.

«Armes Ding», murmelte Bernie, als sie ausstieg. Dann strahlte er ihr entgegen: «Gott, bist du schön. Dein Vater wird sich irgendwann im Grab umdrehen, weil er dich so nicht gesehen hat.»

Sie trug das beigefarbene Kleid mit farblich passendem Bolero-Jäckchen, das Carla ihr in Kempten gekauft hatte. Ihr Haar war sehr aufwendig frisiert, zum Teil hochgesteckt, zum Teil zu Korkenzieherlocken gedreht, die ihr nur bis auf die Schultern hingen. Anscheinend hatte sie ein gutes Stück von ihrer Wallemähne abschneiden lassen. Sie sah wirklich umwerfend aus, fast überirdisch schön.

Angelika sagte nicht ohne Stolz: «Ich habe ihr meinen Friseur empfohlen. Der Mann ist einfach genial.»

In der linken Hand hielt Regine einen kleinen Biedermeierstrauß, ein perlenbesticktes Abendtäschchen hatte sie unter den rechten Arm geklemmt und auf einen Mantel verzichtet, obwohl es feuchtkalt war. Bernie beeilte sich, sie ins Gebäude zu führen.

Die Trauung war eine Sache von wenigen Minuten. Der Standesbeamte machte kein großes Aufhebens. Auf dem Flur wartete schon das nächste Paar. Noch ehe Richard alles erfassen und begreifen konnte, dass er es tatsächlich getan und Regine nicht nein gesagt hatte, kamen die Glückwünsche.

Regine schlang beide Arme um seinen Nacken, reckte sich auf Zehenspitzen, drückte eine tränenfeuchte Wange gegen sein Kinn und flüsterte: «Jetzt hab ich nur noch dich.»

Dann standen sie wieder vor der Tür.

Bernie fotografierte unentwegt. Er hatte auch während der Trauung unzählige Male den Auslöser betätigt. Rückwärts lief er vor ihnen her und knipste noch, als sie seinen Van erreichten. Auf mindestens drei Dutzend Fotos musste der Blick verewigt sein, mit dem Regine ihren Mann betrachtete. Erst als sie in den Wagenfond stieg, senkte sie den Kopf, legte den Biedermeierstrauß und das perlenbestickte Täschchen in den Schoß, drehte den Trauring am Finger und wischte sich über die Augen. Richard fror, als er sich neben sie setzte.

3.

Regine hatte ihre Trauzeugen zum Essen eingeladen und einen Tisch für vier Personen reserviert. Das Restaurant war nicht halb so exklusiv wie das, in dem Richard und sie den ersten gemeinsamen Abend verbracht hatten. Aber das Essen war ausgezeichnet, auch der Wein war gut, soweit Richard das beurteilen konnte. Ein Bier wäre ihm lieber gewesen, vielleicht hätte es ihn beruhigt. Der Gedanke an die nächsten Wochen machte ihn ziemlich nervös.

Regine wirkte auch nicht gerade wie eine strahlende Braut am Ziel ihrer Träume. Ohne Appetit stocherte sie auf ihrem Teller herum. Bernie bemühte sich, eine lockere Unterhaltung in Gang zu bringen. Als er scheiterte, ergriff Angelika das Wort, mäkelte am Essen herum und erzählte von einem aufregenden Einsatz ihrer Catering-Firma bei Dreharbeiten für einen Film. Eine Komödie um eine Hochzeit, bei der so ziemlich alles schiefging, was nur schiefgehen konnte.

Ehe das Dessert serviert wurde, tauchte Carla auf. Ihr Make-up hatte sie eine halbe Stunde gekostet, kaschierte aber weder die vom Weinen geplatzten Äderchen in den Augäpfeln noch die geschwollenen Lider. Sie trug ein schwarzes Kostüm mit weißer Bluse zu schwarzen Strümpfen, schwarzen Pumps, und die Perlen um ihren Hals waren ebenfalls schwarz. Dieser Anblick in Verbindung mit Bernies Bemerkung, als Regine dem Taxi entstiegen war, und den Worten, die sie unmittelbar nach der Trauung geflüstert hatte, drängte Richard den Verdacht auf, sein Schwiegervater sei in der Nacht verstorben.

Regine brach umgehend in Tränen aus. Carla heulte ebenfalls gleich wieder los. Sie hatte den halben Vormittag kaum etwas anderes getan, nur Koffer gepackt und sich vergeblich als

Safeknackerin versucht, um Regine eventuell den Rubinring zurückgeben zu können.

Sie nahm Regine in die Arme, tätschelte ihr den Rücken. Und statt ihrer Stieftochter und deren Frischangetrautem viel Glück für den gemeinsamen Lebensweg zu wünschen, stammelte Carla: «Es tut mir leid, Liebes. Ich habe kein Geschenk für dich.»

«Das macht nichts», schluchzte Regine. «Dass du gekommen bist, bedeutet mir sehr viel.»

Ein Kellner erschien, stellte noch einen Stuhl an den Tisch und erkundigte sich, ob ein fünftes Dessert gewünscht wurde. Carla hätte keinen Bissen hinuntergebracht und bestellte sich nur einen Kaffee. Sie nahm Platz, tupfte sich die Augen und wurde umgehend von Bernie mit Beschlag belegt.

Ihr Verzicht auf das Dessert veranlasste ihn zu einer ausführlichen Erläuterung seiner Gewichtsprobleme, die er aber nicht als solche betrachtete. Man wollte schließlich etwas vom Leben haben. Seine verstorbene Mutter war eine ausgezeichnete Köchin gewesen und hatte ihm eine stattliche Rezeptsammlung hinterlassen. Es waren ein paar Soßen dabei, die man einfach probiert haben musste.

Carla ließ sich die Zutaten aufzählen und die Herstellung erklären, machte eine launige Bemerkung über die Pension ihrer Eltern. Den Gästen könne man mit diesen Soßen bestimmt eine Freude machen, meinte sie und revanchierte sich mit dem Rezept für ein Soufflé, mit dem die Diplomfachfrau Schröder neulich geglänzt hatte. Bei der Zubereitung hatte Carla ihr über die Schulter geschaut.

Richard saß nur dabei, trank den Wein und fragte sich, ob Kerstin auch schon mal einer Kundin solche Korkenzieherlocken gedreht und ob sie tatsächlich um zwölf ein Glas Sekt getrunken und dabei an ihn gedacht hatte.

Angelika erklärte Regine, wie sehr sie es hasste, zu kochen. Natürlich hatte sie das mal gelernt, aber in ihrer Firma hatte sie dafür längst ihre Leute. Ihre Teilhaberin, ebenfalls Köchin, stand mit in der Küche. Angelika fühlte sich nur noch zuständig für Planung und Einkauf, fuhr auch mit raus und überwachte den Aufbau eines Büfetts oder das Herumreichen von Häppchen, wenn Prominente beköstigt wurden – wie die Filmcrew bei den Dreharbeiten für die Komödie.

Mit sonstiger Hausarbeit hatte Angelika auch nicht viel im Sinn. Sie verstand nicht, dass Regine ihre Zeit damit verschwenden wollte, alte Möbel abzuschmirgeln. Angelika wollte Geld verdienen, ihre Firma ausbauen, Erfolg haben, noch viele Stars, Politiker oder andere wichtige Persönlichkeiten kennenlernen. Nächste Woche zum Beispiel richtete sie den Geburtstag eines bekannten Fußballers aus.

«Willst du denn keine Kinder?», erkundigte Regine sich.

Angelika schüttelte lachend den Kopf. «Bin ich blöd? Ich baue mir doch keine Existenz auf und hänge sie dann wieder an den Nagel für vollgeschissene Windeln.»

«Die gibt es nur in den ersten Jahren», mischte Carla sich ein.

«Und danach gibt's anderen Ärger», meinte Angelika.

«Den gibt es auch im Beruf», erklärte Regine. «Kinder sind …»

Carla griff über den Tisch nach ihrer Hand und unterbrach sie: «Liebes, jede Frau muss selbst entscheiden, welchen Ärger sie vorzieht. Du hast deinen gewählt, ich meinen, sie den ihren. Und du wirst jetzt bitte nicht versuchen, Frau Brockmüller vom Mutterglück zu überzeugen. Sonst verabschiede ich mich.»

Kurz darauf winkte Regine den Kellner an den Tisch und verlangte die Rechnung. Carla übernahm den Spaß mit ihrer Kreditkarte. Das entging Richard nicht, auch wenn sie sich bemühte, es unauffällig über die Bühne zu bringen.

Plötzlich amüsierte ihn der Gedanke an finanzielle Schwierigkeiten. Sogar die Vorstellung von Kerstins Gesicht, wenn er ihr rote Zahlen präsentierte, hatte noch etwas Erheiterndes. Er wollte sich in den nächsten Tagen in der Verwaltung mit den Unterlagen fürs dreizehnte Haus beschäftigen. Wenn Regines Vater gestorben war, wurde es doch höchste Zeit, sich darum zu kümmern. Zweifel an Hartmut Sartorius' Tod hatte er nicht. Dafür hatte Carla viel zu viel Mühe, ihre Fassung zu bewahren und weitere Tränen zurückzuhalten. Wenn er sie auch sonst nicht ausstehen konnte, für ihre Haltung bewunderte er sie.

Er hatte insgesamt sechs Gläser Wein getrunken, betrunken war er nicht, nur bemüht, es hinter sich zu bringen. *Sieben, vierzehn, einundzwanzig, achtundzwanzig,* das hatte er noch unter Kontrolle. Wenn Regine den Nachmittag zur Hochzeitsnacht machen wollte: Das Bett stand bereit, und an ihm sollte es nicht scheitern.

Niedlich sah sie aus in dem Kleid, fand er. Phantastische Figur, daran gab es wirklich nichts auszusetzen. Dieser Busen – und alles Natur. Wespentaille, ihre Beine kamen bei dem kurzen Rock auch gut zur Geltung. Feste Oberschenkel, wohlgeformte Waden, zarte Fesseln, keine Spur von Cellulite oder Krampfadern. Kerstin hatte welche, blieb ja nicht aus, wo sie den ganzen Tag stehen musste.

4.

So eilig, wie es Richard mit einem Mal lieb gewesen wäre, hatte Regine es mit der Hochzeitsnacht gar nicht. Sie lud ihre Trauzeugen noch zu Kaffee und Kuchen ein. Carla fragte sie nicht ausdrücklich. Die entschied von sich aus, sie hätte noch Zeit. Mit Packen konnte sie morgen weitermachen. Außerdem war Carla neugierig auf die Wohnung und die alten Möbel, die ihr Vater nach Betrachtung einiger Fotos als Schätzchen bezeichnet hatte.

Bis dahin war Carla noch nie im dreizehnten Haus gewesen – geschweige denn im Dachgeschoss. Für sie war es ein Schock. Die notdürftig ausgestattete Küche, in der das einzige *Schätzchen* genauso verloren wirkte wie der restliche Plunder. Ins Schlafzimmer warf Carla nur einen kurzen Blick, schaute von der Diele aus auch noch kurz in fünf gähnend leere Räume – zwei Kinderzimmer, im dritten lag die Luftmatratze, auf der Richard genächtigt hatte, zwei kleine Bäder und das große. Das Wohnzimmer mit der nackten Dachterrasse davor und dem Kirschbaumtisch samt plastikbezogenen Stühlen exakt in der Mitte ließ Carla schaudern.

Immerhin konnten sich alle setzen. Aber die Einzige, die das sofort tat, war Angelika. Und selbst die prüfte zuerst, ob das Plastik auch wirklich den kompletten Stuhlsitz abdeckte.

Regine ging ins Schlafzimmer, nahm einige Sachen aus dem Schrank, drückte Richard ein Laken in die Hand, trug selbst ein paar Handtücher ins kleine Bad und begab sich in die Küche. Darauf schien Bernie gewartet zu haben. Nun huschte er zum Schlafzimmer, verschloss die Tür, steckte den Schlüssel ein, kam zurück und vertraute Carla an, einer ehemaligen Arbeitskollegin im Stadtarchiv sei vor Jahren die Hochzeitsnacht im wahrsten Sinne des Wortes ins Wasser gefallen.

Manche Leute ließen sich verrückte und sogar gemeine Streiche einfallen, um einem frischvermählten Paar die romantischen Pläne zu durchkreuzen. Bei Bernies Arbeitskollegin hatte damals ein übler Scherzkeks den mittleren Teil einer dreiteiligen Matratze entfernt, in die Lücke eine mit Wasser gefüllte Schüssel gestellt, in die Schüssel noch eine Drahtbürste gelegt – mit den Borsten nach oben – und das Laken wieder straff darübergespannt. Die Ärmste war mit ihrem Hinterteil auf der Bürste ausgekommen, hatte sich nicht nur fürchterlich erschreckt, sondern auch noch verletzt. Und so was müsse nicht sein, fand Bernie.

Carla gab ihm recht und beobachtete dabei die Rollenverteilung in der jungen Ehe. Den Tisch mit dem Laken und dem billigen Geschirr zu decken, überließ Regine ihrem Mann, der jedem Gedeck einen Kaffeelöffel zuteilte. Kuchengabeln und Servietten gab es nicht. Und als Ersatz für einen Tortenheber musste ein Messer vom Besteck herhalten.

Derweil bemühte Regine sich, nach einer ziemlich veralteten Methode Kaffee aufzubrühen. Sie füllte einen Kochtopf mit Wasser, stellte ihn auf den Herd und setzte einen mit einer Filtertüte ausgestatteten Plastikfilter auf eine Glaskanne. Die alte Kaffeemühle brauchte sie nicht, hatte ein Päckchen gemahlenen Kaffee gekauft.

Bernie bat, den alten Herrn Nattwig heraufholen zu dürfen. Für den wäre ja noch Platz, und der Ärmste hätte kein richtiges Mittagessen bekommen. Eine Tasse Kaffee und ein Stück von der Torte, die Regine auf dem Heimweg besorgt hatte, würden ihn entschädigen.

Als er mit dem alten Mann zurückkam, gab's die ersten Geschenke. Von Herrn Nattwig ein Dutzend Geschirrtücher und von Bernie einen Kaffeefilterautomat, der sofort in Betrieb genommen wurde, weil es mit Regines Methode schon Sauerei gegeben hatte. Beim Eingießen des kochenden Wassers aus dem Topf in den gefüllten Filter war Letzterer umgekippt und hatte seinen Inhalt über den Fußboden ergossen. Wäre Regine nicht so schnell zur Seite gesprungen, hätte ihr Kleid die heiße, braune Brühe abbekommen.

Kurz nach fünf kamen noch Frau Haase und Matthias. Gemeinsam schleppten sie die Kommode herein, die Regine angeblich nicht gewollt hatte. Das gute Stück war ihr zu teuer gewesen. Nun bekam sie das Teil als Geschenk von Brockmüllers und freute sich riesig darüber, ebenso über den Mixer von Frau Haase.

Richard holte die beiden Stühle aus der Küche, damit sich auch die Nachzügler setzen konnten. Regine machte nochmal frischen Kaffee, stellte zwei Teller vom Essgeschirr und die beiden Becher hin, weil das billige Service nur für sechs Personen reichte. Nach einem kleinen, im Flüsterton ausgetragenen Disput mit Richard nahm sie seinen und ihren Kaffeelöffel, wusch beide rasch unter fließendem Wasser ab und überließ sie Matthias und Frau Haase.

Angelika, die ihren Mann mit einem demonstrativ langen Kuss begrüßt hatte, berichtete ihm von der kurzen Trauungszeremonie, die sie als lieblose Angelegenheit bezeichnete. Bei ihnen hatte sich der Standesbeamte viel mehr Zeit gelassen, es war alles viel feierlicher gewesen. Frau Haase griff das Thema auf und erzählte von ihrer ekligen Scheidung, bis Bernie darauf hinwies, das sei ein unpassendes Thema für solch einen Tag.

Mit einer Hochzeit hatte der Nachmittag kaum noch etwas zu tun. Für Richard war es nicht anders als ein Geburtstag seiner Brüder. Ein paar Geschenke und Glückwünsche, fehlte nur, dass Carla ihren Kaffee auf Angelikas Kostüm kippte. Er hätte jede Wette gehalten, dass die promisüchtige Zicke genauso ausrastete, wie Kerstin es nach der Bratensoße auf ihrer Bluse getan hatte.

Im Nachhinein fand er, Kerstin hätte sich nicht unbedingt so aufregen müssen wegen des Klecks. Der Fleck war in der Reinigung rausgegangen, und seine Mutter hatte es ja nicht mit Absicht gemacht. Geweint hatte sie. «Ich bin noch nie so beschimpft worden, Junge. Das ist keine Frau für dich. Such dir lieber ein nettes Mädchen.»

Regine würde seiner Mutter bestimmt gefallen. Und seine Brüder würden Augen machen. Dieser Riesenkasten von einem Haus, zwölf private Mieter, drei Gewerbeeinheiten, genau genommen vier, die Verwaltung war ja auch Gewerbe. Dazu eine Eigentumswohnung, deren Dachterrasse nur wenig kleiner war als die Räumlichkeiten, in denen man zu dritt aufgewachsen war. Man hätte ja keinem auf die Nase binden müssen, woher die Möbel kamen und dass man sich vermutlich erst nach der Testamentseröffnung eine Couch leisten konnte. Er musste sich wirklich dringend um die Finanzlage kümmern, gleich morgen oder besser am Samstag. Dann wäre er in der Verwaltung ungestört. Und bis dahin …

Inzwischen freute er sich fast auf die Nacht. Er wollte es schön für Regine machen. Es wäre ja nicht für lange.

Doch niemand machte Anstalten, sich zu verabschieden. Da außer Carla auch niemand mehr fahren musste, holte Bernie ein paar Flaschen Wein herauf, er hatte einen guten Tropfen auf Vorrat, brachte auch einen Korkenzieher mit. Der fehlte noch im jungen Haushalt, wie so vieles noch fehlte. Regine orderte für den Abend einen Imbiss. Sie hatte ja die Kosten fürs Mittagessen gespart und war ziemlich beschäftigt mit ihren Gästen. Und allmählich gingen sie Richard auf die Nerven.

5.

Carla fachsimpelte mit Matthias über neue Polsterungen für alte Stühle. Auch wenn sie nichts davon verstand, sie konnte zu jedem Thema etwas sagen. Herr Nattwig erzählte Frau Haase, wie glücklich er mit seiner Frau in diesem Haus gewesen war, wie seine Söhne hier herangewachsen waren und dass ihn keine zehn Pferde aus seiner Wohnung herausbrächten. «Das habe ich dem feinen Herrn auch gesagt. Was bilden solche Leute sich ein? Nur weil sie Geld haben, meinen sie, sie könnten alles und jeden kaufen.»

Mit einer Frage nach seinen Söhnen lenkte Frau Haase den alten Mann von seinem Groll gegen ihren hochverehrten Chef ab. So kam das Thema Kinder nochmal auf den Tisch. Matthias ließ durchblicken, dass er Angelikas Ansicht nicht teilte und hoffte, sie bald umzustimmen. Bernie fühlte sich verpflichtet, die Schwierigkeiten einer alleinerziehenden Mutter in den fünfziger Jahren zu schildern. Darüber kam er irgendwie auf den Keller zu sprechen.

Den Übergang registrierte Richard noch am Rande. Er fragte sich gerade, wie Kerstin wohl reagierte, wenn er behauptete, die Hochzeitsnacht sei einsame Spitze gewesen. Er könnte von Regines Figur schwärmen und Kerstin damit auf die Palme bringen. Es müsste doch mit dem Teufel zugehen, wenn sie nicht eifersüchtig würde. Es war eine Menge Zorn im Spiel bei dieser Vorstellung, dessen war er sich sogar bewusst. Aber Kerstin hatte es doch nicht anders gewollt. Eigentlich hätte sie sich nicht wundern dürfen, wenn er bei Regine auf den Geschmack gekommen wäre und sich gefragt hätte, wozu er überhaupt noch eine zehn Jahre ältere Freundin brauchte.

«Meine Mutter hatte schon als ganz junges Mädchen starke Atembeschwerden, wenn sie Kohlen aus dem Bunker holen musste», erzählte Bernie. «Es wurde mit der Zeit immer schlimmer, bis hin zu richtigen Erstickungsanfällen. Der Arzt meinte, es wäre Asthma. Und dann waren sie da unten verschüttet. Volle drei Tage lang, ehe jemand ihr Klopfen und Rufen hörte. Man hatte sie bereits alle für tot gehalten. Aber gestorben war nur die Frau Meuter. Oder Meurer? Wie hieß die noch genau?»

Bernie kam nicht darauf und überspielte die Erinnerungslücke mit den Worten: «Das muss man sich vorstellen. Meine Mutter hatte kein Asthma. Es waren Vorahnungen. Sie hat es die ganzen Jahre im Voraus gespürt.»

«Aber nicht verhindert», stellte Carla fest. «Das tut Regine, sogar wenn sie gar nicht genau weiß, was geschehen wird. Sie saß in der ersten Matheklausur fürs Abitur ...»

Richard wurde wieder aufmerksam, als Regine ihr mit scharfem Unterton das Wort abschnitt: «Es wäre mir sehr lieb, wenn du das Thema wechseln würdest, Carla.»

«Wieso denn, Liebes?», fragte Carla harmlos. Sie musste das Richard einfach mit auf den Weg geben. Und nicht nur ihm, sie wollte auch Bernie ermahnen, nicht mit Dingen zu spielen, von denen er nichts verstand. Damit er sich bei der nächsten Séance überlegte, was er seine verstorbene Frau Mama sagen ließ. Regine hatte Carla von den Vorwürfen erzählt, die sie sich hatte anhören müssen. Und Carla hatte ihre eigene Vorstellung von dieser Geisterbeschwörung.

«Hör auf», verlangte Regine eine Spur schärfer.

Carla dachte nicht daran, erzählte – noch den Tatsachen entsprechend –, dass Regine, statt Mathematikaufgaben zu lösen, kleine Flämmchen und geschlossene Augen gezeichnet hatte und mit dem Hinweis «Meine Mutter stirbt» hinaus auf die Straße gerannt war, direkt vor einen Kleinlaster.

Aber statt anschließend den Tanklastzug und das ausgebrannte Mercedeswrack mit vier Angehörigen einer afrikanischen Botschaft anzuführen, behauptete Carla: «Ich war auf Zypern, in einem reizenden, kleinen Hotel. Man informierte mich umgehend. Ich flog mit der nächsten Maschine zurück. Und was sah ich tags darauf in den Nachrichten? Eine Gasexplosion hatte gegen drei Uhr in der Nacht das Hotel zerstört. Alles war bis auf die Grundmauern niedergebrannt. Es hatte zahlreiche Tote gegeben, kein Wunder, nicht wahr? Sie hatten doch alle in den Betten gelegen. Ich hätte garantiert auch geschlafen, wenn ich nicht ...»

Frau Haase bekreuzigte sich. Angelika schaute Regine ungläubig an, Matthias verzog das Gesicht zur Andeutung eines Grinsens. Regine hatte ihm schon mehrfach von Carlas Fabulierwut erzählt.

Herr Nattwig hatte nur die Hälfte mitbekommen und widersprach Carla energisch: «Eine! Meine Frau hat mir hundertmal erzählt, dass sie zwei Tage lang neben der Leiche gesessen und sie dann mit bloßen Händen da unten begraben hat, weil's anfing zu stinken.»

«Da sind wir doch längst vorbei, Papa», sagte Bernie geistesabwesend. Er betrachtete Regine nachdenklich und brauchte ein paar Sekunden, um auszusprechen, was er wohl eigentlich hatte sagen wollen. «Das ist ja Wahnsinn.»

«Nein, Glück», sagte Carla. «Regine hat mir das Leben gerettet. Daran kann es keinen Zweifel geben. Sie hört Stimmen, wenn ein Unheil bevorsteht. Leider drücken diese Stimmen sich nicht so klar verständlich aus wie unsereins. Meist sind die Hinweise nebulös, deshalb lässt sich nicht jede Katastrophe verhindern. Am Dienstagabend zum Beispiel ...»

Was er von Carlas Behauptung halten sollte, wusste Richard nicht. Ihm war danach, zu grinsen wie Matthias. Er wartete darauf, dass Carla nun endlich einen Ton über ihren verstorbenen Mann verlauten ließ.

Stattdessen fragte sie: «Wie war das noch, Liebes? Die Stimme sagte, du solltest dich zurückziehen von einem Mann, der an ein unsympathisches Weib gebunden ist. Habe ich das richtig im Kopf?»

Regine schwieg mit hochrotem Gesicht und presste die Lippen aufeinander. Carla lächelte Bernie an, um sicherzustellen, dass er ihre Botschaft verstand. Anschließend richtete sie zum ersten Mal das Wort an den Mann, für den sie glaubte, in die Wüste, sprich zurück ins Allgäu zu müssen.

«Meine Glückwünsche habe ich dir nicht ausgesprochen, Richard. Das werde ich auch jetzt nicht tun. Ich gebe dir lieber einen guten Rat für die Zukunft. Wenn Regine dich bittet, das Antiaggressionstraining gefährdeter Jugendlicher zu versäumen, bleib daheim.»

Richard fühlte sich in dem Moment, als hätte er keinen Tropfen Blut mehr im Hirn. Und er hätte geschworen, dass sie Bescheid wussten, beide, Regine und ihre verdammte Stiefmutter.

6.

Er hätte sich gerne betrunken, doch das gelang ihm nicht, obwohl er noch eine ganze Flasche Wein leerte. Frau Haase verabschiedete sich als Erste und brachte Carla dazu, ihr die Heimfahrt anzubieten. Matthias und Angelika folgten. Als Letzte verließen Bernie und Herr Nattwig die Wohnung, nachdem Bernie Richard den Schlafzimmerschlüssel ausgehändigt hatte.

Regine ging ins Bad und war dort eine Weile beschäftigt. Als sie endlich ins Schlafzimmer kam, waren die hochgesteckten Partien ihrer Frisur gelöst und die Korkenzieherlocken ausgekämmt. Das niedliche Kleid hatte sie gegen einen Schlafanzug getauscht.

Obwohl sie offenbar gar nicht mehr mit Zärtlichkeiten rechnete, tat Richard so, als schliefe er bereits. In dieser Nacht mit ihr zu schlafen war ihm unmöglich. Stundenlang lag er neben ihr auf dem ungemütlich harten Laken unter dem steifen Bettbezug und hörte Carla sagen: «… an ein unsympathisches Weib gebunden …» Immer nur das. Und dabei sah er Kerstin vor sich.

Um vier in der Früh hielt er es nicht länger aus, stand vorsichtig auf und schlich aus dem Zimmer. Seine Klamotten lagen immer noch in dem Kinderzimmer, in dem er bisher auf der Luftmatratze genächtigt hatte. Er zog sich an und fuhr nach Bergheim zu Kerstin, wohin auch sonst? Aber dass er die erste Viertelstunde mit ihr ertrug, lag nur an der letzten Flasche Wein.

Wie eine Furie stand sie vor ihm im schmalen Flur ihrer Wohnung. Das Haar zerzaust vom Schlaf, die Augenlider geschwollen, das Gesicht fettig glänzend von der Nachtcreme, die sie jeden Abend auftrug, tippte sie sich unentwegt mit einem

Finger an die Stirn und hinterließ deutlich sichtbare Tupfer im Glanz. Sie wollte einfach nicht verstehen, was er sagte.

«Du blöder Hund!», fauchte sie. «Kannst du denn nur Scheiße bauen? Warum musstest du dich so besaufen?»

«Ich bin nicht betrunken», widersprach er.

«Bloß nicht!», schrie sie. «Du stinkst zehn Meter gegen den Wind. Muss ja eine tolle Feier gewesen sein. Mein Gott, stell dir mal vor, du hättest unterwegs einen Unfall gebaut.»

«Reg dich nicht so auf», bat er. «Ich kann das nicht haben, wenn du so bist.» Er wollte sie an sich ziehen.

Sie stieß ihn zurück. «Frag mich mal, was ich alles nicht haben kann! Diese Miefbude hier. Dreimal die Woche Treppen laufen, weil der blöde Aufzug nicht kommt. Mich morgens und abends wie eine Sardine in die S-Bahn quetschen. Mir im Salon die Beine in den Bauch stehen. Schau dir doch meine Beine an. Jeden Abend hab ich Schmerzen. Seit zwei Jahren steht im Bad eine Flasche Franzbranntwein. Früher stand da nur meine Körperlotion.»

Er warf unwillkürlich einen Blick auf ihre Beine, sah die hässlich dicken Adern wie blaue Würmer im Fleisch. Tagsüber versteckte sie die unter dunklen Stützstrümpfen oder Hosen. Jetzt traten sie unter dem Nightshirt, das sie zum Schlafen trug, deutlich vor.

«Du hast es die ganze Zeit darauf angelegt, die Sache platzenzulassen!», schrie sie. «Gib's zu! Wir waren so nahe dran.» Sie zeigte mit Daumen und Zeigefinger eine winzige Spanne. «So nahe! Und du versaust es! Haust einfach ab! In der Hochzeitsnacht!»

«Nein», sagte er. «Jetzt hör mir doch mal zu. Ich konnte gar nichts versauen. Carla sagte …»

Kerstin hörte ihm nicht zu, tobte und beschimpfte ihn, bis in der Nachbarwohnung energisch gegen die Wand geklopft wurde. Da begann sie zu weinen. Es war das erste Mal, dass er sie weinen sah. Sie erschien ihm so klein dabei, so hilflos und schutzbedürftig. Mit zuckenden Schultern schlurfte sie ins Wohnzimmer, setzte sich in einen Sessel, legte beide Hände vors Gesicht und schluchzte, dass es ihm die Kehle zuschnürte.

Er folgte ihr langsam, hätte sie gerne in die Arme genommen, fühlte sich jämmerlich und erbärmlich, weil er nicht wusste, ob er sie anfassen und trösten durfte. Minuten vergingen, er stand nur da und schaute auf sie hinunter. Endlich beruhigte sie sich ein wenig.

Er räusperte sich. «Es ist wirklich nicht meine Schuld. Und einen Detektiv brauchten die auch nicht. Regine hört Stimmen. Am Dienstagabend hat eine zu ihr gesagt, ich wäre mit dir zusammen und soll mich hüten, nochmal zum Training zu fahren.»

Kerstin nahm die Hände herunter, schaute ihn verständnislos an und verlangte: «Sag das nochmal, aber langsam.»

Er wiederholte es, bemühte sich um den korrekten Wortlaut und brachte es tatsächlich zustande: zurückziehen von einem Mann, der an ein unsympathisches Weib gebunden ist. Er erwähnte auch das explodierte Hotel auf Zypern und machte sie damit erneut wütend.

«So ein Quatsch! Carla war überhaupt nicht in Urlaub, als Regine durchs Abitur gerasselt ist. Daran kann ich mich aber noch gut erinnern. Sie wollte anschließend zusammen mit Regine in die Karibik und war stinksauer, weil das dämliche Gör ihr die Tour vermasselte. Sartorius verbot Regine nämlich mitzufliegen, ohne Fleiß kein Preis, und alleine hatte Carla keine Lust.»

Ungefähr so hatte Carla es ihr damals weisgemacht. Für ein paar Sekunden richtete sich Kerstins Zorn gegen die Wurzel des Übels. «Warum erzählt die so einen Scheiß? Das war ein Schuss ins Blaue. Und du Idiot fällst prompt darauf herein, haust mitten in der Nacht ab. Wie willst du das deiner Frau erklären? Hast du sie wenigstens ordentlich gevögelt?»

Wie er diesen Ausdruck hasste. Ihn trainierte sie monatelang auf romantisches Gesäusel, bis sie sicher sein konnte, dass es zu jeder Tages- und Nachtzeit wie von allein aus ihm herauslief. Und sie riss das Maul auf wie ein Penner.

«Zweimal», behauptete er. «Beim zweiten Mal hab ich ihr womöglich aus Versehen ein Kind gemacht. Ich kam nicht mehr klar mit der Sieben, hatte ja dreimal so viel Busen in der Hand wie sonst. Da dachte ich, ich versuch's mit einundzwanzig. Schien mir passender, ging aber nicht so flüssig. Ich hab mich ein paarmal verzählt und den Dingen dann einfach ihren Lauf gelassen.»

Für einen Moment verschlug es Kerstin die Sprache. Er nutzte die Gelegenheit, nach allem, was er sich von ihr hatte anhören müssen, sollte sie einmal spüren, wie es war, mit Worten verletzt zu werden. Der Wein machte es ihm leichter. Dass ihre Verzweiflung ihm kurz zuvor noch die Kehle zugeschnürt hatte, vergaß er vorübergehend. Es ging sehr flüssig über die Lippen, genau so, wie er sich das am Nachmittag vorgestellt hatte.

«Klasse Figur. Da hattest du vollkommen recht. Aber sie ist ja auch fünfzehn Jahre jünger als du. Da ist natürlich alles noch knackig. Die Dinger hängen nicht mal, wenn sie den Büstenhalter auszieht. Mir sind fast die Augen aus dem Kopf gefallen. Vor ein paar Monaten im Hotel hab ich das nicht so richtig mitbekommen, da war ich zu nervös. Aber heute habe ich richtig hingeguckt. Es steht alles prall nach vorne. Da hätte ich glatt noch ein drittes Mal gekonnt. Nur war sie zu müde.»

Kerstin starrte ihn so feindselig an wie an dem Sonntag, als er aus der Villa Sartorius zurückgekommen war und erklärt hatte, Regines Vater sehe nicht aus wie ein Todkranker. Sie strich ihr Nightshirt über den Brüsten glatt, als hätte plötzlich sie einen Komplex wegen ihrer Oberweite.

«Ein richtig süßes Püppchen ist sie», sagte er noch. «Ich werd wohl zweimal die Woche mit ihr schlafen, vielleicht auch dreimal. Mal sehen, wie oft sie Lust hat.»

Statt erneut zu zetern, zu heulen oder gar vor Eifersucht an die Decke zu gehen, begann Kerstin zu lächeln, stemmte sich aus dem Sessel, griff nach seinem Arm und zog ihn mit sich ins Schlafzimmer. Sie hatte ihn durchschaut und war mit einem Mal wieder so fürsorglich, liebevoll und leidenschaftlich wie in der allerersten Zeit.

«Es war ein bisschen viel für dich heute», meinte sie. «Ich weiß doch, dass du um zwölf lieber mit mir im Trauzimmer gesessen hättest. Das wäre mir auch lieber gewesen, glaub mir. Als ich den Sekt trinken wollte, dachte ich, ich ersticke an dem Zeug.»

Sie zog ihm die Schuhe aus und die Socken, knöpfte ihm das Hemd auf, hauchte unzählige Küsse auf seine Brust, streifte ihm die Hose herunter, küsste seine Beine von unten nach oben, jeden Zentimeter, und murmelte, wie sehr sie ihn liebe, dass sie nichts weiter wolle, als mit ihm zusammen glücklich sein, frei von Sorgen. Und dass sie beide allein es nicht schafften. Sie mochten sich abrackern, soviel sie wollten, sie konnten nie das erreichen, was Regine durch eine Erbschaft in den Schoß fiel. Was Carla von sich gegeben hatte, durfte man nicht ernst nehmen. Stimmen! Das war ausgemachter Schwachsinn, etwas für esoterische Spinner.

«Regine hat keine Ahnung von uns», flüsterte sie zwischen seinen Schenkeln. «Glaub mir, sie weiß einen Dreck. Du nimmst doch nicht im Ernst an, dass sie dich noch geheiratet hätte, wenn sie seit zwei Tagen wüsste, dass du zu mir gehörst.»

Ihr Murmeln hüllte ihn ein wie eine Decke. Ihr Mund gab ihm den Rest. Dass er sie befriedigte, ließ sie nicht zu, es war seine Hochzeitsnacht, nicht die ihre. Sie legte sich neben ihn und hielt ihn mit einem Arm über der Brust fest. Bis er einschlief, hörte er ihr Flüstern.

Er solle seinen Rausch ausschlafen. Ihn jetzt zurückzuschicken hielt sie für einen Fehler, der angerichtete Schaden konnte nur größer werden. Bis er wieder nüchtern sei, sei ihr vielleicht eine plausible Erklärung für Regine eingefallen. Er müsse es nicht einen Tag länger als unbedingt nötig bei dieser verwöhnten Göre aushalten. Sobald das Testament ihres Vaters verlesen war …

7.

Im Zimmer herrschte graues Tageslicht, als Regine aufwachte. Draußen regnete es, das beharrliche Trommeln gegen die Scheibe holte sie langsam aus einem tiefen, traumlosen Schlaf in einen trüben Tag. Der Regen zog Bahnen in den Dreck auf dem Fenster. Eine dicke Staubschicht und Spritzer von Mörtel hafteten noch auf dem Glas. Ein hässlicher Anblick.

Alle Fenster und die großen Terrassentüren sahen so aus, waren seit dem Einbau noch nicht gereinigt worden. Das war ihr zwar jedes Mal aufgefallen, wenn sie sich in der Wohnung aufgehalten hatte. Sie hatte nur nicht daran gedacht, die Scheiben zu putzen, sondern angenommen, Richard würde das tun, wie er alles andere getan hatte.

Ihren Irrtum hatte sie erst am vergangenen Nachmittag erkannt und ihren spontanen Einfall bedauert, noch zum Kaffee einzuladen. Geschämt hatte sie sich, nicht nur für die Fenster, auch für ihre Improvisationen, weil noch so vieles fehlte, und am meisten für das kleine Bad. Das Waschbecken war verschmiert. Den Spiegel verunzierten getrocknete Wasserflecken und die weißen Sprenkel von Zahncreme. In der Badewanne klebten Schaumreste und Haare. Und nur die ließen sich in der Eile notdürftig hinter dem Duschvorhang verstecken, ebenso das alte Handtuch, das Richard offenbar tagelang benutzt und über der Heizung getrocknet hatte. Es müffelte und verströmte auch hinter dem Duschvorhang noch einen Geruch, den Regine bis dahin nicht gekannt hatte. Frau Schröder wechselte die Handtücher täglich.

Der kleine Wecker auf ihrem Nachttischchen zeigte Viertel nach neun. Der erste Tag ihrer Ehe, und sie lag allein im Bett. Es war nicht viel anders als sonst, nur die Umgebung war ungewohnt, ärmlich und trist. Sie war maßlos enttäuscht, nicht allein wegen der momentanen Situation, mehr insgesamt. Sie hatte sich das alles doch ganz anders vorgestellt – romantisch, gemütlich und sauber natürlich.

Sie hatte sich sogar ausgemalt, in der Hochzeitsnacht ein Kind zu empfangen. Sozusagen als Versöhnung mit den hässlichen letzten Wochen und dem bitteren Abschied daheim. Die vergangene Nacht wäre ein günstiger Zeitpunkt gewesen, da war sie sicher. Sie hatte einen regelmäßigen Zyklus.

Und Richard hatte sich betrunken. Aber das verstand sie. Er hatte sich auch mehrfach entschuldigt, nachdem alle gegangen waren. «Ich wollte das nicht, das musst du mir glauben.»

Das tat sie. Sie nahm an, er habe eigentlich nicht so viel trinken wollen. «Ich dachte zuerst, ich höre nicht richtig», hatte er gesagt. «Ich konnte nicht glauben, dass sie es ernst meinte.»

Natürlich nicht. Jeder normale junge Mann zweifelte zuerst, wenn er eine Geschichte hörte wie die, die Carla zum Besten gegeben hatte. Danach wurde ihm unheimlich. Und dann betrank er sich.

Sie hatte auch drei Gläser Wein getrunken, oder vier? Genau wusste sie das nicht, weil Bernie ihr immer nachgeschenkt hatte, obwohl ihr Glas noch nicht leer gewesen war. Auf jeden Fall hatte es gereicht, sie so fest schlafen zu lassen, dass sie nicht bemerkte, wie Richard aus dem Bett gestiegen und davongeschlichen war.

Mit der Erinnerung an sein Stammeln wurde sie wütend auf Carla und auf sich selbst, weil sie Carla von der Séance bei Bernie erzählt hatte. Und dann hatte sie sich auch noch gefreut, als Carla im Restaurant erschien, keine Sekunde lang in Betracht gezogen, dass Carla nur kam, um Richard in Angst und Schrecken zu versetzen.

Aber es half nichts, sich jetzt in Groll, Scham und Enttäuschung zu verlieren. Nicht nach hinten, lieber nach vorne schauen! Das gemeinsame Frühstück musste sie für diesen Tag aus ihren Gedanken streichen. Damit hatte ihre Vorstellung vom Eheleben begonnen. Dass Richard sich in der Wohnung aufhielt, schloss sie aus. Es war absolut nichts zu hören.

Sie nahm an, er sei in die Verwaltung hinuntergefahren, um eine Arbeit zu tun, für die er noch gar nicht bezahlt wurde. Wahrscheinlich meinte er, ihrem Vater beweisen zu müssen, dass er neben ihr nicht auf der faulen Haut lag, nicht mal am Tag nach der Trauung. Andere befanden sich dann in den Flitterwochen, genossen den Honeymoon. Und er ging einfach zur Tagesordnung über. Frau Haase würde es ihrem hochverehrten Chef garantiert brühwarm berichten.

Egal. Sie stand auf und benutzte die Toilette im kleinen Bad. Der Duschvorhang war ein Stück zur Seite geschoben. Das müffelnde, schmuddelige Handtuch lag unverändert in der schmierigen Wanne und war trocken. Ob Richard etwa ungewaschen aus der Wohnung … Andererseits, wenn er geduscht hätte, womit hätte er sich abfrottieren sollen? Nochmal mit diesem ekligen Lappen? Die neuen Handtücher nahmen kaum Feuchtigkeit auf, das hatte sie gestern Nachmittag nach jedem Händewaschen registriert. Auch jetzt fiel es ihr wieder auf.

Aufs Frühstück hatte Richard ebenfalls verzichtet, sich nicht mal einen löslichen Kaffee gemacht. Aber er hätte auch keine saubere Tasse und keinen Becher gefunden. Sie hatte sich am vergangenen Abend nicht mehr aufraffen können, den Berg von benutztem Geschirr abzutragen. Vielleicht war er nur deswegen runter in die Verwaltung, um sich von Frau Haase einen Kaffee servieren zu lassen. Dann würde er sicher bald hinaufkommen. Was mochte er von ihr denken? Verwöhnte Schlampe, keine Ahnung vom Haushalt, aber vergammelte, alte Möbel aufbereiten wollen.

Sie unterdrückte den Impuls, zwei Teller, Tassen, Messer und Löffel unter fließendem Wasser abzuspülen, die Kaffeemaschine zu füllen, den Schlafanzug gegen Rock und Pullover zu tauschen, in den Aufzug zu steigen und Richard zum Frühstück heraufzuholen. Für die dreckigen Fenster, das schmutzige Geschirr und die unbrauchbaren Handtücher konnte sie sich später entschuldigen. Und mehr noch dafür, dass sie vorausgesetzt hatte, er würde alles sauber machen, weil er doch ursprünglich für die Grundreinigung engagiert worden war. Der Wischmopp und Handfeger. Sie hätte einiges gutzumachen, fand sie, zog statt einem Rock eine Jeans und statt einer Bluse ein älteres Shirt an, bändigte ihre Haare mit einem Gummi und machte sich an die Arbeit.

8.

Zu dem Zeitpunkt befand Carla sich mitten im allerersten Ehestreit. Hartmut hatte schon am vergangenen Abend ihre halbgepackten Koffer gesehen, lange bevor sie von der Hochzeit zurückgekommen war. In der Nacht hatte er sich dazu jedoch nicht mehr geäußert. Erst morgens wollte er wissen, was das zu bedeuten hätte. Sie wäre doch gerade erst im Allgäu gewesen. Und sie hätte noch nie so viele Sachen mitgenommen.

Während Regine sich voller Scham über das schmutzige Geschirr hermachte, stritten sie immer noch, das heißt, sie räumten Missverständnisse aus. Hartmut hatte das *Gespräch* nur kurz unterbrochen, um die Kanzlei zu informieren, dass er heute später käme. Das war in all den Jahren höchst selten und nur aus eminent wichtigen Anlässen vorgekommen.

Der Witz an der Sache war, er befürchtete seit Jahren, dass Carla ihn verließ. Etwa ab Regines sechzehntem Geburtstag hatte er damit gerechnet, natürlich nie ein Wort gesagt. Wozu auch, sie hatten doch ein Abkommen, das Carla verpflichtete, für Regine da zu sein, solange das Kind sie brauchte. Von ihm war nie die Rede gewesen. Und jetzt zu sagen: «Bleib bei mir, Carla. Ich liebe dich. Ich brauche dich.» Das war nun wirklich nicht sein Stil.

Ein Hartmut Sartorius bettelte nicht um Gesellschaft oder liebevolle Betreuung. Er sagte: «Ich habe in den letzten Jahren nicht mehr damit gerechnet, dass du gehen willst, Carla. Ich bin momentan auch nicht so flüssig, dass ich dich auszahlen könnte. Können wir uns auf Ratenzahlung einigen?»

«Nein», sagte Carla. «Ich bekomme die komplette Summe in einem Betrag. Und ich bleibe so lange hier, bis du das Geld zusammenhast.»

«Ja, das wird aber eine Weile dauern», sagte er.

«Wie lange?», fragte Carla. «Zwei Monate, sechs Monate? Einen ungefähren Zeitpunkt wirst du doch nennen können.»

«Für wen ist dieser Zeitpunkt interessant?», wollte Hartmut wissen. «Hast du einen anderen Mann?»

«Ich habe nie einen anderen gewollt», sagte Carla.

Und er fragte verständnislos: «Wozu denn dieses Theater?»

Wäre Carla nicht gar so sehr damit beschäftigt gewesen, ihm ihre Gefühle, Wünsche und Sehnsüchte zu erklären, vielleicht hätte sie daran gedacht, Maria ins dreizehnte Haus zu schicken. Den Dreck auf den Fenstern und das schmuddelige kleine Badezimmer hatte Carla schließlich auch gesehen. Und sie wusste, dass Regine keine Erfahrung als Putzteufel hatte.

9.

Schon an dem Geschirrberg scheiterte sie kläglich. Zwar hatte sie daran gedacht, eine Flasche Geschirrspüler zu kaufen. Aber die neuen Küchentücher verweigerten den Dienst. Ihr blieb nichts anderes übrig, als die Teile erneut auf der Abtropffläche aufzutürmen, wo sie zwar trockneten, auf den Gläsern und dem Besteck jedoch Wasserflecken zurückblieben. Dass nun alles sauber war, machte keinen großen Unterschied zu vorher.

Als Nächstes bemühte sie sich um das Küchenfenster und hatte den Eindruck, dass es schmutziger wurde, je länger sie wischte. Von den Mörtelspritzern zogen sich immer neue Streifen über das Glas. Als ihr die ersten Kratzer auffielen, kapitulierte sie und wechselte ins Bad, um dort den Spiegel zu putzen, das Waschbecken, das Klo und die Badewanne zu schrubben.

Wenigstens das gelang ihr. Und vor allem die Badewanne musste sauber sein – wegen der Wäsche. Auch wenn sie die Zettelchen mit der Empfehlung, Bezüge und Laken vor dem ersten Gebrauch zu waschen, nicht gesehen hatte, Großmama hatte ihr das und vieles andere in puncto Haushaltsführung erklärt. Aber wann hätte sie das tun sollen? Sie hätte nicht mit Carla ins Allgäu fahren dürfen.

Eine Waschmaschine besaß sie nicht. Nur waren die Sachen auch nicht dreckig – mit Ausnahme des ekligen Handtuchs und des Lakens, das sie gestern als Tischdecke zweckentfremdet hatte. Herr Nattwig hatte Kaffee verschüttet, und Frau Haase war ein Stück Torte vom Messer gekippt. Vielleicht ließen sich die Flecken von Hand auswaschen. Das Handtuch gehörte in den Müll, der gesamte Rest brauchte nur eine Weile in der Lauge zu liegen.

Sie ließ heißes Wasser einlaufen, streute zwei Hände voll

Pulver hinein, warf Frotté- und Geschirrtücher hinterher. Im Schlafzimmer stellte sich die Frage, ob sie zuerst die noch originalverpackte zweite Garnitur aus dem Kleiderschrank in die Wanne legte oder die Sachen vom Bett. Richard hatte Laken und Bezüge aus Baumwolle aufgezogen. Die zweite Garnitur war aus Flanell, auch ungewaschen weicher und angenehmer auf der Haut als imprägnierte Baumwolle. Also entschied sie sich, die Wäsche zu wechseln, weil kaum anzunehmen war, dass bis zum Abend alles trocken wurde.

Als sie das Laken von der Matratze zog, fiel auf Richards Seite etwas zu Boden und kullerte über den Fußboden. Sie hörte es deutlich, sah auch kurz eine länglich runde Metallhülse mit feinen Rillen, die unter dem Nachttisch verschwand. Zweifellos ein Lippenstift, und zwar eine recht teure Marke. Carla hatte die eine Zeitlang benutzt, daher war Regine der Anblick vertraut. Sie selbst besaß nur einen preiswerten Stift, der steckte noch in dem Abendtäschchen und in einer glatten, schwarzen Hülse.

Im ersten Moment flackerte Misstrauen auf. Wie kam ein teurer Lippenstift in Richards Bett? Und von wem stammte das Ding? Im nächsten Moment beruhigte sie sich schon wieder. Da hatte sich wohl jemand einen Scherz erlaubt. Carla! Der Verdacht lag nahe.

Sie rückte den kleinen Nachttisch von der Wand, aber dahinter oder darunter lag nichts. Unter dem Bett war ebenfalls nichts zu sehen, obwohl sie sich flach auf den Boden legte und ihr Gesicht aufs Parkett drückte. Sie leuchtete sogar mit einer Taschenlampe unter den Bauernschrank, obwohl der eigentlich zu weit weg stand. Den ganzen Raum suchte sie ab, was bei der spärlichen Möblierung nicht lange dauerte. Doch der Lippenstift war wie vom Erdboden verschluckt.

Sie konnte sich das nicht erklären und kümmerte sich wieder um die Wäsche. Nachdem auch Laken und Bezüge in der Lauge lagen, wurde ihr Drang übermächtig, ein paar Worte mit Richard zu wechseln. Im Grunde wollte sie sich nur überzeugen, dass er dort war, wo sie ihn seit dem frühen Vormittag vermutete. Ganz unverfänglich eine Zeit fürs Mittagessen mit ihm vereinbaren und ankündigen, dass sie etwas Besonderes kochen beziehungsweise braten wolle. Marinierte Schweinefilets und Kartoffelgratin, beides musste nur für dreißig Minuten in den Backofen, dazu Broccoli in Rahmsoße, brauchte auch nur aufgewärmt zu werden und lag seit Mittwoch im Eisfach des Kühlschranks.

Frau Haase war allein in der Verwaltung und hatte Richard noch nicht zu Gesicht bekommen. Seinen Mercedes hatte sie auch nicht gesehen. Der Innenhof war vom Bürofenster aus gut zu überblicken. Das bedeutete, Richard musste weggefahren sein, ehe Frau Haase zur Arbeit erschienen war.

Bevor Regine es verhindern konnte, hatte Frau Haase den Telefonhörer abgenommen und rief eine Mieterin in einem Haus an der Cheruskerstraße an, die gestern Mittag einen Fleck an einer Zimmerdecke gemeldet hatte, hinter dem sich ein Wasserschaden verbergen könnte.

«Wahrscheinlich ist er hingefahren, um sich das mal anzusehen», vermutete Frau Haase, während sie darauf wartete, dass abgehoben wurde. «Gesagt habe ich ihm das gestern noch. Und bei Wasserschäden darf man keine Zeit verlieren. Das weiß er.»

Doch in der Cheruskerstraße war Richard bisher nicht aufgetaucht. Und sonst lag nichts an, was nicht Zeit bis Montag gehabt hätte. Für Regine war es wie ein Schlag ins Gesicht. Die Revanche für ihren verlängerten Aufenthalt im Allgäu, glaubte sie. *Jetzt siehst du, wie das ist, wenn der Mensch, den man liebt, einfach verschwindet*. Sie musste sich mit Gewalt zur Ordnung rufen, um nicht in Tränen auszubrechen.

10.

Zehn Minuten später klingelte sie an Bernies Tür, brachte ihm seinen Korkenzieher zurück, mochte ihn jedoch nicht mit Richards Verschwinden überfallen. Zuerst kam sie auf ihr verdrecktes und nun auch verkratztes Küchenfenster, den Geschirrberg auf der Abtropffläche und die Wäsche in der Badewanne zu sprechen.

«Kannst du mir mit zwei Geschirrtüchern und ein paar Handtüchern aushelfen, bis meine Wäsche trocken ist? Ich muss das Besteck und die Gläser polieren.»

«Ja», sagte Bernie knapp und führte sie in die Küche. Er war mit der Zubereitung eines Eintopfs beschäftigt und noch gekränkt wegen Carlas Anspielung auf seine Séance. Daraus machte er auch keinen Hehl. Verständlicherweise schätzte der Gute es nicht, wenn man sich über ihn und seine Frau Mama lustig machte. Darüber hinaus fühlte er sich von Regine hintergangen, weil sie ihm zwar von der engen Verbindung zu ihrem Bruder und der Bedeutung des Rubinrings erzählt hatte. Aber kein Wort über das explodierte Hotel auf Zypern. Nicht mal eine Andeutung, dass sie hellsehen könnte.

«Carla erzählt gerne Märchen», bemühte sie sich, Bernie zu besänftigen. «Als ich die erste Matheklausur fürs Abitur vor mir hatte, war sie auf dem Weg ins Allgäu. Dennis Wego, ein Mitschüler, hat mich aufgefordert, für ein bisschen Durcheinander zu sorgen. Nachher hat er es bestritten. Wenn ich hellsehen könnte, wüsste ich jetzt, wo mein Mann ist. Ich weiß aber nicht mal, wann Richard die Wohnung verlassen hat. Als ich aufwachte, war er nicht mehr da. Er hat weder geduscht noch gefrühstückt, ist einfach verschwunden. Kannst du deine Mutter fragen, warum und wohin? Bitte. Ich habe so ein merkwürdiges Gefühl.»

«Was verstehst du unter merkwürdig?», erkundigte Bernie sich zurückhaltend. Er glaubte ihr immer noch nicht so ganz, dass sie in puncto übersinnliche Fähigkeiten absolut unbedarft sei.

«Ich weiß es nicht», sagte sie. «Merkwürdig eben. Vielleicht will Richard mir heimzahlen, dass ich viel länger als geplant im Allgäu war und nicht angerufen habe. Vielleicht hat Carla auch noch etwas zu ihm gesagt, was ihm richtig Angst gemacht hat.»

Letzteres konnte Bernie mit an Sicherheit grenzender Wahrscheinlichkeit ausschließen. Er war Carla doch nur von der Seite gewichen, während er Herrn Nattwig heraufholte. Sie war halt eine sehr attraktive Frau und er ein alleinstehender Mann, stark übergewichtig, aber nicht blind. Nach ihrer Schilderung vom explodierten Hotel auf Zypern hatte er sie gar nicht mehr aus den Augen gelassen. Darauf gehofft, sie erzähle noch ein Episödchen aus früheren Tagen, in denen Regine sich besonders hervorgetan hatte. Dass Carla Richard schon vorher mit einer Bemerkung in Panik versetzt hätte, war ebenfalls unwahrscheinlich, weil Richard vorher einen ganz normalen und zufriedenen Eindruck gemacht hatte.

«Du kennst Carla nicht», sagte Regine. «Sie braucht nicht viel Zeit, wenn sie dir eins auswischen will. Und darauf war sie aus. Mit der Hotelgeschichte hat sie sich nicht begnügt. Da bin ich völlig sicher. Als ich eben das Bett abgezogen habe …» Sie erzählte ihm von dem Lippenstift, kam zum Ende mit den Worten: «Ich habe das ganze Zimmer abgesucht, ohne Erfolg, das blöde Ding hat sich genauso in Luft aufgelöst wie Richard. Vielleicht war es ein Scherzartikel.»

Bernie hatte ihr mit gerunzelter Stirn zugehört. Und er konnte mit absoluter Sicherheit ausschließen, dass Carla in einem unbeobachteten Moment ins Schlafzimmer gehuscht war, um ihren Lippenstift oder einen Scherzartikel in einer Bettritze zu verstecken und damit Zwietracht in eine junge Ehe zu säen. Er hatte doch die Tür abgeschlossen und Richard den Schlüssel erst gegeben, als Carla schon weg war. Regine hatte davon nichts mitbekommen

Mit einem Mal war Bernie sehr kleinlaut, warf einen Blick in seinen Topf, befand, die Suppe sei fertig, und bat Regine, den Tisch für sie beide zu decken, während er rasch eine Portion Eintopf zu Herrn Nattwig hinunterbrachte.

«Beim Essen überlegen wir, wo Richard sich aufhalten könnte», schlug er vor. «Ehe ich meine Mutter bemühe, mache ich mir lieber eigene Gedanken. Das ist nicht so anstrengend.»

Doch es gab nicht viel zu überlegen. Bernie wusste von Richard nur, dass er tüchtig und handwerklich geschickt war, mit zwei Brüdern aufgewachsen, bis August bei der Firma Kübler beschäftigt und vor Regine mit einer tollen Frau zusammen.

Und Regine konnte nicht sagen, wie *Monika* mit Nachnamen hieß. Sie hatte auch keinen Schimmer, wo diese Frau wohnte, wusste nicht mal, wo Richard zweimal die Woche das Antiaggressionstraining für gefährdete Jugendliche absolvierte. Das Einzige, was sie kannte, war die Adresse seines möblierten Zimmers.

Als er das hörte, wurde Bernie noch mulmiger zumute. «Wir fahren zu seiner Zimmerwirtin und fragen die», entschied er. «Aber zuerst musst du etwas essen, darauf bestehe ich.»

Er zwang sie wie ein Kind, ein paar Löffel zu nehmen. Erst als sie erklärte, ihr Magen fühle sich an, als würde er gleich platzen, war er bereit, mit ihr zu seinem Van zu gehen.

11.

Um sechs in der Früh hatte Richard ein scharfes Klingeln registriert. Es war sofort abgebrochen. Dass Kerstin aufstand, frische Sachen für den Tag aus dem Kleiderschrank nahm und ins Bad huschte, hatte er schon nicht mehr gehört.

Das zweite scharfe Klingeln riss ihn genau um zehn aus einem traumlosen Schlaf. Diesmal brach es nicht ab. Kerstins Wecker war ein Folterinstrument, zu allem Überfluss hatte sie das Ding auf die Fensterbank gestellt. Er musste aufstehen, um das nervtötende Geräusch abzustellen, fühlte sich ein bisschen benommen, Kopfschmerzen von zu viel Wein hatte er nicht, nur Durst.

In der Küche war alles für ihn vorbereitet. Kerstins Kaffeemaschine verfügte über eine Zeitschaltuhr. Er musste nur seine Tasse füllen und die Frischhaltefolie von seinem Frühstücksteller ziehen. Vollkornbrot mit rohem Schinken, sogar ein hartgekochtes Ei lag abgepellt auf dem Teller. Und zwei Gewürzgurken in einem separaten Schälchen. Das war ein Frühstück nach seinem Geschmack. Einen Tomatensaft mit Salz und Pfeffer hatte Kerstin ihm auch hingestellt. Den brauchte er nicht, trank ihn aber trotzdem.

Neben dem Teller lag ein Zettel, auf dem Kerstin das Wichtigste notiert hatte. Seinen Mercedes hatte sie in die Tiefgarage gefahren und den Autoschlüssel in ihren Briefkasten geworfen. Der Briefkastenschlüssel hing am Haken neben der Wohnungstür. Dort hingen auch die Schlüssel, die sie ihm beim Auszug abgenommen hatte. Er sollte in den Salon kommen, sobald er gefrühstückt hatte.

Eilig hatte er es nicht, aß genüsslich, trank drei Tassen Kaffee, duschte ausgiebig und zog sich an. Dann lief er in der Wohnung herum auf der Suche nach einem winzigen Teil, das er mitnehmen konnte, ohne dass Kerstin es vermisste. Auch wenn es nur für kurze Zeit wäre, er wollte etwas von ihr bei sich haben.

Nach einigem Zögern entschied er sich für einen Lippenstift in einer feingerillten Metallhülse. Kerstin besaß mindestens drei Dutzend in kaum voneinander abweichenden Farbtönen. Es konnte nicht auffallen, wenn einer fehlte. Und ein Lippenstift war besser als einer von ihren Bodys oder Slips. So ein Stift war Teil der vergangenen Nacht, verkörperte ihre Liebe und seine, hielt ihm stets vor Augen, was sie für ihn tat und er für sie tun musste. Er wollte sie nie wieder weinen sehen.

Den Wohnungsschlüssel nahm er nicht mit, als er gegen zwei Uhr Kerstins Wohnung verließ. Er zog nur die Tür hinter sich zu und stieg die Treppe hinunter, weil der Aufzug nach fünf Minuten immer noch nicht gekommen war.

Das Glück war auf seiner Seite, doch er bemerkte es nicht. Die Zufahrt zur Tiefgarage lag auf der Rückseite des Gebäudes. Als er ins Freie fuhr, steuerte Bernie seinen silbergrauen Van gerade auf den Parkstreifen vor dem Hochhaus.

12.

Als Richard am frühen Abend den Mercedes wieder in den Innenhof fuhr, war er einigermaßen gewappnet. Während der Aufzug ihn hinauf ins Dachgeschoss trug, ging er im Geist Kerstins Anweisungen noch einmal durch. In der Diele hörte er Wasserplätschern und wiederholtes Klatschen aus dem kleinen Bad, dazwischen Regines Stimme, die ungeduldig, beinahe wütend verlangte: «Hilf mir doch.»

In der Annahme, sie sei nicht allein, ging er langsam näher und sah sie vor der Wanne knien. Sonst war niemand zu sehen. Sie knetete einen Haufen bunter Wäsche im Wasser, drosch mit einer Faust darauf ein und bat erneut: «Hilf mir doch.» Jetzt klang es erstickt, fast wie ein Schluchzen.

Das Öffnen der Wohnungstür und seine Schritte waren ihr entgangen. Erst als er fast neben ihr stand, wurde sie aufmerksam und hob das Gesicht. Sie sah aus, als hätte sie stundenlang geweint, sprang hoch und wischte hektisch die nassen Hände an einer Jeans ab. Er hatte sie noch nie in Jeans gesehen.

«Da bist du ja wieder», stammelte sie. «Ich habe den ganzen Tag auf dich gewartet und nach dir gesucht.»

Er bekam einen gewaltigen Schreck, als er hörte, dass sie mit Bernie in Bergheim gewesen war. So völlig außer sich, wie sie war, befürchtete er, dass ihm nun entschieden mehr abverlangt wurde als Auskunft über seinen Verbleib. *«Seit wann bist du mit Carlas Friseuse zusammen? Ich muss dir ja sehr viel bedeuten, wenn du unsere Hochzeitsnacht lieber mit ihr verbringst.»* Und so weiter.

Stattdessen überfiel sie ihn mit allen möglichen und unmöglichen Beteuerungen. In der ersten Verblüffung hatte er Mühe, ihr zu folgen, verstand zuerst nur, dass sie wütend auf Carla war und kein Verhältnis mit Matthias hatte. Das hatte er auch nicht angenommen.

Dann faselte sie wieder von Bernie. «Er fühlte sich hintergangen, weil ich Carla von seiner Mutter erzählt habe. Ich dachte schon, er würde mir nicht mehr helfen. Aber er ist nicht nachtragend. Obwohl er völlig erschöpft war, hat er mir noch gezeigt, wie ich den Mörtel entfernen muss, ohne das Glas zu zerkratzen.»

Sie zeigte zum Fenster hinüber. «Ich hätte schon damit angefangen», versicherte sie, wies in die Wanne und brach erneut in Tränen aus. «Ich wollte nur zuerst die Wäsche aufhängen. Aber ich weiß nicht, wo. Und die Flecken sind nicht rausgegangen. Es hat sich alles verfärbt. Ich glaube, das Wasser war zu heiß. Verzeih mir. Ich habe mich so dumm benommen.»

«Ich ja auch», sagte er und zog sie an sich. «Aber das wird nicht wieder vorkommen. Das verspreche ich dir.»

Sie schlang die Arme um seinen Nacken, presste das Gesicht gegen seine Schulter. «Ich liebe dich, Richard, wirklich, ich liebe dich. Aber du darfst mich nicht belügen. Die Frau sagte …»

Er wartete erst einmal ab. Was Kerstin ihm zurechtgelegt hatte, klang glaubwürdig, vorausgesetzt, Regine und Bernie hatten in Bergheim keine Auskünfte erhalten. Mit seinem Namen konnte vermutlich kein Hochhausbewohner etwas anfangen, und nach *Kerstin Riedke* suchte man auf der Klingelanlage vergebens. Aber eine Beschreibung. Oder Fotos. Bernie hatte doch gestern wie ein Wilder geknipst. Digitalkamera. Wenn sie mit dem Ding Stockwerk für Stockwerk abgeklappert hatten, was er Regine durchaus zutraute, hatte möglicherweise die Griechin von nebenan gesagt: «Das ist Freund von Frau Riedke, hatten letzte Nacht furchtbar Streit …»

Aber anscheinend waren sie nicht durchs gesamte Hochhaus gelaufen. War dem Dicken wohl zu anstrengend gewesen, oder Bernie hatte es für überflüssig gehalten, weil sie schon im Erdgeschoss gehört hatten, Untervermietung sei nicht gestattet.

«Ja, ich weiß», sagte er. «Es ist schrecklich in dem Haus. Da gönnt der eine dem anderen nichts. Meine Vermieterin hatte ständig Angst, jemand könnte herausfinden, dass ich nicht ihr Neffe und nicht bloß zu Besuch bin.»

«Aber die Frau sagte, es gäbe auch keine alten Witwen im Haus», erklärte Regine, «nur ein paar alleinstehende Frauen.»

«Na ja», räumte er ein. «Was man so unter alt versteht. Sie ist achtundfünfzig, für mich ist das ziemlich alt.»

«Ach so», sagte Regine.

Er führte sie ins Wohnzimmer, drückte sie auf einen der gammeligen Stühle nieder und hörte weiter der Litanei ihrer Versprechen zu. Sie zählte auf, was alles nicht mehr vorkommen sollte; schmutziges Geschirr, verdreckte Fenster, lange Abende mit Matthias.

Als sie endlich schwieg, fing er an mit dem Märchen, das Kerstin sich ausgedacht hatte. Regines Gestammel flocht er geschickt ein. Wenn sie ihm mit ihren Entschuldigungen und Versprechungen die Worte in den Mund legte, hätte er blöd sein müssen, das nicht zu nutzen.

Carlas Behauptung von den Stimmen hatte er natürlich nicht ernst genommen und sich deswegen bestimmt nicht betrunken. Das war wegen seiner Mutter gewesen. «Ich musste unentwegt daran denken, dass meine Eltern gar nichts von unserer Hochzeit wissen.»

Am frühen Morgen hatte er sich dann entsetzlich geschämt, weil wegen seiner Schwäche die Hochzeitsnacht ausgefallen war. «Aber ich war mir auch nicht sicher, ob du nicht lieber mit Matthias ins Bett gegangen wärst, statt mit mir. In den letzten Wochen habe ich mich oft so überflüssig gefühlt, nur noch gut genug, die Wohnung für dich herzurichten. Das habe ich dir ja schon am Mittwoch gesagt. Ich habe mich nicht einmal mehr getraut, dir die Ringe zu zeigen, die ich für uns gekauft hatte.»

Als er ihr das kleine Etui zeigte, das er zwischen seine Socken geschoben hatte, heulte sie erneut los, entschuldigte sich noch drei Dutzend Mal und bot an, den Kontakt zu Matthias auf das Notwendigste zu beschränken, falls ihm ihre Freundschaft nicht recht sei.

«Ich habe nichts gegen Freundschaft», sagte er. «Es hat mich nur gestört, dass du jeden Abend mit Matthias zusammen warst. Ich wäre auch gerne mal mit dir allein gewesen. Das hättest du dir eigentlich denken müssen. Manchmal ist Matthias mir auf die Nerven gegangen mit seinen Vorträgen. Immer nur Finanzen, als ob Geld das Wichtigste im Leben wäre. Aber wenn du dich gut mit ihm verstehst, will ich dir das nicht verderben, gerade jetzt nicht, wo du deinen Vater verloren hast.»

Er machte eine Pause, wartete auf ein paar Worte zum vermeintlichen Todesfall. Aber sie schaute ihn nur dankbar an. Also sprach er weiter: «Wenn dir so viel an Matthias liegt und Angelika nichts dagegen hat, will ich auch nicht kleinlich sein und dir vertrauen. Ihr könnt euch doch treffen, wenn ich beim Training bin. Dann stört es mich nicht. Das sind zwei Abende in der Woche, oder reicht dir das nicht?»

«Doch», versicherte sie eifrig, «das ist eine gute Lösung.»

«Finde ich auch», sagte er und erzählte weiter das Märchen vom verlorenen Sohn. Am frühen Morgen war er zuerst ziellos herumgefahren, dann zur Wohnung seiner Eltern. Er hütete sich, eine Adresse zu nennen. Sie fragte auch nicht.

«Den halben Tag habe ich im Auto gesessen und gehofft, dass meine Mutter mal nach draußen kommt. Ich dachte, wenn sie mich sieht, bittet sie mich bestimmt herein. Auszusteigen und zu klingeln habe ich mich nicht getraut aus Furcht, abgewiesen zu werden. Jetzt erst recht. Sie werden mir nie verzeihen, dass ich geheiratet habe, ohne Bescheid zu sagen. Ich bin ein elender Feigling, das weiß ich. Jeder andere hätte es zumindest probiert. Ich saß nur da und hatte Angst, dass sie mir die Tür vor der Nase zuschlägt.»

Regine lächelte zu ihm auf und stellte fest: «Wir hatten nicht den besten Anfang, aber jetzt wird es besser, nicht wahr?

Wir müssen uns nur darum bemühen und wirklich ehrlich zueinander sein.»

Als er nickte, erhob sie sich. «Du bist bestimmt hungrig. Ich koche uns etwas. Kommst du mit in die Küche?»

Er wäre gerne nochmal auf ihren Vater zurückgekommen, um endlich eine Bestätigung für dessen Tod zu erhalten. Aber Kerstin hatte ausdrücklich davor gewarnt. «Was mit Sartorius ist, erfahre ich spätestens am Dienstag, wenn nicht vorher eine Todesanzeige erscheint. Wahrscheinlich kriegt der eine ganze Seite voller Anzeigen. Die werde ich schon nicht übersehen. Du darfst nicht mal wissen, dass er in die Klinik eingeliefert wurde, also halt den Mund.»

«Ich sollte besser die Wäsche aufhängen», sagte er, um nicht doch noch in Versuchung zu geraten, nach dem Termin der Beisetzung zu fragen, weil Regine auf den *Verlust* nicht reagiert hatte.

Während sie in der Küche werkelte, fuhr er mit dem Aufzug hinunter, holte ein paar Haken und einige Meter Schnur aus dem Lager und spannte in einem der leeren Zimmer ein paar Leinen.

«Für den Anfang reichen wohl zwei Kinderzimmer», sagte er, nachdem Laken, Bezüge und Handtücher mangels Wäscheklammern zum Trocknen über die Leinen gehängt waren. «Bis wir das dritte brauchen, ist die Wäsche garantiert trocken. Dann hängen wir Hampelmänner an die Haken.»

Sie lachte verlegen über die Anspielung, hatte in der Zwischenzeit den halben Esstisch mit einer von Bernie geborgten Tischdecke, dem billigen Porzellan und einem ebenfalls geliehenen Kerzenleuchter ausgestattet und es tatsächlich geschafft, in einer halben Stunde eine Mahlzeit zuzubereiten, die Kerstin so nicht hinbekommen hätte. Nur die Soße fürs Filet und das Dessert hatte Bernie am Nachmittag zubereitet, wie sie verschämt gestand.

Nach der vergeblichen Tour hatte Bernie ihr noch stundenlang Gesellschaft geleistet. Ihm war klar gewesen, dass er ihr mit der ersten Séance den letzten Schubs in diese Ehe versetzt hatte und sie nun mit einem Mann verheiratet war, von dem sie beide so gut wie nichts wussten. Deshalb hatte Bernie zuerst selbst im Schlafzimmer nach einem Lippenstift mit Metallhülse oder den Überresten einer Attrappe gesucht. Es gäbe auch keine Scherzartikel, die sich spurlos auflösten, meinte er. Gefunden hatte er natürlich nichts. Deshalb hatte Bernie sein dreibeiniges Tischchen geholt und seine Mutter nach Richards derzeitigem Aufenthaltsort befragt.

Seltsamerweise hatte Bernies Mutter Richards Lüge vorweggenommen. *«Soweit ich von hier aus feststellen kann, Kindchen, hält er sich in der Nähe seiner Eltern auf.»*

Regine hatte das mit Erleichterung zur Kenntnis genommen. Um sein schlechtes Gewissen vollends zu besänftigen, hatte Bernie sich dann noch als Koch ins Zeug gelegt und nicht nur Kerzenleuchter und Tischdecke geborgt, sondern auch zwei Garnituren seiner garantiert schon oft gewaschenen Biberbettwäsche, damit sie das Bett frisch und kuschelig beziehen konnte.

13.

Nach dem Essen bestand sie darauf, sofort abzuwaschen. Richard schätzte, dass sie eine Viertelstunde brauchte, um die Küche aufzuräumen. Es war kurz vor acht, viel zu früh, um mit ihr ins Bett zu gehen. Was er sonst mit ihr hätte machen können, wusste er nicht. Fernsehen verbot sich. Musik hören wäre zur Einstimmung wahrscheinlich ganz nett gewesen. Aber die Vorstellung, mit ihr auf zwei Stühlen zu sitzen und zu einem Song von Bryan Adams Händchen zu halten, erheiterte ihn. Man müsste es schon etwas bequemer haben.

Während sie noch den Herd schrubbte, trug er kurzerhand die Luftmatratze ins Wohnzimmer, holte die Daunendecken und die beiden Kopfkissen aus dem Schlafzimmer und steckte bei der Gelegenheit Kerstins Lippenstift in die äußere Bettritze, damit der ihm nicht in einem unpassenden Moment aus der Hosentasche kullerte.

Bettzeug und Luftmatratze ergaben einen bequemen Couchersatz, auf dem Regine sich bereitwillig niederließ, nachdem die Küche blitzblank und sie noch rasch in die Wanne gehüpft war. Auch Richard duschte noch schnell, ehe er sich daranmachte, ihre erotischen Träume zu erfüllen.

Zu Anfang fürchtete er, es könne ihm ergehen wie im Hotel. Oder schlimmer, wie in dem Moment im Auto, als er plötzlich Kerstin vor sich sah und in der nächsten Sekunde nur noch Knochen in den Händen fühlte. Eine unbegründete Furcht, wie sich rasch zeigte.

Es gab weder Halluzinationen, noch verlor er die Kontrolle über sich oder die Situation. Zuerst spielerisch, dann systematisch versetzte er Regine in Ekstase, ließ ihr kurze Pausen zum Atemholen, begann von neuem und trieb sie noch ein Stückchen weiter, ohne selbst auch nur den Hauch einer Erregung zu spüren. Er musste die ganze Zeit darauf achten, dass es ihr nicht auffiel, und schließlich mit dem bewährten Griff nachhelfen. Für zwei, drei Minuten brachte er mit Druck auf die Vene eine Erektion zustande und spürte das Erschlaffen, ein paar Sekunden vor ihrem Höhepunkt.

Sie war völlig erschöpft, schlief auf der Matratze ein und registrierte nicht mehr, dass er sie mitsamt dem Bettzeug ins Schlafzimmer trug. Nachdem er sich vergewissert hatte, dass sie nichts mitbekam, holte er das Prepaid-Handy aus dem Auto. Es in einer Hosen- oder Jackentasche bei sich zu tragen, erschien ihm zu riskant. Es war sein heißer Draht zu Kerstin. Dass Regine es nicht in die Finger bekommen durfte, verstand sich von selbst. Im Auto lag es sicher. Und darin lagen auch seine Zigaretten und ein Feuerzeug. Damit niemand stutzig werden und dumme Fragen stellen konnte, rauchte er eine, ehe er in die Wohnung zurückkehrte.

Er vergewisserte sich, dass Regine unverändert schlief wie ein Murmeltier, verzog sich in eines der leeren Zimmer und sprach noch eine Weile mit Kerstin, damit die auch beruhigt einschlafen konnte.

14.

Beim Frühstück am Samstagmorgen wollte Regine wissen, ob er Schmerzen habe, wenn er mit ihr schlief, vielleicht ein unangenehmes Brennen verspüre. Er zuckte nur mit den Achseln, konnte sich nicht erklären, was sie auf den Gedanken gebracht hatte.

«Lass uns offen darüber reden», bat sie. «Mir ist schon im Hotel aufgefallen, dass du dich sehr vorsichtig bewegst und danach gleich ins Bad gehst.»

Dass ihr das am vergangenen Abend noch aufgefallen war, wunderte ihn. Im Bad war er gestern ja auch nicht gewesen, die Sache hatte sich doch von selbst erledigt. Ihm lag auf der Zunge zu behaupten, dass er es mit vorsichtigen Bewegungen hinauszögere, um es für sie schöner zu machen. Andererseits, wenn sie sich einbildete, für ihn sei es unangenehm, war das nicht die schlechteste Lösung.

«Nicht der Rede wert», sagte er.

Es war ihr peinlich, aber sie blieb beim Thema, erwähnte die angeblichen Probleme ihres früheren Verlobten, der ihr den Floh «pH-Wert» ins Ohr gesetzt hatte. «Carla meinte, Georg hätte ganz andere Gründe gehabt, Kondome zu benutzen. Aber ich habe auch mit meinem Gynäkologen darüber gesprochen. Und der sagte, es könne durchaus mal zu Reizungen und unangenehmen Empfindungen kommen, wenn die Haut am Penis wund gescheuert ist. Und das könnte im Eifer des Gefechts leicht passieren, ohne dass man es sofort registriert. Wenn ...»

«Kleines», unterbrach er sie, «so schlimm war es wirklich nicht. Und ich hoffe doch sehr, dass du mich nicht noch einmal mit einem Mann vergleichst, der wohl nur an sein eigenes Vergnügen denkt und – entschuldige den Ausdruck – wild drauflosrammelt.»

Kerstin amüsierte sich königlich, als er ihr das erzählte. Nach dem Frühstück fuhr er hinunter, rauchte im Innenhof eine Zigarette und nahm bei der Gelegenheit sein Handy wieder aus dem Auto. In der Nacht hatte er es sicherheitshalber zurückgebracht. Diesmal ging er zum Telefonieren in die Verwaltung. Dort stand nicht zu befürchten, dass Regine oder sonst einer ihn mit dem Gerät am Ohr erwischte.

«Na bitte», meinte Kerstin, nachdem er berichtet hatte. «Es läuft doch bestens. Wir sehen uns am Mittwochabend.»

Anschließend fuhr Richard in die Cheruskerstraße zu der Mieterin, die den Fleck an einer Zimmerdecke gemeldet und die Vermutung geäußert hatte, es handele sich womöglich um einen Wasserschaden. Dem war so, es lag nur kein Rohrbruch vor. Wie sich herausstellte, war der Frau aus der darüberliegenden Wohnung vor etlichen Tagen ein Eimer voll Putzwasser umgekippt. Sie hatte zwar das meiste wieder aufgewischt, doch ein Teil der dreckigen Brühe war im Fußboden versickert, hatte nur eine Weile gebraucht, um unten sichtbar zu werden.

Das war ein Fall für die Haftpflicht der Verursacherin, nichts, worum sich ein Hausmeister kümmern musste. Richard nutzte es jedoch als Vorwand, den restlichen Samstag bis zum frühen Abend in Frau Haases Büro zu verbringen. Regine machte er weis, er hielte es nicht für klug, wenn die Mieter übers gesamte Wochenende keinen erreichen könnten, um eventuelle Schäden zu melden.

Wie geplant versuchte er, sich den nötigen Überblick über die Finanzen zu verschaffen, doch das war gar nicht so einfach für ihn. Frau Haase machte praktisch alles mit dem Computer. Damit kannte er sich gar nicht aus. Es gab zwar auch schriftliche Unterlagen zuhauf, auf den ersten Blick verständlich waren die jedoch nicht.

Stunde um Stunde blätterte Richard dicke Ordner durch und notierte für Kerstin alles, was ihm wichtig erschien. Das meiste betraf die anderen zwölf Häuser. An die hundertfünfzig Mietverträge insgesamt. Da kam wirklich jeden Monat eine astronomische Summe zusammen. Er hielt sie für Nettoeinkünfte, weil er keine Hinweise auf Fremdfinanzierungen fand, nur Gebührenbescheide der Stadt, Abrechnungen der Versorgungsbetriebe, Versicherungen und dergleichen. So, wie Kerstin immer gesprochen hatte, war von Hypotheken auch nie die Rede gewesen.

Aber es gab zwei Hypotheken für das dreizehnte – für sein Haus. Im Geist war es das bereits für ihn, auch wenn es vorerst noch Regine gehörte. Und wichtige Dokumente, die ihren Besitz betrafen, verwahrte sie in der Wohnung.

Den Sonntagvormittag verbrachte er ebenfalls in der Verwaltung. Nachmittags half er ihr dann, den Bauernschrank im Schlafzimmer vollständig auseinanderzunehmen und ins zweite Kinderzimmer zu tragen, wo sie das Ding bearbeiten wollte. An dem Schrank wäre nicht so viel zu tun wie an der Essgruppe im Wohnzimmer, meinte sie. Vorher musste der Kasten natürlich wieder ausgeräumt werden. Und fast wie zu Großmutters Zeiten lagen unter einem Häufchen Pullover Unterlagen von der Bank, vom Notar und Kontoauszüge.

Richard nahm den Packen, blätterte ihn durch und stellte fest, dass Sartorius-Immobilien zum Monatsanfang knapp zwanzigtausend Euro überwiesen und die Bank sich kurz darauf beinahe die komplette Summe in zwei Teilbeträgen einverleibt hatte. Zurzeit belief sich der Kontostand auf zweiundfünfzig Euro und siebenunddreißig Cent. Und im Oktober war das nicht anders gewesen.

«Ist das jeden Monat so?», fragte er.

Regine nickte, offenbar dankbar, dass er das Thema anschnitt. Verschämt gestand sie, dass Matthias ihr eine zweite Hypothek zu günstigen Konditionen vermittelt hatte. Günstig aber nur insofern, dass die Zinsen etwas niedriger waren als die der ersten Hypothek. Dafür musste die zweite in fünf Jahren getilgt werden, entsprechend hoch waren die monatlichen Abbuchungen.

«In nächster Zeit bräuchte ich wohl etwas von deinem Lohn, um den Haushalt zu führen», sagte sie. «Ich möchte Carla nicht bitten, mir aus der Klemme zu helfen. Das verstehst du sicher, oder?»

Wie sie das ausdrückte – in nächster Zeit –, klang es nach einer baldigen Testamentseröffnung.

«Ich bitte dich, Kleines», sagte er. «Es ist doch selbstverständlich, dass ich unseren Haushalt finanziere, solange du darauf angewiesen bist. Deine Stiefmutter musst du nicht anbetteln. Warum hast du nicht längst etwas gesagt? Ich fahre gleich morgen früh zur Bank und sehe zu, dass sie mir einen kleinen Überbrückungskredit einräumen. Wenn ich meinen Arbeitsvertrag mitnehme, sehen sie, dass ich ab Dezember wieder ein festes Einkommen habe, da werden sie wohl nicht kleinlich sein.»

So konnte er Kerstin schon montags mit einem Besuch überraschen und für das einsame Wochenende entschädigen. Sie lag noch im Bett, als er kam. Böse war sie nicht, dass er sie an ihrem freien Tag aus dem Schlaf riss, weil er keinen Wohnungsschlüssel mehr hatte. Länger als eine Stunde verwöhnte er sie nach allen Regeln der Kunst. Und mit den Zahlen, die er ihr anschließend bot, entschädigte er sie voll und ganz.

Es störte sie nicht einmal, dass er den *Überbrückungskredit* von ihr brauchte und vorübergehend mit seinem Hausmeisterlohn einspringen musste, weil es um Regines Finanzen derzeit zappenduster stand. Seine Notizen über die Einkünfte aus den restlichen Immobilien machten das mehr als zehnmal wett.

«Die beiden Hypotheken tilgen wir, sobald die Sache ausgestanden ist», sagte Kerstin. «Ich sehe nicht ein, dass wir der Bank jahrelang die Zinsen in den Rachen werfen.»

Sie ging davon aus, dass Regine in zwei, höchstens drei Monaten über ihr Erbe verfügen könnte. Dabei hatte sie samstags vergebens in zwei verschiedenen Tageszeitungen nach Todesanzeigen für Hartmut Sartorius gesucht. Montags gab es ebenfalls keine seitenlangen Trauerbekundungen.

Kerstin glaubte, am Dienstagnachmittag von Carla die Bestätigung für den Tod ihres Mannes zu erhalten. Vor der Beerdigung käme die garantiert nochmal, meinte sie, obwohl Carla in der vergangenen Woche erklärt hatte, im Fall der Hochzeit sähen sie sich nun zum letzten Mal.

15.

Dabei blieb es auch, weil Carla nicht wusste, wie sie die Sache wieder hinbiegen sollte. Von einer Wunderheilung zu berichten wäre lächerlich gewesen. Hartmut und sie waren übereingekommen, so weiterzumachen wie in den vergangenen zweiundzwanzig Jahren. Es bestand nicht die Aussicht, dass sie jemals von ihm zu hören bekam: «Ich liebe dich, Carla, und ich brauche dich.» Aber er tat es doch offenbar und hatte nichts dagegen, wenn sie es sagte.

Carla entschloss sich, nach mehr als zwei Jahrzehnten den Salon zu wechseln und sich fortan einmal die Woche von Angelika Brockmüllers Friseur bedienen zu lassen. Angelika war bei dem späten Imbiss im Dachgeschoss voll des Lobes gewesen. Ein Meister seines Fachs, dagegen wirke Kerstin Riedke altbacken. Da sie früher auch ein paarmal im Salon Riedke gewesen war, konnte Angelika das beurteilen. Exzellenter Service und keine aufdringliche Anteilnahme, das käme noch hinzu.

«Sie werden mehr als zufrieden sein, Frau Sartorius.»

Aber so einfach wegbleiben nach all der Zeit, das brachte Carla nicht übers Herz, obwohl sie es angekündigt hatte. Sie rief am Dienstagvormittag im Salon Riedke an, um sich nochmal offiziell zu verabschieden und in einem Aufwasch zu erklären, warum bisher keine Todesanzeigen erschienen waren und so bald auch nicht erscheinen würden.

Bei dem exklusiven Mandantenstamm der Kanzlei müsse man extrem vorsichtig sein. Die dürfe man nicht erschrecken, müsse sie langsam an die Tatsache heranführen, dass der Chef nicht mehr … und so weiter. «Es war sozusagen der letzte Wunsch meines Mannes, dass wir vorerst auf Anzeigen verzichten», stammelte Carla, nie um ein Märchen verlegen, aber diesmal ging's doch an die Substanz. Mit dem Tod Scherze zu treiben machte nicht wirklich Spaß, vor allem nicht mehr nach den klärenden Gesprächen mit Hartmut.

Kerstin Riedke sprach ihr aufrichtiges Mitgefühl aus und legte auf. Sie hatte gehört, was sie hören wollte. Während sie sich am Mittwochabend bei Richard für den Genuss vom Montagvormittag revanchierte, überlegte sie laut, ob sie die Sartorius-Villa in Hahnwald verkaufen oder selbst dort einziehen und das Dachgeschoss des dreizehnten Hauses vermieten sollten, wenn Regine erst neben ihrem Vater ruhte.

Der Schock kam am Donnerstag.

Mit der Aussicht auf genügend Haushaltsgeld hatte Regine gleich montags ein preiswertes Telefon erworben und einen günstigen Anbieter überredet, den bereits ins Dachgeschoss verlegten Anschluss schnellstmöglich zu aktivieren. Und wenn sie jemandem gut zuredete, funktionierte das prompt, wie sich bereits vor Monaten im Sanitärfachgeschäft gezeigt hatte.

Am Donnerstag brauchte Regine schon nicht mehr in den Aufzug zu steigen, um Richard aus der Verwaltung nach oben zu holen. Am frühen Nachmittag ging er mit Frau Haase seinen Einsatzplan für den nächsten Tag durch. Auch wenn er noch nicht als Hausmeister bezahlt wurde, machte ihm die Arbeit Spaß. Irgendwie musste er sich ja auch beschäftigen, wenn er nicht die ganze Zeit mit Regine verbringen und ihr beim Abschmirgeln, Beizen, Lackieren, Bemalen, Putzen, Waschen und Kochen helfen oder zusehen wollte.

Sie rief im Büro an und klang sehr aufgewühlt, als sie ihn bat, sofort in die Wohnung zu kommen. Er nahm an, ihr sei soeben der Termin der Beisetzung oder Einäscherung mitgeteilt worden. Im Aufzug überlegte er noch, ob er sie nur stumm in die Arme nehmen oder ob er sagen sollte: «Es tut mir so leid, Kleines. Ich hätte deinen Vater gerne noch überzeugt, wie sehr ich dich liebe und dass ich nicht auf der faulen Haut liegen will.»

Zum Glück telefonierte sie immer noch, vielmehr schon wieder, als er hereinkam. Im letzten Moment bemerkte er, dass sie vor Freude weinte. Es waren nämlich eine Polstergarnitur und ein Beistelltisch fürs Wohnzimmer geliefert worden. Das Hochzeitsgeschenk von Großmama und Großpapa aus dem Allgäu. Regine bedankte sich überschwänglich bei Carlas Mutter, erzählte von der Hochzeitsfeier im kleinen Kreis und bot an, demnächst mit ihrem Mann zu Besuch zu kommen.

«Wir sind jederzeit abkömmlich, Großmama. Sag einfach Bescheid, wenn es bei euch etwas ruhiger ist. Sonst haben wir ja keine Zeit füreinander.»

Richard blieb nicht lange bei ihr, schaute sich Couch und Sessel an, murmelte: «Sehr schön und so bequem», und gab vor, er hätte noch eine Menge zu tun.

Als er um Viertel nach fünf wieder in die Wohnung kam, weil er nun Feierabend hatte, saß Carla in einem der neuen Sessel, neben sich auf dem Beistelltisch einen Kaffee. Regine kniete auf dem Fußboden. Um sie herum verteilten sich etliche Tüten und Kartons mit nützlichem Haushaltszubehör. Sie hatte erneut Tränen in den Augen und packte aus. Carla hatte einen Großeinkauf gemacht und all das besorgt, was sie letzten Donnerstag als fehlend registriert hatte, unter anderem Tischdecken, Kuchengabeln, Tortenplatten, Tortenheber, einen Korkenzieher und sechs sogenannte Hussen – Überzüge für die Kirschbaumstühle, unter denen die gesamte Schäbigkeit verschwand. Stattdessen sah es nun lächerlich aus, weil die Hussen auf den Rückenlehnen die Form von Nikolausmützen mit weißen Bommeln hatten.

Damit nicht genug. Carla hatte auch noch ein ganz besonderes Geschenk mitgebracht, dessen Bedeutung Richard gar nicht erfassen konnte. Er sah nur zwei alte Wiegen samt vergilbtem Bettzeug – passend zur restlichen Einrichtung. Vom Trödel, glaubte er, nette Geste, nur stark übertrieben. Für den

Anfang hätte doch eine gereicht, und die auch erst, wenn sich Nachwuchs angekündigt hätte.

«Bringt es nicht Unglück, wenn man solche Sachen anschafft, bevor es wirklich notwendig ist?», fragte er und bemühte sich dabei um einen scherzhaften Ton.

«Das wird sich zeigen», erklärte Carla knapp, während Regine in die Küche eilte, um ihm auch einen Kaffee zu holen.

Er setzte sich auf die Couch und wunderte sich, dass Carla einen schicken, hellgrauen Hosenanzug mit weinroter Bluse trug und kein Wort über ihren verstorbenen Mann verlor. Andererseits hatte sie das bei der Hochzeit auch nicht getan. Kerstin hätte sie richtig eingeschätzt, meinte er. Nah am Wasser gebaut, aber kalt wie eine Hundeschnauze.

Regine kam mit einer gefüllten Tasse für ihn zurück, setzte sich wieder auf den Boden, zog einen elektrischen Wasserkocher aus der Verpackung, erzählte dabei von Bernie und seinen guten Tipps zur Haushaltsführung. «Er ist ein Schatz, immer da, wenn man ihn braucht.»

«Ich hoffe sehr, dass du seinen Tisch jetzt nicht mehr brauchst», sagte Carla. «Du solltest wirklich skeptischer sein, Liebes. Bernie musste nur Augen und Ohren offen halten, um genug Munition für solch einen Vortrag zusammenzubekommen.»

Darauf konnte Richard sich ebenfalls keinen Reim machen. Er kam auch nicht mehr dazu, sich zu fragen, wie das gemeint sein könnte. Regine war das Thema unangenehm. Sie legte eine Hand an eine der Wiegen, streichelte über das Holz und erkundigte sich: «War Vater einverstanden, dass ich sie bekomme?»

Carla lachte. «Ich habe ihn weder um den Schlüssel zum Dachboden noch um seine Erlaubnis gebeten. Er musste heute Mittag kurzfristig nach Berlin. Ich habe ihn zum Flughafen gebracht und anschließend Herrn Schröder beauftragt, die Tür aufzubrechen, die beiden Schätzchen in seinen Kombi zu schaffen und mir zu folgen. Und so, wie die Dinge stehen, glaube ich kaum, dass dein Vater mich rauswirft, wenn ich heute Abend beichte.»

Carla lachte noch einmal und klang so glücklich dabei. Dann sprach sie weiter: «Ich muss ihn damit ja nicht unmittelbar nach der Landung überfallen. Zuerst werden wir lecker essen. Frau Schlösser macht einen Krustenbraten, du weißt, wie gerne er den isst. Dazu einen leichten Burgunder. Dann machen wir es uns gemütlich, und ich werde ein umfassendes Geständnis ablegen.»

Richard brauchte eine volle Minute, um das zu verarbeiten und zu begreifen. Dann erhob er sich, murmelte etwas von einer dringenden Sache, die er noch unbedingt erledigen müsse, und verließ die Wohnung erneut.

Nur zwei Minuten später saß er in seinem Mercedes. Dass er die Strecke bewältigte, ohne einen Unfall zu verursachen, grenzte an ein Wunder. Er überfuhr zwei rote Ampeln und beinahe noch einen Radkurier. Vor Kerstins Salon war nicht die kleinste Lücke. Er parkte in der zweiten Reihe.

Kerstin blitzte ihn missbilligend an, als er hereinstürmte. «Was fällt dir ein? So geht das nicht, Richard. Du kannst nicht …»

Er kümmerte sich nicht um ihren Protest, rannte weiter in den Aufenthaltsraum. Sie folgte ihm, nachdem sie eine Kundin vertröstet hatte, und legte wieder los: «So geht das wirklich nicht, Richard. Du kannst nicht jeden Tag …»

«Halt die Schnauze!», unterbrach er sie grob. «Halt einfach die Schnauze, du dumme Kuh. Ich weiß nicht, was du verstanden hast, wenn Carla hier war.»

Als er weitersprach, starrte Kerstin ihn zuerst ungläubig, dann fassungslos an. Als er wieder schwieg, saß sie längst auf einem Stuhl wie ein Häufchen Elend und weinte: «Aber sie hat doch am Dienstagmorgen noch … Sie hat die ganze Zeit … So was denkt man sich doch nicht einfach aus. Wieso hat sie das gemacht? Das ist ja ungeheuerlich.»

Ja, das war es. Aber bei weitem nicht so ungeheuerlich wie das, was Kerstin sich ausgedacht hatte. Das war ihm sogar in dieser Situation noch bewusst.

Sie atmete ein paarmal zittrig durch, schüttelte wiederholt den Kopf und erklärte schließlich: «Der Alte muss weg, sonst hängst du da mindestens fünf Jahre fest, ehe die zweite Hypothek getilgt ist und überhaupt mal etwas übrig bleibt. Wie kommen wir denn an Sartorius ran?»

Das wusste er nicht. Und an dem Abend konnte er auch nicht mehr darüber nachdenken.

4. Teil

1.

Mindestens fünf Jahre! Auf der Fahrt zurück zum dreizehnten Haus verfluchte Richard Maltei sich tausendmal für seine Bewerbung bei der Firma Kübler und für seine Erleichterung, als sie ihn einstellten, um anderer Leute Dreck zu beseitigen. Wie hatte er sich gefreut, Kerstin nicht länger auf der Tasche liegen und sich abends nicht mehr anhören zu müssen: «Du hättest wenigstens mal mit dem Staubsauger durchgehen können. Kartoffeln hast du auch wieder nicht geschält. Was machst du eigentlich den ganzen Tag, liegst auf der Couch und ziehst dir den Quatsch im Fernseher rein, ja?»

Zu ihrem Glück hatte Carla sich bereits verabschiedet, als er die Wohnung betrat. Vielleicht hätte er sie sonst beim Kragen ihrer schicken Bluse gepackt und so lange geschüttelt, gewürgt oder verprügelt, bis sie ein wirklich umfassendes Geständnis abgelegt und auch ihr Motiv für die ungeheuerlichen Lügen genannt hätte.

Regine stand vor dem Spülschrank in der Küche und war damit beschäftigt, sämtliche Geschenke, die vor der ersten Benutzung gereinigt werden sollten, abzuwaschen. Der elektrische Wasserkocher stand neben einem gutbestückten Messerblock auf einem praktischen Küchenwagen, der Richard vorher gar nicht aufgefallen war. Aber er war ja um Viertel nach fünf auch nicht in die Küche gegangen. Die beiden Wiegen hatte Regine ins letzte freie Kinderzimmer geschafft. Das gesamte Verpackungsmaterial lag noch im Wohnzimmer.

«Ich räume gleich auf!», rief sie, als sie seine Schritte in der Diele hörte und die Miene bemerkte, mit der er das Durcheinander von Tüten und Kartons betrachtete. Die Bezeichnung «finster» beschrieb seinen Gesichtsausdruck nur unzureichend. «Ich will bloß schnell die Sachen hier in den Schrank räumen, damit sie nicht herumstehen. Danach mache ich Abendessen. Einverstanden?»

Wie er es schaffte, zu nicken, blieb ihm ein Rätsel. Er ging ins Wohnzimmer, raffte mechanisch Kartons und Papier zusammen, stopfte alles in die Tüten.

«Lass doch!», rief sie. «Ich mache das. Ich bin hier gleich so weit.»

Er winkte ab, sammelte den Rest ein, brachte alles runter zum Müllcontainer und rauchte im Innenhof noch eine Zigarette. Fünf Minuten feuchtkalte Luft und etwas Nikotin gegen die Hitze in seinem Innern. Viel half es nicht. Er glaubte, innerlich an seiner Wut zu verglühen. Und er wusste nicht einmal genau, auf wen er so entsetzlich wütend war. Auf Carla natürlich. Aber auch auf Kerstin. Und am meisten vielleicht auf sich selbst, weil er sich auf diese hirnverbrannte Sache eingelassen hatte, obwohl er von Anfang an geahnt, gespürt – ach was! –, gewusst hatte, dass Kerstins Plan gar nicht funktionieren konnte.

Als er diesmal zurückkam, war Regine schon dabei, den kleinen Tisch in der Küche zu decken. «Oder möchtest du lieber im Wohnzimmer essen?», fragte sie.

Er schüttelte den Kopf. Sie schaute ihm forschend ins Gesicht. «Bist du sauer, weil ich nicht zuerst das Wohnzimmer aufgeräumt habe?»

Noch ein Kopfschütteln. Auf sie war er seltsamerweise überhaupt nicht sauer. War er damals auf das kleine Hündchen seines Bruders auch nicht gewesen. Das Tierchen war halt nervig, es störte und musste deshalb weg.

«Aber du hast doch irgendwas», stellte sie fest. «Geht es dir nicht gut? Du bist so blass.»

«Kopfschmerzen», sagte er lahm. «Ich hab gar keinen Appetit. Das Beste wird sein, ich leg mich hin, wenn du nichts dagegen hast.»

«Natürlich nicht», versicherte sie rasch. «Soll ich dir einen

Tee machen? Oder einen starken Kaffee? Oder soll ich Bernie fragen, ob er Aspirin oder so was hat? Wir haben leider keine Schmerzmittel.»

«Ich hab schon was genommen», behauptete er. «Hat nur bisher nicht gewirkt. Vielleicht tut es das, wenn ich still liege.»

Ohne ihre Antwort abzuwarten, ging er ins Schlafzimmer, weil er meinte, ihre besorgte Miene keine Sekunde länger ertragen zu können. Mindestens fünf Jahre! Ehe die zweite Hypothek getilgt war und überhaupt mal was übrig blieb. Nur leider bei weitem nicht so viel, wie Kerstin sich das erträumt hatte. Er fühlte sich wie paralysiert.

Obwohl er die Tür hinter sich geschlossen hatte, hörte er Regine in der Küche hantieren. Dabei machte sie wahrhaftig keinen Lärm, und die Küche lag ein gutes Stück vom Schlafzimmer entfernt. Vermutlich bildete er sich nur ein, sie essen zu hören. Danach wusch sie nochmal ab und beschäftigte sich anschließend mit dem Bauernschrank. Um halb zehn ging sie ins kleine Bad.

Eine halbe Stunde später kam sie ins Schlafzimmer, im Dunkeln, auf Zehenspitzen, legte sich zu ihm, als sei die Matratze mit rohen Eiern gefüllt. «Schläfst du?», wisperte sie.

Blöde Frage. Wer schlief, bekam doch nicht mit, dass er gefragt wurde. Er gab ein paar verhaltene Töne von sich, die einer Verneinung gleichkamen.

«Ist es noch nicht besser?»

Er hielt die Augen geschlossen, ließ noch zwei Töne hören.

«Kann ich irgendetwas für dich tun?»

Aber sicher, dachte er. Bring dich um.

«Ich könnte dir den Kopf und den Nacken massieren», bot sie an. «Oder ist es dir lieber, wenn ich auf der Couch schlafe, damit ich dich nicht störe?», wollte sie wissen, als sowohl ihre Frage als auch ihr Angebot unbeantwortet blieben. Sie war pure Rücksicht.

Er hätte besser ja gesagt, statt erneut «Nein» zu grunzen.

Die Nacht neben ihr in dem schmalen Bett wurde für ihn zu einem Horrortrip. Viel schlimmer als die Hochzeitsnacht. Stundenlang lag er wach, fühlte ihre Wärme neben sich, als hätte sie ein Heizkissen eingebaut. Lauschte ihren gleichmäßigen, leichten Atemzügen und hatte das Gefühl, dass sie dem Raum jeglichen Sauerstoff entzog. Der Druck auf seiner Brust wurde immer stärker und beschwor wüste Bilder herauf. Er sah sich mit ihrem Vater in einer dunklen Ecke stehen und krümmte den Finger um den Abzug einer Waffe, von der er nicht wusste, wo er sie sich beschaffen sollte. Dann stand er mit einem Baseballschläger wartend hinter einem Container und schlug zu, als Sartorius nichts ahnend vorbeiging. Zuletzt saß er in seinem Mercedes, und als ihr Vater auftauchte, gab er Gas.

Als er gegen drei oder vier Uhr doch noch einschlief, quälte ihn ein Potpourri übler Träume. Er saß in Handfesseln zwischen zwei Polizisten in einem Gerichtssaal und wurde zu lebenslanger Haft verurteilt. Danach betrat er eine Gefängniszelle, in der ihn ein Bulle von einem Kerl als Gefährten für die nächsten zwanzig Jahre begrüßte und ihm versicherte, sie würden viel Spaß miteinander haben. Und zu guter Letzt trat er Carla in einem kargen Besuchsraum gegenüber. Carla wollte von ihm wissen, wie das alles hatte geschehen können und wie viel Schuld sie an der Katastrophe trug. Er wusste nicht einmal, dass etwas geschehen war. Aber dass Carla alleine die gesamte Schuld trug, das stand außer Frage.

Freitags war er vor Wut und Ohnmacht noch so steif, dass Frau Haase sich erkundigte, ob er ein Problem mit seinem Rücken habe, vielleicht einen Bandscheibenvorfall oder einen eingeklemmten Nerv? Er erzählte auch ihr etwas von Kopfschmerzen, die gestern Nachmittag ganz unvermittelt eingesetzt hätten und seitdem nicht abgeklungen wären.

«Haben Sie sich zu sehr angestrengt?», wollte Frau Haase wissen. Ehe er antworten konnte, riet sie: «Dann sollten Sie besser sofort zum Arzt gehen», und erzählte eine Schauergeschichte von einem entfernten Verwandten, dem beim Tragen einer schweren Last ein Äderchen im Gehirn geplatzt war. Tagelang hatte der Mann Kopfschmerzen gehabt und sie nicht ernst genommen. Jetzt saß er im Rollstuhl und konnte nur noch lallen.

«So schlimm wird's nicht werden», sagte Richard. «Aber Sie haben recht, ich gehe besser gleich zum Arzt, heute Nachmittag sind die Praxen geschlossen.»

Kerstin war alles andere als begeistert, als er sie von unterwegs anrief und darauf bestand, sich mit ihr in der Stadt zu treffen. Jetzt, sofort, auf der Stelle! «Wir müssen überlegen, wie es weitergehen soll», sagte er. «Wenn du nicht kommst, komme ich eben wieder in den Salon. Glaubst du, mich kratzt es noch, wer uns zusammen sieht? Erzähl deinen Mädels und der Kundschaft, du hättest Kopfschmerzen, hab ich auch gemacht.»

Sie trafen sich im Kaufhof, da konnten sie durch die Gänge schlendern und einen Kaffee trinken, ohne sonderlich aufzufallen. Aber Kerstin war noch gar nicht imstande zu überlegen.

«Soll ich bei ihr bleiben, bis die zweite Hypothek getilgt ist und monatlich einige tausend übrig bleiben?», begann er. «Und dann? Was dann? Ein inszenierter Selbstmord scheidet jetzt aus. Oder soll Regine sich umbringen, weil sie dahintergekommen ist, dass ich ein Verhältnis mit dir habe? Das wird ihr wahrscheinlich nicht erst in fünf Jahren auffallen, sondern viel früher. Und ich schätze, dann setzt sie mich vor die Tür.»

Er hoffte so sehr, dass Kerstin antwortete: «Du hast recht, es ist vorbei. Vergiss es, such dir einen neuen Job und komm zurück.»

Darauf wartete er vergebens.

2.

Übers Wochenende gelang es ihm irgendwie, sich Regine gegenüber halbwegs normal zu benehmen. So normal wie ein Mann, der seine Kopfschmerzen einfach nicht loswurde, aber trotzdem seine Pflicht nicht vernachlässigen wollte. Die meiste Zeit saß er in der Verwaltung, fuhr nur zum Essen und Schlafen hinauf in die Wohnung. Er hatte sich in einer Apotheke ein starkes, aber frei verkäufliches Migränemittel besorgt, drückte nach den Mahlzeiten eine Kapsel aus der Folie, schob sie unter die Zunge und spuckte sie kurz darauf ins Klo. So schleppte er sich auch noch durch den Montag, danach klang sein Schock allmählich ab.

Dienstags überreichte Frau Haase ihm mit gewichtiger Miene ein neues Handy. Sein Diensthandy. Regine hatte das veranlasst, damit er auch unterwegs zu erreichen war und nicht noch ein Wochenende das Telefon im Büro bewachen musste. Wobei es ja vollkommen gereicht hätte, bemerkte Frau Haase mit schwer zu deutendem Unterton, hin und wieder den Anrufbeantworter zu kontrollieren.

Dass die jetzt misstrauisch wurde, fehlte ihm noch. «Sicher», stimmte er zu. «Aber meine Frau hat das ganze Wochenende am Bauernschrank gearbeitet. Hier unten war es entschieden ruhiger, vor allem roch es nicht nach Beize und Farbe. Ich glaube, meine Kopfschmerzen kamen von dem Geruch.»

Das verstand Frau Haase. Ihr Argwohn, wenn es überhaupt welcher gewesen war, erlosch wieder, was ihm sehr wichtig war. Wenn es nichts Dringendes für einen Hausmeister zu tun gab, hielt er sich ja in ihrer Nähe auf, schaute ihr auf die Finger, ließ sich alles Mögliche und Unmögliche erklären. Sie zu verprellen konnte er sich nicht leisten. Von ihr erfuhr er die wesentlichen Dinge, die Carla im Salon Riedke nie erwähnt hatte.

Er musste einsehen, dass Hartmut Sartorius Anfang August nicht gelogen hatte, als er erklärte, Regine hätte keine Millionen, weder jetzt noch später. Alle Häuser waren mit hohen Hypotheken belastet, finanzierten sich aber weitgehend selbst. Es blieb nur von den Einnahmen nichts übrig. Wenn Wohnungen oder Gewerbeeinheiten länger leer standen, gab es sogar Verluste.

«Damit spart Herr Doktor Sartorius Steuern», erklärte Frau Haase. «Auf dem Gebiet ist er ja Experte.»

Natürlich. Und Carla war die Expertin für Schauermärchen und bunte Postkartengeschichten. Sie hatte nie einen kalbenden Eisberg aus der Nähe gesehen, war nur mit einem verheiratet. Der kalbte zwar nicht, dafür qualmte er wie ein Schlot und war trotzdem so gesund wie ein Fisch in sauberem Wasser.

Das hörte er von Regine, nachdem er seinen Schock überwunden hatte und imstande war, scheinbar belanglose Gespräche zu führen. In Wahrheit waren sie sorgfältig durchdacht, um auch so viel Wissenswertes wie möglich aus dem privaten Bereich zu erfahren. Finanzielle Lage im Elternhaus, Begünstigte im Testament des Vaters, dessen allgemeine Verfassung und so weiter.

Richard war zu der Einsicht gelangt, dass er sich entweder mit seiner Situation arrangieren oder nach einem Ausweg suchen musste. Natürlich hätte er Regine reinen Wein einschenken, sie verlassen oder es darauf anlegen können, dass sie ihn hinauswarf. Und wohin dann? Zurück in Kerstins kleine Hochhauswohnung mit den hellhörigen Wänden und einem Aufzug, der die halbe Zeit von irgendwelchen Kindern außer Gefecht gesetzt wurde?

Wahrscheinlich hätte Kerstin ihn wieder aufgenommen. Und ihm dann jede freie Minute mit ihrem Gejammer und ihren Hasstiraden vermiest. Bei Regine gab es zumindest keine Nörgeleien. Wahrscheinlich wusste sie nicht mal, wie man einem Mann eine Szene machte. Der Mensch gewöhnt sich schnell an Verbesserungen. Richard entschied sich für die Suche nach einem Ausweg. Und damit konnte er sich Zeit lassen, weil seine Situation bei genauer Betrachtung so übel gar nicht war.

Regine hatte zwar keine Ahnung, wie hoch sich das private Vermögen ihres Vaters bezifferte und ob sie tatsächlich Alleinerbin war oder ob es irgendwann einem gemeinnützigen Zweck zufiel, aber der Alltag mit ihr spielte sich für Richard überraschend schnell ein.

Sie war zufrieden und dankbar, dass er keine Einwände erhob, wenn sie nach dem Abendessen noch ein Stündchen schmirgelte oder beizte, während er sich im Fernseher eine Sportübertragung, «Wer wird Millionär» oder einen Actionfilm anschaute. Sie war voller Verständnis, wenn ihn wieder eine Migräneattacke quälte und er keine drei Worte für sie übrig hatte – geschweige denn einen Kuss.

Sie war wirklich sehr bemüht, ihm alles recht zu machen, und sehr aufmerksam obendrein. Er musste ihr nicht sagen, dass er Vollkornbrot und Schinken zum Frühstück ihrem Toast oder den Hörnchen mit Honig und Konfitüre vorzog. Das merkte sie ganz von allein, und zwar binnen weniger Tage. Kurz darauf bekam er auch regelmäßig zwei Gewürzgurken und ein hartgekochtes Ei dazu und mittags immer genau das, wonach ihm der Sinn stand.

Ihr machte es nichts aus, zwei Stunden in der Küche zu stehen für ein deftiges Gulasch oder ein Eisbein mit Sauerkraut und richtigen Stampfkartoffeln, wie seine Mutter die machte. Kerstin hatte ihm immer nur Püree aus der Tüte serviert und häufig erst überlegt, was sie kochen könnte, wenn sie abends heimkam. Regine fragte morgens, was er zu Mittag essen wollte, und bot ihm drei oder vier Gerichte zur Auswahl.

Wenn er um eins die Wohnung betrat, stand das Essen auf dem Tisch. Kam er um Viertel nach fünf, war der Kaffee fertig. Nachdem er angedeutet hatte, dass ihm auch abends eine warme Mahlzeit lieber war als ihre Salatexperimente und ein

Brötchen, kochte sie mittags so reichlich, dass eine Portion übrig blieb. Und selbstverständlich lag immer eine Flasche Bier für ihn im Kühlschrank.

Die Einkäufe machte sie mit Bernie, der ihr auch sonst mit Rat und Tat und der Rezeptsammlung seiner Mutter zur Verfügung stand. In der letzten Novemberwoche fuhr sie einmal mit Angelika, weil Bernie mit Herrn Nattwig zum Arzt musste. Da wurde es teurer. Und Angelika weigerte sich, den Kasten Bier mit ihr zu schleppen.

Bernie half ihr auch dabei gerne und kaufte den Grundbedarf für sich und seinen Herrn Papa bei Aldi. Regine kaufte dort alles – außer dem Bier – und war stolz, dass sie mit dem Haushaltsgeld aus dem *Überbrückungskredit* über die Runden kam, sogar noch etwas abzweigen konnte für kleinere Anschaffungen. Zwei Zierkerzen, eine große Glasschüssel und sechs Dessertschälchen – auch von Aldi.

Von Richards Lohn brauchte sie letztendlich doch nichts. Der wurde ihm übrigens Anfang Dezember rückwirkend für November und den vollen Oktober bezahlt. Er musste nur unterschreiben, dass er die Tätigkeit als Hausmeister zwei Monate früher als vertraglich vereinbart aufgenommen hatte. Doch mit seinem Einkommen war er nur zuständig für die Nebenkosten der Wohnung, die private Telefonrechnung und seine eigenen Unkosten.

Carla besuchte ihr Liebes zweimal in der Woche und steckte Regine regelmäßig ein paar Scheine zu – natürlich nicht, damit sie Richard einen Kasten Bier oder Gewürzgurken kaufte. Aber für sich gab Regine praktisch nichts aus, alles nur für ihn oder den Haushalt.

Mitte Dezember hatte Richard noch große Schwierigkeiten, einigermaßen freundlich oder wenigstens neutral zu grüßen, wenn er Carla in der Wohnung antraf. Meist kam sie vormittags, dann bekam er sie nicht zu Gesicht, weil er unterwegs oder in der Verwaltung war. Wenn sie jedoch am Spätnachmittag mit Regine bei einem Kaffee saß, dann hätte er sie ganz langsam und genüsslich erwürgen oder sonst etwas Schreckliches mit ihr tun mögen.

Es dauerte ein Weilchen, ehe er auch die Vorteile einer großzügigen Stiefmutter erkannte. Er musste Carla ja nicht lieb haben. Niemand regte sich auf, wenn er ihre Gegenwart zum Anlass nahm, noch etwas Dringendes außerhalb der Wohnung zu erledigen. Im Gegenteil, es schien den beiden Frauen ganz recht, wenn er sich wieder verzog und sie noch ein Weilchen alleine ließ.

Und auch sonst: Niemand zwang ihn, sofort aufzustehen, wenn der Wecker klingelte. Im Bad konnte er sich so viel Zeit lassen, wie er wollte, beim Frühstück ebenso. Regine verwies weder auf Gardinen, es gab ja noch keine, noch auf Türen oder sonst was, das abgewaschen werden müsste, weil sich Nikotin und Teer überall ablagerten, wenn er sich bei der zweiten Tasse Kaffee eine Zigarette anzündete.

Da sie von zu Hause an Qualm gewöhnt war, sah er nicht ein, sich das Rauchen in ihrer Gegenwart noch länger zu verkneifen. In Kerstins Wohnung hatte er nie rauchen dürfen, musste immer noch raus auf den Balkon, wenn er nach seinem ganz persönlichen Antiaggressionstraining nach Nikotin lechzte. Ein Vergnügen war das im Dezember nicht.

Zu Regine sagte er einfach: «Ich könnte stundenlang so mit dir sitzen und dich anschauen, Kleines.»

Dann lächelte sie glücklich. Und Frau Haase überschlug sich auch noch mit der Begrüßung, wenn er erst um halb elf in der Verwaltung erschien.

Es gab nur eine Sache, die ihn störte, die fehlende Waschmaschine. Regine hätte Carla um einen Tausender bitten können – und garantiert zweitausend bekommen. Das verbot angeblich ihr Stolz. Sie hätte auch Bernies oder Angelikas Maschinen benutzen dürfen, bis das Geld für eine eigene zusammengespart war. Beide hatten ihr das angeboten. Angelika hatte sogar die Benutzung ihres Kondenstrockners offeriert.

Die Geräte standen im großen Gemeinschaftswaschraum im Haupttrakt des Kellers. Dort hatte auch Bernie seine Waschmaschine untergebracht. Es gab Anschlüsse für jede Wohnung. Aber es widerstrebte Regine, sich von einer Mieterin bei der Benutzung einer fremden Waschmaschine erwischen zu lassen.

Da stand sie lieber täglich mit der Unterwäsche, seinen Socken und ihren Strümpfen vor dem Waschbecken im kleinen Bad. Größere Teile wusch sie in der Badewanne, sogar die von Bernie geborgte Biberbettwäsche. Und das waren ja keine Zustände.

3.

Als Richard in der zweiten Dezemberwoche noch schnell duschen wollte, ehe er freitags zu Kerstin fuhr, schwammen wieder mal zwei Pullover und ein paar Handtücher in der Wanne. Regine entschuldigte sich auf der Stelle: «Ich bin noch nicht dazu gekommen. Aber ich mache es sofort. Du hast doch sicher zehn Minuten Zeit.»

Hatte er nicht. Und Kerstin hatte ihren Schock immer noch nicht überwunden. Sie stimmte sofort zu, dass sie weder eine private Waschmaschine noch ein kleines Trockengestell brauchte. Die großen Teile wusch sie ja seit Jahr und Tag auf Geschäftskosten. Da konnte sie auch den Rest mit in den Salon nehmen und musste sich nie mehr über das laute Schleudergeräusch aus dem Bad und den Ständer im Wohnzimmer ärgern.

Kerstin half ihm sogar, die schwere Maschine zu schleppen, als er samstags mit einem gemieteten Kleintransporter kam, um die Sachen abzuholen. Beim Ausladen half Matthias.

«Mach dir keine Sorgen ums Geld, Kleines», sagte Richard zu Regine. «Ich habe die Maschine günstig bekommen, über einen Kollegen im Kampfsportverein, der ehrenamtlich eine Arbeitslosenselbsthilfegruppe unterstützt. Sie machen auch Wohnungsentrümpelungen, und was noch in gutem Zustand ist, verkaufen sie für einen Kleckerbetrag. Der kleine Trockner war eine Zugabe.»

Sie freute sich wie ein Kind, dass er auch an so etwas gedacht hatte, und brachte das Gestell sofort in den *Trockenraum*, das Kinderzimmer, in dem die Leinen gespannt waren. Die Waschmaschine stellte Richard neben die Wanne ins kleine Bad. Den Zulaufschlauch klemmte er an die Kaltwasserleitung, den Ablaufschlauch verlängerte er, damit Regine ihn ins Klo hängen konnte.

Danach war es für ihn jeden Morgen fast wie früher. Hinter dem Vorhang in der Wanne duschen, die Armbanduhr solange auf der Waschmaschine ablegen und ein Handtuch griffbereit daneben. Eigentlich war es sogar besser, weil Regine nicht meckerte: «Konntest du nicht noch fünf Minuten warten? Jetzt ist mir wieder der Spiegel beschlagen.»

Es gab wirklich keinen Grund, etwas zu überstürzen. Es war, wie Kerstin gesagt hatte: «Wir wohnen vorübergehend nicht zusammen.» Und als Hausmeister war er Herr über seine Zeit.

Nachmittags war er oft unterwegs. Frau Haase glaubte ihm unbesehen, dass ihn mal wieder jemand auf dem Diensthandy angerufen hatte. Die Nummer hatte sie in einem Rundschreiben sämtlichen Mietern mitgeteilt. Sie glaubte ihm auch, dass er seine Verantwortung für die Immobilien ihres hochverehrten Herrn Doktors sehr ernst nahm und regelmäßig auch ohne besondere Aufforderung überall nach dem Rechten schaute.

Sicherheitshalber ließ er sich hier und dort mal blicken. Für den Fall, dass Mieter bei Frau Haase das Gespräch auf den neuen Hausmeister brachten. Wenn kleinere Reparaturen anlagen, führte er die gewissenhaft aus. Danach hatte er frei.

Er traf sich noch zweimal mit Kerstin in der Stadt, zusätzlich zu den beiden Abenden pro Woche, an denen Regine ihn beim Training mit gefährdeten Jugendlichen wähnte. Aber Spaß machte es nicht, Kaffee zu trinken mit der Frau, die er über alles liebte. Mit ihrem Zetern und Jammern ging Kerstin ihm gewaltig auf die Nerven.

Finanziell standen sie wahrhaftig nicht so schlecht da, wie sie behauptete. Ihr Salon machte weiterhin guten Umsatz, auch wenn Carla jetzt nicht mehr kam. Für ihn musste Kerstin keinen Cent mehr ausgeben. Von seinem Lohn blieb unterm Strich ein nettes Sümmchen übrig. Den *Überbrückungskredit* hatte er ihr sofort von der unerwarteten Sonderzahlung zurückgegeben.

Er hätte es sich ohne weiteres leisten können, sie einmal

groß auszuführen, zum Beispiel in das Restaurant, in dem er mit Regine gewesen war. Er hätte ihr sogar schon im Dezember die ersten tausend Euro geben können, damit sie die auf die Seite legte, um später *einen guten Mann* anzuheuern. Nur war Kerstin in einer Verfassung, in der sie Sartorius womöglich den nächstbesten Junkie oder Penner mit einem Messer auf den Hals gehetzt hätte.

Carla sollte ebenfalls ihr Fett abbekommen. Kerstin verlangte allen Ernstes, Richard solle sich bei seinem älteren Bruder erkundigen, wie man ein Auto so manipulieren könne, dass es bei hoher Geschwindigkeit zu einem verheerenden Unfall kam. Daran dachte er nicht im Traum. Zum einen hätte sein Bruder ihm wahrscheinlich den Puls gefühlt. Zum anderen war keinem Menschen damit geholfen, Carla aus dem Weg zu räumen, im Gegenteil, wer hätte Regine dann Geld für den Haushalt gegeben? Und wie Kerstin selbst festgestellt hatte, kamen sie an Sartorius nicht so einfach heran.

Er war mit ihr zusammen, um sie zu lieben und von ihr geliebt zu werden, aber nicht, um hirnverbrannte Mordpläne zu schmieden. Es war weiß Gott nicht seine Schuld, dass sie Carla auf den Leim gegangen war in ihrer Gier nach einem Luxusleben. Etwas zu überstürzen hielt er für einen großen Fehler. Und Fehler hatten sie seiner Meinung nach genug gemacht. Das machte er Kerstin in der Woche vor Weihnachten unmissverständlich klar.

4.

Mittwoch hatten sie einen heftigen Streit deswegen. Richard ließ keinen Zweifel, dass es ab sofort nur noch so lief, wie er sich das vorstellte. Natürlich waren fünf Jahre eine Ewigkeit. Und er dachte nicht daran, diese Ewigkeit mit einer Frau zu verbringen, für die er nichts empfand. Aber das musste er auch nicht. Er hatte bereits einen Plan, wollte Regine an Heiligabend mit einem besonderen Weihnachtsgeschenk überraschen.

Regine badete oft. Und sie hörte leidenschaftlich gerne Musik. Von morgens bis abends plärrte im Wohnzimmer der Winzling von Stereoanlage, was die Miniboxen hergaben, damit sie bei der Schleif-, Beiz- oder sonstigen Arbeit an altem Holz oder beim Kochen, Putzen und Bügeln wenigstens etwas davon hörte. Nur in der Wanne war ihr dieser Genuss bisher nicht vergönnt. Beim Baden machte sie die Tür zu, damit es nicht zu kalt wurde.

Und Richard hatte bei einer Kontrollinspektion im Keller in einem der mit Sperrmüll vollgestopften Lattenverschläge im linken Seitenflügel einen alten Radiorecorder entdeckt, der mit Strom noch funktionierte. Das Batteriefach war defekt. Und beim Abspielen einer Kassette schaltete das Ding sich nach wenigen Minuten von selbst ab. Das bedeutete, wenn Regine ihren Bryan Adams beim Baden in voller Länge genießen wollte, musste sie den Radiorecorder zwangsläufig in der Nähe haben, um ihn bei Bedarf wieder einzuschalten.

Richard musste nur noch sehen, ob es Regines Lieblings-CD auch als Kassette gab, dann war er gerüstet. Steckdosen gab es im kleinen Bad zur Genüge, nicht unmittelbar neben der Wanne, doch so verräterisch war ein Verlängerungskabel gar nicht, fand er. Es sollte ja nicht nach Selbstmord aussehen, sondern nach einem tragischen Unfall.

Wenn Regine mal wieder Bettwäsche gewaschen hatte und den Radiorecorder anschließend auf die Maschine stellte, um bei Musik zu entspannen. Nur ein kleiner Schubs, und das Ding läge bei Regine in der Wanne. Es wäre im Bruchteil einer Sekunde erledigt. Aus Kostengründen waren nämlich im ganzen Haus keine der FI genannten Schutzschalter eingebaut worden, die bei solch einer Aktion augenblicklich den Strom für die ganze Wohnung abgeschaltet und somit den Tod durch einen elektrischen Schlag verhindert hätten. Richard hatte es mit einem alten Rasierapparat im gefüllten Waschbecken schon ausprobiert.

Danach musste er nur die feuchte Bettwäsche von den Leinen nehmen, wieder in die Trommel stopfen, Wasser zulaufen lassen, kurz anschleudern lassen und runter zu Bernie gehen. Dem Dicken wollte er erzählen, Regine läge in der Wanne und habe sich beschwert, es sei zu kalt im Bad. Bernie kannte die alte Heizung besser als jeder Fachmann. Er würde ihn in den Keller begleiten, keine Frage. Er wäre garantiert auch bereit, anschließend mit ihm ins Dachgeschoss zu kommen, um festzustellen, ob es jetzt wärmer wurde. In Bernies Begleitung die Leiche finden und neben der Wanne zusammenbrechen. Was wollte die Polizei ihm anhaben? Sie konnten es überprüfen. Wenn die alte Maschine schleuderte, gab es kein Halten mehr.

Er hatte es wirklich gut durchdacht. Das dreizehnte Haus war ihm dank der gesetzlichen Erbfolge sicher. Ihm reichte das. «Schlag dir den Rest aus dem Kopf», sagte er zu Kerstin.

«Und wovon willst du leben?», fragte sie. «Bildest du dir ein, dass Sartorius dich weiter als Hausmeister beschäftigt, wenn Regine das Zeitliche gesegnet hat?»

«Ich habe einen Arbeitsvertrag», belehrte er sie. «Sartorius kann mir nicht kündigen, weil meine Frau gestorben ist. Und einen anderen Grund gebe ich ihm nicht. Ich gehe für deine Raffgier nicht in den Knast. Es gibt in deinen Plänen nämlich einen großen Haken. Wenn Sartorius an Krebs gestorben wäre, hätte vielleicht wirklich kein Hahn danach gekräht, wenn Regine kurz darauf Selbstmord begangen hätte. Aber wenn Sartorius jetzt auf andere Weise stirbt, nämlich durch Gewalt, und kurz nachdem sie geerbt hat, passiert Regine auch noch was, dann wird die Polizei garantiert stutzig. Wenn es nur Regine erwischt, bin ich ein armer Mann mit einem Berg von Schulden. Ich habe noch fünf Jahre lang mächtig zu knapsen. So geht die Rechnung auf. Und nur so.»

Wegen der Raffgier war Kerstin freitags noch beleidigt und nicht auf Anhieb bereit, mit ihm ins Bett zu steigen. Misstrauisch stellte sie fest, er habe in verdammt kurzer Zeit verdammt viel Selbstbewusstsein entwickelt. Dann wollte sie wissen, ob es am ständigen Umgang mit Regine läge?

Aber so viel Umgang hatte er doch gar nicht. Eine Pflichtübung pro Woche, drei Mahlzeiten am Tag und die Nächte in dem schmalen Bett. Er wollte im Januar ein breites kaufen, es musste nur zum Bauernschrank und der Kommode passen. Aus den Teilen hatte Regine bereits richtige Schmuckstücke gemacht. Die Nachttischchen sahen auch schon aus, als hätte man sie für teures Geld gekauft.

Regine hatte das zweite Kinderzimmer zur Werkstatt umfunktioniert und «Arbeitszimmer» getauft, den Fußboden mit einem Restposten Teppichboden, den sie sehr günstig bekommen hatte, abgedeckt und diverses Werkzeug zur Holzbearbeitung angeschafft. Und sie war selig, wenn er sie «meine kleine Ameise» nannte.

Wenn er sie ließ – und das tat er natürlich –, schliff, beizte, versiegelte oder polsterte sie auch am Wochenende und die Woche über noch am späten Abend, damit die Wohnung so schnell wie möglich gemütlich wurde.

Matthias leistete ihr oft Gesellschaft, wenn Angelika mit Catering noch spät im Einsatz war, was auch drei-, viermal die Woche vorkam. Großartig helfen konnte Matthias nicht, er hatte ja kaum Ahnung von der Materie, schaute Regine nur aufmerksam auf die Finger und betätigte sich als Handlanger.

Dass Angelika, wenn sie ihren Gatten zu später Stunde aus dem Dachgeschoss holte, sich jetzt noch erinnerte, Richard mal in inniger Umarmung mit Kerstin gesehen zu haben, konnte man inzwischen getrost ausschließen. Dass Regine von Angelika schon den einen oder anderen Tipp für ein erfülltes Sexualleben bekommen und daraufhin zweimal versucht hatte, die Initiative zu ergreifen, musste er nicht erwähnen.

Er betonte lieber, dass Matthias unverändert keine Probleme aufwarf. Im Gegenteil. Wenn Matthias mal eine Bemerkung machte, weil Richard sich mit einem *Migräneanfall* statt ins Bett im Wohnzimmer auf die Couch gelegt hatte und sich eine Sportübertragung oder eine CSI-Folge im Fernsehen anschaute, dann belehrte Regine ihren Freund und Helfer, dass Richards Kopfschmerzen höchstwahrscheinlich vom Geruch der verschiedenen Flüssigkeiten ausgelöst wurden, mit denen sie hantierte. Im Wohnzimmer roch man es nicht so intensiv wie im Schlafzimmer, das näher beim Arbeitszimmer lag. Und sie war dankbar, dass Richard es hinnahm und sie nicht zwang, ihre Möbel im Keller aufzuarbeiten. Vor dem Keller hatte sie denselben Horror wie Frau Haase.

Ehe die beiden Feierabend machten, wechselte Richard meist ins Schlafzimmer. Regine wäre nie so unverschämt gewesen, ihn zu wecken, weil sie noch mit ihm schlafen wollte. Sie hatte immer noch ihren pH-Wert im Hinterkopf. Und in diesem Verdacht bestärkte er sie jedes Mal aufs Neue, weil er sich mit dem Vorspiel sehr viel Zeit ließ, auf den eigentlichen Akt jedoch im Höchstfall zwei Minuten verwendete.

Dass er auf den Geschmack kam, musste Kerstin wirklich nicht befürchten. Ihren Lippenstift, den er am Tag nach der Hochzeit mitgenommen hatte, trug er stets bei sich, tagsüber in einer Hosentasche. Er musste nur die Hand darum schließen, um zu wissen, was er bei ihr fand und bei Regine niemals finden konnte. Die Erfüllung sämtlicher Träume, die er in dieser Hinsicht hatte.

Bei der Erfahrung, die Regine speziell in diesem Punkt mit Georg Hösch gemacht hatte, widerstrebte es ihr, ihn mit dem Mund zu stimulieren oder gar auf die Weise zu befriedigen. Sie küsste ihn auf den Hals, die Schultern oder die Brust. Wenn sie doch mal Anstalten machte, tiefer zu rutschen, zog er sie wieder hoch. So einfach war das.

Kerstin schaute ihn ungläubig an. «Du willst mir aber nicht im Ernst erzählen, dass du gar nichts davon hast, wenn du sie vögelst.»

«Du musst es ja nicht glauben», sagte er.

Es war die Wahrheit. Er hatte Mühe, überhaupt eine Erektion zustande zu bringen, die ausreichte, um wenigstens für zwei Minuten so zu tun als ob. Was er neben den Stunden mit Kerstin brauchte, holte er sich morgens hinter dem Duschvorhang in der Badewanne – mit ihrem Lippenstift in der einen Hand.

«Du wirst größenwahnsinnig», meinte Kerstin, als er ihr die feingerillte Hülse zeigte. «Was erzählst du deiner Frau, wenn sie den Stift mal findet?»

«Kann sie nicht», sagte er. «Sie schnüffelt nicht hinter mir her und findet es toll, dass ich meine Hosen abends selbst ordnungsgemäß in den Schrank hänge oder zur Schmutzwäsche lege. Wenn ich das tue, schmirgelt sie entweder noch an ihren Antiquitäten herum, oder sie ist im Bad. Ich kann deinen Lippenstift unbemerkt in die äußere Bettritze schieben. Wenn ich ihn morgens wieder herausziehe und zurück in eine Hosentasche stecke, ist Regine schon in der Küche.»

Regine kümmerte sich auch nicht um seine Sporttasche, fand es rücksichtsvoll, dass er die Sachen, die er beim Antiaggressionstraining trug, eigenhändig in die Waschmaschine steckte und das Kurzprogramm laufen ließ. Anderenfalls hätte das zum Problem werden können. Ihr wäre bestimmt bald aufgefallen, dass er den Trainingsanzug gar nicht getragen hatte.

Sie war so leicht zu manipulieren, glich immer mehr dem kleinen Hund seines jüngsten Bruders. Dass er drei Nächte nicht hatte schlafen können, nachdem das Tierchen eingeschläfert worden war, hatte er beinahe vergessen. Dafür erinnerte er sich nun gut daran, dass das Hündchen ihm noch die Hand geleckt hatte, als er es festhielt, während der Tierarzt die tödliche Spritze aufzog.

5.

Am Samstagmorgen – zwei Tage vor Heiligabend – überlegte Richard beim Frühstück laut, ob er versuchen sollte, an einem der Feiertage eine Versöhnung mit seinen Eltern herbeizuführen. Weil er befürchtete, dass Regine mitfahren wollte, um endlich seine Familie kennenzulernen und notfalls für Schönwetter zu sorgen, erlaubte er sich den dezenten Hinweis, dass er eine Einmanntour beabsichtigte.

«Wir sollten nur nicht gleich als Ehepaar auftauchen, finde ich. Meine Eltern wissen doch nichts von uns. Da halte ich es für besser, wenn ich erst mal alleine fahre und ihnen das schonend beibringe.»

Sie stimmte sofort zu. «Du hast recht, das ist besser.»

«Ich könnte etwas Geld mitnehmen und so tun, als käme ich, um endlich mit der Rückzahlung meiner Schulden zu beginnen», räumte er einen Stein aus dem Weg, über den sie irgendwann mal hätte stolpern können.

Fünfzehnhundert kostete nämlich der Armreif für Kerstin, den er an diesem Vormittag beim Juwelier abholen konnte. Weißgold mit Saphiren, eins Komma acht Karat. Er hatte für die Innenseite noch eine Gravur in Auftrag gegeben. *Für immer dein*. Carla besaß einen ähnlichen Reif, hatte er neulich festgestellt. Ob mit oder ohne Gravur, wusste er nicht, war ja auch nicht so wichtig. Was zählte, war, dass Kerstin den Reif schon mal an Carla gesehen hatte. Er hoffte, sie auf diese Weise zu überzeugen, dass es ihnen besser ging als jemals zuvor und dass sie jetzt nicht die Geduld verlieren durften.

Fünfhundert hatte er angezahlt, die restlichen tausend wurden bei der Abholung fällig. Die komplette Summe hatte er wohlweislich in bar von seinem Konto abgehoben. Er hatte sie ohnehin als Schuldentilgung deklarieren wollen.

«Vielleicht solltest du es ebenfalls versuchen», sagte er noch, obwohl Regine gar nicht darauf bestand, ihn zu begleiten. «Es ist das Fest der Liebe. Da schlagen Türen nicht so leicht zu.»

«Ja», stimmte sie erneut zu. «Einen Versuch ist es wert. Passt es dir am zweiten Feiertag?»

«Mir ist jeder Tag recht», erklärte er. «Wenn du einverstanden bist, ein schöneres Geschenk kannst du mir gar nicht machen, Kleines.»

«Du solltest aber nicht nur Geld mitnehmen», meinte sie und riet, auch kleine Geschenke für seine Eltern zu besorgen.

So musste er nicht mal eine Ausrede für die Fahrt zum Juwelier suchen. Nachdem er die aufwendig verpackte Schmuckschachtel mit dem Armreif in Empfang genommen und im Auto deponiert hatte, fuhr er zum Kaufhof. Wo Regine es ihm so leicht machte, wollte er ihr an Heiligabend nicht bloß den alten Radiorecorder überreichen. Da wäre er sich schäbig vorgekommen, obwohl er eine Musikkassette von Bryan Adams auftrieb. Er kaufte zusätzlich noch ein silbernes Medaillon für neunundzwanzig Euro, nicht der Rede wert.

Außerdem erwarb er einen Fotorahmen – als Geschenk für seine Mutter. Den konnte er sich nach Weihnachten auf den Schreibtisch in sein Büro stellen, das er sich als Ausweichquartier in der Verwaltung eingerichtet hatte. Er steckte eines der Fotos in den Rahmen, die Bernie bei der Hochzeit geschossen und ausgedruckt hatte. Auf Frau Haase machte das bestimmt Eindruck, wahrscheinlich erzählte sie es bei nächster Gelegenheit ihrem hochverehrten Herrn Doktor Sartorius. Für das Medaillon schnitt er aus einem anderen Foto sein Gesicht heraus.

Eine Verkäuferin wickelte das Schächtelchen mit dem Medaillon hübsch ein. Um den Bilderrahmen mit dem Hochzeitsfoto kümmerte Regine sich im festen Glauben, seine Mutter würde den auspacken. Damit sein Vater sich nicht übergangen fühlte, legte sie eine Flasche Weinbrand dazu, die eigentlich für Bernie gedacht war. Aber der verbrachte den Heiligabend und den ersten Feiertag bei einer Bekannten und musste gar nicht unbedingt beschenkt werden. Brockmüllers waren auch nicht im Haus, die machten Urlaub in der Schweiz.

Als er ihr nach Kartoffelsalat mit Würstchen an Heiligabend das Medaillon um den Hals legte und sagte: «So bin ich immer an deinem Herzen», vergoss Regine vor Rührung ein paar Tränen. Mit dem Radiorecorder und der Kassette von Bryan Adams brachte er sie in Verlegenheit. Sie hatte nur eine Schreibtischgarnitur für sein Büro und entschuldigte sich für ihre Einfallslosigkeit.

Dann saßen sie da. Die Kerzen an der Blaufichte brannten ruhig vor sich hin. Das Fernsehprogramm war dem Anlass entsprechend besinnlich. Regine erzählte von einem Weihnachtsfest bei Carlas Eltern im Allgäu und machte mit ihrem Verhalten deutlich, dass sie ein paar Streicheleinheiten außer der Reihe erwartete. Während er ihr den Gefallen tat, fragte er sich, was Kerstin wohl gerade machte, ob sie an ihn dachte, sich einsam fühlte, sich ebenso nach ihm sehnte wie er sich nach ihr.

Der erste Feiertag war ebenso dröge. Es bot sich allerdings eine günstige Gelegenheit, Regine an die Benutzung eines Verlängerungskabels zu gewöhnen. Über dem Kühlschrank gab es eine freie Steckdose. Aber das war kein günstiger Platz für ein Radio. Das merkte sie beim Kochen selbst, die Abdeckplatte vom Kühlschrank brauchte sie als Arbeitsfläche. Mit dem Kabel konnte sie das alte Ding ein paar Meter weiter aufs Büfett stellen.

Am zweiten Feiertag packte sie nach einem ausgezeichneten Mittagessen den Weinbrand und den Bilderrahmen in eine Tüte mit Weihnachtsmotiven, küsste Richard auf die Wange und verabschiedete ihn mit dem Versprechen, ihm beide Daumen für die Versöhnung zu drücken. Sein Angebot, sie nach Hahnwald zu fahren, lehnte sie glücklicherweise ab. Es wäre für ihn ein ziemlicher Umweg gewesen, der ihn garantiert eine Dreiviertelstunde gekostet hätte. Und nach zwei Tagen, in denen seine Gedanken fast ausschließlich um Kerstin und ihre Freude über den Armreif gekreist waren, konnte er es kaum noch erwarten.

Regine wollte sich ein Taxi rufen, sobald sie die Küche aufgeräumt hatte. Viel Hoffnung auf einen netten Nachmittag mit ihrem Vater und Carla machte sie sich offenbar nicht. Als er zum Aufzug ging, wirkte sie sehr nervös.

6.

Sie hatte ein schlechtes Gewissen, als sich die Aufzugtüren hinter Richard schlossen. Ein Taxi brauchte sie nicht. Jeder Versuch, sich an diesem Nachmittag mit ihrem Vater auszusöhnen, war zum Scheitern verurteilt. Carla und Väterchen Frost verbrachten die Feiertage und den Jahreswechsel in Paris. Ja, Paris! Es geschahen noch Wunder. Und sie wünschte Carla von ganzem Herzen, dass sich in den nächsten zweiundzwanzig Ehejahren alle Raupen in Schmetterlinge verwandelten.

Sie selbst war so glücklich, wie sie es nach der hässlichen Zeit vor der Trauung und den trüben Stunden zu Beginn ihrer Ehe nie zu hoffen gewagt hätte. Richard war so rührend bemüht, sie das alles vergessen zu lassen. Um alles kümmerte er sich, alles nahm er hin.

Obwohl er offensichtlich Probleme hatte, wenn er mit ihr schlief, bestand er nicht darauf, Kondome zu benutzen. Er akzeptierte ihre Freundschaft mit Matthias, obwohl sie doch wieder mehr als zwei Abende in der Woche miteinander verbrachten. Er duldete es klaglos, wenn sie noch am späten Abend arbeitete, obwohl er von den Ausdünstungen rasende Kopfschmerzen bekam. Aber er sah natürlich auch, wie viel Spaß es ihr machte, diese Herausforderung zu meistern, altes Holz.

Richard verstand sie ohne Worte. Nicht nur das. Während sie noch gegrübelt hatte, unter welchem Vorwand sie an diesem Nachmittag für ein oder zwei Stunden die Wohnung verlassen könnte, ohne dass er sie begleiten wollte, machte er den Vorschlag, seine Eltern zu besuchen – allein. Da sollte man fast glauben, er könne ihre Gedanken lesen oder hätte einen sechsten Sinn für ihre Wünsche. Es war wirklich alles perfekt, er war perfekt.

Aber etwas störte. Hauptsächlich das schlechte Gewissen,

das sie permanent quälte, nicht bloß an diesem Nachmittag. Bernies Mutter hatte sie schließlich ermahnt, nicht so viel Zeit mit Matthias zu verbringen. Und sie war trotzdem wieder drei, vier Abende die Woche mit ihm zusammen. Doch das war es nicht allein.

Von den beiden Wiegen ging etwas aus. Sie standen in dem Zimmer neben dem kleinen Bad, dem einzigen, das sie noch als Kinderzimmer bezeichnete. Und jedes Mal, wenn sie in der Wanne lag, machte sich etwas bemerkbar, ein Wispern und Raunen wie eine Stimme, die von weit her darum kämpfte, gehört zu werden. Oft war es so intensiv, dass sie es keine Sekunde länger im Wasser aushielt. Aber wenn sie nach nebenan ging, sich zwischen die Wiegen setzte und ihre Hände an das Holz legte, wie sie es als kleines Kind so oft getan hatte, war nichts da.

Gelegentlich träumte sie wieder von ihrem Bruder. Es waren immer Albträume. In der Woche nach der Trauung hatte sie einen gehabt, in dem es um Waschmaschinen und das Grab im Kohlebunker ging. Die lässig-spöttische Jungmännerstimme des blonden Bergsteigers, der sie meist Schwesterchen nannte, verlangte, dass sie hinunterstieg und sich die Leiche anschaute. Sie wollte nicht gehen, konnte auch nicht. Es gab keinen Weg hinunter. Im Traum gab es allerdings auch keine Möglichkeit, sich gegen den Zwang zu wehren.

Die Stimme peitschte sie förmlich durch Fußböden und Mauern, vorbei an Waschmaschinen in einen völlig schwarzen Raum. Es war nichts zu erkennen in der absoluten Finsternis. Und die Stimme sagte: «Schöne Scheiße, wenn man nicht sieht, wo es langgeht. Ein falscher Schritt, und man steht mit beiden Beinen in der Grube.»

Deshalb hatte sie sich geweigert, die Waschmaschinen von Bernie oder Angelika zu benutzen. Wahrscheinlich lag der ehemalige Kohlebunker unter dem Gemeinschaftswaschraum im Haupttrakt des Kellers. Bernie schwor zwar, der Bunker hätte sich unter dem rechten Seitenflügel befunden und wäre nach dem Krieg mit Schutt und Trümmern aufgefüllt worden, sodass es ihn praktisch gar nicht mehr gab. Aber woher wollte Bernie es so genau wissen? Er war doch noch gar nicht geboren, als sämtliche Hausbewohner während eines Luftangriffs Schutz suchten und verschüttet wurden.

Bernie kannte die Geschichte nur von seiner Mutter. Und von der hatte Regine Anfang der Woche geträumt. Da saßen sie zu dritt um das dreibeinige Tischchen. Bernies Mutter war leibhaftig zugegen und bemühte sich, Kontakt zu Regines Bruder aufzunehmen. Das gelang ihr auch. Denn plötzlich sagte die Jungmännerstimme: «Du hast ein großes Problem, Schwesterchen, zu viel Sand in den Augen.»

Regine sah kein Problem, gewiss kein gravierendes. Wenn ihr Bruder eins sah, dann musste es sein Wispern und Raunen sein, das zwischen den Wiegen darum kämpfte, gehört zu werden, wenn sie nebenan in der Wanne lag. Vielleicht suchte er nach einem Weg, sich ihr bemerkbar zu machen, wenn sie nicht schlief.

«Das Fest der Liebe», hatte Richard gesagt. «Da schlagen Türen nicht so leicht zu.»

Bernie wollte an diesem Nachmittag eine spezielle Tür für seinen Vater öffnen. Am Heiligabend war Herr Nattwig von seinem ältesten Sohn abgeholt, am ersten Feiertag weitergereicht worden an den Jüngsten und dessen Familie. Den zweiten Weihnachtstag verbrachte er bei dem Sohn, der sich das ganze Jahr um ihn kümmerte. Und er wünschte sich von Bernie ein Gespräch mit seiner verstorbenen Frau, das Bernies Mutter vermitteln sollte.

Ihr redete Bernie immerzu ein, es sei völlig ausgeschlossen, über seine Mutter in Kontakt mit ihrem Bruder zu treten. Aber wenn es mit Frau Nattwig funktionierte, müsse es doch eine Möglichkeit geben, meinte sie. Seit er erwähnt hatte, für seinen Vater eine Verbindung herzustellen, verspürte sie das drängende Bedürfnis, dabei zu sein. Sie hatte nur keine Chance gesehen – bis Richard davon sprach, eine Versöhnung mit seinen Eltern versuchen zu wollen. Er wusste nichts von den Séancen, Bernie wollte auch nicht, dass er davon erfuhr.

«Richard ist wirklich ein toller Kerl», hatte Bernie einmal gesagt. «Aber so, wie ich ihn einschätze, gehört er zu den Leuten, die nicht an eine Verbindung zu den Toten glauben. Man muss nicht jeden eines Besseren belehren. Manche können damit nicht umgehen.»

7.

Pünktlich um drei klingelte sie an Bernies Tür. Herr Nattwig saß bereits am Esstisch. Er war nicht erfreut über ihr Erscheinen, wollte seine Intimsphäre nicht vor einer jungen Frau ausgebreitet sehen.

«Deine Intimsphäre hat Mama schon in der ersten Séance mit Regine ausgebreitet», schwindelte Bernie.

Daraufhin fügte der alte Mann sich und schimpfte nur noch auf Bernies Mutter. «Klärchen hatte immer ein loses Mundwerk.»

«Sei froh drum, Papa», sagte Bernie. Zwänge legte er sich in Regines Gegenwart nicht mehr auf, traf in Ruhe die Vorbereitungen und blinzelte ihr dabei verschwörerisch zu. «Ohne ihr loses Mundwerk könnten wir jetzt nämlich nur die Kerzen am Baum anzünden und zusammen Weihnachtslieder singen.»

Es war kaum anders als bei den beiden Séancen, die Bernie mit ihr allein durchgeführt hatte. Nur dass sie diesmal zu dritt ihre Fingerspitzen an das Tischchen legten, im Hintergrund drei Kerzen brannten und Regine statt Furcht vor unliebsamen Antworten eine gespannte Erwartung fühlte. Es prickelte wie elektrischer Strom in jeder Nervenfaser.

Herr Nattwig saß so steif da wie sein Gehstock. Bernie schloss die Augen, senkte den Kopf und begann wie üblich mit getragener, ehrfurchtsvoller Stimme: «Wenn du hier bist und mit uns reden möchtest, Mutter, gib uns ein Zeichen.»

Antwort kam nicht. Regines Fingerspitzen registrierten nicht die kleinste Vibration, nur das Zucken der eigenen Nerven, eine Verspannung zwischen den Schulterblättern und einen ersten Anflug von Enttäuschung.

«Du musst dich entspannen, Papa», verlangte Bernie. «Du bist zu verkrampft. Ich merke einen störenden Einfluss.»

«Gib nicht mir die Schuld, wenn du dich nicht konzentrieren kannst», widersprach Herr Nattwig und musterte Regine missbilligend. «Wenn hier etwas stört, bin das nicht ich.»

Herr Nattwig hatte offenbar auch einen sechsten Sinn. Er mäkelte so lange, bis die dialektgefärbte Frauenstimme ohne jede Vorankündigung feststellte: «Noch ganz der Alte, Heinrich, was? Jetzt gib Ruhe, du kommst schon nicht zu kurz.»

Herr Nattwig wurde auf der Stelle kleinlaut, entschuldigte sich für seine Ungeduld und erklärte sich einverstanden, dass Klärchen zuerst das Wort an Regine richtete.

«Habe ich dir zu viel versprochen, Kindchen?»

«Nein», sagte Regine rasch. «Ich bin sehr glücklich mit Richard. Aber ich habe eine große Bitte. Ich würde gerne mit meinem …»

«Das freut mich, Kindchen», schnitt Bernies Mutter ihr das Wort ab. «Wir reden später. Lassen wir erst Heinrich zu Wort kommen, sonst meckert der gleich wieder.»

Dann unterhielt sie sich mit Herrn Nattwig. Der beteuerte, wie sehr er sie geliebt und wie sehr er es immer bedauert habe, sich nicht offen zu ihr und dem gemeinsamen Sohn bekennen zu dürfen. Bernie sei ein guter Junge, der beste von seinen Söhnen. Klärchen meinte, er müsse nicht gar so dick auftragen mit seinen Entschuldigungen und der Lobeshymne. Anschließend zog sie sich zurück, damit er mit seiner Frau sprechen konnte.

Frau Nattwig meldete sich schon nach wenigen Sekunden. Sie sprach anders, der Dialekt fehlte, und die Ausdrucksweise verriet eine höhere Bildung. Sie bat ihren Mann, von den Feiertagen bei ihren Söhnen zu berichten, und freute sich, dass er an Bernie noch einen Sohn hatte, der ihm den Lebensabend leichter machte. Zum Dank dafür sollte Bernie die kostbare Uhr aus dem Wohnzimmer und den chinesischen Wandteppich bekommen.

Das wollte Herr Nattwig bei nächster Gelegenheit testamentarisch festlegen. Er freute sich seinerseits, dass seine Frau sich nun so gut mit Klärchen verstand. Er habe sie beide gleichermaßen geliebt, versicherte er, und gegen Liebe sei nun mal kein Kraut gewachsen.

Bis dahin war die Atmosphäre im Raum friedlich und besinnlich gewesen, eigentlich genau passend für den Tag. Und plötzlich sagte die lässig-spöttische Jungmännerstimme, die Regine bisher nur in ihren Träumen gehört hatte, laut und deutlich: «Es reicht mit den Liebesschwüren, Alterchen. Jetzt reden wir Klartext.»

«Wer ist das?», erkundigte sich Herr Nattwig irritiert. Bernie saß unverändert mit gesenktem Kopf, sein Atem ging hörbar schwerer, seine Fingerspitzen lagen nicht mehr locker am Rand der kleinen, runden Tischplatte. Er hatte beide Hände darum verkrampft, als suche er Halt. Unwillig wiederholte Herr Nattwig seine Frage.

Und die junge Stimme erklärte mit einem Unterton, der fast ein Lachen war: «Ich habe keinen Namen, Alterchen. Ich habe nur den Durchblick. Damit sehe ich in die finstersten Winkel, auch in den alten Bunker.»

Die Ausdrucksweise war so typisch. *Alterchen.* «Lass dich nicht verscheißern, Schwesterchen», fuhr er fort und lachte amüsiert. «Nette Runde. Ein alter Schwerenöter und ein kleiner Gauner. Ich wette, du weißt immer noch nicht, auf wen du dich eingelassen hast.»

Dann sprach er von einem Mann, der zwei Frauen hatte und eine loswerden wollte. Er nannte keine Namen, und Herr Nattwig führte sie mit seinem lautstarken Protest auf die falsche Fährte.

«Sei still, Bursche! Was redest du? Ich wollte keine loswerden. Ich habe befürchtet, dass sie sich gegenseitig an die Gurgel gehen.»

Die Jungmännerstimme kümmerte sich nicht um die Beteuerungen des alten Mannes, sprach weiter, als erzähle er ein Märchen. Die ältere Frau war ein eiskaltes Biest, sie setzte den Mann mächtig unter Druck. Die Jüngere bekam Zustände, wenn es um den Kohlebunker ging. Sie begriff allerdings nicht, dass sie Vorahnungen hatte. Denn eines Tages hob der Mann da unten ein Grab aus …

Das deckte sich weitgehend mit der Geschichte, die Bernie am Nachmittag nach der Trauung erzählt hatte. Seine Mutter hatte doch als junges Mädchen Erstickungsanfälle bekommen, wenn sie in den Kohlebunker musste. Und ohne Zweifel war Herr Nattwig ein Mann mit zwei Frauen gewesen. Er zog sich den Schuh jedenfalls an und überschrie die junge, lässige Stimme: «Du lügst, Bursche! Ich hätte Klärchen nie etwas angetan. Ich habe auch kein Grab ausgehoben. Nur eine Kuhle habe ich gemacht, damit sie bequemer lag.»

Aus Bernies Kehle drang ein amüsiertes Lachen: «Hör dir das gut an, Schwesterchen. Jeder Hund winselt, wenn seine Pläne offenkundig werden und am Ende die Falsche in der Grube liegt.»

Herr Nattwig zerrte an Bernies Händen, konnte sie jedoch nicht von der kleinen Tischplatte lösen. «Schluss jetzt!», schrie er und griff so hektisch nach seinem Gehstock, dass der umfiel. Er hielt sich mit einer Hand am Esstisch fest und beugte sich seitlich vom Stuhl, um den Stock aufzuheben.

«Es wird ungemütlich», sagte die junge Stimme noch. «Nicht mal Väterchen Frost lässt sich gerne den Schädel einschlagen.»

Herr Nattwig hatte tatsächlich seinen Gehstock erhoben. Es sah aus, als wolle er auf Bernies verkrampfte Hände oder das dreibeinige Tischchen eindreschen.

Regine kam nicht mehr dazu, eine Frage zu stellen. Für ein paar Sekunden war es still. Herr Nattwig ließ den Stock sinken und stemmte sich mühsam vom Stuhl hoch. Bernie gab einen kläglichen Laut von sich, seine Hände lösten sich, die Fingerspitzen glitten vom Tischchen. Er röchelte und hob den Kopf, sein Gesicht war verzerrt vor Atemnot. Im diffusen Kerzenlicht sah es beängstigend aus.

«Glaub ihm kein Wort!», schrie Herr Nattwig. «Ich war nach dem Krieg noch glücklich mit Klärchen. Sonst wärst du nicht auf der Welt.»

Bernie schaute seinen Vater verständnislos an und rang weiter um Atem. Regine hatte noch nie erlebt, dass er mit einem Asthmaanfall kämpfte. Sie bekam Angst um ihn. Mit einer schwachen Geste zeigte er nach hinten zum Schrank.

«Er braucht seinen Inhalator», erklärte Herr Nattwig gemäßigter. Sie sprang auf, schaltete das Deckenlicht ein und schaute sich um. «Hinter der linken, oberen Tür», sagte Herr Nattwig noch und ließ eine lange Erklärung folgen, dass er sich immer schwergetan habe mit seiner Frau. Und Klärchen sei so ein warmherziges Mädchen gewesen. Nie im Leben hätte er ihr etwas antun können. Er sei doch froh und dankbar gewesen, sie zu haben. Er habe sich nur oft über sie geärgert, wenn sie diese seltsamen Anwandlungen bekam und sich vor dem Keller fürchtete.

«Du weißt, wie sie war», wandte Herr Nattwig sich wieder an Bernie. «Das hatte nichts mit mir zu tun, nur mit dem Krieg. Ihr steckte dieser Luftangriff schon früh in den Knochen.»

Bernie wusste gar nicht, wovon der alte Mann sprach. «Schon gut, Papa», ächzte er.

Er brauchte eine Weile, um sich von dem Anfall zu erholen. Herr Nattwig wollte keine Minute länger bleiben. Regine brachte ihn hinunter in seine Wohnung. Noch im Aufzug schimpfte er lautstark auf den unverschämten Burschen, der sich plötzlich eingemischt und dreiste Lügen verbreitet hatte.

8.

Als Regine zurückkam, saß Bernie auf der Couch. Er machte einen verwirrten und ratlosen Eindruck. «Tut mir leid, wenn ich es verdorben habe», sagte er. «Mir ist plötzlich schwarz vor Augen geworden. Bist du so lieb und machst mir einen Kräutertee?»

Er war nicht mal imstande, sie in die Küche zu begleiten. Aber in seinen Schränken kannte sie sich längst aus. Als sie ihm den Becher mit heißem Tee brachte, hatte er sich auf der Couch ausgestreckt. Er richtete sich in eine sitzende Position auf und bat sie, die Heizung höher zu drehen, ihm sei kalt. Sie tat ihm auch den Gefallen, holte ihm zusätzlich noch eine Decke aus dem Schlafzimmer, weil ihm die Zähne aufeinanderschlugen.

Dann saß er da mit der Decke um die Schultern, hielt mit beiden Händen den Becher umklammert, trank den Tee in winzigen Schlucken und wollte wissen, worüber sein Vater sich dermaßen aufgeregt hatte. Wie er Regine vor der ersten Séance weisgemacht hatte, erinnerte Bernie sich diesmal wirklich an nichts, als sei er nicht dabei gewesen. Sie erzählte ihm, was passiert war. Das verwirrte ihn noch mehr. «Dein Bruder? Das kann nicht sein, Regine.»

Seine Zweifel änderten nichts an ihrer Sicherheit. Sie wusste schließlich, was sie gehört hatte. «Er bezeichnete deinen Vater als alten Schwerenöter und Frau Nattwig als eiskaltes Biest.»

Den kleinen Gauner verschwieg sie gnädig. Und das Biest bestätigte Bernie auch noch. Er nickte schwermütig. «Ja, die hatte so viel Gefühl wie ein Schollenfilet aus der Tiefkühltruhe.»

«Eben klang sie aber warmherzig», meinte Regine.

Bernie trank noch einen Schluck Kräutertee, kämpfte mit sich und rang sich zu einem Geständnis durch: «Eben war niemand hier außer uns dreien. Ich war nicht in Form. Es tat sich nichts. Aber ich kann beide Frauen gut imitieren, das konnte ich schon als Kind.»

Mit einem kläglichen Lächeln hob er die Schultern, es sah aus, als wolle er sich entschuldigen. «Ich wollte meinem Vater die Angst nehmen, verstehst du? In seinem Alter ist es bloß noch eine Frage der Zeit, bis er den Damen Gesellschaft leisten muss. Und es ist keine schöne Vorstellung, bis zum Jüngsten Tag zwei Frauen um sich zu haben, die sich gegenseitig lieber die Augen auskratzen, als endlich Frieden miteinander zu schließen.»

Das zu hören schockierte Regine. Eine kostbare Uhr und ein chinesischer Wandteppich! Von Bernie hätte sie so etwas nicht gedacht. Kleiner Gauner. Nur änderte auch sein Geständnis nichts. Bernie mochte zwei alte Frauen nachahmen können, die er beide gut gekannt hatte. Aber wie sollte er einen jungen Mann imitieren, der nie wirklich gelebt und nie ein Wort gesprochen hatte.

Kein Mensch – außer ihr – hatte je diese lässige, meist spöttische Stimme gehört, die immer ein wenig nach Carla klang, nur eben männlich. Und sie hatte diese Stimme bis vor einer Stunde auch nur aus ihren Träumen gekannt.

Bernie schüttelte den Kopf und wiederholte: «Das kann nicht sein, Regine. Ich kann mir das nur so erklären, dass du … Ich meine, wenn man sich etwas sehr stark wünscht, kann man sich schon mal einbilden, dass …»

«Dein Vater hat ihn ebenso gehört wie ich», unterbrach sie ihn. «Eingebildet habe ich mir das bestimmt nicht.»

Herr Nattwig bestätigte eine halbe Stunde später, dass es zweifelsfrei die Stimme eines jungen Mannes gewesen sei, die all diese Unverschämtheiten von sich gegeben habe. Das überzeugte Bernie halbwegs. Er verstand auch, dass Regine glücklich darüber war. Er war es nicht. Dass etwas völlig Fremdes Besitz von ihm ergriffen hatte, sich einfach seiner bediente, ihn ausknipste wie eine Glühbirne, so drückte er es aus, das war ihm verständlicherweise unheimlich. Er wollte das nicht noch einmal erleben.

Um zehn Uhr war Regine wieder in ihrer Wohnung. Richard war noch nicht zurück. Das verschaffte ihr die Zeit, ihre Freude und die Enttäuschung zu verarbeiten. Bernies Reaktion ließ nicht viel Hoffnung auf eine Wiederholung. Sie ging ins kleine Bad, ließ Wasser in die Wanne, nahm das Medaillon ab, holte das Verlängerungskabel und den alten Radiorecorder mit der Bryan-Adams-Kassette. Und als sie sich im Wasser ausstreckte, hörte sie ihren Bruder im Geist noch einmal sagen: «Ich wette, du weißt immer noch nicht, auf wen du dich eingelassen hast.»

Sie glaubte es zu wissen. Der alte Schwerenöter kümmerte sie nicht weiter, mit Herrn Nattwig hatte sie ja nichts zu tun. Und der kleine Gauner … War es wirklich so verwerflich, dass Bernie sein Talent als Stimmenimitator nutzte, um sich zwei wertvolle Gegenstände aus dem Besitz seines Vaters zu sichern? Je länger sie darüber nachdachte, umso gerechter schien es ihr. Ein gutmütiger, älterer Mann und liebevoller Sohn, der fast sein ganzes Leben lang verleugnet worden war und sich trotzdem nicht verweigerte, als er gebraucht wurde. Dass er am Ende nicht mit völlig leeren Händen dastehen wollte, war verständlich. Dafür durfte man Bernie nicht verurteilen.

9.

Zu dem Zeitpunkt kämpfte Richard noch mit sich um ein weiteres Viertelstündchen in Kerstins Bett. Es hatte ihr sichtlich imponiert, dass er sich sogar zu Weihnachten problemlos hatte loseisen können, um sie mit dem teuren Geschenk zu überraschen.

Ein wundervoller Nachmittag war es geworden und ein Abend, wie er nur selten einen mit ihr erlebt hatte. Kein Wort über Carla und Sartorius, nicht mal Regine wurde erwähnt. Es gab nur sie beide. Kerstin war so zärtlich, so fordernd und unersättlich gewesen, dass es ihn große Überwindung kostete, sich endlich aufzusetzen und die Beine aus dem Bett zu schwingen.

Auf der Heimfahrt fühlte er sich völlig ausgelaugt, rauchte wie geplant drei Zigaretten, spülte nach der Ankunft im Innenhof den Mund mit einem kräftigen Schluck aus einer Bierdose aus, die er eigens für diesen Zweck im Ablagefach deponiert hatte. Er spritzte sich auch etwas Bier aufs Hemd. Dann nahm er die *Geschenke für seine Eltern* vom Beifahrersitz und stieg aus.

Regine lag schon im Bett, als er hereinkam. Sie schlief noch nicht, las in einem Buch über Dachgärten und schaute ihm gespannt entgegen. Der Geruch, den er verströmte, sprach Bände. Da brauchte er nur zu sagen: «Bitte frag mich nicht, Kleines. Das Geld haben sie genommen, mehr wollen sie auch in Zukunft nicht. Ich hoffe, du hattest den schöneren Nachmittag.»

«Ich war bei Bernie», sagte sie schlicht.

Er nahm an, sie hätte sich vergebens zur elterlichen Villa bemüht oder erst gar nicht den Mut gefunden, sich ein Taxi zu rufen. Sich zu erkundigen, welche der beiden Möglichkeiten zutraf, ließ er bleiben. Etwas in ihrer Miene signalisierte ihm, dass sie nicht über den Nachmittag reden wollte.

Am nächsten Morgen fuhr Richard hinunter in die Verwaltung. Frau Haase hatte zwischen den Feiertagen Urlaub genommen. So konnte er in Ruhe weitere Unterlagen studieren.

Und als hätte Bernie gerochen, dass die Luft rein war, stattete er Regine einen Besuch ab. Er war ziemlich geknickt, weil der *junge Bursche* angeblich behauptet hatte, Klärchen habe im Kohlebunker sterben sollen. Herr Nattwig hatte das genauso interpretiert wie Regine.

«Hätte er nur den Mund gehalten», sagte Bernie. «Die halbe Nacht bin ich herumgelaufen. Ich kam überhaupt nicht zur Ruhe.»

«Das tut mir leid», sagte sie.

Bernie nickte gedankenversunken. «Muss es aber nicht. Du hast es ja nicht mit Absicht getan.»

«Ich habe überhaupt nichts getan», stellte sie richtig.

Doch da war Bernie anderer Ansicht. Und nachdem er sich dermaßen gegruselt und Rücksprache mit seiner Bekannten gehalten hatte, mit der er den Heiligabend und den ersten Weihnachtstag verbracht hatte, war er auch zu schonungsloser Offenheit bereit.

«Es muss von dir ausgegangen sein, Regine. Kein Mensch kann mit Toten reden. Ich auch nicht, ehrlich gesagt. Ich tu nur so, wenn ich meine, dass es jemandem hilft. Weg ist weg, verstehst du? Manchmal wünscht man sich, man könnte, weil es noch eine Menge zu sagen gibt. Und manchmal hat jemand Probleme, für die man eine Lösung weiß. Aber gibt man als Freund einen Rat, wird der leicht in den Wind geschlagen. Wenn dagegen ein Geist zu einem spricht, hat das mehr Gewicht. Deshalb lasse ich in solchen Fällen meine Mutter reden. Das ist kein Betrug, finde ich. Ich nehme ja kein Geld dafür.»

Dieses Geständnis nahm der betulichen Altfrauenstimme

jedes Gewicht. Alles, was Bernies Mutter über Richard gesagt hatte, musste in Zweifel gezogen werden. Doch das ging nicht von jetzt auf gleich. So weit dachte Regine überhaupt noch nicht, weil es für sie vorerst keinen Grund gab, Richard zu misstrauen. Sie musste zuallererst verarbeiten, dass Bernie sie belogen und hinters Licht geführt hatte. Genau so, wie sie es vor der ersten Séance in Erwägung gezogen hatte.

Er betrachtete sie nachdenklich, atmete tief durch und kam auf den gestrigen Nachmittag zurück: «Ich kann mir das nur so erklären, dass mein Vater sich mit diesen Dingen beschäftigt hat, während wir zusammensaßen. Ich meine, wenn er mal mit dem Gedanken gespielt hat, meine Mutter loszuwerden. Vielleicht hat sie ihn unter Druck gesetzt, von ihm verlangt, dass er seine Familie sitzenlässt. Und wahrscheinlich kannst du Gedanken lesen.»

«Bestimmt nicht», widersprach sie heftiger als beabsichtigt. Es erklärte ja auch nicht die Stimme ihres Bruders.

«Ich hab aber keine andere Erklärung dafür», beharrte Bernie und sprach in beschwörendem Ton weiter: «Regine, ich hatte keine Ahnung, dass mein Vater meine Mutter umbringen wollte. Und dein Bruder hat in seinem Leben keinen einzigen Atemzug getan. Er hat nie sprechen gelernt. Du hast natürlich eine bestimmte Vorstellung von seiner Stimme. Und wenn ihr gestern Nachmittag diese Stimme – ich meine, deine Vorstellung davon – gehört habt, kann es nur von dir gekommen sein. Das ist doch logisch, oder?»

Fand sie nicht. Es wäre allenfalls mysteriös gewesen, wenn Bernie recht gehabt hätte, was sie sich nicht vorstellen konnte. Und Mysterien vereinbarten sich nicht unbedingt mit Logik.

Bernie wollte sie so schnell wie möglich seiner Bekannten vorstellen. Christel Abereit hieß die, betrieb einen kleinen Laden, in dem er seine Kräutertees kaufte. «Christel kennt sich mit solchen Dingen viel besser aus als ich», sagte er.

Obwohl Regine schockiert und wütend auf ihn war, mochte

sie ihm den harmlosen Wunsch nicht abschlagen. Und da sie am nächsten Vormittag ohnehin gemeinsam Einkäufe machen wollten …

10.

Um neun Uhr am Donnerstagmorgen holte Bernie sie ab. Richard saß noch beim Frühstück. Bernie jammerte bühnenreif, dass die Läden vermutlich überfüllt seien. «So ist es immer nach den Feiertagen. Die Leute kaufen, als gäbe es morgen nichts mehr. Mach dir keine Sorgen, wenn wir zu Mittag noch nicht zurück sind.»

Vorsorglich stellte er einen seiner köstlichen Eintöpfe hin, den Richard nur aufwärmen musste.

Die Einkäufe wollte Bernie alleine machen. Regine gab ihm eine Liste mit ihrem Bedarf. Sie sollte den Vormittag mit Christel Abereit verbringen. Während der Fahrt zu dem kleinen Laden schwärmte Bernie ihr dermaßen vor, dass sie sich unweigerlich fragte, ob Christel mehr für ihn war als nur eine gute Bekannte und Freundin, seine Geliebte vielleicht. Altersmäßig hätten sie gut zueinandergepasst, aber körperlich …

Christel Abereit war Anfang fünfzig und bildete mit ihrer Figur einen krassen Gegensatz zu Bernie. Sie war extrem schlank, um nicht zu sagen: nur Haut und Knochen. Als sie ihr zur Begrüßung die Hand reichte, hatte Regine das Gefühl, Christel die Finger zu brechen, wenn sie den festen Händedruck erwiderte.

Der Laden war klein und nur Eingeweihten bekannt. Außer den Kräutertees umfasste Christels Angebot die Sorte Kerzen, die Bernie bei seinen Séancen anzündete, und andere Utensilien, die darauf hinwiesen, dass Christel sich sehr intensiv mit esoterischen und spirituellen Themen beschäftigte. Wohl fühlte Regine sich in dieser Umgebung nicht.

Selbstverständlich hatte Bernie sie angekündigt. Und Christel hielt sich nicht lange mit Vorreden auf. Nachdem Bernie sich verabschiedet hatte, führte sie Regine durch einen Vorhang in eine winzige Küche, die gleichzeitig als Lager zu dienen schien, zeigte auf einen Stuhl und verlangte knapp: «Setz dich.»

Und kaum hatte Regine Platz genommen, legte Christel ihr eine abgegriffene Brieftasche ohne Inhalt und ein Medaillon mit einer Haarlocke vor. «Anfassen», forderte sie. «Dann sagst du einfach, was dir so durch den Kopf geht.»

Regine tat wie befohlen, nahm zuerst die Brieftasche, drehte sie in den Händen, klappte sie auf und wieder zu. Etwas Besonderes fiel ihr dabei nicht ein. Sie erinnerte sich nur an ihren letzten Aufenthalt im Allgäu kurz vor der Hochzeit. Großpapa trug stets eine ähnliche Brieftasche in der Gesäßtasche seiner Hose bei sich. Er hatte ihr fünfhundert Euro zugesteckt und gesagt: «Kannst es sicher gebrauchen, hast doch eine große Wohnung auszustatten und wirst nicht jedes Zimmer mit Schnäppchen füllen können.» Dann war er auf sein Rad gestiegen und zum Fleischer gefahren.

«Ein alter Mann auf einem Fahrrad», sagte Regine.

Christel äußerte sich nicht, deutete stumm auf das Medaillon. Es sah kaum anders aus als das, was Richard Regine an Heiligabend umgelegt hatte. Sie trug es unter ihrem Pullover, hatte es bisher nur zum Baden abgenommen. Sie schloss ihre Hand um Christels Medaillon. Und um die lächerliche Prozedur abzukürzen, wiederholte sie einfach Richards Worte: «So bin ich immer an deinem Herzen.»

«Auch wenn ich um die halbe Welt reise», murmelte Christel betroffen. Sie hatte plötzlich Tränen in den Augen, strich sich über die Stirn und sagte noch: «Wow, das war ein Volltreffer.»

Regine widersprach und erklärte, was sie zu dem Satz veranlasst hatte. Daraufhin verlangte Christel ihr Medaillon zu sehen, warf einen Blick auf Richards ausgeschnittenen Kopf, fragte knapp: «Dein Mann?»

Als Regine nickte, meinte Christel lakonisch: «Der fängt aber früh an, sich zu verabschieden.»

Dann erzählte sie, dass sie eine Tochter hatte. «Von ihr stammt die Locke in meinem Medaillon. Sie hat es mir vor drei Jahren mit genau diesen Worten geschenkt, nachdem sie Schlafsack und Isomatte auf ihren Rucksack geschnallt hatte. *So bin ich immer an deinem Herzen, auch wenn ich um die halbe Welt reise.* Eigentlich wollte sie nur ein halbes Jahr wegbleiben, ihr Französisch und ihr Spanisch aufpolieren. Vor zwei Jahren habe ich zuletzt von ihr gehört. Sie war auf Drogen, da bin ich ziemlich sicher. Sie wollte mir nicht sagen, von wo aus sie anrief. Und ich saß hier und konnte nichts tun. Ich weiß nicht mal, ob sie noch lebt.»

Die Brieftasche, die sie Regine zuerst in die Finger gedrückt hatte, hatte Christels Vater gehört. Er war vor einigen Monaten gestorben und hatte zuletzt in einem Rollstuhl gesessen. Aber in jungen Jahren war er ein begeisterter Radsportler gewesen. So betrachtet, wertete Christel auch das als Treffer.

«Das ist doch Unsinn», widersprach Regine.

Christel lächelte. «So unsinnig wie ein Verkehrsunfall mit etlichen Toten, den deine Mutter überlebte, weil sie umgeleitet wurde? Und so unsinnig wie ein Grab im Kohlebunker, von dem nur der etwas wissen konnte, der es ausgehoben hat?»

Bernie hatte seiner Freundin eine Menge erzählt. Ob sie auch das als Vertrauensbruch oder als gute Absicht werten sollte, wusste Regine nicht. Christel hatte Bernies Mutter gut gekannt und vieles von Klärchen persönlich erfahren. Sie erzählte ihrerseits ebenfalls eine Menge und lenkte Regine damit von Bernies kreativer Hilfsbereitschaft ab.

«Klärchen glaubte zeit ihres Lebens, sie könne den Tod fühlen», sagte Christel. «Dabei hat es nur einen Vorfall gegeben, den man als Vorahnung bezeichnen könnte. Da war sie sechzehn. Ihr Vater arbeitete als Bäcker, musste mitten in der Nacht aus dem Haus und quer durch die Stadt zur Arbeit. Es war ein Fußweg von gut einer Stunde. In der bewussten Nacht hatte er wie üblich um zwei die Wohnung verlassen. Und um fünf stand er plötzlich neben Klärchens Bett, weckte sie und verlangte, sie solle für ihn beten. Klärchen betete nicht lange, zog sich an und rannte los. Als sie die Bäckerei erreichte, war ihr Vater seit einer Stunde tot. Vermutlich ein Herzinfarkt. Damals hat man es nicht so genau untersucht.»

Im Kohlebunker hätte Bernies Mutter nie den Tod gefühlt, meinte Christel, nur ihren Heinrich. Die Erstickungsanfälle, von denen sie Bernie so anschaulich berichtet hatte, waren frei erfunden. Mehr als eine Gänsehaut hatte Klärchen im Bunker nicht bekommen, weil es in dem Gewölbe immer saukalt gewesen war. Und Angst hatte sie nur gehabt, dass man sie mal mit Heinrich erwischte an diesem lauschigen Plätzchen.

«Muss wirklich nett gewesen sein», sagte Christel ironisch. «So eine schnelle Nummer im Dreck. Natürlich hat sie Bernie nie erzählt, wo sie und Heinrich sich in den ersten Jahren ihrer Beziehung nähergekommen sind.»

Christel gegenüber hatte Klärchen die Kuhle, von der Herr Nattwig gesprochen hatte, mehrfach erwähnt. Nur eine Vertiefung im Boden, ein paar alte Decken hineingelegt, damit es etwas wärmer und bequemer war bei der Liebe.

«Das habe ich mal geträumt», entfuhr es Regine. «Allerdings lagen nicht Bernies Mutter und Herr Nattwig in der Kuhle, sondern mein Mann und ich. Und etwas war mir unheimlich. Ich weiß nur nicht was.»

«Interessant», kommentierte Christel. «Kanntest du Heinrich zu dem Zeitpunkt schon?»

«Als ‹kennen› würde ich das nicht bezeichnen», sagte Regine. «Ich war ihm nur schon mehrfach begegnet.»

Christel schürzte die Lippen und nickte versonnen. Ob Herr Nattwig sein Klärchen zu irgendeinem Zeitpunkt hatte loswerden wollen, mochte sie nicht beurteilen. «Aber wenn er mal an eine endgültige Trennung gedacht und das Gewölbe zur Entsorgung der Leiche in Erwägung gezogen hat», meinte sie, «war er in eurer Runde der Einzige, der davon wusste.»

«Du glaubst auch nicht, dass mein Bruder gesprochen hat», stellte Regine fest.

«Gesprochen hat Bernie», sagte Christel trocken. «Die Frage ist, wer hat ihm das eingeflüstert? Ein Menschlein, das genau genommen nie das Licht der Welt erblickt und keinen einzigen Gedanken gefasst hat? Oder du? Ich glaube an die Lebenden.»

«Und was ist mit Klärchens Vater, der an ihrem Bett erschien?», wollte Regine ihre eigene Ansicht untermauern.

«Eine Art Gedankenübertragung, wahrscheinlich im Todeskampf, also noch zu Lebzeiten», wies Christel den Versuch zurück. Sie öffnete das Medaillon ihrer Tochter, nahm die von einem kleinen Gummi zusammengehaltenen Haare heraus und hielt sie Regine hin. «Versuch es einmal damit, bitte.»

Es widerstrebte Regine, die Locke zu nehmen. «Wozu?», wollte sie ausweichen. «Ich habe eben nichts gespürt, ich werde auch jetzt nichts fühlen. Ich kann das wirklich nicht.»

Christel lächelte. «Du weißt nicht, was du kannst, Herzchen. Du klammerst dich an die Vorstellung, den Verlobungsring deiner verstorbenen Mutter zu brauchen, um deinen ebenfalls verstorbenen Zwilling zu erreichen. Aber während deiner Abiturklausur hattest du den Ring nicht dabei, oder? Und dein Mitschüler …»

«Dennis Wego», half Regine automatisch, als Christel abbrach. Sie war nicht einmal mehr erstaunt, dass Bernie dermaßen ins Detail gegangen war.

«Dennis Wego», wiederholte Christel, «hat bestritten, etwas gesagt zu haben. Ich schätze, er hat davon so viel mitbekommen wie Bernie, nämlich gar nichts. Du wusstest damals, was auf deine Mutter zukam. Du hast es gezeichnet, es auf Dennis Wego übertragen und es ihn sagen lassen.»

«Sonst noch was?», fragte Regine unwillig. «Ich kann also nicht nur Gedanken lesen, ich kann auch hellsehen. Und ich kann das, was ich sehe, in die Köpfe anderer projizieren, ohne selbst das Geringste davon zu merken. Und dann überrasche ich mich damit, indem ich die anderen dazu bringe, es laut auszusprechen. Das nenne ich ein Multitalent. Wenn du meinen Bruder als Verursacher akzeptieren könntest, vereinfacht das die Sache enorm. Warum wusste ich denn nicht die Lösungen für die Mathe-Aufgaben?»

«Was war in dem Moment wohl wichtiger?», wollte Christel wissen. «Eine bestandene Prüfung oder das Leben deiner Mutter?»

«Carla ist nicht meine Mutter», korrigierte Regine.

«Wie man's nimmt», meinte Christel mit einem Achselzucken. «Sie sieht sich wahrscheinlich so. Wenn ich dich aufgezogen hätte, würde ich mich jedenfalls als deine Mutter sehen. Und Carla glaubt, dass du begabt bist. Bernie glaubt es auch, ich ebenso. Damit sind wir schon drei. Jetzt nimm endlich.»

Ehe Regine sich versah, hatte Christel ihr die Locke in die Hand gelegt und bog ihre Finger darum zur Faust. Bis Mittag saß Regine so auf dem Stuhl, umgeben von Kerzen, Teebeuteln und anderen Vorräten in der winzigen Küche. Christel ging mehrfach in den Laden, um Kundschaft zu bedienen. Jedes Mal kam sie mit diesem erwartungsvollen Ausdruck im Gesicht zurück.

Bernies Erscheinen machte dem ein Ende. Christel nahm die Haare wieder an sich und legte sie zurück ins Medaillon. Gesehen, gehört oder gefühlt hatte Regine nichts außer den Haaren und dem Gummi im Handteller und dem eigenen Widerwillen gegen diese Aktion.

Christel sagte mit schleppender Stimme: «Das dachte ich mir. Meine Kleine ist tot, da bin ich sicher. Und die Toten haben kein Interesse mehr an einer Unterhaltung mit uns.»

In dem Moment fühlte Regine Mitleid mit dieser Frau, die nur aus Haut und Knochen zu bestehen schien. Und das war es nicht allein. Vielleicht konnte Christel Bernie überreden, sich doch noch einmal als Sprachrohr zur Verfügung zu stellen.

Nur aus dem Grund widersprach sie: «Das sehe ich anders», und schlug vor: «Wir können es ja später noch einmal versuchen. Vielleicht stellen wir dann fest, wer von uns sich im Irrtum befindet.»

«Einverstanden», sagte Christel und wollte sofort einen Termin für den nächsten Versuch vereinbaren.

11.

Richard erfuhr nichts von Christel Abereits sonderbaren Ansichten. Er hörte nur, dass Regine in Bernies bevorzugtem Teeladen eine neue Bekanntschaft geschlossen hatte, mit der sie sich gerne häufiger treffen würde. Am liebsten abends nach Geschäftsschluss, damit man sich ungestört unterhalten konnte. Natürlich nur, wenn ihm das recht war. Warum hätte er etwas dagegen haben sollen? Ihm war alles recht, was Regine abends beschäftigte und davon abhielt, ihm zu dicht auf die Pelle zu rücken.

So betrachtet, ließ sich das neue Jahr für ihn gut an. Er konnte sogar am ersten Januar für ein paar Stunden zu Kerstin. Musste nur mit seinem Prepaid-Handy den Festnetzanschluss anwählen und sich das Telefon schnappen, ehe Regine den Apparat erreichte. Dann behauptete er, ein Kollege aus dem Sportverein sei dran und brauche dringend seine Unterstützung, weil ein aggressiver Jugendlicher die Trainingsräume verwüste.

Regine zeigte Verständnis, dass er sie mit dem frischgebackenen und noch warmen Käsekuchen alleine ließ. «Wenn du nichts dagegen hast, nehme ich den Kuchen mit zu Christel. Bernie fährt mich bestimmt hin.»

«Macht euch einen schönen Nachmittag, Kleines», sagte er. «Ich bin froh, dass du nicht alleine hier sitzt.»

Kerstin staunte nicht schlecht über seinen Besuch und war voll des Lobes über seinen Einfallsreichtum. Als er zurückfuhr, war er überzeugt, sie zur Einsicht gebracht zu haben, dass übereilte Schritte nur Schaden anrichteten. Es gab doch absolut keinen Grund, etwas zu überstürzen. Regine schluckte jeden Vorwand und durchschaute keinen noch so simplen Trick.

Regine akzeptierte auch, dass er am zweiten Januar ein breites Bett kaufte, passend zum Bauernschrank, der Kommode und den Nachttischen, weil er eben fand, dass sie beide für einen erholsamen Schlaf einfach mehr Platz brauchten. Das schmale Bett hätte sie ohnehin in Kürze auseinandernehmen müssen, um es aufzuarbeiten. Dann hätten sie mit den Matratzen auf dem Fußboden gelegen.

Nun konnte Regine warten, bis der Neuerwerb geliefert wurde. Und anschließend konnte sie das alte Bett in den Trockenraum stellen und den in «Gästezimmer» umtaufen. Für ein paar Leinen und das kleine Gestell reichte auch eins der beiden noch vollkommen leeren Kinderbäder.

«Vielleicht möchten deine Großeltern uns mal besuchen», machte Richard ihr die Sache schmackhaft, wohl wissend, dass die Pension im Allgäu ganzjährig betrieben und nur zum Renovieren geschlossen wurde. «Ich könnte mir vorstellen, dass dein Großvater gerne mit eigenen Augen sehen würde, was du aus den alten Sachen gemacht hast. Dann hätten wir ein Gästezimmer für sie.»

«Das ist eine gute Idee», sagte sie.

Seine Trainingsabende in der ersten Januarwoche verbrachte sie bei ihrer neuen Bekanntschaft. Brockmüllers waren noch in Urlaub. Mittwochs fuhr Bernie sie hin und holte sie auch wieder ab. Freitags hatte der Dicke keine Zeit, da fragte sie Richard, ob er sie mitnehmen könne, wenn er zum Training führe. Sie hätte ebenso gut die Straßenbahn nehmen können. Aber da Christels Laden auf der Strecke zur Autobahn lag, tat Richard ihr den Gefallen.

Und am Samstagnachmittag kam Christel zu ihr in die Wohnung. Die Ankunft verpasste Richard. Er fuhr nach dem Mittagessen in den Keller und entfernte die Latten von den freien Verschlägen im rechten Seitenflügel. Dort wollte er richtige Kellerräume bauen. Einige Mieter hatten nach zusätzlichen Abstellmöglichkeiten gefragt. Später wollte er sich auch den linken Seitenflügel vornehmen. Aber dort musste zuerst entrümpelt werden.

Als er um fünf hinaufkam, saßen Regine und ein mausgesichtiges Klappergestell am kleinen Tisch in der Küche, tranken Kaffee, aßen die restlichen Weihnachtsplätzchen und spielten Karten. So sah das für Richard jedenfalls aus. Er war nie ein begnadeter Skatspieler gewesen, und außer Skat war er nur mit «Siebzehn und vier» vertraut. Was die beiden spielten, hätte er nicht sagen können.

Das Päckchen lag in der Mitte. Regine hatte anscheinend kein Glück, nur die Herz Sieben und die Karo Neun vor sich, Christel einen ganzen Haufen. Sie hob eine vom Päckchen ab.

Regine sagte: «Pik.»

Christel schüttelte den Kopf, erklärte: «Nicht ganz, aber immerhin schwarz», zeigte den Kreuz König und legte ihn auf ihren Haufen.

Sie hatten Richard nicht hereinkommen hören. Das war der Vorteil der großen Wohnung. Offenbar war es Regine peinlich, dass er sie beim Spielen überraschte. Als er in der Küchentür auftauchte, zuckte sie zusammen wie ein Schulmädchen, das beim Schummeln erwischt wurde. Sie sammelte eilig die Karten ein, machte ihn mit ihrer neuen Freundin bekannt und wollte wissen: «Trinkst du einen Kaffee mit uns, oder gehst du zuerst ins Bad?»

Auf einen Kaffee mit ihnen hatte er keine Lust. Womöglich hätte er mitspielen müssen. Christel machte nicht den Eindruck, als wolle sie sich bald verabschieden. Im Gegenteil, sie mischte das Kartenpäckchen und begann, es demonstrativ in drei Häufchen auszuteilen. Dabei taxierte sie Richard von oben bis unten mit dem abschätzenden Blick eines Gebrauchtwagenhändlers. Sie war ihm auf Anhieb unsympathisch, und er hätte geschworen, dass das auf Gegenseitigkeit beruhte.

«Ich habe noch ein gutes Stück Arbeit vor mir und wollte mir nur einen Kaffee holen», sagte er.

Regine füllte einen Becher für ihn, tat Zucker und Milch

hinein und rührte um. Er nahm den Becher, küsste Regine demonstrativ auf den Mund, sagte: «Danke, Kleines, und viel Spaß noch.» Dann ging er wieder.

Kaum hatte er die Wohnungstür hinter sich zugezogen, wiederholte Christel spöttisch: «Kleines», und wollte wissen: «Bläst du ihm auch Zucker in den Hintern? Da musst du beim Umrühren aber aufpassen.» Dann fragte sie in normalem Ton: «Nimmt er dich eigentlich für voll, oder bist du für ihn nur so eine Art Haustier?»

In dem Moment hatte Regine ein kleines Hündchen vor Augen, das eifrig Richards Hand leckte. Und sekundenlang schämte sie sich für ihr Bedürfnis, es ihm recht zu machen, schämte sich in Grund und Boden für das kindlich naive Streben nach Anerkennung: Lob und Liebe für gute Leistungen. Andererseits, er bemühte sich doch auch nach Kräften um sie. Und wie oft hatte Matthias schon gelästert oder an ihm herumgemäkelt.

«Gib dir keine Mühe», sagte sie. «Auf dem Ohr bin ich taub. Du musst ihn nicht mögen. Es reicht ihm, wenn ich das tue.»

«Fein», sagte Christel nur.

Sie war auch um sieben noch da, als Richard im Keller Feierabend machte. Da saßen sie auf dem Fußboden im Kinderzimmer zwischen den alten Wiegen und vertrieben sich die Zeit mit einem Mastermind-Spiel. Christel hatte eine Reihe gesteckt, Regine sollte die Farbkombination raten.

Wieder hatten sie nicht gehört, dass er die Wohnungstür öffnete. Regine sprang förmlich vom Boden hoch, als er sich bemerkbar machte. Sie war das personifizierte Schuldbewusstsein vom Scheitel bis zu den Fußsohlen, hatte noch nichts fürs Abendessen vorbereitet. Zu Mittag hatte es Koteletts, Bratkartoffeln und Salat gegeben, davon war nichts übrig. «Ich habe gar nicht bemerkt, dass es schon so spät ist», stammelte sie. «Ich mache …»

«Für mich nichts», schnitt er ihr das Wort ab. «Ich muss

nochmal weg. In der Cheruskerstraße hat es wieder Ärger gegeben. Mal sehen, ob ich die Wogen glätten kann.»

Kerstin hatte ihn vor einer Viertelstunde angerufen. Sie wollte ins Kino, alleine machte das keinen Spaß. Und nachdem er sich am zweiten Weihnachtstag und zu Neujahr problemlos hatte loseisen können, meinte sie, aus jeder Ausnahme ließe sich eine Regel machen. Eben hatte er abgelehnt, nun sah er die Gelegenheit, ihr den Gefallen doch zu tun.

Dass Regine in der Cheruskerstraße nachfragte, stand nicht zu befürchten. Seit dem Wasserschaden im November gab es in dem Haus dort zwei verfeindete Mietparteien und ständig Ärger, mit dem weder Regine noch Frau Haase gerne konfrontiert wurden. Regine ging das auch nichts an, sie war ja nicht die Eigentümerin.

«Ich springe nur schnell unter die Dusche», sagte Richard noch. «So möchte ich nicht ins Auto steigen.» Er holte ein frisches Hemd, Jeans, Unterwäsche und Socken aus dem Schlafzimmer, ging ins Bad, drehte das Wasser auf und sagte Kerstin Bescheid, dass er in zwanzig Minuten am Kino sei. Das Handy trug er mittlerweile wie den Lippenstift immer bei sich. Es war klein, auf lautlos gestellt, und Regine schnüffelte ja nicht.

Dass sie misstrauischer gewesen wäre, ihn genauer beobachtet und mal eines seiner Worte in Zweifel gezogen hätte, nachdem sie wusste, dass Bernie ihr vor der Hochzeit nur Theater vorgespielt hatte, konnte man wirklich nicht behaupten.

12.

Mitte Januar kamen Brockmüllers aus dem Urlaub zurück. Angelika war bester Laune, lud sich und Matthias für den Sonntag selbst zum Kaffee und eine von Regines köstlichen Torten ein und schwärmte den ganzen Nachmittag von den hervorragenden Wintersportbedingungen, der Weihnachtsfeier im Hotel, der Silvesterparty ebendort und dem guten Essen. Beiläufig erwähnte sie auch, dass sie sich an einer Gänsekeule den Magen verdorben hatte. Aber das war natürlich längst überstanden.

Die Übelkeit, die sie den ganzen Februar hindurch plagte, schob Angelika auf eine Magenschleimhautentzündung, hervorgerufen durch beruflichen Stress. Erst im März fand sie Zeit, einen Arzttermin zu vereinbaren, und erlebte eine böse Überraschung. Sie war schwanger. Noch wäre Zeit gewesen für eine Abtreibung. Doch da redete Matthias ein gewichtiges Wort mit.

Kerstin fand es amüsant, dass es die promisüchtige Angelika erwischt hatte. «Windeln wechseln und Fläschchen geben ist bestimmt nicht so unterhaltsam, wie Stars und Sternchen mit Häppchen zu füttern», meinte sie.

So spaßig wie sie fand Richard das nicht. Regine hatte vorgeschlagen, das Baby zu betreuen, damit Angelika sich weiterhin voll und ganz dem Catering widmen konnte.

«Vorschläge kann Regine doch machen, so viele sie will», meinte Kerstin. «Ehe das Kind da ist, vergeht noch gut ein halbes Jahr. Willst du etwa so lange warten?»

Er wusste nicht, wie lange er noch warten sollte oder wollte. Es lebte sich relativ leicht mit Regine. Und allmählich nahm die Wohnung Form an. Aus der vergammelten Essgruppe und der Anrichte im Wohnzimmer hatte Regine etwas gemacht, was jeden Fachmann vor Neid erblassen ließe, sagte Carla, die immer noch mit schöner Regelmäßigkeit zweimal die Woche zu Besuch kam. Und von Carla nahm Richard an, sie habe einen Kennerblick für Antiquitäten. Abgesehen davon versorgte sie Regine weiterhin reichlich mit Haushaltsgeld. Das war ebenfalls ein wichtiges Kriterium für ihn.

Mit Ausnahme des Arbeitszimmers und der beiden leeren Kinderbäder gab es nirgendwo mehr nackte Glühbirnen oder Energiesparlampen. Nicht alle Fenster hatten Gardinen, bei einigen wäre es auch eine Schande gewesen, den Ausblick einzuschränken. Pflanzen und ein bisschen Zierkram brachte Regine immer mal wieder von ihren Einkäufen mit. Und wenn sie ein Ding an einen Platz stellte, gehörte es dorthin. Für so was hatte sie Geschick.

Aber es fehlte noch eine Menge. Moderne Elektrogeräte, zusätzliche Schränke und ein bequemer Essplatz für die Küche. Ein, zwei weitere Schränke oder Anrichten, ein Bücherregal und ein gemütlicher Ohrensessel fürs Wohnzimmer. Zurzeit war Regine auf der Suche nach einem größeren Kleiderschrank. Mit dem großen Bett im Zimmer wirkte der hübsch aufgearbeitete Bauernschrank mickrig und platzte zudem aus allen Nähten. Doch es war Platz genug. Es durften auch zwei größere Kleiderschränke sein und vielleicht noch eine weitere Kommode. Außerdem brauchte man einen Schrank für die Diele.

Matthias hatte irgendwo einen gesehen, der seiner Ansicht nach hervorragend als Garderobe geeignet gewesen wäre. Er hatte Regine auch vorgeschlagen, das Ding mal anzuschauen. Aber an dem Abend war sie mit Christel verabredet gewesen, und danach hatte Matthias es leider wieder vergessen.

Für den gab es inzwischen Wichtigeres als Regines Möbel. Er kam nicht mehr so oft rauf, um sich die Wartezeit zu vertreiben, weil Angelika morgens mit lästigen Schwangerschaftsbeschwerden kämpfte, meist schon am Nachmittag völlig geschafft und deshalb fast jeden Abend zu Hause war.

Wenn Angelika doch mal an einem späten Event teilnahm und Matthias Zeit für Regine fand, saßen sie meist in der Küche und unterhielten sich über Eheprobleme, mit denen Matthias sich neuerdings konfrontiert sah.

Launisch war Angelika immer gewesen, aber dabei noch ein bisschen berechenbar. Nun schlug ihre Stimmung oft ohne ersichtlichen Grund binnen weniger Minuten völlig um. Himmelhoch jauchzend, zu Tode betrübt, Matthias wusste nie, was ihn in der nächsten halben Stunde mit ihr erwartete. Hinzu kam, dass er bei jedem Annäherungsversuch herb abgewiesen und zu allem Überfluss auch noch mit grundlosen Eifersuchtsattacken verfolgt wurde.

Angelika verdächtigte ihn, ihrer Teilhaberin an die Wäsche zu wollen. Die hieß Jutta Merz, war fünfundzwanzig, lesbisch und gertenschlank, was Angelika von sich nicht mehr behaupten wollte. Dabei sah man noch nicht mal den Ansatz eines Bauches.

Matthias hatte seine Frau zweimal in ihrer Firma abgeholt, weil er sie zum Arzt begleiten wollte. Bei den Gelegenheiten hatte er – wie auch früher schon – ein paar Worte mit Jutta Merz gewechselt und gelacht. Dass ihre Teilhaberin eine feste Freundin hatte, kümmerte Angelika seitdem nicht mehr. Vielleicht wolle Jutta den Unterschied kennenlernen und nähme an, mit einem verheirateten Mann und werdenden Vater sei das eine unverbindliche Sache, meinte Angelika. Und Matthias wusste nicht, wie er ihr das wieder ausreden oder die Abstinenz bis zur Geburt des Kindes aushalten sollte.

Unter diesen Voraussetzungen konnte es noch dauern, ehe die Diele eine Garderobe bekam und das Schlafzimmer komplettiert wurde. Trotzdem ertappte Richard sich immer häufiger beim Gedanken ans Heimfahren, wenn er sich von Kerstin verabschiedete.

Sie grinste jedes Mal abfällig, wenn er von der Wohnung zu schwärmen begann. Über Regines handwerkliche und hausfrauliche Fähigkeiten verlor er wohlweislich kein Wort. Aber es reizte ihn, Kerstin einmal durch die Räume zu führen. Dann hätte sie mit eigenen Augen gesehen, dass er sich seine Umgebung nicht einfach nur schönredete, wie sie meinte.

Die Möglichkeit für eine kurze Stippvisite wäre da gewesen, wenn Regine abends bei Christel war. Doch Richard wollte kein Risiko eingehen. Es hätte sie jemand zusammen sehen können. Bernie, der nur ein Stockwerk tiefer wohnte, hätte vielleicht sogar gehört, wenn Kerstin mit Pumps übers Parkett oder den Fliesenboden gegangen wäre. Vielleicht wäre sie auch wieder ungeduldig geworden.

Zufrieden mit ihrer Situation war Kerstin nicht. Das zeigte sich Ende April besonders deutlich. Da verkündete sie am Mittwochabend, sie wolle für zwei Wochen in Urlaub fahren.

«Allein?», fragte Richard verblüfft.

«Du machst doch schon die ganze Zeit Urlaub und bist wohl auch nicht abkömmlich», erwiderte sie.

«Das ist nicht wahr», widersprach er. Abkömmlich war er zwar wirklich nicht. Aber er saß weiß Gott nicht faul auf seinem Hintern, streckte die Beine von sich, ließ sich bekochen und bedienen, wie Kerstin gelegentlich mutmaßte.

Neben seiner Tätigkeit als Hausmeister, die ihn ganz schön herumtrieb, verbrachte er etliche Stunden pro Woche in der Verwaltung. Dort ließ er sich von Frau Haase die Arbeit am Computer und alles sonst noch Notwendige erklären, was ihm anstrengender erschien als harte, körperliche Arbeit. Aber er wollte für später gewappnet sein, die Verwaltung *seines Hauses* selbst übernehmen. Die zwölf Sartorius-Häuser hatte er abgeschrieben.

Und in jeder freien Minute, auch an den Wochenenden, war er im Keller beschäftigt, sogar sonntags, um Regine nicht beim Kochen im Weg zu stehen oder Gefahr zu laufen, dass sie es sich nach dem Abwasch neben ihm auf der Couch gemütlich machte oder spazieren gehen wollte.

Im rechten Seitenflügel war er beinahe fertig, hatte Mauern eingezogen und acht Kellerräume geschaffen. Er wartete nur noch darauf, dass die Türen geliefert wurden. Dann konnten die Mieter über die Räume verfügen – gegen entsprechende Gebühr natürlich.

Im linken Flügel hatte er bereits mit der Entrümpelung angefangen. Und ein Vergnügen war es nicht, sich mit anderer Leute Abfall zu beschäftigen. Was da an vergammeltem, teils verschimmeltem, teils faulendem Kram herumlag, konnte Kerstin sich nicht vorstellen. Fünf Container hatte er bereits gefüllt und noch nicht mal die Hälfte der Verschläge geräumt.

Kerstin nickte zu dieser Erklärung nur. Von ihren Urlaubsplänen ließ sie sich nicht abbringen. Wohin sie fahren wollte, wusste sie angeblich noch nicht. «Erst mal ins Blaue», sagte sie, als er sich freitags von ihr verabschiedete. «Wo es mir gefällt, bleibe ich. In der Vorsaison bekomme ich bestimmt überall ein Zimmer.»

Dann lächelte sie spöttisch. «Ich kann dir ja eine Karte schicken. Vielleicht schreibe ich Carla auch eine, mit einem herzlichen Gruß an den verstorbenen Gatten.»

Dieser Bemerkung maß Richard keine besondere Bedeutung bei. Ab und an sprach Kerstin eben von Carla und Sartorius, überwunden hatte sie ihren Groll noch lange nicht. Deshalb hatte er ihr bisher auch kein Geld gegeben, das sie auf die Seite legen konnte. In seinem Plan war der *gute Mann* überflüssig.

13.

In Kerstins erster Urlaubswoche schwitzte Richard zweimal in einer öffentlichen Sauna, um Regine keine unnötigen Fragen in den Mund zu legen. Er wollte ihr nicht weismachen, der Kampfsportverein hätte vorübergehend geschlossen.

Regine verbrachte beide Abende bei Christel. Bernie fuhr sie hin. Seine Schwindeleien hatte sie Bernie längst verziehen. Er hatte es ja wirklich nur gut gemeint und war unverändert überzeugt, sie und Richard seien füreinander geschaffen. Völlig seiner Meinung war sie nicht mehr, woran Christel nicht ganz unschuldig war. Die hatte eine unnachahmliche Art, mit spöttischen Bemerkungen ins Schwarze zu treffen.

Leider war Bernie bisher nicht bereit gewesen, sich für Experimente zur Verfügung zu stellen. Unter diesen Voraussetzungen hatte Regine noch nicht beweisen können, dass die Toten sehr wohl an einer Kommunikation mit den Lebenden interessiert waren. Dass man ihnen nur eine Möglichkeit bieten musste, sich zu äußern.

Christel war immer noch überzeugt, Regine sei diejenige gewesen, die Bernie etwas eingeflüstert habe. Tapfer oder mit stoischer Geduld ignorierte Christel jeden Misserfolg. Mit den Karten und dem Mastermind-Spiel erzielte Regine nicht mehr Treffer als jeder Mensch, der gut raten konnte, Zufallstreffer eben.

«Vielleicht kannst du nur unter besonderen Voraussetzungen hellsehen», meinte Christel. «Wenn Unheil bevorsteht oder wenn es um den Tod geht. Große Ereignisse werfen ihre Schatten voraus oder zurück. So wie damals bei deiner Abiturprüfung und bei der Sache mit dem Kohlebunker. Unter Laborbedingungen besteht keine Gefahr. Da tut sich eben nichts.»

Laborbedingungen! Die winzige, mit allem Möglichen und

Unmöglichen vollgestopfte Lagerküche hinter dem Teeladen hatte mit einem Labor so viel gemeinsam wie Christel mit einem Model für XXL-Größen.

Und Telepathie … Für Regine war das eine zwiespältige Sache. Man konnte die Karten und das Mastermind-Spiel auch dafür verwenden. Aber wenn Christel sich als Sender oder Empfänger betätigte, war ihre Trefferquote nicht anders als beim Versuch der Voraussage.

Bernie schlug einmal vor, Christel eine Freude zu machen. Wenn er es auch ablehnte, sich als Sprachrohr zur Verfügung zu stellen, um seiner Freundin ein Erfolgserlebnis zu verschaffen, war er zu einem Schabernack bereit.

«Lass uns einfach nur so tun, als ob.»

Während der Fahrt vereinbarten sie etwas Blödsinniges. Bei Christel angekommen, schrieb Regine das auf einen Zettel, den Christel an sich nahm. Dann simulierte Regine gesteigerte Konzentration, Bernie übernahm mit gekonnt geistesabwesendem Gesichtsausdruck den Gegenpart, streifte nach ein paar Minuten einen von seinen Slippern ab, bückte sich ächzend und keuchend danach und setzte ihn auf seinen Kopf. Es sah so komisch aus, dass Regine vom Lachen Seitenstechen bekam.

Doch die Vorstellung, einen Menschen tatsächlich auf diese Weise beeinflussen zu können, das vielleicht schon getan zu haben, ohne es selbst zu wissen, fand sie weniger lustig.

War Richard vor der Hochzeit nur so zurückhaltend und unsicher gewesen, weil sie sich ihrer Gefühle für ihn nicht sicher gewesen war? War er ihr bis Weihnachten nur so perfekt erschienen, weil er sich so gab, wie sie ihn haben wollte? Hatte er sie, wenn er sich morgens beim Frühstück eine Zigarette anzündete, nur angelächelt und gesagt: «Ich könnte stundenlang so mit dir sitzen und dich anschauen, Kleines», weil sie gerne noch ein Weilchen so mit ihm gesessen hätte?

Und wie war das zu Weihnachten gewesen? Sie hatte unbedingt dabei sein wollen, wenn Bernie für seinen Vater eine

Séance abhielt. Und plötzlich wollte Richard versuchen, sich mit seinen Eltern auszusöhnen. Vorher hatte er davon kein Wort gesagt. Sie hatte zwar bei der Gelegenheit nicht an seine Eltern gedacht, nur nach einer Möglichkeit gesucht, sich davonzustehlen. Aber vielleicht hatte er das gespürt und seinerseits nach einer Lösung gesucht.

Es gab Dutzende solcher Begebenheiten, die für Christels These zu sprechen schienen. Kein Traummann mit dem sechsten Sinn für die Bedürfnisse seiner Frau, nur ein bisschen Telepathie.

Christel fand das in Ordnung. Der Zweck heiligte bekanntlich die Mittel. Und Christel mochte prinzipiell keine Männer. Bernie war die einzige Ausnahme, den sah sie nicht als Mann. Bei seiner Wampe, meinte sie, könne Bernie sich nicht mal mehr mit Hilfe eines großen Spiegels selbst vor Augen führen, dass er doch einer sei.

Ein Schönling wie Richard gehörte für Christel zu der Sorte, die man im Dutzend in einen Sack stecken konnte. Wenn man dann mit einem Knüppel draufhaute, traf man immer den Richtigen. Und wenn so ein Macho sich einbildete, er könne sein *Kleines* jederzeit um den Finger wickeln, während Regine ihn nach ihrer Pfeife tanzen ließ, ohne dass es ihm auffiel, war das doch optimal, fand Christel. Und Carla, mit der Regine mehrfach darüber sprach, wäre glücklich gewesen, wenn sie es gekonnt hätte.

Aber das verstand Regine nicht unter einer glücklichen oder wenigstens harmonischen Ehe. Richard sollte sie in die Arme nehmen, weil er das wollte, und nicht, weil sie sich nach einer Umarmung oder einem Kuss sehnte. Sie traute sich schon nicht mehr, an Zärtlichkeiten zu denken, wenn er in ihrer Nähe war. Und das schien der beste Beweis für Christels Ansicht. Seitdem hatte Richard sich nämlich Stück für Stück von der Perfektion entfernt und sich der Routine zugewandt.

Er war immer noch rücksichtsvoll, verständnisvoll und

tüchtig. Frau Haase sang bei jeder Gelegenheit ein Loblied auf ihn, stets höflich und zuvorkommend. Nie war ihm ein Weg zu viel. Und wenn er dreimal fahren musste, um in einem der anderen Häuser einen verstopften Abfluss zu reparieren, weil er zweimal in der betreffenden Wohnung keinen antraf, und wenn er kurz vor oder nach dem Abendessen noch in die Cheruskerstraße fahren musste, um zwei Kampfhennen auseinanderzubringen, er war jederzeit für die Mieter da.

Und zweimal pro Woche war er für gefährdete Jugendliche da. Und einmal für seine Frau. Ein zweites Mal innerhalb einer Woche schlief er nur mit ihr, wenn Regine ihn darauf hinwies, der Zeitpunkt sei günstig für eine Empfängnis. Und wenn sie das tat, hörte sie mit unschöner Regelmäßigkeit ihren Vater sagen: «Lern du erst einmal rechnen.» Und dann hatte sie Zahlen im Kopf: *Sieben, vierzehn, einundzwanzig* … Immer das kleine Einmaleins mit sieben.

Richard machte nach wie vor ein Fest für sie daraus. Genießen konnte sie es nicht mehr. Es war eben immer gleich – wie Sex mit einem Roboter, der nur ein einziges Programm abspielen konnte. Inzwischen kannte sie jede Berührung, noch ehe er sie ausführte. Sie hätte in jeder Sekunde vorhersagen können, was er in der nächsten tun würde. Und das, wonach sie sich am meisten sehnte, passierte nicht. Sie wurde nicht schwanger.

Jeden Monat die Enttäuschung, wenn sie ihre Periode bekam. Ihr Gynäkologe riet noch zur Geduld. Ein paar Monate seien keine Zeit, nach der man sich schon Sorgen machen müsse. Andere Paare würden es jahrelang probieren. Aber er hatte sich auch bereits nach ihrer Mutter erkundigt, von unbewussten Ängsten und daraus resultierenden Verkrampfungen gesprochen.

Unbewusste Ängste wollte Regine nicht leugnen. Bei ihr spielte sich ja anscheinend einiges im Unbewussten ab. Aber verkrampft war sie nicht. Sie hatte eher das Gefühl, Richard sei es. Gehemmt und verklemmt, als hätte es nie eine sexuelle Revolution gegeben. Womöglich hatte er auch Probleme mit seiner Potenz. Er war immer so schnell und sein Penis nie richtig steif, jedenfalls nicht so, wie sie es von Georg Hösch kannte.

Gelegentlich lag sie nachts noch eine Weile wach neben ihm, hörte in der Dunkelheit seinen gleichmäßigen Atem, sah seine Konturen in der zweiten Betthälfte und fragte sich, ob er dieses Bett wirklich nur gekauft hatte, damit sie beide einen ungestörten Schlaf fanden, und wenn ja, was ihn gestört hatte an ihrer Nähe. Dann hätte sie es als nützlich empfunden, einmal seine Gedanken lesen zu können. Aber nur dann.

14.

Samstag putzte Regine bei Brockmüllers die Fenster und bügelte einige Hemden für Matthias, weil Angelika in ihrem Zustand nicht stundenlang stehen konnte. Dabei war es in einer halben Stunde erledigt, und während dieser Zeit heulte Angelika ihr die Ohren voll. Sie war wirklich schwer zu ertragen.

«Wollen wir tauschen? Du kriegst meinen Bauch, ich deinen. Meinen Mann kannst du gleich dazunehmen. Das hat er doch mit Absicht gemacht, der Mistkerl.»

Der Mistkerl machte derweil mit Jutta Merz Einkäufe fürs abendliche Catering, weil Angelika ihrer Teilhaberin nicht zutraute, alleine alle notwendigen Zutaten aufzutreiben. Matthias hatte eine Liste mit auf den Weg bekommen und wurde, noch während er unterwegs war, verdächtigt, zu den Kerlen zu gehören, die es als besonderen Erfolg verbuchten, eine Lesbe flachzulegen.

Als Matthias zurückkam, lud er Regine für den Sonntagabend zu einem Ausflug ein. Offiziell als Entschädigung für ihre Mühe, in Wahrheit wohl eher, um einen Puffer für Angelikas Wut in der Nähe zu haben. Er – beziehungsweise Angelika – wollte unbedingt eine Kirmes besuchen in dem kleinen Städtchen, in dem sie aufgewachsen war.

Sonntag beim Mittagessen brachte Regine die Einladung zur Sprache und erklärte, dass sie gerne mitfahren würde. Ob Richard einverstanden sei, fragte sie nicht.

Zuerst ärgerte er sich, weil Kerstin in Urlaub war. Er hätte abends etwas mit ihr unternehmen können, endlich mal schick essen gehen. In der Woche war die Zeit dafür immer zu knapp. Und ausgerechnet jetzt war sie nicht da.

Und ein paar Sekunden später ärgerte er sich, dass Regine nicht fragte, ob er ebenfalls mitkommen wollte. Glaubte sie etwa, er sei nur noch für den Müll zuständig? Er hatte zwar wirklich noch genug zu tun. Im Innenhof wartete der nächste Container darauf, bis zum Rand mit schimmeligen Kartons und anderem Unrat aus den Lattenverschlägen gefüllt zu werden. Den gesamten Vormittag hatte er bereits im Keller verbracht, irgendwann wollte er dort ja mal fertig werden. Aber man konnte doch nicht immerzu arbeiten. Wann hatten sie denn zuletzt gemeinsam etwas unternommen? Vor der Hochzeit. Spaziergänge gemacht. Jetzt war Regine nur noch mit anderen unterwegs: mal mit Bernie, mal bei Christel, heute mit Matthias und Angelika. Die Widersprüchlichkeit seiner Gedanken wurde ihm nicht bewusst. Er sagte einfach: «Du hast recht, Kleines. Ich habe für heute genug geschuftet. Machen wir uns einen netten Abend mit Matthias und Angelika.»

Gegen sechs Uhr fuhren sie zu viert in Brockmüllers Kombi los. Eine große Angelegenheit war die Kirmes nicht. Es gab unzählige Buden, aber nur wenige Attraktionen: zwei Karussells, eine Überschlagschaukel, eine kleine Achterbahn, einen Autoskooter und ein sogenanntes Spaceshuttle, bei dem sich ufoähnliche runde Sitzmulden für sechs bis acht Personen auf einer großen, kippenden Scheibe drehten, Sitzmulden und Scheibe rotierten rasend schnell und in entgegengesetzte Richtungen.

Richard bereute schon eine halbe Stunde nach der Ankunft, dass er es sich nicht mit einer Flasche Bier vor dem Fernseher gemütlich gemacht hatte. Angelika benahm sich wie ein überdrehter Teenager und ging ihm fürchterlich auf die Nerven.

Sie ließ sich von Matthias zwei Plastikrosen schießen, hängte sich ein Lebkuchenherz mit einem Bär aus rosa Zuckerguss und dem sinnigen Spruch «Mein Bärchen hat mich lieb» um den Hals und machte an jeder Bude halt. Hier ein Backfisch, da ein Stück Kokosnuss, dort einen Maiskolben mit zerlassener Butter, zehn Meter weiter eine Banane mit Schokoladenüberzug, anschließend eine Bratwurst mit Senf.

Matthias mahnte mehrfach: «Sei vorsichtig, Süße, sonst ist dir gleich übel.»

«Es geht mir prächtig», behauptete Angelika und wollte unbedingt auf die Achterbahn. Von ihrer Schwangerschaft sah man nichts, obwohl sie mittlerweile Ende vierter, Anfang fünfter Monat war. Sie hatte sich in eine sehr enge Jeans gezwängt.

Nach zwei Runden Achterbahn war es Regine übel. Angelika schleppte sie alle weiter auf das Spaceshuttle, wo es Regine speiübel wurde. Nachdem sie sich hinter einer Bude übergeben hatte, vermutete Angelika, sie sei ebenfalls schwanger und wisse es nur noch nicht. «Bei mir hat es genauso angefangen. Aber das sind nur die ersten Wochen. Jetzt geht es mir blendend. Mein Arzt ist sehr zufrieden mit mir. Nicht wahr, Bärchen?»

Matthias nickte pflichtschuldig, Angelika entdeckte die Bude einer Kartenlegerin. *Madame Zarah kennt Ihre Zukunft*, stand auf einem handgemalten Schild über dem Eingang. Und Angelika zerrte an Regines Arm. «Komm, lass uns feststellen, ob ich recht habe. Das wäre doch phantastisch, wenn du ebenfalls ... Unsere Kinder würden aufwachsen wie Geschwister, fast wie Zwillinge.»

Regine wollte nicht. «Kartenlegen ist Unsinn», versuchte sie das Unausweichliche abzuwenden. «Zuerst wirst du geschickt ausgefragt, dann bekommst du genau das zu hören, was du hören willst.»

«Mein Gott, bist du heute zickig», stellte Angelika fest. «Wo hast du denn die Weisheit her, von Christel? Und wie nennst du das, was sie veranstaltet? Ist das Wissenschaft?»

Dass Christel etwas veranstaltete, war Richard noch nicht aufgefallen. Regine traf den wandelnden Kleiderständer ja meist in dem Teeladen. Er bezog die Bemerkung auf den Laden. Dort hatte er Regine inzwischen oft genug abgesetzt und wieder abgeholt, um das Sortiment als ausgemachten Schwachsinn beurteilen zu können. Um wenigstens für ein paar Minuten

Ruhe zu bekommen, bat er: «Mach Angelika doch die Freude, Kleines. Du musst dich ja nicht ausfragen lassen.»

Regine folgte Angelika nur widerstrebend und nahm sich vor, bei nächster Gelegenheit ein ernstes Wort mit Bernie zu reden. Er hatte Matthias unter dem Siegel der Verschwiegenheit anvertraut, dass seine gute Freundin Christel Regine seit Monaten trainiere, damit sie ihre besonderen Fähigkeiten, von denen Carla bei der Hochzeit gesprochen hatte, besser nutzen könne. Er hatte sogar den Unfug mit dem Slipper auf dem Kopf, den sie mal während der Fahrt ausgeheckt hatten, um Christel eine Freude zu machen, als bare Münze ausgegeben. Matthias hatte das Siegel bei nächster Gelegenheit gebrochen, um einen von Angelikas Wutanfällen abzublocken. Ihm machte Regine keinen Vorwurf.

15.

Es herrschte rötliches Zwielicht in Madame Zarahs Bude. Die Wände waren mit schwarzem Stoff bespannt, der mit mystischen Zeichen in Silber bedruckt war. Eine Ecke war durch einen bodenlangen Vorhang aus demselben Stoff abgeteilt. Daneben brannten zwei Lampen mit roten Schirmen.

Madame Zarah saß hinter einem niedrigen Tisch und ließ ein Kartenpäckchen locker von einer Hand in die andere gleiten. Sie war alt und stark geschminkt, gab sich große Mühe, dem Klischeebild einer Zigeunerin zu entsprechen. Das Haar so schwarz wie der Stoff ringsum. An allen Fingern steckten Ringe mit großen Steinen. Es war auch ein roter dabei.

Falsches Gold, buntes Glas. Und für den Bruchteil einer Sekunde sah Regine die bleichen Hände einer Toten wie zum Gebet übereinandergelegt. Eine Männerhand zog den Rubinring vom Finger. Und alles wurde in rotes Licht getaucht, auch das winzige, in ein weißes Tuch gewickelte Bündel in einer Armbeuge der Leiche.

Madame Zarah wollte ihnen nur einzeln die Karten legen und bat, eine möge draußen warten. Darauf ließ Angelika sich nicht ein. So überdreht wie schon den ganzen Abend erklärte sie: «Wir sind eng befreundet und werden bald noch enger verbunden sein. Wir werden nämlich ein gemeinsames Kind haben. Ich bekomme es, meine Freundin wird es bemuttern, und mit ein bisschen Glück bekommt sie noch ein eigenes dazu.»

Madame Zarah äußerte sich nicht. Mit unbewegter Miene zeigte sie auf den Stuhl vor ihrem Tisch und schob die Karten nach vorne. Regine blieb stehen. Angelika nahm Platz, mischte das Päckchen und gab es der Frau zurück, die das Blatt auslegte.

Christel hatte Tarot-Karten in ihrem Laden. Die Symbole

und ihre Bedeutungen waren Regine vertraut. Aber Christel bezeichnete es als Nonsens, sich damit zu beschäftigen. Zum Beweis hatte Christel die Karten gelegt, viermal innerhalb einer Stunde, jedes Mal mit einer anderen Prognose. Hier jedoch lagen einfache Spielkarten auf dem Tisch. Herz, Kreuz, Pik, Karo, von der Sieben bis zum Ass.

Madame Zarah schien ein Problem mit ihrer Stimme zu haben. Sie räusperte sich, ehe sie – unterbrochen von weiterem Räuspern und Hüsteln – verkündete: «Der Mann, den du liebst, wird dich mit einer guten Freundin betrügen.» Damit nicht genug, sie prophezeite Angelika auch noch einen herben Verlust: «Dir wird genommen, woran dein ganzes Herz hängt.»

Angelika sah sich auf der ganzen Linie bestätigt, wandte sich Regine zu und begann, auf ihre Teilhaberin zu schimpfen: «Was sage ich denn die ganze Zeit? Gute Freundin, pah! Letzte Woche hat Jutta mir hoch und heilig versichert, nie im Leben würde sie etwas mit einem Mann anfangen, mit Matthias schon gar nicht. Er wäre ihr viel zu spießig. Die falsche Schlange! Die bootet mich aus, wenn ich wegen der Geburt kürzertreten muss. Willst du wetten? Zuerst krallt sie sich meinen Mann, dann reißt sie sich die Firma unter den Nagel.»

Als Angelika wieder schwieg, warnte Madame Zarah sie noch vor einem älteren Mann, der mit falscher Zunge sprach. Angelika tippte augenblicklich auf ihren Schwiegervater, der ihr bereits mehrfach versichert hatte, Matthias würde sie niemals betrügen. Das könne er gar nicht, dafür liebe er sie viel zu sehr.

Dann stand Angelika auf, drückte Regine auf den Stuhl. «Jetzt du!»

«Ich will das nicht», protestierte Regine.

«Richard hat gesagt, du sollst mir die Freude machen», erinnerte Angelika. Dabei konnte von Freude wahrhaftig keine Rede mehr sein. Aber Regine fügte sich, um Angelika nicht noch mehr auf die Palme zu bringen.

Sie mischte ebenfalls ihr Päckchen und schaute zu, wie das Blatt ausgelegt wurde. Madame Zarah tippte auf fünf Pik-Karten in der oberen Reihe, begann zu grinsen und räusperte sich erneut.

«Fünf Gräber», sagte sie. Das Grinsen schien wie festgefroren auf dem runzligen, stark geschminkten Gesicht und ließ es zu einer sardonischen Fratze werden. Sie räusperte sich ein letztes Mal und sprach weiter mit der lässigen Jungmännerstimme, die zu hören Regine sich seit Jahresbeginn so sehr wünschte. Deshalb betrachtete sie es zuerst noch als Glück. Doch was ihr Bruder sagte …

«Fünf Kreuze, drei braune und ein weißes aus Holz und das schwarze aus Staub. Auf das solltest du besonders achten und dich bereitmachen für einen erbitterten Kampf um dein Leben und dein Glück.»

Angelika lachte etwas zu schrill und fixierte dabei den Vorhang. Sie glaubte, der Sprecher verberge sich dahinter. «Das ist eine Frechheit», ereiferte sie sich. «Dafür haben wir nicht bezahlt. Für unser Geld erwarten wir etwas anderes als Verlust und Tod. Verdammt nochmal! Meine Freundin will doch nur wissen, ob sie schwanger ist und wie viele Kinder sie insgesamt bekommt.»

Madame Zarah beugte sich tiefer über das ausgelegte Blatt, als suche sie nach einem Hinweis. Dann sagte die Männerstimme: «Wer mit dem Tod lebt, sollte keine Kinder haben, Schwesterchen.»

Angelika schimpfte erneut los: «Das reicht! Das müssen wir uns nicht länger anhören.»

Sie zerrte an Regines Arm und riss sie so heftig vom Stuhl, dass der umkippte. In dem Poltern gingen weitere Sätze unter, nur das spöttische Lachen war deutlich zu hören. Regine meinte auch, den Hinweis auf frühere Warnungen und den Ausdruck «Väterchen Frost» zu verstehen.

Angelika schob sie zum Ausgang und zeterte dabei weiter,

ohne die stark geschminkte Frau und den schwarzen Vorhang noch eines Blickes zu würdigen: «Das nimmst du hoffentlich nicht ernst. Vorhin hast du selbst gesagt, es sei Unsinn.» Aus den Augenwinkeln sah Regine noch, wie Madame Zarah über dem Tisch zusammenbrach. Dann standen sie im Freien.

Matthias entdeckte sie als Erster im Gewühl und stellte auf Anhieb fest: «Da stimmt etwas nicht.»

Regine taumelte. Angelika stützte sie und war selbst käsig bleich bis in die Nasenspitze. Sie schimpfte und fluchte noch, als sie die beiden Männer erreichten.

16.

Angelikas Schilderung versetzte Richard einen ziemlichen Schock. *Wer mit dem Tod lebt!* Sekundenlang fühlte er sich wieder mal durchschaut, dann stieg Wut in ihm auf. Am liebsten hätte er die Bude gestürmt, dem alten Weib und dem Typen hinter dem Vorhang die Köpfe zurechtgerückt, aber richtig: mit den Gesichtern nach hinten.

Regine war völlig verstört. Auf der Heimfahrt sprach sie kein Wort. Als er ihr den Arm um die Schultern legen wollte, entzog sie sich ihm. Daheim angekommen, setzte sie sich ins Kinderzimmer zwischen die Wiegen. Erst nach eins in der Nacht kam sie ins Schlafzimmer. Er wachte auf, als sie sich ins Bett legte, und fühlte sich nach langer Zeit wieder gestört durch ihre Nähe, obwohl sie Abstand hielt.

Am nächsten Morgen wollte sie unbedingt zu Christel. Er bot an, sie zu fahren. Sie lehnte ab: «Du hast doch bestimmt eine Menge zu tun. Ich nehme die Straßenbahn.»

Auch gut. So konnte er im linken Seitenflügel weitermachen. Und während er ekligen Müll aus den Verschlägen zum Container im Innenhof trug, wurde ihm klar, dass der gestrige Vorfall ein Geschenk des Himmels – oder aus der entgegengesetzten Richtung – war. Eine junge Frau, die unbedingt Kinder haben wollte und sich anhören musste, dass sie mit dem Tod lebte, könnte ja auch glauben, sie sei sterbenskrank, und ihr Leiden durch Selbstmord abkürzen. Wenn sich bei der Obduktion herausstellte, dass Regine kerngesund gewesen war, hätte die Alte von der Kirmes den Schwarzen Peter und er mit Angelika eine vortreffliche Zeugin.

Wenn Kerstin nächste Woche aus dem Urlaub käme, wäre es eine Wahnsinnsüberraschung für sie. Er hätte ihr bei ihrer Rückkehr gerne eine besondere Freude gemacht. Beim Abschied hatte es geklungen, als zweifle sie, dass er es überhaupt jemals täte.

Mittags war Regine wieder da, Christel hatte sie zurückgebracht, vor ein paar Minuten erst. Sie hatte noch nicht angefangen zu kochen, brutzelte in aller Eile zwei Koteletts und briet Kartoffeln dazu. Ihr Standardgericht, wenn es schnell gehen musste. Inzwischen hatte sie sogar einen Vorrat an vorgegarten Kartoffeln, die auch schon in Scheiben geschnitten und mit Speckwürfeln durchsetzt waren.

Obwohl sie nichts weiter zu tun hatte, als den Inhalt zweier Pfannen rechtzeitig zu wenden, schaffte Regine es, Richards Kotelett – er bekam immer das größere – auf einer Seite zu stark anzubraten. Sie war überhaupt nicht bei der Sache. Als ihr die fast schwarze Kruste auffiel, tauschte sie die Teller. Beim Essen sprach sie keine drei Worte, lächelte nur verlegen, als sie bemerkte, dass Richard sie nachdenklich betrachtete.

«Was geht in deinem Kopf vor, Kleines?», fragte er.

«Nichts», sagte sie. «Ich denke nur.»

«Hoffentlich nicht an diese dumme Sache von gestern Abend.»

Sie zuckte mit den Achseln. «Die Frau hat noch etwas gesagt, als Angelika mich hinauszerrte.»

«Angelika sagte, da hätte ein Mann gesprochen, der sich hinter einem Vorhang versteckte», korrigierte er sie.

«Ja, ja», stimmte sie rasch zu. «Er sagte irgendetwas über meinen Vater. Ich habe es nicht verstanden, weil Angelika dazwischenredete. Ich hatte nur das Gefühl, dass ich den Satz schon einmal gehört habe. Bei Bernie, als Herr Nattwig seinen Stock hob und mein …»

Unvermittelt brach sie ab. Von ihrem Zwilling und der Weihnachtsséance wusste Richard doch nichts. Und in dieser Situation schien es auch nicht ratsam, ihm von einem Bruder zu erzählen, der andere mit seiner Stimme sprechen ließ, um ihr Botschaften – Warnungen – zukommen zu lassen. *Wer mit dem Tod lebt …* «sollte vorsichtig sein», hatte Christel eben noch gesagt. «Jedenfalls so lange, bis wir dahinterkommen, wie das gemeint und wer der Tod ist.»

Noch erschien es Regine unvorstellbar, dass die Worte auf Richard hindeuteten und er etwas Böses gegen sie im Schilde führen könnte. Sie ließ den Blick über seine verschmutzte Kleidung wandern. Er saß ihr so gegenüber, wie er im Keller gearbeitet hatte. «Wenn du dich umziehst, bevor du wieder hinuntergehst, wasche ich die Sachen gleich noch», bot sie an.

«Das lohnt nicht, Kleines», sagte er. «Ich habe noch einiges an Dreck vor mir.»

Als er am späten Nachmittag zurück in die Wohnung kam, saß sie mit einem Kartenspiel und einem Buch am Esstisch. Das Buch hatte Christel ihr geliehen, darin war die hohe Kunst des Kartenlegens mit gängigen Spielkarten ausführlich erklärt.

Christel bezeichnete es zwar als Humbug, trotzdem hatte Regine das Blatt nachgelegt, das Madame Zarah für Angelika gedeutet hatte. Aus dem Gedächtnis! Die düstere Prognose hatte ihr die Position der einzelnen Karten förmlich ins Hirn gebrannt.

«Von einem untreuen Ehemann kann bei dieser Auslage keine Rede sein», erklärte sie, als Richard näher kam. «Diese Konstellation zeigt für die nahe Zukunft einen geduldigen Partner und beruflichen Erfolg, zu dem eine fachlich versierte junge Frau ihren Teil beiträgt. Ich glaube, die alte Frau wollte Angelika nur Angst machen.»

«Dann lass es damit gut sein», verlangte Richard und erinnerte sie ans Abendessen. Vom Mittag war natürlich nichts übrig, was sie für ihn hätte aufwärmen können. Sie bot an, Omeletts zu machen. Das akzeptierte er gönnerhaft. Während sie am Herd stand, duschte er und ließ die verdreckten Sachen vor der Waschmaschine liegen. Kerstins Lippenstift und sein Handy hatte er schon zuvor aus den Taschen genommen.

Beim Essen wirkte Regine noch völlig normal, nur grüblerisch und vom schlechten Gewissen geplagt, dass er mit Eiern vorliebnehmen musste, weil sie sich den Vormittag bei Christel und den Nachmittag mit Karten vertrieben hatte, statt einzukaufen und etwas Vernünftiges zu kochen. Nach dem Essen ging sie ins Bad, um seine dreckigen Sachen in die Maschine zu stopfen.

Und kurz darauf hörte er Töne, bei denen er unwillkürlich an eine Fledermaus denken musste. Obwohl man deren Schreie ja angeblich nicht hörte. Aber solche hatte er auch von einem Menschen noch nie gehört.

17.

Regine kniete auf dem Boden hinter der Tür, unmittelbar vor der Waschmaschine. Mit beiden Händen hielt sie ihren Kopf umklammert und stieß diese Laute aus, so hoch und schrill, dass Richard erwartete, im nächsten Moment Glas klirren zu hören.

«Hast du dich gestoßen?», fragte er atemlos vor Schreck und wollte ihre Hände lösen.

Antwort bekam er nicht. Nur das fledermausartige Schreien brach ab, als er ihre Handgelenke umfasste. Er musste ihre Arme gewaltsam zurückziehen. Ihre Finger waren derart in den Haaren verkrallt, dass ganze Büschel ausrissen. Eine Verletzung sah er auf Anhieb nicht. Es war auch nichts da, woran sie sich dermaßen den Kopf hätte stoßen können, außer an der Tür. Aber wenn sie dagegen gerannt wäre, hätte er das hören müssen, ehe sie diese Töne ausstieß. Die merkwürdigen hochfrequenten Laute waren ihm durch Mark und Bein gegangen und wirkten immer noch nach.

Er untersuchte ihre Kopfhaut genauer, was bei ihrer dichten Mähne, dem locker geflochtenen Zopf und mit zitternden Händen gar nicht so einfach war. Er konnte auch nichts entdecken, keine Beule, keine Schramme, keinen Kratzer.

«Seien Sie vorsichtig, junger Mann», sagte sie. «Es ist alles voller Läuse.»

Das klang verrückt, aber gleichzeitig irgendwie normal und ein bisschen scherzhaft. *Junger Mann!* Neben der Erleichterung fühlte er Ärger aufsteigen. Scheiße, war sein erster Gedanke. Das fehlte ihm noch. Wenn sie Läuse hatte, hatte er garantiert auch schon welche. Damit durfte er sich bei Kerstin bestimmt nicht blicken lassen.

«Das ist doch kein Grund, so ein Theater zu machen», wies

er sie zurecht. «Du hast mir einen Heidenschreck eingejagt. Wo hast du dir denn Läuse geholt? In der Bude gestern?»

«Es gibt viele Läuse dieses Jahr», erklärte sie. «Es war ein milder Winter, und der Holunder zieht sie an wie ein Magnet.»

Sie kniete immer noch auf dem Boden. Er zog sie endlich hoch, schaute sie erst verblüfft an, dann entsetzt. Ihre Augäpfel waren dermaßen nach oben verdreht, dass fast nur noch das Weiße zu sehen war. Er packte sie an den Schultern, schüttelte sie, rief sie mehrfach beim Namen. Darauf reagierte sie ebenso wenig wie auf leichte Schläge gegen ihre Wangen.

Seit ihrem Geschrei waren bereits etliche Minuten vergangen. Und niemand war gekommen, um zu fragen, was denn los sei. Also hatte es wohl außer ihm keiner gehört. Es war ja auch nicht sonderlich laut gewesen, nur durchdringend.

Er führte sie ins Wohnzimmer und setzte sie auf die Couch. Ihre Bewegungen waren schleppend, sie zog ein Bein nach, als bekäme sie den Fuß nicht vom Boden. Die entsetzlich verdrehten Augen ließen ihn schaudern. Er dachte kurz daran, einen Arzt zu rufen. Aber statt zum Telefon zu greifen, setzte er sich in einen Sessel, rauchte erst mal eine Zigarette und überdachte die Lage.

Es war quasi die Fortsetzung seiner Erkenntnis vom Vormittag. Wahrscheinlich hatte sie so was wie einen epileptischen Anfall. Er musste sie jedenfalls nicht auch noch außer Gefecht setzen, was immer die Gefahr einer Entdeckung mit sich brachte. Wenn er sie jetzt auszog, in die Wanne legte, den alten Radiorecorder auf die Waschmaschine stellte, die Maschine einschaltete … Eine Gelegenheit, wie eine bessere nicht mehr kommen könne, meinte er.

Zwei, drei Minuten kämpfte er noch mit sich um die einsame Entscheidung. Dann drückte er die Zigarette aus, stemmte sich aus dem Sessel, ging ins Bad, drehte den Warmwasserhahn auf und schaltete die Waschmaschine ein. Er musste nur den Knopf drücken, alles andere hatte Regine vorher noch erledigt.

Es war ein merkwürdiges Gefühl, als hätte etwas in ihm abgeschaltet und gleichzeitig alle Sinne auf höchste Konzentration gestellt. Nur keinen Fehler machen jetzt!

Der Radiorecorder stand in der Küche. Er holte ihn und warf im Vorbeigehen einen Blick ins Wohnzimmer. Regine saß unverändert auf der Couch. Nachdem er das Gerät mit dem Verlängerungskabel angeschlossen hatte, war ihm, als hätte er etwas übersehen. Es fiel ihm sofort ein. Fingerabdrücke! Dass seine Abdrücke an jedem Gegenstand in dieser Wohnung völlig normal waren und fehlende Abdrücke eher Verdacht erregen könnten, war ihm nicht klar. Er hatte bei weitem nicht so viele CSI-Folgen gesehen wie Kerstin, wischte mit einem Tuch Recorder und Kabel ab.

Als so weit alles vorbereitet war, ging er zurück ins Wohnzimmer. Regine hatte sich in der Zwischenzeit nicht gerührt, ihre Augen waren immer noch völlig verdreht.

18.

Er zog ihr Hausschuhe und Söckchen aus und wollte ihr gerade den Pullover über den Kopf ziehen, als es an der Tür klingelte. Der Ton traf ihn wie ein Schlag in den Nacken. Das Klingeln wiederholte sich, gleichzeitig klopfte jemand heftig gegen die Wohnungstür.

Er war nicht sicher, ob man das Wasserrauschen draußen hörte. Ihm war nur klar, dass es vorbei war. Natürlich konnte er das energische Begehren um Einlass ignorieren, aber er konnte es sich nicht mehr leisten, Regine jetzt in die Wanne zu legen. Die Enttäuschung bohrte sich wie ein spitzer Dorn in seine Eingeweide, als er hinging und öffnete.

Bernie fiel mit einem Redeschwall über ihn her. Richard verstand nur, dass es um Regine ging und dringend war. Er war nicht in der Verfassung, den Dicken abzuwimmeln. Der hätte sich auch kaum aufhalten lassen. Seiner Masse zum Trotz stürmte er wieselflink zum Wohnzimmer und stockte an der Tür. «Was hat sie denn?»

«Keine Ahnung», sagte Richard. «Sie hat ein paar Sachen in die Maschine gesteckt und wollte ein Bad nehmen. Dann machte sie plötzlich komische Geräusche und lag so vor der Waschmaschine. Ich hab sie hier rübergebracht, weil …»

Er stockte, als sein Blick auf Regines Hausschuhe und Söckchen vor der Couch fiel. «… wollte ein Bad nehmen …» zuckten ihm seine eigenen Worte durchs Hirn. Da hätte sie doch nicht im Wohnzimmer begonnen, sich auszuziehen.

«Ich drehe mal schnell den Hahn zu, ehe die Wanne überläuft», sagte er und machte, dass er rauskam. Die Schritte ins Bad und der Handgriff am Wasserhahn verhalfen ihm zu etwas Abstand. Er vergaß auch nicht, den Radiorecorder von der Waschmaschine auf den Boden zu stellen. Das Gerät und das

Verlängerungskabel zurück in die Küche zu bringen, solange der Dicke in der Nähe war, riskierte er lieber nicht.

Bernie kümmerte sich derweil um Regine. Erfolg hatte er nicht. Sie zeigte keine Reaktion. Trotzdem befand Bernie, einen Arzt brauche sie nicht. Über ihre nackten Füße und die verdrehten Augen verlor er kein Wort, sagte nur: «Das sieht mir nach einem Schock aus. Sie muss sich vor irgendwas sehr erschreckt haben. Aber ihr Puls geht schon wieder ganz gleichmäßig, nicht zu langsam, nicht zu schnell. Die Atmung ist auch völlig normal. Wenn du willst, kann ich ihr den Blutdruck messen. Ich habe so ein Gerät, muss es nur holen.»

«Sie sagte, sie hat Läuse», erklärte Richard, auf Bernies Angebot ging er nicht ein. Was kümmerte ihn ihr Blutdruck? Der seine war vermutlich jenseits der Messbarkeit. Sein Herz kam mit dem Schlagen kaum nach. In seinen Eingeweiden rumorte Enttäuschung wie ein ganzes Rudel Bandwürmer.

Bernie untersuchte gewissenhaft ihren Nacken und die Haare, ohne dass sie sich gerührt hätte.

«Da ist nichts», stellte Bernie nach geraumer Zeit fest. «Man müsste Stiche sehen oder Nissen. Hat sie sonst nichts gesagt?»

«Nur was vom Winter und Holunder.»

Bernie massierte nachdenklich sein Kinn und meinte: «Am besten wäre es, wenn Christel sie sich mal anschaut. Sie hat früher eine Ausbildung zur Heilpraktikerin gemacht und kennt sich mit Schockzuständen aus, glaube ich.»

Dagegen war nichts einzuwenden. Bernie schnappte sich das Telefon. Nur war Christel weder in ihrem Laden noch in ihrer Wohnung und auch nicht auf ihrem Handy zu erreichen.

«Verstehe ich nicht», murmelte Bernie, sah aber immer noch keinen Grund zur Besorgnis. «Vielleicht bringst du sie einfach ins Bett. Morgen früh ist sie wahrscheinlich wieder völlig in Ordnung. Wenn sie noch etwas sagt oder dir unheimlich wird, kannst du mich rufen.»

Nachdem der Dicke abgezogen war und Regine im Bett lag,

holte Richard den Radiorecorder und das Verlängerungskabel aus dem Bad. Bis die Waschmaschine fertig war, setzte er sich ins Wohnzimmer, rauchte noch einige Zigaretten. Dann hängte er die nassen Sachen auf und setzte sich vor den Fernseher, ohne zu erfassen, was er sich anschaute.

Erst nach zwölf legte er sich ebenfalls hin. Und die halbe Nacht lag er wach neben ihr, gepeinigt vom Bewusstsein: Beinahe! Zwei Minuten früher! Wenn er nicht erst noch eine Zigarette geraucht, nicht so lange überlegt und gezögert hätte. Es wäre vorbei gewesen, als Bernie klingelte. Der hätte nicht mal mehr klingeln können, nur noch klopfen.

Sie wälzte sich von einer Seite auf die andere, wimmerte manchmal leise oder gab konfuse Sätze von sich. Einmal sagte sie: «Sie sind wirklich reizend, junge Frau. Aber ich bin verheiratet und muss Sie bitten, mein Bett zu verlassen.»

Deshalb Bernie noch einmal zu rufen, ersparte er sich.

Gegen Morgen schlich sie aus dem Zimmer. Als Richard um halb neun die Küche betrat, saß sie mit einer Tasse Tee am Tisch. Frühstück hatte sie nicht gemacht, schaute auch nicht auf, als er hereinkam.

«Wie geht es dir?», fragte er.

«Ich weiß es nicht», murmelte sie.

«Was war denn los gestern Abend?»

«Ich weiß es nicht», wiederholte sie.

«Hast du Schmerzen?»

«Ich weiß es nicht.»

«Du musst doch wissen, ob dir etwas wehtut», meinte Richard verständnislos.

«Nur mein Kopf», sagte sie. «Aber es ist nicht mein Schmerz.»

Was er darauf antworten sollte, wusste er beim besten Willen nicht. Er füllte die Kaffeemaschine, deckte den Tisch und äugte verstohlen zu ihr hin. Sie saß da wie versteinert. Ihr Tee musste seit Stunden kalt sein, aber ihre Augen waren wieder normal. Er nahm ihr die Tasse weg und goss ihr einen Kaffee ein.

«Ruf Christel an», verlangte sie, als wäre sie selbst nicht in der Lage, in die Diele zu gehen und das Telefon zu bedienen.

Er tat ihr den Gefallen oder kam dem Befehl nach. Eine Bitte war es nicht gewesen. Und etwas in ihrem Ton mahnte ihn zur Vorsicht. Schon zwanzig Minuten später war Christel da. Sie musste geflogen sein, setzte sich zu Regine an den Tisch, griff nach ihren Händen und sagte: «Ich bin bei dir, meine Kleine, alles in Ordnung, ich bin da.»

Dann lächelte das Klappergestell ihn an. «Es wäre nett, wenn Sie für mich auch einen Kaffee hätten.»

Er dachte nicht daran, sie zu bedienen. «Es ist noch welcher in der Kanne», sagte er. «Geschirr steht im Büfett. Ich habe eine Menge Arbeit.»

«Klar doch», sagte Christel unverändert lächelnd. «Und ich habe eine Menge Zeit. Eine Bekannte vertritt mich im Laden.»

Als er mittags nach oben kam, schlief Regine. Christel saß allein am Esstisch vor einem randvollen Suppenteller, schaute ihm mit dünnem Lächeln entgegen und zeigte in Richtung Küche. Dort stand das Frühstücksgeschirr unverändert auf dem Tisch. Auch den Aschenbecher, den er gestern Abend im Wohnzimmer gefüllt hatte, hatte noch keiner weggeräumt.

«Bedienen Sie sich», sagte Christel. «Der Topf steht auf dem Herd, Bernie hat sich mal wieder selbst übertroffen. Er kocht immer am besten, wenn er Stress hat.»

Ehe Richard zur Küche ging, um sich sein Mittagessen zu holen, erkundigte er sich: «Wie geht es meiner Frau?»

«Gut so weit», behauptete Christel. «Sie holt ein paar Stunden Schlaf nach.»

«Was war denn los mit ihr?»

Christel hob die Schultern, ließ sie wieder sinken und setzte eine Miene auf, die ihm unter anderen Voraussetzungen vermutlich ein Grinsen entlockt hätte. Es sah aus, als wolle eine

Ziege Unschuld heucheln. «Sie hat an der Waschmaschine einen elektrischen Schlag bekommen. Das kann schon mal passieren bei so alten Geräten.»

«Die Maschine ist noch keine drei Jahre alt und völlig in Ordnung», widersprach er.

Als Christel erneut zu lächeln begann, fühlte er sich hereingelegt. «Haben Sie das schriftlich?», wollte sie wissen.

«Nein, aber ich benutze sie auch oft und habe noch nie einen elektrischen Schlag bekommen.»

«Einmal ist immer das erste Mal», sagte Christel.

«Die Maschine ist aber auch gestern Abend noch ohne Probleme gelaufen», erklärte er.

«Ja, das passt irgendwie nicht», sagte Christel und aß weiter.

Ihm war der Appetit vergangen. Er blieb nicht mehr lange in der Wohnung. Und den ganzen Nachmittag verfolgte ihn das sichere Empfinden, dass dieses Mausgesicht ihn mit der Waschmaschine aufs Glatteis geführt hatte.

19.

Als Richard weit nach sieben endlich Feierabend machte, war Regine allein. Abgesehen von dem Topf, der schon mittags auf dem Herd gestanden hatte, waren Küche und Wohnzimmer aufgeräumt. Das hatte Carla übernommen. Regine hatte sie angerufen und gebeten zu kommen. Sie hatte Carla von Madame Zarah und der Jungmännerstimme berichtet und gefragt: «Ist mit Vater alles in Ordnung?» Natürlich, Väterchen Frost ging es blendend.

Davon erzählte sie Richard nichts. Seine Fragen beantwortete sie mit dem elektrischen Schlag. Dazu hatte Christel ihr dringend geraten. «Der muss es nicht ganz genau wissen.»

Natürlich nicht. Sie wusste es selbst ja auch noch nicht genau, war nur in einem Punkt völlig sicher. Sie hatte die Waschmaschine nicht mehr einschalten können.

Wer mit dem Tod lebt … Sie hatte den Tod gefühlt, gehört, sogar gesehen. Aber sie hatte keine Erklärung für den unheimlichen Vorfall und kaum eine Erinnerung an das entsetzliche Erlebnis, das sie in die Knie gezwungen hatte. Wie ein wuchtiger Hieb mit einem harten Gegenstand war es gewesen. Danach war es dunkel geworden. Nur der rasende, fremde Schmerz war ihr noch gegenwärtig.

Sie war blind gewesen, aber nicht taub, irgendwie geteilt. Die Augen in Schwärze versunken, die Ohren offen für das, was um sie herum vorging. Wasserrauschen, Richards Schritte, wie er ihr Hausschuhe und Söckchen auszog, seine Erklärung, als Bernie dazukam, Bernies Hände in ihrem Haar. Keine Läuse. Sie hatte nicht verstanden, warum Richard behauptete, sie habe ein Bad nehmen wollen. Aber dann hatte sie es gesehen, schemenhaft, mit diesen blinden Augen – wie in milchig weißes Licht getaucht. Eine gefüllte Wanne, einen leblosen Frauenkörper im Wasser und das weiße Elektrokabel, das über dem Wannenrand hing.

Christel hatte in ihrer unnachahmlich trockenen Art gesagt: «Na, damit sind wir doch schon ein bisschen klüger. Wer mit dem Tod lebt, sollte also ab sofort nur noch duschen und dabei am besten die Tür verschließen, damit nicht der Föhn oder sonst was in der Wanne landet. Ich könnte mir vorstellen, dass es auch funktioniert, wenn man unter der Brause steht.»

Es war ihr ungeheuerlich zu denken, dass Christel recht haben und Richard am vergangenen Abend beabsichtigt haben könnte, sie zu töten. Dass er die Waschmaschine nur eingeschaltet und sogar die Wäsche noch aufgehängt hatte, um sich von einem Fehlschlag abzulenken.

«Du kannst es natürlich auch als Pflichtbewusstsein werten», hatte Christel gesagt. «Aber welcher liebende Mann denkt an seine Klamotten in der Waschmaschine, wenn seine Frau zusammengebrochen ist? Jeder Kerl mit einem Funken Verantwortungsgefühl im Leib hätte darauf bestanden, einen Arzt zu rufen, und sich nicht von Bernie einlullen lassen. So sehe ich das.»

Wie sollte man es auch anders sehen?

Wie er ihr da gegenübersaß, ohne zu murren den Eintopf aß, der über Stunden warm gehalten worden war, wie er sie anschaute und sich nach ihrem Befinden erkundigte: unverändert bescheiden, unverändert besorgt, unverändert liebevoll, unverändert bemüht, unverändert. Und nur der Tod änderte sich nie.

Mit einem Mal sah sie ihr Leben mit ihm wie eine Öllache an der Oberfläche eines Sees. Es schillerte in bunten Farben, doch was so hübsch aussah, reichte nicht mal einen halben Zentimeter ins Wasser hinein. Das durfte es auch nicht, weil das Öl giftig war und alles Leben erstickte. Vielleicht war es verrückt, so einen Vergleich zu ziehen. Aber seit dem gestrigen Abend war alles verrückt, völlig aus den Fugen geraten.

20.

Am späten Sonntagabend in der zweiten Maiwoche kam Kerstin aus ihrem Urlaub zurück. Montags meldete sie sich bei Richard, rief ihn auf dem Prepaid-Handy an, während er gerade mit Frau Haase seinen Einsatzplan für die nächsten Tage besprach. Von dem Vibrationsalarm in seiner Hosentasche bekam Frau Haase nichts mit. Er musste sich nur loseisen, um das Gespräch anzunehmen.

Kerstin war bester Laune, wollte allerdings nicht, dass er am Nachmittag vorbeikam. Das hätte er einrichten können. Aber sie behauptete, sie hätte eine Menge zu erledigen: waschen, Einkäufe machen und so weiter. Dienstags hatte sie auch keine Zeit für ihn, eine Kundin nach der anderen, wie immer, wenn sie in Urlaub gewesen war.

«Da bin ich abends total geschlaucht, das weißt du doch», sagte sie. «Bis Mittwoch wirst du es noch aushalten. Umso schöner wird das Wiedersehen.»

Ehe er dazu kam, die Sache auf dem Jahrmarkt und Regines Zusammenbruch vor der Waschmaschine zu erwähnen, beendete Kerstin das Gespräch. Er konnte sich nicht mal mehr erkundigen, ob sie sich gut erholt habe und wo sie denn nun gewesen sei.

Nachmittags fuhr er zu einem Juwelier und kaufte ein Paar mit Brillanten besetzte Ohrstecker, um wenigstens eine kleine Überraschung für sie zu haben. Aus der großen war ja leider nichts geworden. Dann fuhr er doch nach Bergheim. Die Haustür war wie so oft nur angelehnt. Der Aufzug kam mal wieder nicht. Er nahm die Treppen und war ein wenig außer Puste, als er im siebten Stock haltmachte. Und obwohl Kerstin erklärt hatte, sie müsse waschen und einkaufen, war er enttäuscht, weil sich auf sein Klopfen nichts rührte. Dann schalt er sich einen Blödmann, weil er es nicht zuerst beim Salon probiert hatte. Gut möglich, dass er Kerstin dort noch angetroffen hätte, weil sie ihre Urlaubswäsche auch gleich getrocknet hatte.

21.

An diesem Montagabend wurde Ronald Hösch überfahren und sehr schwer verletzt. Carlas langjähriger Freund und Eheberater, der beinahe Regines Schwiegervater geworden wäre, besuchte zusammen mit einem Mandanten der Kanzlei ein Restaurant. Seinen Wagen hatte er auf der gegenüberliegenden Straßenseite abgestellt. Es passierte auf dem Rückweg, gegen halb elf, als Ronald gerade die Straße überquerte. Der verantwortliche Fahrer gab Gas. Der Mandant in Ronalds Begleitung konnte nicht mehr tun, als geistesgegenwärtig das Kennzeichen des davonbrausenden Wagens zu notieren und den Notruf zu wählen.

Am Dienstagvormittag erfuhr Regine von Carla, was geschehen war. Die Polizei hatte bereits festgestellt, dass der Unfallwagen als gestohlen gemeldet war. Ein jugendlicher Autoknacker, vermutete man. Wenn man den fassen sollte, käme er wahrscheinlich mit einer Bewährungsstrafe davon, hatte einer der Beamten Hartmut Sartorius erklärt.

Carla fragte, ob Regine sie nachmittags in die Klinik begleiten wollte. Wenn Ronald bei Bewusstsein wäre, würde er sich bestimmt freuen, sie noch einmal zu sehen. Die Ärzte gaben ihm keine Überlebenschance.

Richard hörte mittags von dem Unfall mit Fahrerflucht, als er zum Essen in die Wohnung kam. Regine weinte um Ronald, den sie von klein auf kannte. Er heuchelte Bedauern. Aber was interessierte ihn ein Mann, den er nur einmal gesehen hatte? Nach zwei Wochen mit Kerstins Lippenstift hinter dem Duschvorhang kam er fast um vor Sehnsucht, war ausschließlich auf das Wiedersehen fixiert und brannte darauf, Kerstin zu erzählen, dass es beinahe geklappt hätte. Beinahe! Und dass er nicht etwa in letzter Sekunde Muffensausen bekommen, sondern dass Bernie ihm mit seinem unerwarteten Auftauchen die Rechnung durchkreuzt hatte.

Am frühen Mittwochabend lieferte er Regine bei Christel ab. Ehe sie ausstieg, erkundigte sie sich, wann er sie abholen wolle. In den letzten beiden Wochen war er jeweils kurz nach zehn wieder daheim oder bei Christels Laden gewesen. Wozu hätte er sich noch länger in einer öffentlichen Sauna aufhalten sollen?

«Wenn ich genug habe, Kleines», sagte er und amüsierte sich, weil sie das auf sportliche Aktivitäten oder vielmehr deren Überwachung bezog.

«Ich möchte heute gern länger bleiben», sagte sie. «Christel kann mich heimbringen.»

«An welche Zeit hast du denn gedacht?», erkundigte er sich, obwohl es ihn nicht wirklich interessierte.

«Mitternacht», kam es wie aus der Pistole geschossen.

«Merkwürdige Zeit.» Er lachte. «Was habt ihr denn vor? Wollt ihr Geister beschwören?»

«Christel beschwört nur Lebende», antwortete sie.

Gegen die Zeit hatte er nichts einzuwenden. Es wäre auch nicht das erste Mal gewesen, dass Christel sie heimgebracht hätte. Trotzdem sagte er: «Ich hole dich lieber ab. Dann weiß ich, dass du sicher heimkommst.»

Sie öffnete die Wagentür und wollte aussteigen. «Bekomme ich keinen Kuss?», fragte er. Nicht, dass er großen Wert darauf legte. Es reizte ihn nur, sie in Verlegenheit zu bringen. Seit ihrem Zusammenbruch war sie merklich zurückhaltender.

«Entschuldige», murmelte sie und beugte sich noch einmal zu ihm hinüber. Flüchtig spürte er ihre Lippen auf der Wange. Dann stand sie auf der Straße und winkte ihm nach.

Eine gute halbe Stunde später betrat er Kerstins Wohnung, so randvoll mit Sehnsucht, dass er es keine Minute länger zu ertragen glaubte. Bei ihr setzte er die gleichen Gefühle voraus und wunderte sich, dass sie nur die Tür geöffnet hatte und nicht in dem schmalen Wohnungsflur bereitstand, um ihn mit einem langen Kuss in Empfang zu nehmen. Die Tür zum Wohnzimmer stand ebenfalls offen. Er erreichte sie mit wenigen Schritten und stockte, als sei er gegen eine gläserne Wand geprallt.

Den Mann auf der Couch hielt er für eine Urlaubsbekanntschaft. Kerstin sagte knapp: «Das ist Mirko.»

Es tat so weh wie ein Faustschlag in den Magen. Ihm wurde dermaßen übel, dass er das Würgen nur mit Mühe unterdrücken konnte. Er sah sich unwillkürlich noch einmal den Radiorecorder auf die Waschmaschine stellen und hielt Bernies Auftauchen in dem Moment für eine Art göttlicher Fügung. Mit einer Hand in der Hosentasche umklammerte er den Lippenstift, mit der anderen das aufwendig verpackte Schmuckdöschen vom Juwelier.

Mirko war ein schmächtiges Kerlchen, höchstens Anfang zwanzig, wahrscheinlich noch jünger. Er grinste Richard breit entgegen. So grinste nur einer, der meinte, ausgesorgt zu haben. Abserviert, zuckte es Richard durch den Kopf.

Wie er es schaffte, einen lässigen Eindruck zu machen, blieb ihm ein Rätsel. Vielleicht gelang ihm das nur, weil er seit mehr als einem Jahr ein gutes Dutzend Leute an der Nase herumführte und sich immer so geben konnte, wie die Situation es gerade erforderte. Seine tatsächlichen Empfindungen unter Verschluss zu halten, war ihm längst in Fleisch und Blut übergegangen.

«Nettes Souvenir», sagte er. «Das wäre aber nicht nötig gewesen. Über eine Kleinigkeit hätte ich mich mehr gefreut. Der ist so groß, den kann ich mir unmöglich auf den Schreibtisch setzen.»

«Klopf keine Sprüche.» Kerstin lächelte spöttisch, ihr konnte er nichts vormachen. Sie wusste genau, was in ihm vorging. «Er wird nicht lange irgendwo sitzen. Sobald er sein Geld hat, verschwindet er wieder.»

Richard verstand nicht, wie sie das meinte. Das erstaunte sie. «Heißt das, du hast noch gar nichts gehört? Hat Carla nicht mal angerufen? Das gibt's doch nicht. Ich hätte gewettet, dass die …»

Nur sehr langsam dämmerte ihm etwas. «Carla war gestern Vormittag da», unterbrach er sie, sprach bedächtig weiter. «Sie kommt ja jeden Dienstag. Sie hat Regine informiert, dass am späten Montagabend Ronald Hösch überfahren wurde. Hösch, du weißt schon, bei dem ich den Arbeitsvertrag unterschrieben habe. Der Vater von dem Brüllaffen, mit dem Regine verlobt war. Er ist bei einem Unfall mit Fahrerflucht sehr schwer verletzt worden. Gestern glaubte keiner, dass er durchkommt.»

Kerstin starrte ihn an, als hätte sie kein Wort verstanden. Ihr Blick ging zur Couch. Das Grinsen dort war einer fragenden Miene gewichen. «Stimmt was nicht?», erkundigte sich Mirko.

«Das kann man wohl sagen», fauchte Kerstin heiser. «Du hast den Falschen erwischt, und nicht mal den richtig.»

Sie war in der Nähe gewesen, hatte Mirko am frühen Abend zur Kanzlei gelotst und sich später angeschaut, wie es passierte. Aber sie hatte Hartmut Sartorius doch nie zu Gesicht bekommen, kannte nur die Adresse der Villa und die der Kanzlei. Und damit schickte sie einen Auftragskiller los, um es Carla heimzuzahlen. Richard fasste es nicht.

«Kannst du ein Foto von Sartorius beschaffen?», wollte sie wissen.

Er schüttelte den Kopf.

«Herrgott nochmal!», schrie sie ihn an. «Du wirst ja wohl ein Foto von deinem Schwiegervater auftreiben können. Wenn Regine keins hat, wahrscheinlich schleppt Carla einige mit sich herum. Wirf einen Blick in ihre Tasche, wenn sie das nächste Mal kommt.»

«Bist du völlig übergeschnappt?», schrie er zurück.

«Nein», widersprach sie. «Ich bin es nur leid. Du schwingst

große Reden, und es passiert absolut nichts. Warum sollte es auch? Du lebst wie die Made im Speck. Das kleine Frauchen wäscht, putzt, restauriert Möbel und kocht phantastisch. Und ich stehe jederzeit zur Verfügung für das, was der Mensch sonst noch braucht.»

«Das ist nicht wahr», begann er. «Letzte Woche Montag hätte ich Regine beinahe …» Weiter kam er nicht.

«Könnt ihr das später klären?», mischte sich Mirko ein. «Was ist nun mit meinem Geld?»

Zehntausend wollte das schmächtige Kerlchen haben. Zwanzig hatte Kerstin mit ihm vereinbart. Aber da er den Auftrag nicht in ihrem Sinne erfüllt hatte, zeigte Mirko sich großzügig. Die zwanzig sollten erst fällig werden, wenn der richtige Kandidat erledigt war. So würde Mirko dann auf dreißigtausend kommen.

Und Kerstin war der Ansicht, Richard hätte das Geld. Er hatte ihr verschiedentlich Kontoauszüge gezeigt. Ihr war aufgefallen, dass sich auf einem Konto eine beträchtliche Summe angesammelt hatte.

«Das sind die Rücklagen», erklärte er. «Wir brauchen eine neue Heizung. Es ist auch sonst noch einiges zu machen, wofür man Geld ausgeben muss. Wie stellst du dir das überhaupt vor? Der Knilch überfährt auch noch Sartorius, und die Polizei stellt fest, dass bei mir zwanzig- oder dreißigtausend Euro fehlen? Du hast echt einen Knall. Du reitest uns immer tiefer in die Scheiße.»

Unerwartet schnell gab sie nach. «Schon gut. Reg dich ab. Es geht auch anders.»

Freitags erzählte sie ihm, sie habe einen Kredit beantragt. Für eine umfassende Renovierung und ein paar Umbauten im Salon, hatte sie ihrer Bank weisgemacht. Das war unverfänglich, wer sollte sie mit Sartorius in Verbindung bringen, wo dessen Frau nicht mal mehr Kundin im Salon Riedke war?

Mirko bekam Richard an dem Abend nicht zu Gesicht. Wo

der untergekommen war, wollte Kerstin ihm nicht verraten, auch nicht, wo sie den Zwerg aufgegabelt hatte.

«Ich halte es für besser, wenn du nicht zu viel weißt», meinte sie. «Um deine Nerven scheint es nicht mehr so gut bestellt.»

Länger als eine Stunde versuchte er, ihr das mit allen nur denkbaren Argumenten auszureden. Was Ronald Hösch zugestoßen war, schrieb die Polizei immer noch einem jugendlichen Autoknacker zu, der die Kontrolle über seine Beute verloren hatte. Aber wenn nun auch noch Regines Vater überfahren wurde oder wenn Sartorius sonst etwas zustieß, würden sie doch alles durchleuchten.

«Ja, in der Kanzlei», meinte Kerstin. «Nicht im Privatleben. Auf den Gedanken, dass es zuerst den Falschen erwischt hat, muss ja erst mal einer kommen. Steuerberater und Wirtschaftsprüfer machen sich garantiert oft Feinde.»

«Klar», stimmte Richard sarkastisch zu. «Beim Finanzamt. Finanzbeamte laufen aber nur selten Amok. Und mit Regine wird es dann noch eine ganze Weile dauern.»

«Dann lohnt es sich aber», hielt Kerstin dagegen. «Du kommst doch klar mit ihr. Wir hatten ein Jahr vereinbart, halten wir uns daran. Bis November ist es ja noch eine Weile, da bietet sich schon noch eine gute Gelegenheit für sie.»

Mit ihr war nicht mehr zu reden, schließlich resignierte er, fuhr zurück und saß in der Wohnung, bis es Zeit wurde, Regine bei Christel abzuholen. Über die Sache auf der Kirmes und Regines Anfall vor der Waschmaschine hatte er immer noch nicht mit Kerstin gesprochen. Er war einfach nicht dazu gekommen, und er kam auch in den folgenden Wochen nicht dazu.

5. Teil

1.

Fünf Gräber hatte die Kartenlegerin Regine prophezeit. Fünf Kreuze, drei braune und ein weißes aus Holz und das schwarze aus Staub. Das erste Grab wurde für Ronald Hösch ausgehoben. Er erlag seinen Verletzungen, ohne das Bewusstsein wiedererlangt zu haben. Regine wollte unbedingt an der Beerdigung teilnehmen. Bernie fuhr mit ihr zum Friedhof, weil Richard es nie und nimmer geschafft hätte, vor dem Sarg zu stehen und das mickrige Kerlchen von einem Mörder vor Augen zu haben, wie es sich auf Kerstins Couch lümmelte.

Regine gegenüber begründete er sein Fernbleiben mit schierer Rücksichtnahme. «Ich möchte deinen Vater nicht unnötig aufregen, Kleines. Er ist doch sicher auch anwesend.»

Natürlich war ihr Vater dabei. Und Ronald Hösch war gerade zwei Tage unter der Erde, als Hartmut Sartorius überfallen wurde. Das geschah am letzten Donnerstag im Mai.

Hartmut empfing noch spät einen wichtigen Mandanten. Georg Hösch war ebenfalls noch in der Kanzlei. Ein paar Minuten vor neun verließ der Mandant die Etage. Kurz darauf verabschiedete Hartmut sich von dem jungen Mann, den er so gerne an der Seite seiner Tochter und irgendwann später hinter seinem eigenen Schreibtisch gesehen hätte.

Um Viertel nach neun machte sich auch Georg Hösch auf den Heimweg. Er fand Hartmut blutüberströmt, mit einer klaffenden Kopfwunde, auf dem Parkplatz neben seinem Wagen liegen. Georg wählte zuerst die 110, dann rief er Carla an. Kurz darauf informierte er auch Regine, weil Carla dazu nicht imstande war.

Richard saß vor dem Fernseher. Regine und Matthias hielten sich im Arbeitszimmer auf. Sie schmirgelte an einem Regal, das Matthias angeschleppt hatte. Er sprach über die Nöte eines werdenden Vaters, der seine Frau mit Babybäuchlein ungeheuer sexy fand, zu totaler Enthaltsamkeit verdonnert worden war und beim besten Willen nicht wusste, wie lange er das noch aushielt.

Das Telefon stand in der Diele. Regine ging ran. Und dann schrie sie so durchdringend und unartikuliert, dass Richard im Wohnzimmer fühlte, wie sich seine Kopfhaut zusammenzog und sich die Härchen an seinen Unterarmen aufrichteten. Sie schlug mit dem Telefonhörer und einer Faust nach ihm, als er herbeieilte und sie in die Arme nehmen wollte. Auch von Matthias ließ sie sich nicht anfassen. Wie betrunken torkelte sie durch die Diele und brüllte wie eine angeschossene Löwin, bis Bernie endlich oben war.

Kaum bekam sie den Dicken zu Gesicht, verlangte sie nach seinem Tisch und seiner Stimme. «Du hast es ja nicht gehört», stammelte sie. «Aber er hat es angekündigt. Frag deinen Vater, wenn du mir nicht glaubst. Ich hoffe, er erinnert sich noch. Es ist ja schon einige Monate her. Aber er hat es gesagt, ehe er sich zurückzog. *Nicht mal Väterchen Frost lässt sich gerne den Schädel einschlagen.* Und ich glaube, das hat er bei der Kartenlegerin wiederholt. Ich habe es nicht verstanden, weil Angelika so ein Theater machte. Hilf mir, Bernie, ich muss mit ihm reden. Du musst mir helfen, bitte! Christel kann es doch nicht.»

Mit wem sie unbedingt reden musste, warum sie dazu Bernies Stimme und einen Tisch von dem Dicken brauchte, begriff Richard nicht. Dass Carla, als sie die Wiegen gebracht hatte, eine Bemerkung über einen Tisch gemacht hatte, den Regine hoffentlich nicht mehr brauchte, war ihm entfallen. Für ihn klang das, was sie von sich gab, als hätte sie den Verstand verloren.

Nur ganz allmählich sickerte die Erkenntnis in Richards Hirn, dass mit Väterchen Frost ihr Vater gemeint, dass es passiert war und er nun dazu verurteilt, auf unabsehbare Zeit mit diesem durchgeknallten Weib zu leben. Er hätte Kerstin vierteilen können in diesen Minuten.

Bernie versprach, mit all seinen Mitteln zur Verfügung zu stehen, aber nicht sofort, sondern erst morgen. «Dann bin ich ausgeruht und du nicht mehr so aufgewühlt. Sei mir nicht böse, Regine, aber in deiner derzeitigen Verfassung ist mir das Risiko einfach zu groß. Ich hatte in den letzten Tagen ohnehin Probleme mit dem Herzen.»

Eine geschlagene Viertelstunde redete Bernie mit Engelszungen auf sie ein, ohne etwas zu erreichen. Erst Matthias brachte sie zur Vernunft, indem er ihr eine Ohrfeige verpasste, weil er sich nicht anders zu helfen wusste. Danach erstattete sie einigermaßen zusammenhängend Bericht.

Offenbar ein Raubüberfall auf dem Parkplatz bei der Kanzlei. Armbanduhr, Geldbörse und ein Aktenkoffer fehlten. Tot war Hartmut Sartorius noch nicht. Aufgrund der schweren Schädelverletzung hatte Georg Hösch ihr jedoch nicht viel Hoffnung gemacht, dass ihr Vater die Nacht überleben würde.

Matthias brachte sie auch zu der Einsicht, dass Carla jetzt ihren Beistand brauchte. Und dass sie sich zeit ihres Lebens Vorwürfe machen würde, wenn sie diese Nacht nicht nutzte, um Frieden mit ihrem Vater zu schließen und sich von ihm zu verabschieden.

Nachdem Bernie und Matthias die Wohnung verlassen hatten, wusch sie sich die Hände und das Gesicht, zog sich um und folgte Richard nach unten zum Auto. Sie zu fahren ließ er sich nicht nehmen, um so dicht wie möglich am Geschehen zu sein.

Gegen Mitternacht trafen sie in der Klinik ein. Carla saß in einem Wartebereich nahe dem OP-Trakt, randvoll mit der Verzweiflung, die sie in Kerstin Riedkes Salon so überzeugend dargeboten hatte. Nun war sie echt. Es rächte sich alles im Leben. Carla registrierte nicht mal, dass Regine neben ihr Platz nahm. Sie hatte nur Augen für die Doppeltüren, hinter denen ein halbes Dutzend Ärzte um das Leben ihres Mannes kämpften.

Erst nach vier Uhr morgens gerieten die Türen in Bewegung. Bis dahin hatte niemand ein Wort gesprochen. Carla hatte nur hin und wieder über ihre Unterlippe geleckt, die sie vor lauter Anspannung blutig gebissen hatte. Regine saß neben ihr wie eingeschlafen. Ein völlig erschöpfter Arzt im grünen OP-Kittel, mit einem Mundschutz um den Hals, trat auf sie zu und sagte, was in solchen Situationen immer gesagt wird: «Wir haben getan, was wir konnten.»

Hartmut Sartorius wurde gerade auf die Intensivstation gebracht. Eine Prognose mochte der Arzt nicht abgeben. Es hätte wohl jemand Hartmuts Eltern in Spanien verständigen müssen. Doch auf den Gedanken kam niemand. Carla wollte auf der Stelle zu ihrem Mann, Regine bestand darauf, sie zu begleiten und zu bleiben, solange es notwendig war. Richard wurde nicht mehr gebraucht, aber gebraucht hatte ihn auch in den Stunden der Warterei niemand.

2.

Ziemlich genau um Viertel nach fünf klingelte er Kerstin aus dem Bett. Die Haustür war zu, aber nicht abgeschlossen. Da reichte ein Druck auf den elektrischen Türöffner. Und der Ton seiner Stimme machte Kerstin wohl klar, dass es ratsam sei, den Knopf zu drücken. Was er gesagt hatte, wusste er schon nicht mehr, als er in den Aufzug stieg. Die Kabine hatte im Erdgeschoss gestanden und trug ihn hinauf.

Mit lose übergeworfenem Morgenrock, zerzaustem Haar und vom Schlaf verknautschtem Gesicht erwartete Kerstin ihn in der halbgeöffneten Wohnungstür. «Was ist denn los, um Gottes willen? Hast du mal auf die Uhr geguckt?»

Ob es ihr Anblick war, die verschlafene Stimme, ein plötzlich aufwallender Ekel oder die Panik der vergangenen Stunden, hätte er nicht sagen können. Er schlug zu, ohne sich bewusst zu werden, dass er eine Faust geballt hatte.

Mit völlig leerem Schädel prügelte er sie vor sich her durch den schmalen Flur zum Schlafzimmer. Sie taumelte rückwärts, prallte mehrfach gegen die Wände und kam nur deshalb nicht zu Fall, weil er sie jedes Mal beim Kragen packte und hochriss, ehe er erneut zuschlug. Erst als sie quer auf dem Bett lag, begriff er, was er tat. Nur änderte das nichts an seiner Wut. Weder ihr zerschlagenes Gesicht noch ihr Wimmern hielten ihn davon ab, weiter auf sie einzudreschen. Sie wehrte sich nicht, machte nicht einmal Anstalten, zurückzuschlagen oder nach ihm zu treten, als er ihr die Beine auseinanderdrückte.

Er warf sich förmlich auf sie, fummelte dabei den Reißverschluss seiner Jeans auf und drang ohne jede Rücksicht in sie ein. Unter den ersten, heftigen Stößen wurde ihr Wimmern zu einem Stöhnen, sie drängte sich ihm sogar noch entgegen. Es ging ziemlich schnell, von Lust und Genuss konnte nicht die

Rede sein, es kümmerte ihn auch nicht, ob er sie jetzt schwängerte.

Der maßlose Zorn klang zusammen mit der Erregung ab. Danach fühlte er sich ein bisschen leichter. Doch das war gleich wieder vorbei, als Kerstin die Arme um seinen Nacken legte und feststellte: «Diesmal hat es also geklappt.»

«Nein», sagte er und umriss den derzeitigen Zustand seines Schwiegervaters.

«Er stirbt bestimmt im Laufe des Tages», meinte Kerstin zuversichtlich. «Oder morgen. Hösch ist ja auch gestorben.»

Hartmut Sartorius starb weder freitags noch am Wochenende, auch nicht montags, dienstags oder mittwochs. Die Ärzte hatten ihn ins künstliche Koma versetzt. Und es vergingen drei Wochen, ehe sie sich entschlossen, diesen Zustand zu ändern. Für Richard eine Zitterpartie ohnegleichen. Nicht nur für ihn, aber an Carla und Regine verschwendete er keinen Gedanken.

Jeden Morgen rechnete er damit, dass Kerstin ihn in den nächsten Stunden anrief und verlangte, er solle ihr einen guten Anwalt besorgen, dass er dazu jedoch gar nicht mehr käme, weil Sekunden später die Polizei bei ihm auftauchte, ihm seine Rechte vorlas und ihm Handschellen anlegte. Das hatte er doch alles mal geträumt, zumindest was seine eigene Person betraf. Und Carla würde ihn in der U-Haft besuchen und nach dem Grund für alles fragen.

Die meiste Zeit hielt er sich im Keller auf, räumte den restlichen Müll aus dem linken Seitenflügel, riss die Lattenverschläge ein und sammelte alle Latten im hinteren Bereich des großen Raumes, ohne zu wissen, was er mit so viel altem und teilweise morschem Holz anfangen sollte. Er wusste insgesamt nur noch, dass er Angst hatte. Drei Wochen lang – Tag für Tag und jede Nacht erbärmliche Angst.

Nachdem der gesamte linke Flügel vom Gang aus frei zugänglich geworden war, überprüfte er die Schäden am Boden. Der Beton wies überall Risse und Brüche auf, der musste komplett erneuert werden. Mit einem Hammer schlug er ein paar Stücke heraus und legte dabei Holz frei, das sich bei genauer Untersuchung als dicke Bohlen entpuppte. Unter normalen Umständen hätte er dazu den Kopf geschüttelt und es für schlampige Arbeit gehalten, über Holz zu betonieren. Es wusste doch jeder, der nur ein bisschen Ahnung vom Fach hatte, dass es Risse geben musste. Aber für solche Gedanken war einfach kein Platz neben seiner Panik.

Er wagte es nicht, Kerstin zu besuchen, hatte kein Verlangen, sie zu sehen, geschweige denn, mit ihr zu schlafen. Er rief sie nur mehrfach an. Nicht, um sie auf dem Laufenden zu halten, bloß um sich zu vergewissern, dass sie noch nicht festgenommen war. Er wäre jede Wette eingegangen, dass die Polizei nicht lange brauchte, um das schmächtige Würstchen von stümperhaftem Auftragskiller zu schnappen. Dass Mirko seine Auftraggeberin ans Messer lieferte, stand für Richard ebenfalls außer Frage. Danach wäre er selbst dran. Mirko hatte ihn gesehen, seinen Namen gehört und wohl auch begriffen, dass es um seinen Schwiegervater gegangen war.

Regine bekam er kaum zu Gesicht. Sie saß Stunde um Stunde neben Carla auf der Intensivstation. Carla hielt eine Hand ihres Mannes und redete mit ihm, weil ihre Mutter, zwei Krankenschwestern und ein Assistenzarzt einhellig der Meinung waren, dass ein Komapatient unter Umständen hörte, was in seiner Nähe gesprochen wurde.

Und da war noch so viel, was Carla ihm unbedingt sagen musste. Dass später, vielleicht in dreißig oder fünfunddreißig Jahren, noch mehr als genug Zeit wäre, eine ganze Ewigkeit, die er mit seiner ersten Frau verbringen könnte. Dass er sie nicht um diese dreißig oder fünfunddreißig Jahre bringen sollte, weil die in der Ewigkeit nicht mehr wären als ein Lidschlag. Und einen Lidschlag lang könnte Helen getrost noch auf ihn warten.

Wenn Carla vor Erschöpfung einschlief, übernahm Regine

den Part und erzählte ihm, wie sehr sie ihn liebte, dass sie seine harte Haltung inzwischen verstand und bedauerte, sich ihm widersetzt und einen Mann geheiratet zu haben, von dem sie nun nicht mehr wusste, ob sie in ihm einen liebenden Gatten oder den Tod sehen sollte.

Dass sie vor der Waschmaschine den Schlag auf den Kopf ihres Vaters gespürt hatte, war ihr längst klar. Und damit – meinte sie – könne Richard nichts zu tun haben. Als es passiert war, hatte er doch vor dem Fernseher gesessen. Aber da waren ja auch noch Richards Wort von dem Bad, das sie an dem Abend gar nicht hatte nehmen wollen, der leblose Frauenkörper im Wasser, den sie schemenhaft gesehen hatte, und das Elektrokabel, das über dem Wannenrand ins Wasser hing.

Meist fuhr sie frühmorgens mit der Straßenbahn nach Hause, um rasch und bei verschlossener Tür zu duschen und eilig Frühstück für zwei zu machen. Nicht etwa für Richard und sich. Alles wurde eingepackt und mitgenommen, obwohl das Krankenhauspersonal es nicht gerne sah, wenn auf der Intensivstation Marmeladenbrote und Milchkaffee aus einer Thermoskanne verzehrt wurden. Aber anderenfalls wäre Carla womöglich völlig abgemagert oder verhungert.

Wenn Regine abends heimkam, dann nur, um ein paar Stunden zu schlafen. Richards Fragen nach dem Zustand ihres Vaters beantwortete sie jeweils mit einem knappen: «Unverändert.»

Bernie kochte für Richard und gab sich in bester Absicht die größte Mühe, die Panik zu schüren. Jeden Mittag bereitete er Richard eine höllische Stunde mit einer warmen Mahlzeit und Vorträgen über Regines außergewöhnliche Fähigkeiten. «Was Carla an eurem Hochzeitstag erzählt hat, war zwar übertrieben, aber nicht frei erfunden. Regines Anfall vor der Waschmaschine, das war Präkognition. Sie hat gespürt, was ihrem Vater bevorstand. Außerdem ist sie telepathisch veranlagt. Warum meinst du, war ich an dem Abend so schnell bei euch oben? Mir wurde plötzlich so was von komisch, das kannst du dir nicht vorstellen. Regine hatte Todesangst, und die habe ich gefühlt, verstehst du?»

Natürlich verstand Richard. Wahrscheinlich hatte Regine mitbekommen, dass er Vorbereitungen traf, sie umzubringen. Sie war ja nicht bewusstlos gewesen, nur irgendwie weggetreten. In seiner erbärmlichen Angst hätte er sogar verstanden – und für möglich gehalten –, dass Regine in diesem Zustand ihren Körper verlassen hatte, um als Geist bei Bernie anzuklopfen.

Und Bernie sagte: «Nun bin ich gespannt, ob sie am Bett ihres Vaters etwas über den Täter in Erfahrung bringt. Das müsste eigentlich auch umgekehrt funktionieren, meint Christel. Aber ob man einen Bewusstlosen anzapfen kann …»

Drei Wochen lang diese fürchterliche Zitterpartie. Und als endlich feststand, dass Regine ihren komatösen Vater nicht *anzapfen* konnte, wie Bernie das ausdrückte, kam es noch schlimmer.

Hartmut Sartorius wurde zurück ins Bewusstsein geholt und von der Intensivstation in ein normales Krankenzimmer verlegt. Als Regine an dem Abend heimkam, war sie voller Hoffnung und bescherte Richard die hässlichste Nacht seines Lebens. Der Chefarzt persönlich hatte der Polizei gestattet, ihrem Vater am nächsten Vormittag einige Fragen zu stellen.

3.

Das war ein Freitag. Mittags rief Carla an, um mitzuteilen, dass Hartmut der Polizei leider keine große Hilfe gewesen war. Er erinnerte sich nicht an das, was ihm widerfahren war, und hatte Carla nicht erkannt.

Richard wollte schon aufatmen. Doch nun bestand Regine darauf, dass Bernie sein Versprechen einlöste und ihr mit all seinen Mitteln zur Verfügung stand. Welche Mittel das waren, entzog sich immer noch Richards Kenntnis. Er dachte an Bernies Van, die Digitalkamera und die Kampfsportschule in Bergheim, die er noch nie von innen gesehen hatte. Aber er hatte inzwischen genug CSI-Folgen angeschaut, um zwischen seinen angeblichen Trainingsstunden und den jüngsten Ereignissen eine schnurgerade Linie zu ziehen, von der er meinte, dass auch Regine und Bernie sie ziehen könnten.

Sonderlich viel Grips brauchte man nicht für die Schlussfolgerung, dass sich unter aggressiven Jugendlichen schnell einer fand, der bereit war, seinem Trainer einen Gefallen zu tun. Und es war anzunehmen, dass der Junge danach eine bevorzugte Behandlung erwartete, Schulterklopfen, Anerkennung und so weiter. Und wenn sich jemand mit einer Digitalkamera in einem Van hinter den Trainer klemmte und feststellte, dass der gar nicht zu einer Kampfsportschule, sondern zu dem Hochhaus fuhr, in dem er mal ein möbliertes Zimmer … Mit solchen Gedanken und Vorstellungen zog Richard es vor, am Freitagabend daheimzubleiben.

Doch damit war Regine nicht einverstanden. Sie warf ihn förmlich hinaus mit der Begründung, er brauche wegen ihres Vaters seine Verpflichtungen nicht zu vernachlässigen. Und das in einem Ton, der keinen Widerspruch duldete. So fuhr er zum ersten Mal seit dem Überfall quasi gezwungenermaßen wieder zu Kerstin, allerdings nicht auf geradem Weg. Er kurvte kreuz und quer durch Bergheim, bis er völlig sicher war, dass ihm niemand folgte.

Er war auf eine heftige Auseinandersetzung eingestellt. Immerhin hatte Kerstin sich mit ihrem zerschlagenen Gesicht eine volle Woche lang nicht in ihrem Salon blicken lassen dürfen. Doch sie verlor kein Wort der Anklage, verstand, dass er sie verprügelt und regelrecht vergewaltigt hatte. Er habe eben Dampf ablassen müssen, meinte sie und verlangte nur, dass er ihren Kredit zurückzahlte.

«Das kann ich mir nicht leisten», sagte er. «Und das habe ich dir schon erklärt. Noch sind die Ermittlungen nicht abgeschlossen. Wenn jemand bei mir herumschnüffelt ...»

«Da ist aber das letzte Wort noch nicht gesprochen», widersprach sie. «Wenn du mich auf den dreißigtausend sitzenlässt ...»

«Sei froh, dass du auf dreißigtausend sitzt und nicht hinter Gittern», unterbrach er sie. «Das hätte auch ganz anders ausgehen können. Vielleicht tut es das noch.»

Endlich erzählte er ihr von Madame Zarahs Prophezeiung und Regines Anfall vor der Waschmaschine. Wer mit dem Tod lebt! Fremder Schmerz! Und kurz darauf wurde ihrem Vater der Schädel eingeschlagen. Dann kam auch noch Bernie mit seinen Behauptungen. Was nun, wenn doch etwas Wahres an dem war, was Carla am Hochzeitsnachmittag zum Besten gegeben hatte? Bernie jedenfalls glaubte das und einiges mehr.

«Mach dich doch nicht lächerlich!», brauste Kerstin auf. «Und halte mich nicht für so blöd wie die bescheuerte Bagage, mit der deine verrückte Frau sich abgibt. Du willst ihr von Mirko erzählen. Gib's zu! Warum sagst du nicht einfach, dass du mich loswerden willst? Du hast deine Schäfchen im Trockenen, jetzt bin ich entbehrlich. Aber bilde dir nicht ein, dass du ungeschoren davonkommst. Wenn die Polizei mir ...»

«Ich will dich nicht loswerden», unterbrach er sie erneut.

«Herrgott nochmal! Warum habe ich mich denn überhaupt darauf eingelassen? Weil ich dich liebe und Angst hatte, dich zu verlieren, wenn ich mich weigere. Ich will nur vorsichtiger sein. Wir müssen weg von unseren festen Terminen Mittwoch und Freitag. Du hättest Regine eben hören müssen, wie sie mich aus der Wohnung geworfen hat. Weil heute eben Freitag ist und mir ihr Vater am Arsch vorbeigehen kann. Und damit basta! Wir können uns doch nachmittags treffen, wenn wir es beide einrichten können. Von mir aus auch abends, wenn sie bei Christel ist. Du kannst ja mal zu mir kommen. Nicht in die Wohnung, das würde vermutlich schnell auffallen. Aber ich könnte uns im Keller etwas einrichten, ein richtig gemütliches Liebesnest.»

«Im Keller?», wiederholte Kerstin. «Das ist nicht dein Ernst.»

«Doch», sagte er. Es würde ihn keine Fahrzeit kosten. «Du kannst den Keller nicht mit dem hier vergleichen. Es ist alles neu und sauber. Im Lager wären wir ungestört. Ich könnte die Luftmatratze …»

Er schilderte ihr das in rosigen Farben, als Abwechslung vom gewohnten Einerlei, noch dazu mit einem Hauch Abenteuer, weil sie sich heimlich einschleichen müsste, am besten über den Innenhof zwischen sieben und acht Uhr. Dann herrschte am wenigsten Verkehr auf dem Parkplatz, und die Zeit harmonierte auch perfekt mit der Schlusszeit im Salon.

Schließlich erklärte Kerstin sich einverstanden, allerdings nur als vorübergehende Lösung. «Ich habe keine Lust, als Dauergeliebte auf Abruf bereitzustehen.»

«Sollst du ja auch nicht», beruhigte er sie und verabschiedete sich kurz darauf. Sie wollte nicht mit ihm schlafen, weil er ihr bisheriges Beisammensein als gewohntes Einerlei bezeichnet hatte, und er hatte keine Lust, stundenlang mit ihr zu diskutieren. Er hatte auch keine Ruhe beim Gedanken an das, was Regine womöglich zurzeit trieb. Mit der Furcht vor Entdeckung fuhr er zurück.

4.

Als er die Diele betrat, hörte er Regine sprechen. Sie beschwerte sich, weil sie keine klar verständliche Auskunft erhielt. Antwort gab eine Stimme, die Richard noch nie gehört hatte – männlich, jung und so amüsiert, als sei der Sprecher bei Carla in die Lehre gegangen: «Darf ich nicht auch ein bisschen Spaß haben? Wie hat Carla das so hübsch umschrieben? Nebulös. Ich liebe es, nebulös zu sein. Du bist doch nicht auf den Kopf gefallen. Gehen wir es nochmal der Reihe nach durch. Ich bin sicher, du kommst dahinter, was ich gemeint habe. Den Knochen, der für …»

«Das ist nicht von dir», schnitt Regine der spöttischen Stimme ungehalten das Wort ab. «Das ist einer von Großmamas Sprüchen. Und Vater wurde nicht mit einem Knochen niedergeschlagen. Du hast gesagt: Nicht mal Väterchen Frost lässt sich gerne den Schädel einschlagen. Jetzt will ich wissen, wer ihm das angetan hat.»

In sämtlichen Räumen waren die Fenster verdunkelt. Wo es keine Vorhänge gab, hatte sie Decken und Bettbezüge angebracht. Nur aus dem Zimmer, in dem die beiden Wiegen standen, fiel ein schwacher, unruhiger Schimmer.

Richard schloss behutsam die Wohnungstür, streifte die Schuhe von den Füßen und schlich auf Socken zum Kinderzimmer, um festzustellen, wer bei ihr war. Auf Anhieb sah er nur sie, Bernie und Christel. Zu dritt saßen sie im Schneidersitz zwischen den Wiegen auf dem Fußboden um einen Blumenhocker herum. Zwischen ihnen und dem verhängten Fenster stand eine Kerze auf einem Untersetzer und verbreitete das gespenstisch unruhige Licht. Bernie hatte den Kopf gesenkt. Regine hielt seine Hände umklammert. Christel schaute nur zu und spielte mit Bernies Inhalator.

«Was ist mit deinem Durchblick?», wollte Regine wissen. «Wenn du sehen kannst, was vor Unzeiten im Keller passiert ist …»

«Habe ich etwas von Unzeiten gesagt?», fragte der Sprecher.

«Nein», räumte Regine ein. «Du hast nur von Herrn Nattwig und seinen beiden Frauen gesprochen. Aber das ist jetzt nebensächlich. Ich will wissen, wer Vater überfallen hat. Und ich bin sicher, du weißt es. Warum sagst du es mir nicht?»

«Weil es dir nicht helfen würde, Schwesterchen», erklärte die amüsierte Stimme. «Nun lass uns aufhören zu streiten. Dein Zuchthengst trabt an. Wir wollen die Pferde nicht scheu machen.»

Die Kerze flackerte, und in dem Moment meinte Richard, den Vierten im Bunde zu sehen. Eigentlich sah er nur ein Gesicht, vielmehr einen hellen Fleck nahe beim Fenster, hinter der Kerze.

Christel blickte zur Tür und bedeutete Richard mit einem Nicken, sich zu verziehen. Er schüttelte den Kopf und drückte auf den Lichtschalter. Augenblicklich war der Raum in warmes, gelbes Licht getaucht. Und es war doch niemand da außer den dreien auf dem Fußboden.

Regine zuckte zusammen wie unter einem Schlag, blinzelte irritiert, schaute ebenfalls zur Tür, sah Richard und ließ Bernies Hände los.

«Warum bist du so früh zurück?», fragte sie unwillig und erhob sich.

Christel stand ebenfalls vom Boden auf und tippte Bernie auf die Schulter. Der Dicke blieb noch sitzen, begann zu husten, keuchte und röchelte, bis sie ihm seinen Inhalator reichte. Nach ein paar tiefen Zügen beruhigte sich sein Atem, er wollte wissen, ob sie erfolgreich gewesen seien.

«Nicht wirklich», sagte Christel knapp.

«Das dachte ich mir», meinte Bernie. «Ich bin nicht der richtige Mann dafür. Probiert es doch mal mit Matthias, der ist jünger und gesund. Ich muss mich hinlegen, mir ist furchtbar kalt.»

Christel half ihm vom Boden hoch, klemmte sich den vermeintlichen Blumenhocker unter den Arm und führte Bernie zur Tür. Zwei Minuten später war Richard mit Regine und der brennenden Kerze allein. Der helle Fleck, den er für ein Gesicht gehalten hatte, erwies sich als Muster auf dem Bettbezug vor dem Fenster.

Regine blies die Kerze aus und wiederholte ihre Frage.

«Entschuldige», sagte Richard. «Ich wohne hier. Wenn ich euch bei etwas Wichtigem gestört habe, hättest du mir vorher sagen müssen, wann ich nach Hause kommen darf. Was hatte das zu bedeuten?»

«Wir haben eine Séance abgehalten», erklärte sie, trug die Kerze ins Wohnzimmer und stellte sie auf die Anrichte.

Er folgte ihr und vergewisserte sich: «Eine Geisterbeschwörung?»

Sie lächelte, ein bisschen spöttisch und ein bisschen überheblich, schien ihm. So klang auch ihr Ton. «Du hast es erfasst.»

«In unserer Wohnung?», fragte er überflüssigerweise, ärgerte sich über ihren Spott und lachte verunsichert. «Wen habt ihr denn beschworen?»

«Meinen Bruder», sagte sie.

Klar. Der Typ hatte sie ja Schwesterchen genannt. Welcher Typ? Verdammt nochmal! Es war doch kein Mann im Raum gewesen – außer Bernie.

Ihr weitere Auskünfte und Aufklärung abzuverlangen, ließ Richard bleiben. Dabei hätte er kaum etwas Vernünftiges erfahren, meinte er und knöpfte sich lieber am Samstag den Dicken vor. So erfuhr er endlich von Regines Zwilling und der Bedeutung des Rubinrings, den ihr Vater nach der Nacht im Hotel konfisziert hatte. Er hörte auch, dass sie als kleines Kind angeblich mit Hilfe der beiden Wiegen Verbindung zu ihrem Bruder gehabt hatte.

Doch ehe er sich darüber klar wurde, ob er lachen oder sich gruseln sollte, sagte Bernie: «Christel hat ihr erklärt, das sei Einbildung gewesen. Kleine Kinder haben nun mal eine lebhafte Phantasie.»

Und Christel hatte Bernie zu verstehen gegeben, dass er mit seiner *Séance* vor Regines Hochzeit möglicherweise dem Tod den Weg geebnet hatte. «Wenn du bei dem Kerl nochmal das Maul aufreißt, dann nur nach vorheriger Absprache.»

Also fuhr Bernie wie vereinbart fort: «Aber was willst du machen, Regine glaubt es. Sie ist total auf ihren Bruder fixiert. Carla hat sie darin immer bestärkt. Du hast es ja gehört bei eurer Hochzeit, als Carla sagte, dass Regine Stimmen hört. Damit war der Bruder gemeint. Und ich dachte, wenn ich meine Mutter und die alte Frau Nattwig imitieren kann, da werde ich wohl auch einen jungen Mann hinbekommen, den noch nie jemand reden gehört hat. Zu Weihnachten hat das geklappt, jetzt wieder.»

«Es klang aber nicht, als käme es von dir», sagte Richard. «Ich hatte den Eindruck, da spricht jemand, der beim Fenster steht.»

«Deswegen haben wir es ja diesmal in eurer Wohnung gemacht», erklärte Bernie eifrig. «In einem leeren Zimmer hallt es ganz anders als bei mir im Wohnzimmer. Wir wollten nicht, dass Regine misstrauisch wird. Hauptsache ist doch, dass sie es glaubt und sich beruhigt.»

Dem mochte Richard nicht widersprechen. Aber was war dann mit Regines Fähigkeiten, mit denen der Dicke ihm in den letzten Wochen eingeheizt hatte?

Es war Bernie sichtlich unangenehm, auch noch darauf angesprochen zu werden. «Na ja», meinte er. «Ganz normal ist Regine nicht. Aber wir sind das neulich bei Christel in Ruhe durchgegangen. Sie kann längst nicht so viel, wie ich dachte. Da habe ich mich wohl von Carla beeindrucken lassen. Die hat das heillos übertrieben dargestellt.»

Ja, Carla neigte zu heillosen Übertreibungen. Dem konnte Richard nur zustimmen. Und damit schien das Thema abgeschlossen.

5.

Regine unternahm keinen weiteren Versuch, Bernie als Medium zu benutzen. Christel hielt das nicht für sinnvoll, nachdem sie gehört hatte: «*Weil es dir nicht helfen würde, Schwesterchen.*»

«Damit hat er zweifellos recht», sagte Christel und ließ offen, ob sie Bernie oder Regines Bruder meinte. «Selbst wenn er dir sagen könnte, wer deinen Vater überfallen hat, kannst du damit nicht zur Polizei gehen. Die lachen dich aus.»

Mit Christel traf Regine sich weiterhin jeden Freitagabend. Experimente machten sie keine mehr. Abwarten und Tee trinken, hieß die Devise. Christel war überzeugt, dass auch das nächste Unheil seinen Schatten vorauswerfen würde.

Die Mittwochabende gehörten Matthias, die Samstage Angelika, die mit zunehmendem Leibesumfang immer unausstehlicher wurde und Matthias neuerdings sogar den Zutritt zum Bad verwehrte, wenn sie sich darin aufhielt.

Ende Juli hatte sich die Lage wieder einigermaßen normalisiert. Für die Polizei blieb der Tod von Ronald Hösch Folge eines Unfalls mit Fahrerflucht. Was Hartmut Sartorius zugestoßen war, nannten sie einen brutalen Raubüberfall. Einen Zusammenhang zwischen beiden Fällen stellte niemand her.

Regines Vater wurde aus der Klinik in eine Reha verlegt, blieb aber nicht lange. Weil er sich in der fremden Umgebung überhaupt nicht zurechtfand, hielt Carla es für sinnvoller, ihn heimzuholen. Sie schaffte geeignete Trainingsgeräte an und engagierte eine Krankengymnastin, die viermal wöchentlich ins Haus kam.

Richards Furcht vor Entdeckung verlor sich. Den Gedanken an ein Liebesnest im Lager ließ er wieder fallen. Damit hätte er das Schicksal geradezu herausgefordert, wurde ihm klar, nachdem er noch einmal über seinen Vorschlag nachgedacht hatte. Wenn Frau Haase doch mal selbst etwas Büromaterial aus den Regalen hätte heraufholen müssen, weil er nicht in der Nähe war, hätte sie sich zwangsläufig gefragt, was eine Luftmatratze neben der Werkbank zu suchen hatte.

Nach Bergheim fuhr er trotzdem nur noch sporadisch. Wozu ein Risiko eingehen? Finanziell war es kein Problem, hin und wieder ein Hotelzimmer zu nehmen, es musste ja nicht die gehobene Preisklasse sein. Wenn er sich nachmittags mit Kerstin irgendwo in Köln traf, hatte das für ihn den Vorteil, dass er eine dringende Besorgung vorschieben und sich verabschieden konnte, sobald sie zu nörgeln begann.

Sie war oft unleidlich und missmutig. Dreißigtausend Euro für einen Pflegefall! Das drückte ihr heftig aufs Gemüt. Mirkos Aktion auf dem Parkplatz hatte Kerstins Hoffnung auf ein baldiges großes Erbe endgültig zunichtegemacht.

Hartmut Sartorius war mit einer halbseitigen Lähmung und Beeinträchtigungen seiner mentalen Fähigkeiten davongekommen. Vor allem sein Gedächtnis hatte gelitten. Ob und wie viel sich daran mit entsprechenden Übungen wieder ändern konnte, wollten die Ärzte nicht vorhersagen. Das spielte für Kerstin auch gar keine Rolle. Sartorius konnte mit seinen Behinderungen steinalt werden, weil er ansonsten seiner Qualmerei zum Trotz in einer guten gesundheitlichen Verfassung war.

Mehrfach erinnerte sie Richard nachdrücklich an seinen Plan, nur Regine zu beseitigen. Sie erklärte sich zähneknirschend bereit, mit dem dreizehnten Haus vorliebzunehmen. Dass sie ihm diese Rechnung durchkreuzt hatte und er zurzeit gar nichts unternehmen konnte, wollte sie nicht einsehen. Sie begriff einfach nicht, welch ein wahnsinniges Glück sie gehabt hatten.

Ihre Laune hob sich immer nur kurzzeitig bei der Vorstellung, dass Carla nun erlebte, was sie im Salon frei erfunden hatte. Er hütete sich, ihr auch noch diese Illusion zu nehmen.

Soweit er das beurteilen konnte, war Carla weit davon entfernt zu leiden. Im Gegenteil. Je mehr Zeit verging, umso mehr verstärkte sich sein Eindruck, dass Carla aufblühte.

Regines Vater brauchte für jeden Schritt eine Stütze. Er brauchte Carla, weil ein Stock nicht ausreichte und Carla nicht wollte, dass ihr Mann einen Rollator vor sich herschob wie ein gebrechlicher Greis. Dass Carla ihm auch seine Zigaretten zuteilte und den Konsum allmählich reduzierte, verstand sich von selbst.

Dabei war die körperliche Behinderung nicht einmal das Schlimmste. Sein Gedächtnis war zeitweise so beeinträchtigt, dass man ihn nicht ohne Aufsicht lassen konnte. Dass er verheiratet war, wusste er noch. Er wusste sogar, mit wem, solange Carla kein Weiß trug. Dass lange vor ihr eine andere gewesen war, hatte der Hieb aus seinem Gedächtnis getilgt.

Carla fand nicht mehr die Zeit, Regine zu besuchen. Deshalb fuhr Regine regelmäßig zu ihrem Elternhaus, zweimal pro Woche mindestens. Der Sonntag war Pflicht, und dann begleitete Richard sie, was ihm ein besonderes Vergnügen bereitete, weil er sich jedes Mal an seinen ersten Sonntagnachmittag in der Villa erinnerte, an die Demütigungen und den herablassenden, arroganten Ton ihres Vaters.

Als arrogant konnte man Hartmut Sartorius nun nicht mehr bezeichnen. Richard bekam reichlich Gelegenheit, sich selbst vom Zustand seines Schwiegervaters zu überzeugen. Carlas Berichte bei Kaffee und Torte taten ein Übriges.

An einem Sonntag im August wurde Richard noch einmal mit der Tatsache konfrontiert, dass Regine nicht mit normalen Maßstäben zu messen war. Sie saßen zu viert im Schatten einer Markise auf der Terrasse der Villa. Carla erzählte, dass Hartmut sich freitags geweigert habe, mit der Krankengymnastin zu üben.

«Er wusste nicht mehr, wer sie war. Die Einzige, die er inzwischen immer erkennt, bin ich. Aber ich bin auch Tag und Nacht in seiner Nähe. Anfangs hielt er mich mehrfach für eine Pflegerin und wollte nicht dulden, dass ich mich zu ihm ins Bett lege.»

Und Richard war ziemlich sicher, mit welchen Worten Hartmut Carla davon hatte abhalten wollen. An den Satz aus Regines Mund erinnerte er sich noch gut. An ein paar andere ebenso.

Im Garten blühten unzählige Rosen. Regine wollte einen Strauß mitnehmen, um Angelika eine Freude zu machen. Carla holte die Rosenschere und drückte sie Richard in die Finger.

Als er aufstand und zu den Sträuchern hinüberging, sagte Hartmut: «Seien Sie vorsichtig, junger Mann. Es ist alles voller Läuse. Es gibt viele Läuse dieses Jahr. Es war ein milder Winter, und der Holunder zieht sie an wie ein Magnet.»

Sekundenlang stand Richard mit der Schere in der Hand da wie ein Idiot. Kerstin gegenüber verschwieg er den Vorfall. Sie glaubte nicht an solche Dinge, dabei sollte es bleiben, um sie nicht erneut zu einer übereilten und gefährlichen Aktion zu veranlassen.

Aus dem Grund zahlte er auch die Raten für ihren Kredit. Das heißt, Regine zahlte im Glauben, dass er dieses Geld seinen Eltern zukommen ließ – ohne Hoffnung auf eine Aussöhnung, versteht sich. Und da Regine das Geld von Carla bekam, zahlte genau genommen Hartmut Sartorius für den Mann, der ihm den Schädel eingeschlagen hatte.

Regines Vater war nicht mehr imstande, sich um seine Finanzen zu kümmern. Die Kanzlei florierte nach wie vor, es gab genug Angestellte und Georg Hösch, der sie kommandierte. Darüber hinaus gab es Vermögen, das gut angelegt war. Die Einkünfte verwaltete Carla, und sie überwies Regine regelmäßig größere Beträge aufs private Girokonto.

Helens Verlobungsring konnte Carla ihr leider nicht zurückgeben. Sie ließ zwar den Safe aufbrechen, weil der Inhalt nicht auf alle Zeit darin bleiben konnte. Doch den Rubinring fand

Carla nicht. Sie vermutete nun ebenfalls, was Regine schon die ganze Zeit glaubte, dass Hartmut das Schmuckstück dorthin gebracht hatte, wo er es immer hatte sehen wollen – im Grab seiner ersten Frau.

Aber der Ring war Regine auch nicht mehr so wichtig. Sie vertraute auf Christels Ansicht, verließ sich darauf, dass ihr Bruder im Notfall einen Weg finden würde, sie zu warnen, und konzentrierte sich aufs Hier und Jetzt.

Dank Carlas Großzügigkeit konnte sie sich endlich ihr Traumbad leisten – und von Handwerkern ins große Badezimmer einbauen lassen. Die Wanne neben der zusätzlichen Steckdose benutzte sie allerdings nicht, sie duschte nur noch und verschloss dabei die Badezimmertür, wie Angelika es auch tat.

Großen Wert auf Richards immer gleiche Zärtlichkeiten legte sie nicht mehr. Wenn er mit ihr schlief, ließ sie es über sich ergehen. Wenn er keine Anstalten machte, passierte eben nichts. Kerstin begann sich einzubilden, sie habe ihm mit Mirkos Einsatz einen großen Gefallen getan. Von ehelichen Pflichten blieb er weitgehend verschont, und die Wohnung im Dachgeschoss entwickelte sich zu einer Nobelbleibe.

Innerhalb kurzer Zeit wurde die Einrichtung komplettiert. Die Küche wurde mit den neuesten technischen Geräten, einer Einbauzeile und einer schicken Esstheke ausgestattet, die gut mit dem alten Büfett harmonierte. Der kleine Tisch und die beiden Stühle bekamen einen Platz in der Diele. Es fehlten eigentlich nur noch ein paar Einzelstücke, die Regine nicht in Antiquitätenläden kaufen, sondern nach und nach anschaffen und aufarbeiten wollte. Von altem Holz konnte sie eben ihre Finger nicht lassen.

6.

Ende August besuchte Richard wieder mal einen Trödelmarkt mit ihr. Sie brachen früh auf. Gegen neun begann meist der Rummel, die Erfahrung hatten sie schon mehrfach gemacht. Und im Gedränge fühlte Regine sich nicht wohl. Als sie eintrafen, waren längst noch nicht alle Stände aufgebaut. Nur ein paar professionelle Händler hatten ihr Angebot bereits arrangiert. Es waren auch einige Schränke dabei. Doch die beachtete Regine zuerst nicht.

Unerwartet blieb sie bei einem jungen Mann stehen, der gerade dabei war, seinen Kombi zu entladen, einen Campingtisch aufstellte und ein bisschen Plunder darauf verteilte. Offenbar hatte er den Dachboden seiner Großeltern entrümpelt und wollte sich bei der Gelegenheit gleich von den Schätzen seiner Kindheit trennen. Neben zwei Stapeln zerfledderter Comichefte standen ein altes Grammophon, eine Marienstatue mit Jesuskind im Arm und drei Teile von sehr auffälligem Porzellan: zwei verschnörkelte Kaffeetassen mit den leicht erhaben vortretenden Namenszügen *Klara* und *Heinrich* sowie eine Kanne in Form einer Dame aus dem Rokoko.

Ein Kleid mit zartem Dekolleté und bauschigem Rock, auf dem es nur so von hauchfeinen Porzellanspitzen, Schleifen und Blumenknospen wimmelte. Einen Arm hielt die Figur in die Hüfte gestemmt, das war der Henkel der Kanne. Der zweite Arm zeigte mit leicht abgewinkelter zierlicher Hand nach oben und war die Tülle, sodass der Kaffee im wahrsten Sinne des Wortes von zarter Hand eingeschenkt wurde. Den Kopf mit der hochgetürmten Lockenpracht konnte man abnehmen, musste man auch, das war der Kannendeckel.

Richard fand es makaber, eine Frau zu köpfen, um Kaffee einfüllen zu können. Auch wenn es sich nur um eine Kaffeekanne handelte, schüttelte ihn die Vorstellung. Was wohl daran lag, dass Kerstin bei einer Karnevalsparty mal ein Rokokokostüm und eine Perücke mit derart aufgetürmten Locken getragen hatte.

Der junge Mann hatte den Deckel auch noch falsch herum aufgesetzt, sodass die Dame ihr Gesicht auf dem Rücken trug. Richard drehte es nach vorne und wollte Regine weiterziehen, doch sie verhandelte bereits. An der Kanne zeigte sie kein Interesse, wollte nur die Tassen – für Bernie, weil sie die Vornamen seiner Eltern trugen.

«Das Geschirr nur komplett, das gehört zusammen», erklärte der junge Mann und verlangte fünfhundert Euro für die drei Teile.

Regine antwortete nicht, schaute plötzlich geistesabwesend zu einem Süßwarenstand hinüber. Als Richard erneut nach ihrem Arm griff, um sie weiterzuziehen, sagte sie: «Er wollte sie wirklich nicht töten. Er hat sie sehr geliebt und gehofft, sie nach dem Tod seiner Frau heiraten zu können. Aber das wollte sie nicht.»

Der junge Mann betrachtete Regine verständnislos und erkundigte sich, ob sie das komplette Geschirr nun kaufen wolle oder nicht. Sie nickte nur, zahlte den geforderten Preis und nahm die beiden Tassen. Die Kanne überließ sie Richard und sagte beiläufig: «Ich werde sie Carla schenken.»

Es mochte verrückt sein. Aber für ihn verkörperte die Porzellanfrau Kerstin. Dass sie Carla in die Hände geriet, dass Carla sie köpfte oder ihr das Gesicht auf den Rücken …

«Entschuldige, Kleines», sagte er heftiger als beabsichtigt. «Carla gibt dir Geld, damit du dir etwas Schönes kaufst, und nicht, damit du ihr Geschenke machst. Ich glaube auch kaum, dass Carla sich für so einen Kitsch begeistern kann.»

«Kitsch?», wiederholte sie, lachte unvermittelt auf, fixierte den jungen Mann hinter dem Campingtisch und drehte eine der Tassen so, dass Richard einen Blick auf die Unterseite werfen konnte. Dort war eine Art Wappen mit unscharfen Rändern und stellenweise verdickten Querstrichen in der Mitte zu erkennen.

«Porzellanmanufaktur Nymphenburg», behauptete Regine und verlangte: «Sieh nach. Wenn die Kanne ebenso gekennzeichnet ist, dürfte sie entschieden mehr wert sein als fünfhundert.»

Richard drehte die Frau vorsichtig, und tatsächlich gab es am Unterboden auch so ein unscharfes Wappen. «Da haben wir ja ein echtes Schnäppchen gemacht», meinte er.

«Moment mal», sagte der junge Mann hinter dem Tisch. Er wollte wohl noch mehr sagen, mehr Geld verlangen, den Kauf rückgängig machen, auf jeden Fall wegen der Übervorteilung protestieren.

Regine kam ihm zuvor. «Vergessen Sie das Motorrad», sagte sie. «Oder wollen Sie mit vierundzwanzig sterben?»

Der junge Mann starrte sie mit halbgeöffnetem Mund an und schüttelte automatisch den Kopf.

Daraufhin ging sie weiter, hielt nun Ausschau nach einem Schrank und entdeckte schon bald ein für ihr Empfinden sehr gut erhaltenes Vertiko, das ausgezeichnet zur Essgruppe passte. Ein Fuß fehlte, der Verkäufer hatte einen Stein untergelegt. Seitlich war eine tiefe Kerbe im Holz. Ein Beilhieb, behauptete der Verkäufer und erzählte eine Schauergeschichte von einem Ehedrama. Mann erschlägt Frau mit insgesamt drei Hieben, einmal haut er daneben, der Schlag geht ins Holz und so weiter. Anschließend verlangte er zweitausend Euro. Wahrscheinlich hatte die Geschichte ihren Preis.

Regine handelte ihn auf fünfzehnhundert herunter und nahm ihm das Versprechen ab, das gute Stück am Abend in die Wohnung zu liefern. Nachdem sie gezahlt hatte, strich sie noch einmal über das Holz, fuhr mit einem Finger durch die Kerbe und erklärte: «Es war kein Beil, sondern eine Hacke.»

Der Verkäufer zuckte mit den Achseln. «Kann sein, macht

aber keinen Unterschied, oder? Kerbe ist Kerbe. Das können Sie mit Holzkitt auffüllen.»

Regine lächelte den Mann an. «Ich lasse mir lieber das Ehedrama noch einmal in allen Details schildern. Altes Holz erzählt immer wahrheitsgemäß.»

Der Verkäufer grinste zuerst, dann machte sich Unbehagen auf seiner Miene breit. Er starrte Regine an, als sähe er ein Gespenst. Richard warf ebenfalls einen Blick in ihr Gesicht, ihre Augen waren leicht verdreht, längst nicht so schlimm wie an dem Abend vor der Waschmaschine, aber ihm reichte es. Er zog sie rasch weiter.

Auf dem Weg zum Wagen sagte sie noch: «Es ist nicht im Krieg passiert, und es war eine junge Frau. Sie ist auch nicht erstickt. Sie wurde mit einem Spaten und einer Hacke getötet. Es war ein grauenhafter Anblick, alles war voller Blut.»

Während der Heimfahrt sprach sie kein Wort mehr, betrachtete Richard nur hin und wieder von der Seite. Und in den Sekunden wusste sie genau, wer neben ihr saß. Wer mit dem Tod lebte, musste das wissen, um zu überleben. Ronald Hösch war gestorben. Sie hatte den Schlag auf den Kopf ihres Vaters gefühlt. Und was sie eben gesehen hatte, als sie die Kerbe im Vertiko berührte, war an Grauen kaum zu überbieten. Hackfleisch, so sollte ein Rechtsmediziner es später salopp bezeichnen.

7.

Fünf Gräber, fünf Kreuze und keine Antwort. Neulich hatte Christel gesagt: «Glaub von mir aus an deinen Bruder. Glaub an den Teufel, wenn du dir selbst nichts zutraust. Glaub, was du willst, aber glaube, Regine. Du musst lernen, damit umzugehen und es nach Möglichkeit zu steuern. Auch wenn es furchtbar ist, wehr dich nicht dagegen, lass es kommen.»

Auf dem Trödelmarkt war einiges gekommen: der tödliche Motorradunfall des jungen Mannes, das Blutbad, das der Verkäufer des Vertikos so plastisch geschildert hatte. Und fremde Furcht, irreale Panik beim Anblick der aufwendigen Kaffeekanne in Carlas Händen, gekoppelt an den verschwommenen Eindruck von einem Festbankett, auf dem eine bunte Menge Volk ausgelassen tanzte. Und nicht zu vergessen, der alte Herr Nattwig mit seinen Beteuerungen vom zweiten Weihnachtstag.

Laut und deutlich hatte sie ihn sprechen hören, als sie die beiden Namen auf den verschnörkelten Tassen las. Gesehen hatte sie ihn auch. Ein müder, alter Mann bei einem Süßwarenstand, dessen Markise einen dunklen Schatten auf sein Gesicht legte. In beschwörendem Ton hatte er verlangt: «Denk nach, Mädchen. Warum hätte ich Klärchen etwas antun sollen? Sie hat mir viel Freude bereitet. Das ganze Haus wusste, wer sie geschwängert hatte. Hinter vorgehaltener Hand wurde darüber getuschelt. Auch meine Frau wusste Bescheid, deshalb war sie auf Klärchen ja nicht gut zu sprechen. Immer habe ich davon geträumt, mit Klärchen zu leben, wenn meine Frau nicht mehr wäre. Ich hatte keinen Grund, sie loszuwerden. Und ich wäre nie so dumm gewesen, sie in dem Kohlebunker zu verscharren, in dem sämtliche Hausbewohner ein und aus gingen.»

Sie glaubte ihm, weil ihr Bruder bei der Séance zwischen

den Wiegen angedeutet hatte, zu Weihnachten gar nicht von einer längst vergangenen Zeit gesprochen zu haben.

So weit war alles klar. Aber was war mit der fremden Furcht? Tagelang grübelte sie der irrealen Panik hinterher, saß Stunde um Stunde mit der Kaffeekanne zwischen den Wiegen, nahm den Kopf ab, setzte ihn wieder auf, drehte ihn um hundertachtzig Grad und wieder zurück, fuhr mit den Fingern all die Porzellanschleifen, Spitzen und Knospen ab und fühlte nichts. Das machte sie ziemlich sicher, dass sie Richards Furcht gespürt hatte. Aber was fürchtete er? Eine zerbrochene Frau? Von Carla zerstört? Das ergab keinen Sinn.

Noch vier Gräber. Sie wollte nicht, dass noch jemand starb. Aber das zweite Kreuz konnte sie wirklich nicht verhindern. Es war für Herrn Nattwig bestimmt. Eine knappe Woche nach ihrem Besuch auf dem Trödelmarkt fand Bernie seinen Vater am Morgen, als er ihm das Frühstück machen wollte. Der alte Mann war in der Nacht friedlich entschlafen.

Sein Tod veränderte vieles im Haus. Die Wohnung im zweiten Stock blieb nicht lange leer. Bernie bekam die Uhr und den chinesischen Wandteppich, seine Halbbrüder teilten sich den Rest und verkauften wohl das meiste. Nachdem die Räume renoviert worden waren, zog Angelikas Teilhaberin Jutta Merz ein. Ausgerechnet Angelika wollte es so, um den Gerüchten Einhalt zu gebieten, die sie selbst verbreitet hatte. Sie erreichte das Gegenteil.

Sogar Bernie zog in Betracht, Matthias würde seine hochschwangere Frau betrügen. Und leichter, fand er, hätte Angelika es ihrem Mann kaum machen können: die Geliebte nebenan einquartiert. Da konnte Matthias mitten in der Nacht rüberhuschen, er musste nur abwarten, bis Angelika fest genug schlief.

Was sie davon halten sollte, wusste Regine nicht. Zwar hatte Jutta Merz vor Unterzeichnung des Mietvertrags angekündigt, dass ihre Freundin in Kürze bei ihr einziehen wolle. Und so fest war Angelikas Schlaf nicht mehr. Andererseits machte Gelegenheit Diebe. Die lesbische Beziehung konnte ein Vorwand sein. Und Regine wusste besser als Bernie, was Angelika ihrem Mann zumutete. Matthias hatte ihr gegenüber nie einen Hehl daraus gemacht, wie schwer es ihm fiel, seine Bedürfnisse nicht befriedigen zu können.

«Sex ist nicht alles», sagte er einmal. «Aber ohne Sex ist Liebe nur halb so schön. Fürs Platonische bin ich einfach nicht geschaffen. Ich kann nicht die ganze Nacht neben einer Frau liegen, die ich nicht anfassen darf. Dabei werde ich verrückt.»

Er war immer offen zu ihr und sie zu ihm. Leider war er längst nicht mehr so geduldig und verständnisvoll mit ihr wie zu Beginn ihrer Freundschaft. Seine eigene Situation belastete ihn stark. Da wollte er sich nicht auch noch mit ihren *Hirngespinsten* auseinandersetzen müssen.

«Vielleicht werde ich nicht schwanger, weil Richard mich töten will», spekulierte sie einmal.

«Ich weiß nicht, was du gesehen und gehört hast, als du vor der Waschmaschine zusammengebrochen bist», antwortete Matthias darauf mit einem langen Seufzer. «Aber ich weiß, dass ein Mann nicht viele Möglichkeiten hat, eine Schwangerschaft zu verhindern. Vielleicht ist Richard zeugungsunfähig. Das lässt sich mit einer einfachen Untersuchung feststellen. Warum schickst du ihn nicht mal zum Arzt?»

Weil sie kein Kind vom Tod wollte! Matthias tendierte eher zu der Ansicht ihres Gynäkologen, dass sie sich aus Furcht verkrampfte.

«Statt Richard Mordpläne zu unterstellen, solltest du lieber in Betracht ziehen, dass du dich in etwas hineinsteigerst», sagte er. «Bevor ihr diese Kirmesbude betreten habt, hast du selbst gesagt, Kartenlegen sei Unsinn. Und Angelika hat bisher weder ihre Firma noch ihren Mann verloren. Aber wenn sie noch lange so weitermacht, könnte die letzte Prophezeiung noch eintreffen.»

8.

Ende September brachte Angelika eine Tochter zur Welt und nannte sie Jenny. Sie blieb nur zwei Tage in der Klinik. Schon am nächsten Morgen überließ sie Regine das Baby und kümmerte sich um ihre Firma, in der immerhin eine volle Woche Jutta Merz alleine das Sagen gehabt hatte.

Regine hatte eine der Wiegen vorbereitet. Bis Mitte November fühlte sie sich tagsüber fast so, wie Carla sich vor mehr als zwei Jahrzehnten gefühlt hatte. Beinahe Mutter. Mit Ausnahme der Wochenenden, dann war Matthias daheim und für sein Töchterchen da.

Am 15. November nahm Angelika die Kleine mit in die Firma. Angeblich brannten dort alle darauf, Jenny kennenzulernen. Damit einverstanden war Regine nicht, aber es war nicht ihr Kind. Und der Freitag war ihr erster Hochzeitstag, da gab es kein Argument, als Angelika sagte: «Mach dir einen schönen Tag mit Richard.»

Um den schönen Tag bemühte Richard sich. Morgens weckte er sie stilvoll mit einer roten Rose. Er hatte Frühstück gemacht, bedankte sich für das erste gemeinsame Jahr und drückte seine Hoffnung aus, das zweite möge ihnen mehr Glück bringen. Zu Mittag führte er sie in ein gutes Restaurant.

Der Unfall geschah am späten Nachmittag. Angelika hatte zwar den Spezialsitz für ihre Tochter auf der Rückbank befestigt, aber nicht ordnungsgemäß, wobei Sitz und Baby im Notfall gegen die Rückenlehne geprallt wären.

Jenny lag mit Blickrichtung zum Fahrgastraum und war nicht angeschnallt. Aus welchem Grund auch immer hatte Angelika das versäumt. Außerdem telefonierte sie während der Fahrt und bemerkte zu spät, dass vor ihr ein Auto anhielt. Beim Aufprall zog Angelika sich zwei Rippenbrüche und

Verletzungen an den Beinen zu. Jenny wurde aus dem Sitz geschleudert und prallte gegen die Frontscheibe. Sie war auf der Stelle tot.

An der Beerdigung nahm Angelika nicht teil, sie lag noch im Krankenhaus. Richard half Regine, Matthias zu stützen, dabei hatte sie selbst das Gefühl, keinen Boden mehr unter den Füßen zu haben. Es war nicht ihre Schuld, weiß Gott nicht. Aber sie hörte unentwegt ihren Bruder sagen: «Wer mit dem Tod lebt, sollte keine Kinder haben.»

Vor dem anschließenden Beisammensein der Trauergesellschaft bei Kaffee und belegten Brötchen, zu dem Matthias' Eltern in eine Gaststätte einluden, drückte Richard sich, indem er eine wichtige Arbeit vorschob. Er wollte sich nicht noch den halben Nachmittag dieses Elend anschauen. Dabei konnte er durchaus nachempfinden, wie Matthias zumute war. Auch wenn er nicht viel mit dem Baby zu tun gehabt hatte, Jenny war ein niedliches Kind gewesen und ein friedliches. Über Mittag geweint, während er und Regine beim Essen saßen, hatte die Kleine kein einziges Mal in den sechs Wochen.

Bernie fuhr Regine und Matthias zurück zum Haus, als die Trauergäste sich zerstreuten. Regine mochte Matthias nicht allein lassen und nahm ihn mit in ihre Wohnung.

Er war so verzweifelt. «Ich hätte so gerne einmal gefühlt, wie Jenny sich in ihr bewegte», sagte er. «Aber ich durfte Angelika ja nie anfassen. Jetzt fühle ich gar nichts mehr.»

Regine setzte sich zu ihm auf die Couch und nahm ihn in die Arme, wie sie es schon oft getan hatte. Er legte einen Arm um ihren Nacken und drückte das Gesicht in ihre Halsbeuge.

«Ich kann nicht ins Krankenhaus fahren», sagte er. «Ich schlag Angelika tot, wenn sie mir unter die Augen kommt. Sie wollte kein Kind, jetzt hat sie ihren Willen.»

«Sie hat den Unfall doch nicht mit Absicht verursacht», versuchte Regine ihn zu beschwichtigen.

«Warum musste sie Jenny denn mit in die Firma schleppen?»,

hielt er dagegen. «Warum stand der Maxi Cosi falsch herum auf dem Sitz? Und warum war Jenny nicht angeschnallt? So etwas vergisst man doch nicht.»

Matthias schwieg minutenlang, dann flüsterte er: «Wir beide hätten besser zueinandergepasst. Weißt du, wie oft ich das gedacht habe in den letzten Monaten? Wir hätten uns höchstens darüber gestritten, wer nachts aufstehen und das Fläschchen geben darf. Aber ich nehme an, von dir hätte Jenny kein Fläschchen bekommen, sondern Muttermilch. Du hättest bestimmt nicht befürchtet, dass deine Figur aus dem Leim geht, wenn du sie stillst, oder dass die Firma darunter leidet, wenn du die Milch abpumpst. Jenny hat mich angelächelt, Regine, in der letzten Nacht. Bewusst gelächelt hat sie – zum ersten Mal und zum letzten. Warum konnte nicht Angelika durch die Scheibe fliegen?»

«So darfst du nicht denken», mahnte Regine.

«Ich will gar nicht mehr denken», sagte er, legte eine Hand unter ihr Kinn und küsste sie.

Es kam überraschend, und trotzdem war es vertraut. Als wären sie seit ewigen Zeiten ein Paar. Deshalb ließ sie ihn auch gewähren, als er ihre Bluse aufknöpfte. Er murmelte unentwegt, was sie bei Richard stets vermisste.

Eines kam zum anderen. Sie dachte nicht daran, dass Richard jeden Moment hereinkommen könnte. Sie hatte auch nicht eine Sekunde lang das Gefühl, ihren Mann zu betrügen. Was sie fühlte, war eine völlig neue und unbekannte Art von Erregung. Alles war anders, viel intensiver, als Richards Zärtlichkeiten es je gewesen waren. Matthias wurde ruhiger und gleichzeitig leidenschaftlicher. Er riss sie mit, bis sie plötzlich eine Stimme hörte.

«Macht's Spaß?»

Im ersten Augenblick klang es nach ihrem Bruder, spöttisch und amüsiert. «Ja», sagte sie automatisch und machte sich nicht die Mühe, die Augen zu öffnen. Matthias zuckte zusammen und richtete sich über ihr auf. Erst daraufhin schaute sie zur Tür und sah Richard dort stehen.

«Nennt ihr das eine Trauerfeier?», fragte er. Ehe ihm jemand antworten konnte, wandte er sich ausschließlich an Matthias und wurde ausfallend: «Mann, du musst ja Nerven haben. Eins unter die Erde bringen und sofort ein neues ansetzen, das macht dir so schnell keiner nach. Du hast dir nur leider die falsche Frau vorgenommen. Ist dir noch gar nicht aufgefallen, was?»

Matthias zog sich zurück und wollte aufstehen. Regine hielt ihn mit beiden Armen fest, spürte die Feuchtigkeit zwischen den Schenkeln, zum ersten Mal so viel Feuchtigkeit, dass es aus ihr herausfloss und in der Couch versickerte. In dem Moment begriff sie – zumindest das.

9.

Dass er einen großen Fehler machte, wurde Richard schon klar, noch während er sprach. Aber es war eine verrückte Situation und eine völlig unerwartete obendrein. Sie und Matthias … Kerstin hatte es oft befürchtet. Er hatte sich das nie vorstellen können, bestimmt nicht an diesem Tag. Bei so einem Anblick sollte man nicht eine gute Dressur vergessen und nur noch sagen, was einem gerade einfiel.

Matthias raffte Hemd, Hose, Slip und Socken zusammen und erklärte etwas. Sie blieb ohne das geringste Anzeichen von Scham mit gespreizten Beinen auf der Couch sitzen, zeigte auf den Fleck zwischen ihren Schenkeln und schnitt Matthias das Wort ab. «Das passiert nie, wenn er mit mir schläft.»

«Ich sammele ja auch nicht monatelang», hielt Richard dagegen. «Und soweit ich das eben beurteilen konnte, ist es mir bisher nie gelungen, dich dermaßen in Ekstase zu versetzen. Wahrscheinlich stammt das meiste von dir.»

Noch ein Fehler. Er hätte anders reagieren müssen. Matthias verprügeln und rauswerfen, oder sich wenigstens erkundigen, wie lange sie es schon miteinander trieben. Betrogene Ehemänner blieben nicht seelenruhig in der Tür stehen und diskutierten es aus. Das war ihm sehr wohl bewusst. Das Problem war, es berührte ihn nicht, verletzte nicht, kränkte nicht. Es war einfach nur ein unpassender Anblick. Wenn er sie mit Bernie erwischt hätte, hätte er wahrscheinlich einen Lachkrampf bekommen.

Regine schüttelte den Kopf und wandte sich an Matthias: «Ich habe mich nicht in etwas hineingesteigert», begann sie. «Vielleicht hat Christel doch in gewisser Weise recht. Ich glaube, er zählt, wenn er mit mir schläft. Ich habe dann oft Zahlen im Kopf, immer die gleichen: sieben, vierzehn, einundzwanzig, achtundzwanzig und so weiter. Vorher ist er nicht erregt. Ich darf ihn nicht stimulieren. Er macht selbst irgendetwas mit seinem Glied, bevor er es einführt. Und richtig steif ist es nie.»

Sie ging ziemlich ins Detail, das hatte Richard von ihr nicht erwartet. Matthias hörte zu, abgelenkt von seinem Schmerz um das Baby, runzelte er nachdenklich die Stirn.

Endlich schaute sie Richard an. «Das hast du schon im Hotel so gemacht. Für wen tust du das?»

Die Entscheidung musste im Bruchteil einer Sekunde gefällt werden. Sich auf eine Diskussion mit ihr einlassen, noch mehr Fehler begehen, oder … Richard drehte sich einfach um und ging.

Kerstin fiel aus allen Wolken, als er nach langer Zeit wieder mal unangemeldet im Salon auftauchte. Sie folgte ihm in den Aufenthaltsraum, hörte sich an, was vorgefallen war, und nickte, als er fragte, ob er ein oder zwei Nächte bei ihr unterkriechen könnte. Dass er auf Regines Erkenntnis nicht reagiert, sondern die Wohnung verlassen hatte, fand sie in Ordnung, wollte nur wissen: «Meinst du, sie wird dich rauswerfen?»

Er zuckte mit den Achseln. Für Brockmüllers Ehe gab er keine zwei Cent mehr. Was seine eigene betraf, hing vielleicht alles davon ab, ob es wirklich nur ein einmaliger Ausrutscher gewesen war. So hatte er Matthias verstanden.

«Dann sieh zu, dass du das wieder hinbiegst», verlangte Kerstin, wie kaum anders zu erwarten.

Er war nicht sicher, ob es noch etwas zu biegen gab. Mit seinem Einfluss auf Regine war es nicht mehr weit her. Christel hatte ganze Arbeit geleistet und der Schlag auf den Schädel ihres Vaters ein Übriges getan.

Als Kerstin Feierabend machte, fuhr er mit ihr nach Bergheim. Die halbe Nacht diskutierten sie über die beste Strategie. Es widerstrebte ihm, Kniefälle zu tun. Aber er sah ein, dass er keine andere Wahl hatte, wenn er nicht alles verlieren wollte.

Schon am nächsten Vormittag fuhr er zurück. Ungewaschen, ungekämmt, als hätte er die Nacht im Auto verbracht. Zusätzlich etwas von Kerstins Antifaltencreme direkt in die Augen gerieben, machte er einen erbarmungswürdigen Eindruck.

Regine war im Arbeitszimmer mit dem Vertiko vom Trödelmarkt beschäftigt. Durch die Betreuung der kleinen Jenny war ihre Arbeit mit altem Holz ins Hintertreffen geraten. Nun kniete sie vor dem Möbelstück und probierte verschiedene Holzstücke aus, die sie schon vor Wochen in einer Schreinerei beschafft hatte, um den fehlenden Fuß passend zu ersetzen. Noch sicherte ein Provisorium den festen Stand des Möbels.

Sie schaute nicht mal auf, als Richard bis zur Tür kam. Es gelang ihm, den von der Creme geröteten Augen noch ein paar Tränen zu entlocken. Sein Stammeln, unterbrochen von einigen Schluchzern, klang in seinen Ohren echt und mitleiderregend.

«Kleines, ich weiß, dass du dich getäuscht fühlst. Aber versuch bitte, mich zu verstehen. Ich hab solche Angst um dich. Jedes Mal, wenn ich mit dir schlafe, muss ich an deine Mutter denken. Ich könnte es nicht ertragen, dich zu verlieren. Dann passiert es häufig, dass mein Glied erschlafft. Ich kann nichts dagegen tun.»

Sie beachtete ihn gar nicht. Er gab noch ein paar erstickte Schluchzer von sich, ging zu ihr, griff unter ihre Achseln, zog sie hoch, umschlang sie mit beiden Armen und presste sein Gesicht in ihr Haar.

Sie machte sich steif, bog den Kopf zurück. Davon ließ er sich nicht beirren, hielt sich weiter an den vorgegebenen Text. «Lass uns vergessen, was gestern geschehen ist. Ich hatte die ganze Nacht Zeit zum Nachdenken. Ich hätte euch nicht allein lassen dürfen. Es war ein furchtbarer Tag für dich und Matthias. Da kann es passieren, dass man sich nur trösten will. Man klammert sich aneinander und verliert die Kontrolle über seine Gefühle.»

«Ich habe nicht die Kontrolle verloren», sagte sie und befreite sich aus seiner Umarmung, «nur meine Gefühle für dich.»

Das hatte er befürchtet, allerdings nicht erwartet, dass sie es dermaßen kühl über die Lippen brachte. Erst nach einigen Sekunden gelang ihm die Frage: «Willst du dich von mir trennen?»

Ehe sie darauf antworten konnte, riss er sie erneut an sich. «Das darfst du nicht tun, Kleines. Du darfst mich nicht verlassen. Das könnte ich nicht ertragen. Ich hab doch nur dich! Wie soll ich denn ohne dich leben?»

«Vorher hast du auch ohne mich gelebt», sagte sie und stemmte energisch beide Hände gegen seine Brust, bis er sie losließ. «Und ich will ebenfalls leben.»

Er hütete sich, sie noch einmal anzufassen, konzentrierte sich auf einen verwirrten Gesichtsausdruck. «Aber, Kleines, das sollst du. Du musst leben. Etwas anderes will ich doch nicht. Warum habe ich denn Probleme, wenn ich mit dir schlafe?»

Länger als eine Minute betrachtete sie ihn nachdenklich. Dann fragte sie: «Hast du eine andere Frau?»

Zum Teufel mit Kerstins Instruktionen und der Rolle als Bettler. «Entschuldige mal», sagte er. «Bist du taub? Was habe ich dir denn gerade erklärt? Dass ich nur dich habe. Du betrügst mich und wagst es, mich so etwas zu fragen?»

Sie nickte. «Erklären kannst du mir viel. Auf Lippenbekenntnisse gebe ich nichts mehr. Ich habe dich kurz vor unserer Hochzeit schon einmal gefragt. Kennst du Carlas Friseuse?»

Er brauchte ein paar Sekunden, um den erneuten Schlag zu verdauen. Wenn sie Kerstin die ganze Zeit im Hinterkopf gehabt hatte, sollte man doch annehmen, dass sie sich längst Gewissheit verschafft hätte. Aber dann hätte sie kaum fragen müssen, dann hätte sie es ihm ins Gesicht gesagt.

Oder war das jetzt ein Test? Wollte sie nur noch wissen, wie es um seine Ehrlichkeit bestellt war? Er ließ es darauf ankommen, schüttelte zuerst nur den Kopf, bis er sicher war, eine verwunderte Tonlage zu treffen. «Geht Carla nicht zu einem Friseur?»

Regine nickte erneut: «Aber erst seit unserer Hochzeit. Vorher war sie Stammkundin bei Kerstin Riedke. Kennst du diese Frau?»

Wie sie ihn anschaute, als sie den Namen aussprach. Als wolle sie sich mit den Augen tief in sein Hirn bohren. Na ja, wenn sie beim Sex Zahlen im Kopf hatte und ziemlich sicher war, woher die kamen. Er schaffte ein Achselzucken und umging eine klare Antwort mit einer Gegenfrage: «Was ist denn mit ihr?»

«Sie gehört zu den Leuten, denen man den Hals nicht langmachen darf», sagte Regine. «Sonst bekommt man eines Tages etwas aufs Dach. Mein Vater hat etwas aufs Dach bekommen.»

Darauf ließ Richard ein ungläubiges Stirnrunzeln folgen. «Denkst du, eine Frau hätte deinen Vater überfallen?»

«Nein», sagte sie.

«Was denkst du dann?», hakte er nach. «Was bringt dich auf die verrückte Idee, ich könnte diese Frau kennen?»

«Ich habe einmal geträumt, dass Kerstin Riedke mich töten wollte», erklärte sie endlich. «Du warst dabei und hast sie davon abgehalten.»

«Geträumt», wiederholte er in einem Ton, der ihr klarmachen sollte, dass er ernsthaft an ihrem Verstand zweifelte, wenn sie einen Traum für bare Münze nahm. «Und ich habe verhindert, dass sie dir etwas antat. Und daraus schließt du, ich müsste die Frau kennen und dein Leben wäre in Gefahr.»

Jetzt hatte er wieder Oberwasser, ließ hörbar die Luft entweichen, schüttelte sachte den Kopf, machte zusätzlich mit der Hand eine wischende Bewegung vor seiner Stirn und sprach aus, was seiner Meinung nach einmal ganz klar gesagt werden musste: «Entschuldige, Kleines. Aber manchmal habe ich das Gefühl, du bist nicht ganz dicht. Vielleicht solltest du deinen Umgang mit Christel etwas einschränken.»

Regine schaute an ihm vorbei und verlangte: «Lass mich in nächster Zeit einfach in Ruhe, ja? Ich werde im Gästezimmer schlafen. Ich muss mir über vieles klar werden, vor allem über uns beide.»

«Selbstverständlich», sagte er.

Übers Wochenende sprach sie kaum ein Wort, telefonierte nur einmal mit Carla und setzte keinen Fuß vor die Tür. Richard blieb ebenfalls in der Wohnung und wagte es nicht mal, Kerstin aus dem Bad anzurufen. Eigentlich hatte er den Montagnachmittag mit ihr verbringen wollen, aber das Risiko erschien ihm jetzt wieder viel zu groß. Er war im Zweifel, ob er Kerstin sagen musste: «Regine weiß Bescheid über uns.»

So war es doch nicht. Regine spekulierte, stocherte mit ihren *besonderen* Fähigkeiten im Dunkeln herum, bekam hier einen Fetzen zu packen, dort einen Zipfel und wusste nicht, wie sie die Fetzen und Zipfel zusammenstecken sollte. Aber wenn sie so weitermachte … oder auf die Idee kam, sich bei seiner alten Adresse in Bergheim nach Kerstin Riedke zu erkundigen … Es konnte und durfte nicht mehr lange so weitergehen. Wenn er nur gewusst hätte, wie er es gefahrlos und ohne größere finanzielle Einbußen zu Ende bringen könnte.

Am Montagvormittag rief er Kerstin aus seinem Büro an, musste ihr wenigstens sagen, dass sie sich heute nicht sehen konnten. Sonderlich enttäuscht klang sie nicht, war nur begierig zu erfahren, wie die Dinge standen.

«Beschissen», sagte er und erzählte das Nötigste. «Ich kann auch in den nächsten Wochen kein Risiko eingehen», schloss er. «Zuerst muss sie weg.»

«Wenn ihr jetzt was passiert, hast du sofort die Bullen am Hals», erwiderte Kerstin gereizt. «Was meinst du, was Brockmüller denen erzählt? Du erwischst sie mit ihm beim Vögeln, und ein paar Tage später ist sie tot. Das ist für die Polizei ein gefundenes Fressen.»

«Nicht, wenn es wie ein Unfall aussieht», meinte Richard.

«Irgendwo draußen, wo es kein Mensch mit mir in Verbindung bringt.»

«Was denn für ein Unfall?», fragte Kerstin.

«Kannst du nicht nochmal diesen Mirko …?» Es widerstrebte ihm, doch eine andere Möglichkeit sah er auf die Schnelle nicht.

«Bist du scharf auf deinen eigenen Pflegefall?», erkundigte sich Kerstin und fügte nach ein paar Sekunden hinzu: «Ich weiß nicht, wo der Stümper abgeblieben ist. Und du wirst kaum von mir erwarten, dass ich sie überfahre.»

Er musste das Gespräch beenden, als jemand auf dem Diensthandy anrief. Eine schnelle Lösung war weder Kerstin noch ihm eingefallen. Und kurz darauf machte er dann diese Wahnsinnsentdeckung im Keller.

10.

Von den Holzbohlen im linken Seitenflügel war der schadhafte Beton mittels einer Spitzhacke inzwischen völlig entfernt. Nun mussten die massiven, durch die Hacke aber schon arg beschädigten Balken herausgerissen und durch einen neuen Betonboden ersetzt werden. Im hinteren Bereich wollte Richard beginnen.

Das Licht war dürftig, obwohl der große Raum nun zum Gang hin völlig offen lag. Doch im Gang brannten nur zwei 60-Watt-Funzeln. Als er die ersten Latten von den Verschlägen gegen die Wand gelehnt hatte, waren die Sichtverhältnisse noch schlechter gewesen. Den rostigen Eisenring hatte er nicht bemerkt. Den sah er erst an diesem Montag, als er die Latten wieder wegnahm, weil er mit den darunterliegenden Bohlen anfangen musste.

Der Ring befand sich in Brusthöhe an der Wand, die ans Lager grenzte. Für welchen Zweck er gedacht war, wurde Richard erst klar, als er über den zweiten Ring stolperte. Der war mit einer ebenfalls stark angerosteten Eisenplatte auf einem der Balken am Fußboden befestigt.

Die Falltür war als solche kaum auszumachen. Ihre Fugen hatten sich ebenso mit Dreck und Betongebrösel zugesetzt wie sämtliche anderen Fugen zwischen den Bohlen. Nachdem er mit einem groben Besen das Ärgste weggefegt hatte, erkannte er die Ausmaße.

Es war eine große Tür, einen Meter breit, anderthalb Meter lang, verdammt schwer und seit ewigen Zeiten nicht mehr bewegt worden. Er musste die Spitzhacke als Hebel ansetzen, um das Geviert aus dem Dreck vergangener Jahrzehnte zu lösen. Es bestand wie der Fußboden aus massiven Balken und ließ sich nur hochkant stellen.

Kalte, modrige Luft stieg von unten auf. Eine schmale, schwarzgefärbte Holzstiege führte in die Tiefe, siebzehn Stufen zählte Richard im Schein seiner Taschenlampe. Schon die erste knirschte verdächtig, als er einen Fuß daraufsetzte und mit seinem Gewicht belastete. Er zog den Fuß rasch wieder zurück. Das Holz war morsch, kein Wunder nach all der Zeit.

Minutenlang stand er an der offenen Luke, spähte hinab, verrenkte sich fast den Hals, um so viel wie möglich zu sehen. Er wusste genau, was er unter sich hatte. Den Kohlebunker, von dem Bernie meinte, er hätte unter dem rechten Seitenflügel gelegen und wäre nach dem Krieg mit Schutt und Trümmern aufgefüllt worden. Unten türmten sich tatsächlich Berge von Steinen, Balken und Gerümpel, aber randvoll war der Bunker nicht. Rund um die Stiege war Platz.

Langsam ließ er die schwere Falltür wieder sinken. Über den eisernen Ring im Boden fegte er ein Häufchen Dreck und legte darüber noch etliche Holzlatten, die anderen stellte er so zurück gegen die Wand, wie sie vorher gestanden hatten. Fünf Minuten später saß er im Auto, fuhr zu einem Baumarkt, kaufte eine starke Eisenkette, zwei massive Karabinerhaken und eine stabile Aluleiter.

Die Kette befestigte er mit den Karabinerhaken an den beiden Ringen und sicherte so die schwere Tür, damit er nicht Gefahr lief, dass die ihm über dem Kopf zuschlug. Von unten wäre sie kaum wieder zu öffnen gewesen. Mit der Aluleiter, die er seitlich an den morschen Stufen vorbeiführen konnte, kam er sicher hinunter. Dann ließ er den Strahl der Taschenlampe wandern.

Der Raum schien quadratisch geschnitten mit einer Seitenlänge von etwa zwölf Metern. Er musste sich zur Hälfte noch unter dem Lager erstrecken. Die Falltür befand sich exakt in der Mitte. Im Bereich unter dem Lager bestand die Decke aus Steinen und war wie ein Kreuzgewölbe gestaltet. Das Problem war der vordere Teil, die von der Hacke beschädigten Holzbohlen über seinem Kopf. Herausreißen durfte er die auf keinen Fall.

Am späten Nachmittag führte er ein weiteres Telefongespräch mit Kerstin und erklärte ihr den Plan, der seit der Entdeckung in ihm gereift war. Der perfekte Mord. Regine würde verschwinden an einem Ort, von dem außer ihm und nun auch Kerstin kein Mensch wusste, dass es diesen Ort überhaupt noch gab. Bei einer Frau in Regines Alter gäbe es vermutlich keine nennenswerten polizeilichen Ermittlungen, gewiss nicht, wenn mit ihr zwei Koffer und Kleidung verschwanden und bekannt wurde, dass sie kurz vorher eine Beziehung mit einem anderen begonnen und zu ihrem Mann gesagt hatte, sie müsse sich über einiges klar werden.

Kerstin war begeistert und drängte ihn, es sofort zu erledigen, gleich in der kommenden Nacht. Das redete er ihr wieder aus. Es war nicht damit getan, Regine samt Gepäck in den Bunker zu schaffen, sie zu töten und liegenzulassen. Tote hatten eine üble Angewohnheit, das wusste er noch aus seiner Zeit in der Schreinerei, nach kurzer Zeit begannen sie zu riechen und bald darauf entsetzlich zu stinken. Und nach Regines Verschwinden durfte er so bald im linken Seitenflügel keinen neuen Betonboden einziehen. Frischer Beton hätte die Polizei mit der Nase darauf gestoßen, dass da was faul war.

Man musste auch einkalkulieren, dass sie das Haus gründlich unter die Lupe nahmen, wenn Matthias, Carla, Christel oder sonst wer den richtigen Schluss zog. Wenn sie mit Hunden kamen … Nein, ein Grab musste sein. Und das konnte er erst gefahrlos ausheben, wenn der Seitenflügel zum Gang wieder verschlossen war.

«Eine Mauer hochziehen schaffe ich in zwei Tagen», beruhigte er Kerstin. «Die muss ja nicht für die Ewigkeit halten. Und eine Grube ausheben dauert nur ein paar Stunden.»

Dienstags besorgte er sich einen Arbeitsanzug, einen sogenannten Blaumann, ein warmes Hemd für drunter und zwei

Petroleumlampen. Es gab keinen elektrischen Strom im Gewölbe, und mit einer Taschenlampe in der Hand ließ sich nicht gut arbeiten. Dass er mehrere starke Taschenlampen – es gab ja richtige Scheinwerfer – auch irgendwie hätte befestigen können, kam ihm nicht in den Sinn.

Er brachte die Sachen sofort nach unten, wollte gleich Mittwoch beginnen. Vom rechten Seitenflügel waren noch Steine und anderes Material übrig, mit dem er anfangen konnte. Eine weitere Lieferung wurde ihm für Donnerstag zugesagt. Und da hatte er bereits genügend Zeit, es in aller Ruhe und mit der gewohnten Sorgfalt anzugehen.

Das vierte Kreuz führte Regine völlig in die Irre.

11.

Eine Woche nach der Beerdigung ihrer Tochter wurde Angelika aus dem Krankenhaus entlassen. Das war der Mittwoch, an dem Richard im linken Seitenflügel die ersten Steine in Position brachte. Um es schnellstmöglich zu erledigen, wollte er eine durchgehende Wand einziehen, die den gesamten Bereich zum Gang hin abschottete.

Es war eine provisorische Angelegenheit, er hatte nicht mal ein kleines Fundament ausgehoben. Auf der rechten Seite hatte er sich entschieden mehr Mühe gegeben, Einzelräume geschaffen, Türen eingesetzt. Damit wollte er sich jetzt nicht aufhalten, um den schadhaften Boden konnte er sich auch erst später kümmern.

Bernie schaute zweimal vorbei und wunderte sich bei der ersten Stippvisite mit Blick auf die Kerben und faustgroßen Löcher in den dicken Holzbohlen, dass Richard ganz anders vorging als im rechten Seitenflügel.

«Ich will es erst mal nur zumachen, damit nichts passiert», erklärte er dem Dicken. «Danach muss ich mich um den Boden kümmern.»

«Aber wenn du es zumachst, kommst du doch nicht mehr rein», sagte Bernie verständnislos. «Was ist denn mit einer Tür?»

«Die mache ich vom Lager aus», sagte Richard. «Das ist praktischer. Ich habe nämlich vor, mir hier eine Werkstatt einzurichten.»

«Das wird aber eine große Werkstatt», meinte Bernie. Wozu ein Hausmeister überhaupt eine brauchte, wo doch im Lager die Werkbank stand und bisher völlig gereicht hatte, fragte er nicht.

Beim zweiten Besuch brachte er Richard einen Kaffee nach

unten und berichtete von Angelikas Ankunft. Matthias hatte es für überflüssig befunden, sich den Tag freizunehmen und seine Frau aus dem Krankenhaus abzuholen. Angelika war mit einem Taxi heimgekommen, und Bernie zerfloss vor Mitgefühl. «Man erkennt sie nicht wieder. Sie ist nur noch ein Schatten ihrer selbst.»

Am späten Nachmittag konnte Richard sich überzeugen, dass der Dicke nicht übertrieben hatte. Regine putzte die Terrassentüren im Wohnzimmer. Angelika stand bei ihr: ein Wrack, graue Haut und rotgeäderte Augen, ein flackernder Blick und eine herzergreifende Bitte auf den Lippen. Sie wollte ihrer Jenny unbedingt erklären, dass sie zwar ursprünglich nicht so bald ein Baby gewollt, Jenny aber trotzdem sehr geliebt hatte und immer noch liebte.

«Es war keine Absicht, das musst du mir glauben, Regine. Ich hatte sie mit dem Maxi Cosi aus dem Auto genommen und hab sie so auch wieder reingesetzt. Dass sie nicht mehr angeschnallt war, darauf hab ich nicht geachtet.»

«Wenn du den Sitz zur Rückenlehne ausgerichtet hättest ...», begann Regine.

«Herrgott», fuhr Angelika ihr dazwischen. «Jetzt komm du mir nicht auch noch damit! Ich dachte, das blöde Ding wird nur andersherum festgemacht, wenn man es auf den Vordersitz stellt. So hat der Verkäufer es uns erklärt. Und Matthias hat es auch so gemacht, als er uns aus der Klinik geholt hat.»

Darauf ging Regine nicht ein. Angelika schluchzte auf und sprach weiter: «Weißt du noch, was das alte Weib auf der Kirmes gesagt hat? Dass ich verliere, woran mein ganzes Herz hängt. Ich habe alles verloren. Matthias hat mich kein einziges Mal besucht. Als ich in die Wohnung kam, lag da ein Zettel. Ich soll meine Sachen packen und nach nebenan zu Jutta ziehen. Wenn ich nicht gehe, geht er, hat er geschrieben. Er wird mir nie verzeihen. Lass mich wenigstens meine Jenny um Verzeihung bitten.»

«Ich kann das nicht», erklärte Regine knapp und rieb heftiger mit dem Ledertuch über die große Glasscheibe.

«Aber Bernie kann es», drängte Angelika. «Frag ihn, bitte. Wenn ich das tue, sagt er bestimmt nein. Er mochte mich nie.»

Angelika bettelte, weinte und flehte, bis Richard es leid war und sagte: «Regine, ich bitte dich, hast du kein Herz im Leib? Wenn du Bernie nicht fragst, tue ich es.»

Da warf sie das Ledertuch in den Eimer und griff zum Telefon. Ein paar Minuten später war Bernie oben, seinen dreibeinigen Tisch hatte er gleich mitgebracht. Niemand erhob Einwände gegen Richards Anwesenheit. Bernie traf auch keine großartigen Vorbereitungen. Er erklärte Angelika den Ablauf und wollte sich zwischen den Wiegen niederlassen. Dagegen protestierte Regine, am Esstisch im Wohnzimmer sei es bequemer, entschied sie.

Auf dem großen Tisch wurden drei Kerzen angezündet. Sie nahmen zu dritt Platz, legten ihre Fingerspitzen ans Tischchen. Richard blieb in der Tür stehen und schaute sich das an. Es dauerte nur ein paar Sekunden, bis Bernie mit heftigen Atemzügen die Kerzen zum Flackern brachte und verkündete, seine Mutter sei da. Dann sprach er mit der dialektgefärbten Altfrauenstimme auf Angelika ein, versuchte sie mit allen nur denkbaren Argumenten zu trösten.

Natürlich war Jenny in bester Obhut. Bernies Mutter kümmerte sich persönlich um das kleine Mädchen. Bernie übertraf sich selbst. In diesem betulichen Altweiberton erklärte er: «Es gibt hier viele offene Arme für ein Engelchen und keine Schmerzen beim Zahnen, kein Leid, keine Tränen.»

«Bitte, kann ich selbst mit ihr sprechen?», weinte Angelika.

«Momentchen», bekam sie zur Antwort. «Ich hole sie.»

Angelika brachte kaum noch ein verständliches Wort über die Lippen, stammelte ihre Entschuldigungen, weinte noch heftiger. Und dann sagte Bernie plötzlich mit einer sanften Kinderstimme, die sogar Richard einen Kälteschauer über den

Rücken trieb: «Nicht weinen, Mami. Du darfst nicht traurig sein. Es ist wunderschön hier.»

Regine sprang unvermittelt auf, stürmte auf die Tür zu, rannte Richard beinahe um und hetzte weiter in die Küche. Angelika schaute ihr verwirrt hinterher.

«Schade», sagte Bernie. «Jetzt ist der Kontakt abgerissen.»

Angelika bedankte sich, wischte ihre Tränen ab und ging. Und kaum war die Tür hinter ihr ins Schloss gefallen, stürzte Regine sich wie eine Furie auf Bernie. «Warum hast du nicht aufgehört?»

Sie hatte ihn mehrfach unter dem Tisch gegen das Schienbein getreten, ohne dass er sich darum gekümmert hatte. Er begriff auch nicht, worüber sie sich so aufregte.

«Ein alter Mann, der mit falscher Zunge spricht!», schrie Regine ihn an. «Damit warst du gemeint. Es ist alles eingetroffen, was Madame Zarah Angelika prophezeit hat. Alles!»

«Aber es war doch in Ordnung», rechtfertigte Bernie sich. «Ich glaube, es hat ihr wirklich geholfen. Sie war viel ruhiger.»

«Sie wird sterben», behauptete Regine. «Ich habe das vierte Kreuz hinter ihr gesehen – mit ihrem Namen.»

«Ist mir nicht aufgefallen», murmelte Bernie betreten.

Richard hatte auch kein Kreuz bemerkt. Trotzdem riet er dem Dicken: «Du gehst ihr besser nach und bleibst ein Weilchen bei ihr.»

Bernie blieb bis zehn Uhr abends bei Angelika. Er verließ sie in der festen Überzeugung, es sei alles in Ordnung mit ihr.

12.

Wie ein Rechtsmediziner später feststellte, starb Angelika zwischen Mitternacht und ein Uhr. Todesursache war ein Herzstillstand nach einem elektrischen Schlag – Föhn in der Badewanne. Auch in Brockmüllers Wohnung fehlte der FI genannte Schutzschalter.

Und Matthias war daheim, als es passierte. Er hatte den Abend in einer nahe gelegenen Kneipe verbracht und sich betrunken. Gegen halb zwölf war er nach Hause gekommen, dafür gab es einen Zeugen. Der Mieter aus 2a war im Aufzug mit ihm hinaufgefahren und hatte noch gesehen, wie Matthias seine Wohnungstür aufschloss, wobei er ziemliche Schwierigkeiten hatte.

Im Polizeiverhör gab Matthias an, sich vollständig bekleidet auf die Couch im Wohnzimmer gelegt zu haben und sofort eingeschlafen zu sein. Ihm sei nicht aufgefallen, dass seine Frau sich ebenfalls in der Wohnung aufhielt. Er habe ihr doch einen Zettel hingelegt mit der Aufforderung, bei ihrer Teilhaberin zu übernachten. Und er sei davon ausgegangen, dass sie Unterkunft bei Jutta Merz gefunden habe. Gegen drei in der Nacht sei er aufgewacht, habe aufs Klo gehen wollen und festgestellt, dass im Bad das Licht nicht funktionierte. Aber der Schein aus der Diele reichte, um zu erkennen, dass Angelika endgültig aus seinem Leben verschwunden war, was ihn schlagartig ernüchterte.

Der obligatorische Abschiedsbrief lag auf seinem Kopfkissen, beinhaltete eine Entschuldigung, eine Schilderung der Unterhaltung mit Bernies Mutter und Jenny sowie den Hinweis, dass Angelika ihrer Tochter an dem wunderschönen Ort Gesellschaft leisten und sich doch lieber persönlich um ihr Baby kümmern wollte, weil sie sicher war, dass Matthias ihr nie würde verzeihen können.

Statt umgehend die Polizei oder einen Rettungsdienst zu alarmieren, hetzte Matthias hinauf ins Dachgeschoss, klingelte und trommelte Regine wach. Richard wachte ebenfalls auf. Als er aus dem Schlafzimmer in die Diele kam, standen sich die beiden wie zwei Kampfhunde gegenüber. Nach dem Anblick, den sie ihm auf der Couch geboten hatten, war es ein Erlebnis besonderer Art. Es fehlte nicht viel, und sie hätten sich gegenseitig die Köpfe eingeschlagen.

Matthias brüllte: «Was habt ihr mit ihr gemacht?»

Regine stellte nicht weniger lautstark fest, dass er Angelika mit einer guten Freundin betrogen habe, nämlich mit ihr. Und bei der Gelegenheit hatte er gesagt, dass sie besser zueinanderpassten und er Angelika umbringen könnte.

«Du bist doch völlig meschugge!», schrie Matthias. «Monatelang faselst du, Richard wolle dich töten. Und jetzt bin plötzlich ich ein Mörder!»

«Du hast gesagt, du schlägst sie tot, wenn sie dir unter die Augen kommt», erinnerte Regine ihn.

«Ich weiß, was ich gesagt habe», gab Matthias zurück. «Aber das hab ich doch nicht so gemeint. Du hast sie auf dem Gewissen mit eurem Affenzirkus.»

Die Polizei sah das natürlich anders. Nach kurzem, aber reiflichem Abwägen der Situation und aller sich daraus für ihn eventuell ergebenden Vor- und Nachteile wählte Richard die 110. Er informierte die Beamten über den Sachverhalt und die jüngsten Ereignisse, verschwieg auch nicht, dass er Regine und Matthias nur wenige Stunden nach der Beerdigung des Kindes beim Sex erwischt hatte und dass seine Frau zwischenzeitlich aus dem gemeinsamen Schlafzimmer ausgezogen war.

Regine musste sich ein paar hochnotpeinliche Fragen anhören. Wegen der Séance gab es auch ein paar scheele Blicke auf Bernie. Aber mitgenommen wurde nur Matthias, obwohl Bernie es genauso sah wie der junge Witwer. Der Dicke war untröstlich, ein Menschenleben auf dem Gewissen zu haben.

Regine war mehr als das, völlig am Boden zerstört war sie. Daran änderte auch Christel nichts mehr.

Den ganzen Vormittag saß das Klappergestell – von Bernie alarmiert – bei Regine, redete auf sie ein und bekam auf alles nur ein Kopfschütteln zur Antwort. Am Nachmittag wusste Christel sich nicht mehr anders zu helfen, sie rief Carla an. Die ließ ihren Pflegefall für zwei Stunden in der Obhut der Hausangestellten zurück und kam angehetzt. Aber sie erreichte auch nicht mehr als die esoterische Bohnenstange.

«Ihr habt mir vom ersten Tag an eingeredet, dass Richard mich nicht liebt», sagte Regine. «Nur deshalb ist alles so gekommen. Ich konnte ihm nie richtig vertrauen. Schließlich habe ich sogar geglaubt, dass er mich töten will, weil ich eine Frau in einer gefüllten Wanne liegen sah, über deren Rand ein Elektrokabel hing. Aber das war Angelika. Ich habe es vorhergesehen und nicht begriffen.»

Dabei blieb sie, egal, welche Argumente Carla und Christel vorbrachten. Zu Christel sagte sie schließlich sogar: «Tu mir den Gefallen und verschone mich in nächster Zeit mit deinen Ansichten. Ich brauche Abstand.»

Matthias tauchte weder am Donnerstag noch am Freitag im Haus auf. Das sprach dafür, dass die Polizei seiner Version keinen Glauben schenkte. Bernie lag auf der Lauer, um Matthias in Empfang und alle Schuld auf sich zu nehmen. Er wollte schwören, dass Regine strikt gegen die Séance gewesen war. Dass er sich nichts Böses gedacht hatte, nur helfen wollte, wie es eben seine Art war.

Regine half er vorbildlich. Christel konnte nicht verhindern, dass Bernie ihren Schützling zu der Einsicht brachte, eine Entschuldigung sei das mindeste, was ein liebevoller, geduldiger, tüchtiger, betrogener und völlig zu Unrecht verdächtigter Ehemann erwarten durfte.

Ihre Entschuldigung fiel zwar nicht so aus, wie Richard es von ihr erwartet hätte. Sie bat nicht unter Tränen um Verzeihung für alles, was sie ihm zugemutet hatte, sagte nur schlicht: «Du hast angeboten, wir sollen vergessen, was geschehen ist. Bist du sicher, dass du das kannst?»

«Dass du mich mit Matthias betrogen hast, hätte ich zwar nie vergessen, aber verzeihen können», erwiderte er. «Ich habe dir ja sofort gesagt, dass ich die Situation irgendwie nachvollziehen konnte. Da wusste ich aber auch noch nicht, dass du mich verdächtigst, dich töten zu wollen. Was hat dich nur auf diese Idee gebracht?»

«Die Sache im Bad», sagte sie. «Ich wollte nicht baden an dem Abend, als ich vor der Waschmaschine zusammengebrochen bin. Und du hast zu Bernie gesagt, ich hätte baden wollen.»

«Ja, weil du das Wasser aufgedreht hast», behauptete er.

«Habe ich nicht», widersprach sie.

«Ich auch nicht», log er. «Dann muss ich wohl annehmen, dass es bei uns spukt. Frag doch mal deinen Bruder, ob der es war.»

Darauf ging sie nicht ein. «Was machen wir nun?», fragte sie. «Ich will nicht so weitermachen wie bisher.»

«Ich auch nicht», sagte er. «Und jetzt brauche ich ein bisschen Zeit, um mir über einiges klar zu werden.»

«Natürlich», meinte sie. «Ich bleibe vorerst im Gästezimmer.»

Und selbstverständlich war sie einverstanden, dass Matthias die Wohnung gekündigt wurde.

13.

Am letzten Freitag im November fuhr Richard nochmal zu Kerstin nach Bergheim. Sie war mehr als zufrieden mit der Entwicklung. Mitte Dezember sollte Regine sterben. Bernie hatte angekündigt, das Wochenende vom dreizehnten bis zum fünfzehnten Dezember mit Christel in Augsburg zu verbringen, irgendeine Verwandte oder Bekannte besuchen. Samstags wollten sie in aller Frühe aufbrechen, montags zurückkommen. Der Dicke könnte jedenfalls nicht nochmal dazwischenfunken.

Von Carla waren auch keine Störungen zu erwarten, die wollte an dem Wochenende ebenfalls verreisen: mit ihrem Mann ins Allgäu und bis ins neue Jahr hinein bleiben. Und das Beste war: Carla hatte vorgeschlagen, Regine solle mitkommen, um Abstand zu gewinnen und wieder einen klaren Gedanken fassen zu können.

Regine hatte abgelehnt. Aber jeder würde glauben, dass sie samstags oder sonntags doch noch ihre Koffer gepackt hätte, um ihren Eltern mit dem Zug hinterherzureisen. Dass sie nie im Allgäu ankäme und sich auch nicht telefonisch angemeldet hatte … Nun, sie hatte ihren Mann eben nicht bloß mit Matthias betrogen. Sie hatte ihn auch belogen und in Wahrheit ein anderes Ziel gehabt, sich wahrscheinlich irgendwo mit ihrem Liebhaber treffen wollen. Wenn sie nicht wieder auftauchte, würde die Polizei vermutlich Matthias einige Fragen stellen.

Dass Matthias den perfekten Plan vereiteln könne, zog Richard nicht in Betracht, obwohl Matthias montags wieder im Haus auftauchte – und geradewegs zu Jutta Merz marschierte. Bei Regine ließ er sich nicht blicken. Bei Angelikas Beerdigung zwei Tage später starrte er nur Löcher in den Dreck und nahm niemanden um sich herum wahr.

Am Freitag, dem fünften Dezember, stand die Mauer – nicht durchgezogen, wie in der Eile geplant. Das hatte Richard sich nochmal anders überlegt und sogar noch vier Zwischenwände gesetzt. Eine solide Arbeit war es geworden, genau wie im rechten Seitenflügel. Dort waren es acht Kellerräume, links nur vier, der Flügel war ja kleiner. Natürlich gab es auch vier Türöffnungen, die er wegen der Kinder im Haus provisorisch mit den Latten der ehemaligen Verschläge verbarrikadierte, ehe er um halb sechs Feierabend machte.

Man musste schon genau nachmessen, um zu erkennen, dass es einen fünften Raum gab. Der war gerade groß genug, um die Falltür öffnen zu können. Im Lager hatte Richard einen Durchbruch in die Zwischenwand geschlagen, so war er sicher vor Entdeckung, wenn er das Grab aushob. Außer ihm besaß nur Frau Haase einen Schlüssel fürs Lager. Die hatte um fünf Feierabend gemacht.

Regine spülte das Geschirr vom Abendessen ab, als er um sieben Uhr mit der Sporttasche in der Hand die Wohnung verließ. Kurz nachdem Richard weg war, kam Christel. Sie verstand zwar, dass Regine vorerst in Ruhe gelassen werden wollte, aber sie war nicht der Typ, kampflos aufzugeben. Vor allem nicht, nachdem sie etwas getan hatte, was Regine noch nie in den Sinn gekommen war.

«Ich hab deinen Mann eben abfahren sehen», sagte Christel statt einer Begrüßung. «Und ich hätte mich zu gerne an seine Stoßstange geklemmt. Aber ich wollte zuerst mit dir reden.»

Christel hatte in den letzten Tagen Erkundigungen eingezogen und in Erfahrung gebracht, dass es in Bergheim tatsächlich eine Kampfsportschule gab, die Antiaggressionstraining für Jugendliche bot. Christel meinte zwar, das sei nur die nette Umschreibung dafür, Jungs in Kickboxen und anderen Unarten fit zu machen. Aber das war nebensächlich, wichtig war: In dieser Kampfschule konnte niemand etwas mit dem Namen Maltei anfangen. Dann gab es noch einen Boxverein, dort erinnerte man sich an Richard, hatte ihn aber seit Jahren nicht mehr gesehen.

«Und nun frag dich mal», verlangte Christel, «wo, mit wem und was dein Mann zwei Abende pro Woche trainiert.»

Regine war noch nicht ganz fertig mit dem Abwasch und wischte intensiv durch eine Pfanne.

«Nicht so feste», mahnte Christel, «du reibst noch die Antihaftbeschichtung ab. Dann kannst du die Pfanne wegwerfen. – Ich habe noch mehr rausgefunden, was dich ebenfalls interessieren dürfte. Mit einer Monika war Richard nur kurze Zeit zusammen, und das ist ewig her. Da war er Anfang zwanzig. Danach hat er gute drei Jahre mit einer Friseurin zusammengelebt, in dem Hochhaus in Bergheim, in dem er angeblich ein möbliertes Zimmer bei einer älteren Witwe gefunden hatte.»

«Kerstin Riedke», sagte Regine tonlos.

Christel nickte.

«Woher weißt du das alles?», fragte Regine.

Darauf antwortete Christel nicht, sagte stattdessen: «Ich konnte doch nicht tatenlos zusehen, wie du alle Warnungen in den Wind schlägst, nur weil du dich einmal geirrt hast. Das fünfte Kreuz steht schließlich noch aus. Und so häufig gibt es den Namen Maltei nicht. Seine Eltern leben in Bergheim-Quadrat. Ich bin hin und hab mich ein Weilchen mit seiner Mutter unterhalten. Nette Person übrigens, auf die Riedke war sie nicht gut zu sprechen. Die hätte Richard völlig umgekrempelt, sagte sie.»

Regine wischte mechanisch die Pfanne trocken. «Und jetzt?»

«Jetzt», schlug Christel vor, «fahren wir dahin, wo dein Mann sein Training absolviert. Wenn wir ihn bei der Riedke erwischen, hast du die richtigen Argumente, um ihn vor die Tür zu setzen. Anderenfalls bist du nämlich das böse Mädchen, das einen wirtschaftlich von ihr abhängigen Mann ausgenutzt und betrogen hat. Wenn der auf den Putz haut, kommt es für dich knüppeldick nach. Wer soll dir glauben, dass du die ganze Zeit mit Matthias nur befreundet warst? Jeder wird annehmen, dass ihr von Anfang an ein Verhältnis hattet. Dann wird die Polizei garantiert auch Angelikas Tod nochmal durchleuchten. Du hattest mal einen Schlüssel zu ihrer Wohnung, nicht wahr?»

Regine nickte nur. Christel brauchte nicht weiterzusprechen, worauf es hinauslief, war klar.

Christel hatte sich von einer Bekannten einen Volvo geliehen, weil Richard sowohl ihr Auto als auch Bernies Van zur Genüge kannte. Dreimal fuhren sie auf der Suche nach dem dunkelblauen Mercedes jede Straße rund um das Hochhaus in Bergheim ab. Anschließend parkten sie nahe der Zufahrt zur Tiefgarage. Christel wollte notfalls die ganze Nacht auf der Lauer liegen. Aber dafür war es einfach zu kalt. Nach nur zehn Minuten waren sämtliche Scheiben beschlagen.

Christel fluchte. «Jetzt haben wir den richtigen Durchblick. Ich hätte mich besser doch eben hinter ihn geklemmt. Aber ich könnte auch bei der Tusse klingeln und behaupten, ich hätte ihrem Freund eine Schramme in sein Schmuckstück gefahren. Dann kommt er garantiert raus. Was meinst du?»

«Lass uns zurückfahren», bat Regine. «Vielleicht sind sie gar nicht hier, sondern treffen sich in einem Hotel. Er ist doch längst gewarnt.»

14.

An dem Abend traf Richard sich mit niemandem. In seiner Sporttasche hatte er wie üblich den Trainingsanzug und eine Wasserflasche aus der Wohnung getragen. Den Blaumann und das warme Hemd hatte er im Lager deponiert. Er fuhr seinen Mercedes vom Innenhof, parkte ihn zwei Straßen weiter und ging zurück, aufmerksam darauf achtend, dass ihn niemand sah. Christel jedenfalls hatte ihn nicht bemerkt – und er sie nicht.

Er fühlte sich fast ein wenig beschwingt, als er die Aluleiter hinunterstieg und mit eingezogenem Kopf über die Berge aus Bauschutt und Trümmern kraxelte, die damals nur in die Mitte des Bunkers gekippt worden waren. Vermutlich durch ein Loch in der Zwischendecke hinabgeworfen. Es war naheliegend, anzunehmen, dass auch der Bereich, den die Holzbohlen abdeckten, früher unter einem Kreuzgewölbe gelegen hatte.

Wie auch immer: Hinter dem Schutt lagen bis zur Außenwand gute drei Meter frei. Der Platz war wirklich perfekt, befand sich in der rechten Ecke unter dem Lager.

Der Boden schien aus festgestampftem Lehm zu bestehen und war wie rund um die Holzstiege zentimeterdick mit schwarzem Staub bedeckt. Richard schätzte, dass er im Höchstfall zwei Stunden brauchte, um eine ausreichend tiefe Grube auszuheben. Leider kam er mit dem Spaten nicht voran. Schon beim dritten Stich traf er auf den ersten Pflasterstein. Er war gezwungen, die Spitzhacke einzusetzen.

Von der eisigen Kälte im Gewölbe spürte er bald nichts mehr. Nach zehn Minuten lief ihm der Schweiß in breiten Bahnen übers Gesicht und den Oberkörper hinunter, obwohl er die zum Arbeitsanzug gehörende Jacke gar nicht erst angezogen hatte. Das warme Flanellhemd klebte ihm auf der Haut, er zog es aus, kletterte zurück über die Trümmer, stieg ein paar Leitersprossen hoch und legte es zusammen mit seiner Armbanduhr neben die offene Luke auf die Holzbohlen. Dann kraxelte er zurück und nahm die Hacke wieder auf.

Immer wieder musste er sich nach Pflastersteinen bücken und sie zur Seite werfen. Jedes Mal, wenn die Hacke mit diesem hellen «Pling» auf einen weiteren Stein traf, zuckte er zusammen und hoffte, dass nicht noch jemand etwas aus dem Keller holen wollte und sich in den linken Flügel verirrte. Nur mal gucken, was der Hausmeister gebastelt hatte. Die Neugier anderer Leute war schon manch einem zum Verhängnis geworden.

Die Sichtverhältnisse waren denkbar schlecht, die beiden Petroleumlampen schufen nur kleine gelbe Inseln in der Schwärze. Er hatte sie außerhalb seines Arbeitsbereichs aufstellen müssen, damit sie nicht von einem Stein getroffen wurden. So sah er an der Stelle, an der er die Hacke einschlug, praktisch gar nichts. Wenn er meinte, es seien genug Lehmbrocken gelöst, nahm er den Spaten und häufte den Dreck neben der Grube auf.

Die Luft war stickig und erfüllt von dem feinen Staub. Mit jedem Hieb wirbelte er schwarze Wolken auf. Sie lagerten sich auf seiner feuchten Haut ab und verwandelten ihn bald in etwas, wovor manches Kind schreiend Reißaus genommen hätte. Doch darin sah er kein Problem. Er war vorbereitet, den Dreck gründlich abzuspülen und den Mercedes in sauberer Kleidung zurück in den Innenhof zu holen.

Um Viertel nach zehn befand er, es reiche für Regine und zwei Koffer. Es musste ja nicht so sauber und korrekt aussehen wie ein frisch ausgehobenes Grab auf dem Friedhof, es musste auch nicht unbedingt zwei Meter tief sein. Seine Arme, der Rücken und die Schultern schmerzten von der ungewohnten Anstrengung. Nase, Zunge und Gaumen waren von Kohlestaub verklebt. Und der Durst machte ihn fast verrückt. Die

Wasserflasche war längst leer und so verdreckt, dass er sie erst gründlich abwaschen musste, ehe er sie zu den anderen Pfandflaschen stellen konnte.

15.

Hacke, Spaten und die beiden Lampen ließ er zurück, die leere Flasche klemmte er sich unter einen Arm, als er verschwitzt und bis auf die durch grobe Handschuhe geschützten Hände mit einer schwarzen Kruste überzogen wieder hinauf in den winzigen Raum hinter dem Lager stieg. Die Aluleiter musste er hochziehen, weil sich die Falltür sonst nicht schließen ließ. Er lehnte die Leiter gegen eine Wand und entfernte die Kette mit den Karabinerhaken.

Bei jeder Bewegung verteilte seine Hose Staubwolken in der Umgebung. Den losen Dreck schlug er notdürftig mit den Händen ab. Die groben Handschuhe ließ er neben der Falltür liegen. Auch die alten Schuhe, die er im Bunker getragen hatte, brachte er dorthin zurück, nachdem er im Lager seine Sportschuhe angezogen hatte. Dann zwängte er sich wieder durch den Mauerdurchbruch und drapierte die Latten davor.

Sicherheitshalber nahm er die Treppe, das taten die Mieter normalerweise selten. Und er hütete sich, das Licht einzuschalten. Seine Vorsicht zahlte sich aus, kaum dass er das Erdgeschoss erreichte. Dort standen Jutta Merz und Matthias vor dem Aufzug. Richard bemerkte die beiden im letzten Moment.

Matthias trug einen Karton, aus dem diverse Gegenstände herausragten. Anscheinend hatte er zusammen mit Jutta Merz Angelikas persönlichen Besitz aus der Firma geholt. In Richtung Treppe schaute niemand. Die weichen Sohlen der Sportschuhe auf den Stufen hatten sie offenbar nicht gehört.

Die Wand bot Richard notdürftig Deckung. Er konnte es sich nur nicht leisten, sich eng dagegen zu drücken, und wagte es auch nicht, wieder nach unten zu schleichen. Man durfte das Glück nicht herausfordern, nur hoffen, dass der Aufzug schon auf dem Weg war. Wenn jetzt noch jemand zur Haustür hereinkam, stand er da wie auf dem Präsentierteller.

«Hab dich nicht so, ein Cappuccino muss drin sein», sagte Jutta Merz. «Was kümmert es dich denn noch, wer sich hier das Maul über uns beide zerreißt? Das hört auf, sobald Tinka den Mut für ein offenes Wort mit ihren Eltern findet und bei mir einzieht.»

Tinka, in Richards Ohren klang das nach einer Katze. Aber so ein Vieh müsste kaum seine Eltern um irgendeine Erlaubnis bitten. Sollte Jutta Merz tatsächlich lesbisch sein, wie Regine mal angedeutet hatte?

«Die Kündigung nimmt Regine zurück», erklärte Matthias anstelle einer Antwort. «Ich ziehe hier nicht aus.»

«Es wäre aber besser für dich», meinte Jutta Merz. «Du wirst doch verrückt in der Wohnung. Kannst du überhaupt noch ins Bad gehen? Ich könnte das nicht.»

«Zuerst will ich wissen, warum sie das getan haben», sagte Matthias. «Verrückt werde ich nur beim Gedanken, dass es Absicht war. Bernie bestreitet das. Regine hätte gar keine Séance abhalten wollen, behauptete er. Das sei auf seinem Mist gewachsen. Dabei weiß er genau, dass Regine ihn nach Belieben manipulieren kann. Sie hat ihn mal dazu gebracht, sich einen Schuh auf den Kopf zu stellen.»

Jutta Merz lachte. «Das ist nicht wahr, oder?»

«Doch», beteuerte Matthias. «Bernie hat es mir selbst erzählt. Es dürfte für Regine eine Kleinigkeit gewesen sein, ihm bei dieser verfluchten Séance ein paar Worte in den Mund zu legen. Das hat sie bei anderen Gelegenheiten auch schon getan.»

Jutta Merz lachte erneut, belustigt klang es nicht mehr, eher ein bisschen unbehaglich. «Überleg mal, was du sagst, Matthias. Wenn Regine Menschen nach Belieben manipulieren kann, warum hat sie dann ihren Hausmeister nicht im Griff?»

«Möchtest du mit einem Pitbull leben, von dem du nicht weißt, wer ihn abgerichtet hat?», hielt Matthias dagegen.

«Was hast du denn für Vergleiche?» Jutta Merz lachte noch einmal. «Wo bin ich hier gelandet? Ihr seid alle nicht ganz bei Trost. Oder willst du mir auf die Weise nur zu verstehen geben, dass sie dich mit übersinnlichen Kräften becirct hat und du nur deshalb mit ihr auf der Couch gelandet bist? Du warst scharf auf sie, gib es zu. Und Angelika war nicht völlig schuldlos daran. Also, was soll's? Dafür braucht man doch keine Schauermärchen.»

Der Aufzug kam endlich. Jutta Merz schob Matthias in die Kabine. Ob und was der ihr noch antwortete, verschluckte die sich schließende Aufzugtür.

Richard beeilte sich, die Verwaltung zu erreichen. In seinem Büro stand die Sporttasche, dort lag auch die Kleidung, in der er die Wohnung verlassen hatte. Im Waschraum lagen zwei Handtücher aus Kerstins Salon, die niemand vermissen würde. Auf dem Rand des Waschbeckens stand ein Spender mit flüssiger Seife. Das reichte ihm, um seine Haut zu reinigen und die Haare zu waschen. Aber zuerst löschte er den unerträglichen Durst.

Dann zog er sich vorsichtig aus. Der Dreck rieselte nur so auf den gekachelten Fußboden. Das Flanellhemd und die Arbeitshose sahen aus, als hätte er sich in Kohlebergen gewälzt. Er hatte nicht erwartet, dass es dermaßen staubte. Sogar seine Armbanduhr hatte etwas abbekommen. Zwischen den Metallgliedern hatte sich Kohlestaub festgesetzt. Dabei hatte die Uhr die meiste Zeit oben neben der Falltür gelegen und war zu Anfang durch die Stulpen der Arbeitshandschuhe geschützt gewesen.

Er kratzte den Dreck mit den Fingernägeln heraus, packte Hemd und Hose in eine Plastiktüte. Mit den feuchten Handtüchern wischte er den Boden notdürftig sauber. An die Fugen müsste er morgen nochmal mit einem Schrubber oder einer

Bürste ran. Nachdem er die verdreckten Tücher ebenfalls in die Tüte gestopft hatte, nahm er sich die Zeit für eine Zigarette und einen Anruf bei Kerstin.

Sie war stolz auf ihn, freute sich auf den Restaurantbesuch, den er ihr für Samstagabend versprochen hatte. Ein betrogener Ehemann musste schließlich nicht die ganze Zeit in der Wohnung bleiben, durfte auch mal in eine Kneipe gehen. Und mehr noch freute Kerstin sich aufs nächste Wochenende und die Zeit danach.

«Eigentlich könnten wir auch Urlaub machen, wenn Regine unter der Erde ist», sagte sie. «Was hältst du von Weihnachten in der Sonne? Ich könnte getrennte Flüge für uns buchen. Wer will dir Vorwürfe machen, dass du dir eine kleine Auszeit gönnst, nachdem deine Frau sich aus dem Staub gemacht hat?»

«Nun mal langsam», bremste er. «Urlaub können wir nächstes Jahr machen. Wir dürfen vorerst kein Risiko eingehen. Ich halte jede Wette, dass Regine dem wandelnden Kleiderständer von dem Traum erzählt hat, in dem du sie umbringen wolltest. Christel kennt garantiert deinen Namen. Dann fühlen sie dir auf den Zahn. Deshalb lassen wir lieber ein bisschen Gras wachsen, ehe wir offiziell etwas zusammen unternehmen.»

16.

Als Richard zurück in die Wohnung kam, war Regine im großen Bad. Nichts deutete darauf hin, dass sie zwischenzeitlich unterwegs gewesen war. Christel hatte ihr beim Warten auf ihn Gesellschaft leisten wollen, das hatte sie abgelehnt und sich vor dem Haus absetzen lassen. Sie konnte und wollte ihn nicht sofort zur Rede stellen, musste sich zuerst darüber klar werden, was sie überhaupt sagen wollte. Damit er nicht wieder diese Bewegung vor seiner Stirn machte. *Nicht ganz dicht!* Das sah sie noch vor sich.

Beim Frühstück am Samstagmorgen tat er ihr den Gefallen, zu erklären, er hätte heute eine Menge außer Haus zu tun und wolle sich abends irgendwo ein Bierchen gönnen. Es könne spät werden, sie bräuchte weder mittags noch abends für ihn zu kochen. Das hätte sie ohnehin nicht getan.

Nachdem er die Wohnung verlassen hatte, war sie zwei Stunden lang mit Putzen und Aufräumen beschäftigt. Den erhofften Abstand fand sie dabei nicht. Dafür waren es zu viele Lügen und sein widerliches Schmierentheater der letzten Tage. Ach was! Schmierentheater von Anfang an. Sie erinnerte sich noch lebhaft, wie er im Sanitärfachgeschäft sein Handy zückte und angeblich einen Sportkollegen bat, beim Training für ihn einzuspringen. Und sie fragte sich, warum Väterchen Frost nur bei der Firma Kübler Erkundigungen eingezogen hatte. Allerdings war es nicht Aufgabe ihres Vaters und ebenso wenig Christels Aufgabe gewesen, Richard als Schwindler bloßzustellen. Sie hätte wachsam sein und einiges oder alles hinterfragen müssen.

Es tat weh, sich der eigenen Dummheit oder Leichtgläubigkeit zu stellen. Als ihr bewusst wurde, dass sie sich in der noch unfertigen Wohnung von Matthias und Angelika stehen und den *Wischmopp* anhimmeln sah, während hinter Angelika das Kreuz aus schwarzem Staub entstand und ihr Großmamas Spruch vom Knochen, den kein Hund wegschnappte, durch den Kopf zuckte, kümmerte sie sich lieber um das Vertiko. Durch Angelikas Tod war das erneut in Vergessenheit geraten.

Nun fand sie die Holzstücke nicht mehr, die sie besorgt hatte. Sie nahm an, Richard hätte sie weggeworfen, obwohl er sich normalerweise nicht an den Sachen im Arbeitszimmer vergriff. Aber nachdem er sie mit Matthias erwischt hatte … Vielleicht gab es im Lager Ersatz. Bernie hatte gesagt, im Keller gäbe es Holz in rauen Mengen. Deshalb fuhr sie hinunter.

Das Lager war abgeschlossen. Doch Frau Haase hatte einen Schlüssel in ihrem Schreibtisch, und Regine hatte einen Schlüssel zur Verwaltung an ihrem Bund, musste nur rasch hinauf ins Erdgeschoss. Wenige Minuten später war die Lagertür offen. Sie schaltete das Licht ein und schaute sich um.

Die Regale waren vollgestopft mit Kartons voller Ersatzteile und Büromaterial. Ihre Holzstücke lagen auf der Werkbank. Hatte Richard die doch tatsächlich weggenommen, wie kindisch. Neben der Werkbank lehnte ein Bündel Latten hochkant an der Wand. Etwas daran kam ihr merkwürdig vor. Als sie die ersten fortnahm, bemerkte sie den Mauerdurchbruch und schob die restlichen Latten achtlos beiseite.

Das Loch in der Wand war gerade so breit, dass ein Mann von Richards Statur sich durchzwängen konnte. Das Licht aus dem Lager reichte nicht, um den kleinen Raum dahinter vollständig auszuleuchten. Aber auf der Werkbank lag eine Taschenlampe.

Sie schlüpfte hinüber und fühlte sich schon dabei wie in dem Albtraum, in dem die Stimme ihres Bruders sie durch Mauern und Decken in die Tiefe gezwungen hatte. Beim Durchbruch stehend, ließ sie den Lichtkegel über den Boden wandern, sah die groben Arbeitshandschuhe, ein Paar völlig verdreckter Schuhe – und einen schwachen Lichtreflex – hervorgerufen durch den eisernen Ring. Der Einsatz der Karabinerhaken hatte Rost abgerieben und das Eisen an der Stelle blank gescheuert.

Den zweiten Ring an der Wand sah Regine nicht. Aber sie wusste ja auch nichts von der Eisenkette und den Haken zur Sicherung der Falltür. Die schwarz verstaubte Aluleiter an der Wand entging ihr in der Dunkelheit ebenfalls. Sie sah nur die Fugen der Tür im Boden und die Abdrücke von groben Sohlen im schwarzen Staub ringsum. Und sie kannte das Profil von Richards Sportschuhen zur Genüge.

Durch kräftiges Ziehen an dem Ring richtete sie nichts aus. Auf den Gedanken, Hilfe zu holen, kam sie nicht. Sie huschte zurück ins Lager und schaute sich nach einem Werkzeug um. Der dicke Holzstiel eines Besens schien ihr geeignet, als Hebel eingesetzt zu werden. Die Taschenlampe klemmte sie solange zwischen ihre Knie.

Unter erheblicher Anstrengung brachte sie die schwere Tür aus den Fugen, stemmte sie in die aufrechte Position und hielt sie mit einer Hand in dieser Stellung. Mit der anderen Hand zog sie die Lampe zwischen den Knien hervor und leuchtete in die Tiefe.

Modergeruch schlug ihr entgegen. Der Lichtstrahl glitt durch Schwärze und über Trümmerberge. Wie Richard wusste sie sofort, wohinein sie schaute. Sie fühlte ihren Herzschlag, als sei die Brust zu eng geworden. Es war nicht so, dass sie auf Anhieb die Bedeutung ihrer Entdeckung begriff. Ihr drängten sich nur einige Fragen auf. Wann hatte Richard den alten Bunker entdeckt? Warum hatte er nichts davon gesagt? Was hatte er hier gemacht? Auf der schwarzen Holzstiege waren keine Schuhabdrücke zu sehen. Aber sie hätte geschworen, dass er unten gewesen war. Und es schien, dass die Falltür in der aufrechten Position hielt. Doch kaum hatte sie die alte Holzstiege mit ihrem Gewicht belastet …

17.

Es ging rasend schnell. Siebzehn Stufen in die Tiefe, sie brach durch die dritte von oben, auch die vierte gab nach. Etwas, um den Sturz abzufangen, war nicht vorhanden. Kein Geländer, keine Wand. Die Taschenlampe fiel Regine aus der Hand, als sie Halt suchend um sich griff. Es klirrte nicht einmal, als die Lampe aufschlug und erlosch. Die Falltür schlug über ihr zu, als sie mit Händen und Füßen voran auf den Boden stürzte.

Ein heftiger Schmerz zuckte durch ihren linken Knöchel und klang nicht wieder ab. Ihre Wade brannte wie in Feuer getaucht. Sie hatte sich am brechenden Holz eine Risswunde zugezogen. Ihre Unterarme und die Handflächen waren aufgeschürft.

In den pochenden und brennenden Schmerz mischte sich Kälte. Sie trug nur einen dünnen Pullover und einen weiten, wadenlangen Rock mit großen, aufgesetzten Taschen, in denen sich viel unterbringen ließ, praktisch für die Hausarbeit, dazu Söckchen und ihre Hausschuhe. Die Ärmel des Pullovers waren noch aufgerollt vom Putzen. Sie zerrte sie herunter, schlang die Arme eng um den Oberkörper, wickelte den Rock um die angezogenen Knie und die Waden und zog die Schultern zusammen, viel half das nicht.

Ihr Zeitgefühl ging rasch verloren in absoluter Finsternis und eisiger Kälte. Im Abstand von wenigen Minuten rief sie laut um Hilfe, doch niemand kam. Samstagvormittag, da musste doch der eine oder andere Mieter mal im Keller zu tun haben. Hörte man im Hauptkeller nicht, wenn sich am Ende des linken Seitenflügels jemand die Lunge aus dem Leib schrie? Aber sie war ja nicht nur am Ende, auch noch unter der Erde.

Ihr linker Knöchel war verstaucht und schwoll rasch an. Der Schmerz pochte unentwegt im Gelenk und überdeckte das Brennen an der Wade. Den Fuß konnte sie nicht belasten. Sie tastete um sich, bis sie die Holzstiege fand, kroch auf Händen und Knien so weit hinauf, wie die noch heilen Stufen es erlaubten. Nur war es ihr unmöglich, die schwere Falltür zu öffnen. Auf den morschen Stufen kniend, sich mit wunden Händen gegen die massiven Bohlen stemmen und sie hochdrücken, ein kräftiger Mann wie Richard hätte das vielleicht schaffen können. Aber sie – eins sechzig groß, zweiundfünfzig Kilo schwer, verängstigt, verletzt …

Sich umzudrehen und es mit Kopf und Schultern zu versuchen, wagte sie nicht. In der Position hätte sie wahrscheinlich nur das Gleichgewicht verloren und wäre noch einmal gestürzt. Sie kroch wieder hinunter, tastete den Boden rund um die Stiege und den umliegenden Schutt nach der Lampe ab, fand sie jedoch nicht wieder.

Irgendwann spürte sie ein Krabbeln am rechten Bein. Sie schlug danach, zermanschte auch irgendetwas mit der Hand. Und noch während sie ihre Hand hektisch am Rock abwischte, hörte sie die amüsierte Jungmännerstimme: «Nicht so panisch, Schwesterchen, das war nur eine Assel. Brauchst du Licht, um dich zu überzeugen?»

«Ja, bitte», flüsterte sie und unterdrückte das Schluchzen.

«Du kannst ruhig lauter sprechen. Hier hört uns niemand.»

Es wurde ein wenig heller. Ihre Augen waren längst auf die völlige Finsternis eingestellt und empfanden das diffuse Zwielicht als ausreichend, sich zu orientieren. Über sich erkannte sie die Falltür und über den Trümmerbergen das Kreuzgewölbe, ein schwarzes Kreuz.

«Genau das ist es», sagte ihr Bruder. «Du weißt, wo du gelandet bist, nicht wahr?»

«Im Dreck», sagte sie. «In dem alten Kohlebunker, in dem der Mann mit zwei Frauen ein Grab aushob.»

«Exakt», bestätigte ihr Bruder.

Und dann sah sie ihn, den blonden Bergsteiger von Großmamas Fotos, den sie in Träumen so oft als ihren Bruder gesehen hatte. Er saß ihr gegenüber auf den Trümmern wie an einer Bergflanke, trug ein kurzärmeliges Hemd und eine Kniebundhose zu derben Kniestrümpfen und knöchelhohen Schnürschuhen. Ein aufgerolltes Seil hing über seiner Schulter, Spitzhacke und Kletterhaken trug er am Gürtel.

Mit einem Kopfnicken deutete er hinter sich zur Außenmauer.

«Das sind noch drei Meter», sagte er. «Für einen Friedhof ist der Platz zu klein, für ein Grab genau richtig. Man kann noch stehen neben dem Lehm, den dein Mann ausgehoben und aufgehäuft hat. Dahinten gab es mal einen Schacht, der ins Freie führte. Dort wurden die Kohlen hineingekippt. Vielleicht hättest du dich durchzwängen können. Leider haben sie den während des Krieges zugemauert.»

«Erzähl mir nichts vom Krieg», bat sie. Sie wollte sich nicht verlieren in der Vorstellung von Menschen, die hier vor langen Jahren zusammengekauert um ihr Leben und ihre Habe gezittert und sich gegenseitig Halt gegeben hatten. Sie war allein mit einem Bruder, der nie wirklich gelebt hatte.

«Du irrst dich», sagte er, obwohl sie den Gedanken nicht laut ausgesprochen hatte. «Das vorletzte Leben ging zu Ende, als ich etwa so alt war wie du jetzt. Vom letzten habe ich nicht viel mehr mitbekommen, als dass es hinausging in die schöne, bunte, grausame Welt. Ich war nicht allein, und man hatte mir irgendwann beigebracht: Ladies first. Wenn du dich ein bisschen beeilt hättest, wären wir wohl beide lebend rausgekommen.»

«Warum bist du bei mir geblieben all die Jahre?»

Er lachte sein typisches, spöttisches Lachen. «Du hast mich doch festgehalten. Immerzu um Rat gefragt und dann doch nicht getan, was ich für gut hielt. Wie oft habe ich dich vor dem Kerl gewarnt?»

«Sehr oft», murmelte sie.

«Und warum sitzt du jetzt trotzdem in der Patsche?»

Was hätte sie darauf antworten sollen?

Er nickte und erklärte: «Anfangs wollte ich ihn für dich zurechtbiegen, habe ihn ebenfalls gewarnt, mehrfach. Einmal habe ich ihm sogar die Knochen seiner Schickse in die Hände gedrückt.»

Das schien ihn noch im Nachhinein zu amüsieren. Er lachte leise, fuhr fort: «Aber dieses Biest hat ihn so fest in ihren Klauen, da lohnte die Mühe nicht.»

«Kannst du mich nach oben bringen?», fragte sie. Angesichts seiner Ausrüstung schien ihr das möglich.

Er schüttelte den Kopf. «Ich kann dir nur zeigen, was geschehen wird.» Damit verschwand er auch schon und mit ihm das fahle Licht. Es wurde wieder völlig schwarz.

Sekunden später registrierten ihre angespannten Sinne Laute, als kraxele jemand über den Schutt. Dann war ihr, als stürze sie. Sie hörte etwas rieseln, und es fielen Brocken von Erde auf ihren Kopf und in ihr Gesicht. Als sie danach schlug und über ihre Wangen wischte, war jedoch nichts da, und sie saß immer noch aufrecht nahe der Stiege. Trotzdem trafen die nächsten Brocken ihre Brust. Als würde die Atmosphäre dichter, verstärkte sich der Druck, presste ihr die Luft aus den Lungen und ließ nicht zu, dass sie neue einzog. Nur ausatmen konnte sie noch und spürte Panik wie eine würgende Hand. Verzweifelt kämpfte sie um innere Ruhe. Es war doch nichts da. Nur sie und ihr Bruder, den sie um ein neues Leben gebracht hatte.

«Hilf mir», ächzte sie. «Um Gottes willen, hilf mir. Ich ersticke.»

Der furchtbare Druck auf ihrer Brust ließ nach. Sie sog gierig die modrige Luft ein, fühlte die Schmerzen im Fuß und im Bein wieder. Und die Kälte. Ihre Zähne schlugen unkontrolliert aufeinander, Schultern und Arme zitterten krampfartig. Gleichzeitig spürte sie den Schweiß auf Stirn und Oberlippe perlen. Auch ihre Hände waren feucht geworden in den letzten Minuten.

«Lieber ein schneller Tod?», fragte ihr Bruder. Und das Gefühl zu ersticken verlor sich endgültig.

«Ich will überhaupt nicht sterben», protestierte sie.

«*Überhaupt nicht* ist keine Option», antwortete er.

Es klang, als entferne er sich. Als sie sich suchend umschaute, schoss bei der unbedachten Bewegung der Schmerz aus ihrem linken Fuß bis in die Hüfte. Danach gab es nur noch das Pochen im verstauchten Gelenk, das Brennen an der aufgerissenen Wade, die Kälte, die Schwärze und Stille.

18.

Sie zeichnete mechanisch mit einer Fingerspitze wirre Muster in den Kohlestaub, nahm eine Handvoll, ließ ihn durch die Finger rieseln und biss die Zähne zusammen, bis sie Bernies Stimme hörte – gedämpft durch die dicken Bohlen der Falltür.

«Hallo!», rief er. «Ist da wer?»

«Ja, ich!», rief sie zurück und erklärte ihm, wo sie war.

Zu ihrem Glück hatte sie die Tür zum Lager nicht hinter sich geschlossen, hatte sich ja ursprünglich nicht lange aufhalten wollen. Bernie konnte sich allerdings nicht durch den Mauerdurchbruch zwängen, um sie aus ihrer misslichen Lage zu befreien. Er musste Matthias holen. Es schien noch eine Ewigkeit zu vergehen, bis sich über ihr die Luke auftat. Ein greller Lichtkegel blendete sie. Sie fühlte sich wie von einem Scheinwerfer angestrahlt. Matthias hatte eine batteriebetriebene Halogenlampe dabei.

«Regine?» Es war das erste Mal seit Angelikas Tod, dass er sie ansprach. Er klang etwas kurzatmig. Sie schaute in den Staub, als ihr einfiel, wie er sie beschimpft hatte. Meschugge! «Was in drei Teufels Namen treibst du da unten?», wollte er wissen.

«Ich soll hier sterben», antwortete sie.

Darauf ging Matthias nicht ein. «Kannst du aufstehen? Hier steht eine Leiter. Aber ehe ich sie zu dir runterschiebe, muss Bernie jemanden holen, der die Tür festhält.»

«Ich kann kriechen», sagte sie und hob das Gesicht zur Falltür. Sie musste blinzeln, das grelle Licht schmerzte in ihren Augen. «Du musst mir nur über die zerbrochenen Stufen helfen. Die anderen halten, glaube ich. Ich war schon mal auf halber Höhe.»

Sie schaffte es ein zweites Mal, hangelte sich das letzte Stück an Matthias' Arm hinauf. Dabei konnte er die Tür mit einer

Hand halten. Bernie verfolgte das Geschehen vom Lager aus. Als Regine endlich neben der Luke saß, fragte er: «Soll ich einen Arzt rufen?»

Sie schüttelte den Kopf, dann fiel ihr ein: «Ich hatte eine Taschenlampe. Die ist noch unten.»

Das war Matthias egal, er ließ die Falltür hinunter, nahm Regine auf die Arme. Beim Durchbruch musste er sie absetzen, schob sie ins Lager, zwängte sich hinterher, nahm sie wieder hoch und ging weiter. Bernie verschloss die Lagertür und folgte. Als er zu ihnen in den Aufzug stieg, fragte er: «Soll ich nicht doch einen Arzt rufen?»

«Nein», sagte Regine. «Ich bin auf der Terrasse ausgerutscht und gestürzt. Im Keller war ich nicht, bestimmt nicht in einem Raum, der gar nicht mehr existiert.»

«Ich wusste wirklich nicht, dass der Bunker …», stotterte Bernie. «Ich dachte auch immer, er wäre auf der anderen Seite gewesen.»

«Natürlich», sagte sie. «Du hast ja auch immer gedacht, Richard wäre ein Ausbund an Gutmütigkeit.»

Im dritten Stock wollte Bernie aussteigen. «Du kommst mit hinauf», befahl sie. «Wir haben einiges zu besprechen.»

Bernie fügte sich. Matthias trug sie ins große Bad und setzte sie auf dem Wannenrand ab. Sie betastete vorsichtig den geschwollenen Knöchel und die aufgerissene Wade. Das Gewebe war ebenfalls angeschwollen. Aber gebrochen war nichts.

«Du fühlst dich an wie Eis», sagte Matthias.

Sie fühlte sich nicht nur so an. Jede Faser in ihrem Innern war erstarrt in der Kälte und dem Wissen. Jetzt war es Wissen, eine Tatsache, als wäre es bereits geschehen.

Matthias drehte den Heißwasserhahn auf, zog ihr den verdreckten Pullover über den Kopf, ebenso den Rock. Bernie stand in der Tür, seine Miene spiegelte Unbehagen. Als Matthias ihr wie selbstverständlich auch den Büstenhalter auszog und ihr den Slip herunterstreifte, verzog Bernie sich in die Küche. «Ich mache uns einen Tee.»

Sie tauchte vorsichtig den rechten Fuß ein, zog ihn mit einem vernehmlichen Zischlaut wieder zurück. So durchgefroren, wie sie war, stach das heiße Wasser wie tausend Nadeln in ihr Fleisch. Sie konnte den geschwollenen Knöchel unmöglich ins Wasser legen, aber die offene Wunde am Bein müsste gründlich gereinigt werden, damit sie sich nicht entzündete, befand Matthias.

Er ließ etwas kaltes Wasser zulaufen und half ihr, in die Wanne zu steigen, hob ihr linkes Bein über den Wannenrand zurück und spülte den ärgsten Dreck mit der Brause ab. Danach erst erkannte sie, dass es nicht eine Risswunde war, sondern vier lange Kratzer und unzählige kürzere. Außerdem steckten ein paar Holzsplitter und jede Menge Dreck in ihrer Wade.

Mit einer Pinzette zog Matthias die Holzsplitter heraus, ehe Regine ohnmächtig wurde. Er nutzte die Gelegenheit, ihr Bein ins Wasser zu tauchen und die Wunde auszuwaschen, bis sie zu bluten begann. Als sie wieder zu Bewusstsein kam, war es überstanden.

Eine halbe Stunde später saß sie im Bademantel in der Küche, einen Verband um die Wade, eine Tasse Tee in der Hand. Bernie hatte in der Zwischenzeit Christel alarmiert, die umgehend eine Vertretung für ihren Laden organisierte. Während sie auf Christel warteten, klärten sie, dass Bernie weder ein Gefühl von Todesangst gespürt noch Besuch von einem Bergsteiger bekommen hatte. Er hatte nur etwas aus seinem Keller holen wollen, einen Blick in den linken Seitenflügel geworfen, die Mauer bewundert und festgestellt, dass die Tür zum Lager offen war.

Als Christel eintraf, fuhr Matthias zusammen mit ihr hinunter, um die Taschenlampe aus dem Gewölbe zu holen und die Latten wieder vor den Durchbruch zu stellen, damit Richard nicht vorgewarnt wurde. Das hielt Regine für wichtig.

Als beide zurückkamen, waren sie einhellig der Meinung, Richard müsse Hilfe gehabt haben, sonst wäre auch ihm die Falltür über dem Kopf zugeschlagen. Matthias war merklich blasser als zuvor. Er hatte die staubige Aluleiter benutzt, um nach unten zu gelangen, war über die Trümmer gestiegen, hatte die Grube mit eigenen Augen gesehen, ebenso die Spitzhacke, den Spaten und die Petroleumlampen.

«Da ist alles bereit fürs Begräbnis», sagte er und entschuldigte sich bei Regine, weil er ihr nicht geglaubt und sie auch noch beschimpft hatte. «Aber beim nächsten Einstieg wird Richard sehen, dass jemand unten war», sagte er. «Die zerbrochenen Stufen können wir nicht ersetzen.»

Er plädierte dafür, die Polizei zu verständigen. Christel lachte ihn aus. Mit der Grube war kein Mordplan bewiesen. Mit Warnungen vom ungeborenen Bruder, der vorher schon mal gelebt hatte, noch weniger. «Die fühlen Regine den Puls, wenn sie ihnen damit kommt. Und der Mistkerl kann behaupten, er hätte nur nach der Leiche gesucht, die während des Kriegs da unten verscharrt worden sein soll.»

«Aber er kann es sich dann nicht mehr leisten, Regine da unten zu verscharren», hielt Matthias dagegen.

«Dann eben anderswo», meinte Christel. «Der findet schon ein neues Plätzchen und eine günstige Gelegenheit. Und beim nächsten Versuch erwischt er sie womöglich ohne Vorwarnung.»

«Aber irgendwas müssen wir doch tun», meinte Matthias.

«Ja», stimmte Regine zu. «Ihn auf frischer Tat dabei ertappen, wie er mich umbringt oder es versucht. Ich hatte das Gefühl, dass ich lebendig begraben wurde. Es wäre also vermutlich Zeit, mich da wieder rauszuholen.»

«Na, das ist doch mal eine großartige Idee», kommentierte Matthias sarkastisch. «Wenn vermutlich Zeit wäre, legen wir drei uns eben abwechselnd auf die Lauer. Und was machen wir, wenn Richard dich nicht lebendig begräbt? Mein Gott, er braucht nur einmal mit dieser Hacke zuzuschlagen. Sollen wir dann sagen: Pech für Regine, sie hat sich leider geirrt.»

«Mein Bruder wird nicht zulassen, dass ich Pech habe», meinte sie.

«Dein Bruder», wiederholte Matthias frustriert. «Auf den würde ich mich an deiner Stelle nicht blindlings verlassen. Vielleicht ist er sauer auf dich, weil du dich bei der Geburt nicht beeilt hast. Vielleicht spielt er deshalb nebulöse Spielchen mit dir und lacht sich ins Fäustchen, wenn du das Rätsel nicht rechtzeitig löst. Vielleicht ist er eifersüchtig, weil er der Mann deines Lebens sein und bleiben wollte. Das solltest du auch mal in Betracht ziehen. Warum hat er es überhaupt so weit kommen lassen? Weil er dich an oder auf seiner Seite haben will? Vielleicht glaubt er, es spiele keine Rolle, ob man zwanzig oder siebzig Jahre lang Karussell fährt. Wenn man runterfällt, kann man ja gleich zur nächsten Runde wieder aufsteigen.»

Christel stimmte dem zu, Bernie ebenfalls. Sie waren wie Matthias der Meinung, dass sie es nicht darauf ankommen lassen dürfe. Nur Regine war überzeugt, ihr würde nichts geschehen. Obwohl ihr Bruder gesagt hatte, *überhaupt nicht* sei keine Option. Doch das interpretierte sie so, dass eben jeder Mensch irgendwann sterben musste.

19.

Zu dem Zeitpunkt bereiteten Richard und Kerstin sich auf den Restaurantbesuch vor. Sie hatte ihm eigens einen neuen Anzug, Hemd, Krawatte und Schuhe gekauft, damit er zum Umziehen nicht nach Hause fahren musste. Sie freute sich, dass ihm alles passte wie auf den Leib geschneidert. «Wie in alten Zeiten», sagte sie und schwelgte dabei in Zukunftsträumen. Und er war glücklich bei der Vorstellung, dass es bald immer so sein würde.

Beim Essen ging sie ihm dann allerdings eine ganze Weile auf die Nerven. Sie wollte das Grab unbedingt sehen, ehe Regine darin und der alte Bunker wieder unter Beton verschwand. Erst beim dritten Gang wurde Richard klar, dass sie wie früher so oft auch diesmal etwas weiter dachte als er.

Regine musste nachts begraben werden, da stimmten sie beide überein. Und es war kaum anzunehmen, dass Regine ihn freiwillig in den Keller begleitete, wenn er sie nachts weckte. Er musste sie also irgendwie außer Gefecht setzen.

«Du kannst sie in der Wohnung umbringen», sagte Kerstin. «Erwürgen hinterlässt keine Spuren im Bett. Du kannst ihr auch ein Kissen aufs Gesicht drücken, wenn du dich scheust, sie mit bloßen Händen … Mit dem Kissen dauert es länger, schätze ich. Und zieh dir auf jeden Fall eine robuste Jacke an, eine alte Lederjacke am besten, damit sie dich nicht noch kratzt. Das Kissen und die Jacke müssen dann ebenfalls verschwinden. Du kannst sie auch nur betäuben. Ob du nun eine Leiche oder eine Bewusstlose nach unten schaffst, macht keinen Unterschied. Beides ist gleichermaßen riskant und beschwerlich.»

Dabei war es für einen kräftigen Mann kein wirkliches Problem, einen bewegungsunfähigen Körper aus dem Dachgeschoss in den Keller zu schaffen. Eine halbe Portion wie

Regine nahm man auf die Arme oder hievte sie sich über die Schulter, stieg in den Aufzug und sorgte dafür, dass der keinen Zwischenstopp einlegte. Als Hausmeister konnte er den Aufzug entsprechend manipulieren. Dann bestand nur noch die Gefahr, dass ein Nachtschwärmer über den Innenhof hereinkam, ehe Richard mit seiner Last im Seitenflügel verschwunden war.

Wenn er erst mal im Lager wäre, war das Risiko der Entdeckung praktisch ausgeschaltet. Und da es nicht mehr darauf ankam, ob der bewegungsunfähige Körper Schaden nahm, konnte er Regine einfach durch die offene Luke werfen oder gleiten lassen und dann unten über die Schuttberge schleifen.

Er konnte sich aber auch von Kerstin helfen lassen. Während der Fahrt im Aufzug könnte Kerstin im Keller Schmiere stehen, den Innenhof im Auge behalten und anschließend mit anpacken. Was den Vorteil hätte – fand sie –, dass ein gemeinschaftlich begangener Mord fürs ganze restliche Leben zusammenschweißte. «Du hattest doch immer Angst, ich wollte dich loswerden. Wenn ich dir helfe, Regine runterzuschaffen und zu begraben, hast du mich in der Hand.»

Das klang plausibel und verlockend. Dass Kerstin sich vorher mit dem Terrain vertraut machen musste, leuchtete Richard auch ein. Sie vereinbarten, dass er gleich am Montag für sie einen Schlüssel fürs Lager anfertigen ließ. Dann war sie nicht darauf angewiesen, dass er sie hereinließ und herumführte, wobei die Gefahr bestanden hätte, dass jemand sie zusammen sah, der sie besser nicht sehen sollte.

Die beste Zeit wäre dienstags oder donnerstags zwischen fünf und sieben, meinte er. Wegen der Arztpraxen im Erdgeschoss war der Haupteingang dann bis um acht offen, und unbekannte Gesichter fielen in der Eingangshalle nicht auf. Schnell rüber zur Treppe und unten nach links.

«Schließ die Lagertür hinter dir ab», riet er und erklärte ihr, wo die Kette mit den Karabinerhaken lag. «Du kannst mir ja kurz Bescheid geben, wenn du da bist. Du kannst mich auch anrufen oder eine SMS schicken, wenn du ein Problem mit der Falltür hast. Die ist verdammt schwer. Wenn du sie alleine nicht öffnen kannst, sehe ich zu, dass ich runterkomme. Wenn du ohne Hilfe damit klarkommst, pass da unten bloß gut auf.»

Als er spätabends zurückkam, war Regine schon zu Bett gegangen. Dass sie sich im Gästezimmer eingeschlossen hatte, fiel ihm nicht auf, weil er keinen Versuch unternahm, noch ein Wort mit ihr zu wechseln. Dass sie verletzt war, sah er erst, als sie am Sonntagmorgen mit geschwollenem Knöchel und einem Verband um den Unterschenkel in die Küche gehumpelt kam.

«Wie ist denn das passiert?», erkundigte er sich.

Sie erzählte von einem Sturz auf der Terrasse und wie es dazu gekommen war. Zweifel an dieser Geschichte kamen ihm nicht. Er ärgerte sich nur über ihre vermeintliche Dämlichkeit. «Was hat dich denn auf die Idee gebracht, im Dezember die Terrasse zu schrubben? Manchmal sollte man wirklich meinen, du hast nicht alle Tassen im Schrank.»

Aber sein Ärger legte sich rasch. Ihre Verletzung durchkreuzte seinen Plan nicht. Bis zum nächsten Wochenende sollte der Knöchel wohl abgeschwollen und ein Kratzer an der Wade verheilt sein.

Noch während sie frühstückten, kam Bernie, um ihren Verband zu wechseln. Bernie blieb und kochte zu Mittag, weil Regine seiner Meinung nach unmöglich am Herd stehen konnte. Es gab Rinderrouladen mit Salzkartoffeln und gedünstetem Blumenkohl und zum Dessert eine köstliche Mokkacreme.

Nachdem Bernie auch noch den Abwasch gemacht hatte, bot er an, Regine nach Hahnwald zu fahren. Sonntags besuchte sie doch immer ihre Eltern. Und da die in den nächsten Tagen verreisen wollten, war es die letzte Gelegenheit, ihnen persönlich schöne Feiertage und einen guten Rutsch zu wünschen. Dass Richard keine Lust hatte, sie zu begleiten, las Bernie ihm von der Nasenspitze ab.

Richard verbrachte den Nachmittag dösend vor dem Fernseher. Eigentlich hatte er im Lager und im Bunker mal nach dem Rechten sehen wollen, sich vergewissern, dass Kerstin gefahrlos nach unten käme. Aber er konnte sich nicht aufraffen, einen Fuß vor die Wohnungstür zu setzen. Es kostete ihn schon Überwindung, von der Couch aufzustehen, um mal aufs Klo zu gehen.

Zurück kam Regine schon um sechs mit einem Taxi. Kurz darauf brachte Bernie das Abendessen, zwei Portionen Kartoffelsalat mit Wiener Würstchen. In der Richard zugedachten Portion war die Mayonnaise mit zwei in etwas Wasser aufgelösten Schlaftabletten angereichert. Mittags in der Mokkacreme war es ein starkes Beruhigungsmittel gewesen.

20.

Obwohl davon auszugehen war, dass Richard bis zum Morgen durchschlief, nickte Bernie in dieser Nacht nur hin und wieder für ein halbes Stündchen ein und schreckte jedes Mal hoch, als hätte ihm der Tod persönlich auf die Schulter getippt. Von neun Uhr abends bis morgens um halb sechs saß er mit einem Rätselheft im Schoß in einem Campingstuhl in seinem Kellerraum. Der lag im Haupttrakt nahe dem Aufzug. Man hörte gut, wenn jemand runterkam. Dann musste man nur noch kurz um die Ecke spähen. Und solange es keinen Hinweis auf Zeit und Vorgehensweise gab, waren sie alle überzeugt, tagsüber sei das Risiko gleich null, Regine schwebe nur nachts in Gefahr.

Die erste Wache von Samstag auf Sonntag hatte Matthias übernommen. Von Montag auf Dienstag quartierte Christel sich mit einer Thermoskanne voll starkem Kaffee und ihrem Strickzeug in Bernies Keller ein. Christel kam auch am späten Dienstagnachmittag vorbei, um Regine begreiflich zu machen, dass es nicht lange so weitergehen konnte. Richard war unterwegs. Sie konnten offen reden.

«Ich hab meinen Laden», sagte Christel. «Matthias muss in der Bank seinen Kopf zusammenhalten. Wir brauchen unseren Schlaf. Und Bernie mit seinem angeschlagenen Herzen und dem Asthma kann nicht jede Nacht im Keller sitzen.»

«Ich habe doch nicht verlangt, dass ihr euch da unten die Nächte um die Ohren schlagt», sagte Regine.

«Wie hast du dir das dann vorgestellt?», wollte Christel wissen. «Auf frischer Tat ertappen kann man jemanden nur, wenn man in der Nähe ist. Glaubst du, er lässt dir großartig Zeit, um Hilfe zu schreien? Wenn der Ernst macht, machst du gar nichts mehr. Glaub mir.»

Regine brühte Kaffee auf, und aus einem diffusen Bedürfnis heraus nahm sie die aufwendige Kanne vom Trödelmarkt aus dem Büfett. Die beiden dazugehörigen Tassen mit den Namen *Klara* und *Heinrich* waren längst in Bernies Besitz übergegangen. Regine stellte zwei Tassen von ihrem Alltagsgeschirr zu der Kanne auf den Tisch.

Christel seufzte: «Was ist nun?»

«Ich weiß es nicht», sagte Regine.

«Ist er nochmal unten gewesen?»

«Das weiß ich auch nicht», sagte Regine. «Magst du Apfelpfannkuchen?»

«Wie kommst du denn jetzt darauf?», fragte Christel.

«Ich habe nicht zu Mittag gegessen, jetzt habe ich Hunger», sagte Regine.

«Dann mach dir ein Butterbrot», sagte Christel und schüttelte den Kopf. «Apfelpfannkuchen. Du hast Nerven.»

21.

Unten war Richard nicht mehr gewesen. Er hatte montags nur einen Blick ins Lager geworfen, den für Kerstin nachgemachten Schlüssel ausprobiert. Für mehr war er zu müde gewesen, Nachwirkungen von Bernies Kochkunst. Richard sah auch keine Veranlassung, den Bunker zu überprüfen. Die Latten standen vor dem Mauerdurchbruch. Er war lieber zum Salon gefahren, wo Kerstin mit ihrer Privatwäsche beschäftigt war. Er hatte ihr den Schlüssel gegeben und sie noch einmal zur Vorsicht ermahnt.

Gestern hatte Kerstin noch nicht sagen können, ob sie sich das Grab heute oder erst am Donnerstagabend ansehen würde. Es hing davon ab, ob die letzte Kundin für den Dienstag nur Farbe oder auch Strähnchen bekam. Das entschied die meist spontan.

«Wenn es morgen zu spät wird, fahre ich nach Hause. Sonst schicke ich dir eine SMS», hatte Kerstin zum Abschied gesagt.

Die SMS bekam Richard gegen sechs Uhr. Da war er noch in der Cheruskerstraße. Dem Streit zweier Mietparteien dort war durch eine Kündigung ein Ende gesetzt worden. Nun hatte er die Wohnungsabnahme zu machen und nicht Augen genug. Die Schadensliste wurde lang und länger.

«Ist halb acht noch okay?», lautete Kerstins Nachricht beziehungsweise die Frage.

Sieben wäre ihm wegen der Arztpraxen lieber gewesen. Aber halb acht war noch vertretbar. Die meisten Hausbewohner dürften um die Zeit beim Abendessen sitzen. Späte Patienten oder Angestellte der Arztpraxen würden sich kaum um Kerstin kümmern, wenn sie ihnen in der Eingangshalle zufällig über den Weg lief.

Um sieben war er endlich mit der Wohnungsabnahme durch,

fuhr so schnell wie möglich nach Hause und warf einen kurzen Blick ins Lager. Kerstin war noch nicht eingetroffen. Also fuhr er hinauf.

Als er die Diele betrat, lief ihm das Wasser im Mund zusammen. Apfelpfannkuchen! Die machte Regine noch besser als seine Mutter. Er steuerte die Küche an und hörte Christel reden. Das allein tat seinem Appetit noch keinen Abbruch, der verging ihm erst, als er Christel zu Gesicht bekam.

Der wandelnde Kleiderständer saß zusammen mit Regine an der neuen Esstheke. Zwischen ihnen stand eine Platte mit einem halben Dutzend Pfannkuchen. Jede hatte eine Tasse und einen gefüllten Teller vor sich. Regine aß, Christel nicht, die spielte mit der Kaffeekanne, zeichnete mit einer Fingerspitze das Dekolleté der Rokokofrau nach.

Der Anblick versetzte Richard einen gewaltigen Stich. Am liebsten wäre er hingegangen und hätte dem Klappergestell die Porzellandame entrissen. Er begnügte sich mit einem Kopfnicken zur Begrüßung und dem Hinweis: «Seien Sie bloß vorsichtig damit. Die Kanne ist unersetzlich.»

Zu Regine sagte er: «So was benutzt man doch nicht für ein Kaffeekränzchen. Ist für mich auch einer da?»

«Warum nicht?», fragte sie.

Das bezog er auf die Kanne und sagte: «Habe ich doch gerade erklärt, weil sie unersetzlich ist.»

«Für mich nicht», murmelte Regine gerade laut genug, dass er es verstand.

Im nächsten Moment griff sie sich mit beiden Händen an die Kehle, wurde kreidebleich und schnappte nach Luft. Gleich anschließend schlug sie sich mit einer Hand aufs linke Auge, mit der anderen gegen die Brust. So jedenfalls sah es für die beiden Zuschauer aus. Dabei wehrte sie nur die Hiebe ab, als ihr Bruder ihr zeigte, was er unter einem schnellen Tod verstand. Ein Spatenstich gegen den Hals und Schläge mit einer Spitzhacke.

Sie sah Richard halb nackt, schmutzig, breitbeinig und hoch aufgerichtet über sich stehen und ausholen, immer wieder, immer wieder. Und jedes Mal, wenn die Hacke niedersauste, wenn sie diesen wahnsinnigen Schmerz spürte, hörte sie das zufriedene Lachen des jungen Mannes, der im letzten Leben nicht mal einen Namen bekommen hatte.

Für Richard stellte sich ihr entsetzliches Erlebnis als ein erneuter Anfall dar – ähnlich dem vor der Waschmaschine. Ihre Augäpfel verschoben sich nach oben, als würde von innen jemand daran drehen. Es war ein grotesker Anblick. Gleichzeitig stieß sie wieder diese entsetzlich hohen Töne aus wie bei ihrem Zusammenbruch im Bad.

Christel war ebenso erschrocken wie er: «Um Gottes willen, Regine, was hast du? Hast du dich verschluckt?»

Richard war mit zwei langen Sätzen an der Esstheke.

Christel fauchte ihn an: «Halt deine Flossen bei dir. Rühr sie bloß nicht an.»

Regine verstummte und fuchtelte vor ihrem Gesicht herum, als wolle sie Insekten verscheuchen. Dann kippte sie vornüber und schlug mit der Stirn auf die massive Holzplatte.

Christel hatte längst das Interesse an der Porzellanfrau verloren. Richard schnappte das teure Stück und brachte es auf dem Fußboden in Sicherheit, ehe Regine vom Hocker rutschte. Noch im Fallen schlug sie mit beiden Armen um sich. Und als sie auf dem Boden ankam, erwischte sie die Kaffeekanne. Die kippte um, der Henkel brach ab, Kaffee ergoss sich über die Fliesen, als der Deckel sich löste. Der Frauenkopf mit der aufgetürmten Lockenpracht kullerte gegen ein Bein des Barhockers, auf dem Regine zuvor gesessen hatte. Und obwohl es kein heftiger Aufprall gewesen war, zerbrach das feine Porzellangesicht in mehrere Teile.

Christel kniete neben Regine, als Richard noch fassungslos die Scherben betrachtete und gegen die Tränen ankämpfte.

«Meine Tasche», herrschte Christel ihn an und deutete mit

ihrem spitzen Kinn in die Diele. «Sie liegt auf dem Tisch dahinten. Da ist ein braunes Fläschchen drin, das …»

«Raus!», schnitt Richard ihr das Wort ab und zeigte seinerseits zur Dielentür. Als Christel nicht sofort gehorchte, packte er sie bei einer Schulter, riss sie von Regine weg und wiederholte: «Raus, aber ein bisschen fix, ehe ich richtig ungemütlich werde.»

«Wenn hier einer geht, dann Sie», meinte Christel, beugte sich wieder über Regine und tätschelte ihr die Wangen. «Na komm, meine Kleine. Ist doch alles gut. Ich bin da. Wach auf.»

Regine hatte das Bewusstsein verloren. Ihre Augen waren nun geschlossen. Auf ihrer Stirn zeichnete sich ein roter Fleck ab, und aus ihrer Nase rann etwas Blut.

«Raus!», verlangte Richard zum dritten Mal. «Das ist meine Frau und meine Wohnung. Und wenn Sie nicht auf der Stelle verschwinden, ist das Hausfriedensbruch. Hat meine Frau Sie nicht gebeten, uns nicht mehr zu belästigen? Was haben Sie mit ihr gemacht? Haben Sie ihr irgendwas gegeben?»

«Ja, gute Ratschläge, wie man mit Mistkerlen umspringt», antwortete Christel. Sie war außer sich vor Wut und Sorge. Aber was blieb ihr anderes übrig, als das Feld zu räumen. Ehe sie die Wohnungstür von außen hinter sich zuzog, sah sie noch, dass Richard mit einem Taschentuch das Blut unter Regines Nase wegwischte, sie auf die Arme nahm und ins Schlafzimmer trug.

22.

Richard hielt sich nicht damit auf, Regines Wangen zu tätscheln oder mit ihr zu reden. Er legte sie nur auf dem Bett ab und verließ das Zimmer wieder. Sein Problem in diesen Minuten war: Beim ersten derartigen Anfall hatte Regine offenbar gespürt, was kurz darauf mit ihrem Vater passiert war. Sie hatte es nur nicht rechtzeitig begriffen. Wenn sie jetzt darauf kam, was ihr bevorstand … Umdisponieren, schoss es ihm durch den Kopf, wir müssen sie noch heute Nacht beseitigen. Aber das musste er mit Kerstin besprechen.

Es widerstrebte ihm, die Wohnung so kurz nach Christel zu verlassen. Er nahm an, die Bohnenstange sei zu Bernie geflüchtet. Und wenn der Dicke oder die Dünne mitbekamen, dass Regine alleine in der Wohnung war …

Er wollte Kerstin kurz telefonisch Bescheid geben, dass sie unbedingt warten sollte, bis er herunterkäme. Es kam jedoch keine Verbindung zustande, was er sich nur damit erklären konnte, dass Kerstin bereits in den Bunker gestiegen war. Im Lager hatte man nämlich noch Empfang, das wusste er.

Er öffnete die Wohnungstür und lauschte. Der Aufzug war in den unteren Etagen unterwegs, sonst hörte man nichts. Noch einen Blick ins Schlafzimmer geworfen. Regine lag mit geschlossenen Augen unverändert da, das hatte er nicht anders erwartet. Beim ersten Mal hatte es schließlich Stunden gedauert, ehe sie wieder einigermaßen klar gewesen war.

Behutsam zog er die Tür hinter sich zu und nahm die Treppen. Ungesehen kam er im Keller an, erst im Haupttrakt lief er einem Mieter über den Weg, der gerade vom Innenhof hereinkam. Egal. Was sollte verdächtig sein, wenn der Hausmeister abends nochmal ins Lager ging? Er grüßte freundlich und ging weiter zum linken Seitentrakt.

Als er um die Ecke bog, kam ihm ein junger Mann entgegen, den Richard noch nie im Haus gesehen hatte. Obwohl der Unbekannte freundlich lächelte, vielmehr unbekümmert grinste, war er Richard auf Anhieb unsympathisch. Aber das mochte an der Örtlichkeit liegen und an der Tatsache, dass Richard jetzt hier unten keinen Menschen gebrauchen konnte.

Statt zu grüßen sagte der Fremde: «Das trifft sich gut, zu Ihnen wollte ich gerade. Sie sind doch der Hausmeister, oder?»

Richard nickte und erkundigte sich barsch: «Und wer sind Sie?» Die Stimme kam ihm bekannt vor, er hätte in dem Moment nur nicht sagen können, wo und wann er die schon gehört hatte.

«Geht das auch freundlich?», wollte der junge Mann wissen. «Ich bin zu Besuch bei meiner Schwester. Das ist doch hoffentlich erlaubt, oder darf man in diesem Haus keine Gäste haben?»

Der Bruder von Jutta Merz, nahm Richard an. Sie hatte einen, der ihr beim Einzug geholfen hatte. Bei der Gelegenheit hatte Richard ihn auch kurz zu Gesicht bekommen, allerdings nur von hinten. Mehr als den Rücken in einem verschwitzten T-Shirt, zwei muskulöse Arme, die einen Hängeschrank hielten, den Nacken und ein in Piratenmanier um den Kopf geknotetes buntes Tuch hatte Richard nicht gesehen. Aber altersmäßig passte es, und da ihm die Stimme bekannt vorkam …

«Doch», sagte er. «Nur treiben Gäste sich normalerweise nicht im Keller herum. Gewiss nicht in diesem Bereich.»

Er deutete auf die vier mit Latten provisorisch verbarrikadierten Türöffnungen. «Wie Sie sehen, wird hier noch umgebaut. Was hatten Sie hier zu suchen?»

«Gesucht habe ich nix», erklärte der junge Mann salopp und unverändert grinsend. «Ich sollte eine Flasche Wein raufholen, wir haben etwas zu feiern. Als ich aus dem Aufzug stieg, hab ich was gehört. Klang wie ein Erdrutsch. Es kam aus dieser Richtung.»

«Erdrutsch», wiederholte Richard.

«Ja», bestätigte der junge Mann. «So was passiert leichter, als man sich das vorstellt. In München ist mal eine halbe Straße weggesackt und ein Busfahrer ums Leben gekommen. Hier wird doch auch ständig im Untergrund gebuddelt. Und ich meine, es hätte jemand geschrien, aber nur ganz kurz.»

Er zeigte zum Lager hinüber. «Dahinten. Ich wollte nachsehen, leider ist die Tür zu.»

«Schon gut», sagte Richard. «Ich schau mal nach.»

«Soll ich mitkommen?», bot der junge Mann an.

«Nicht nötig, vielen Dank», lehnte Richard ab.

Er wartete noch, bis der Bursche im Haupttrakt verschwunden war, ehe er die Tür zum Lager öffnete. Die Latten lagen neben dem Durchbruch am Boden. Kerstins Handtasche stand auf der Werkbank. Von der Taschenlampe, die dort gelegen hatte, keine Spur. Er warf einen Blick ins Dunkel, sah die offene Falltür. Das Licht aus dem Lager reichte aus, um zu erkennen, dass die Aluleiter auf ihrem Platz an der Wand stand.

Richard ging zur Luke und sah die zerbrochenen Stufen, mehr sah er nicht. Es war stockfinster da unten.

«Kerstin?», rief er gedämpft. «Hast du dich verletzt?»

Als Antwort kam von unten zuerst ein vernehmliches Stöhnen, dann ein halblauter, offenbar von Schmerz gedämpfter Fluch: «Du verdammter Idiot, was hast du …» Den Rest verstand er nicht.

«Bleib, wo du bist», sagte er. «Ich bin gleich bei dir.»

23.

Frühestens um zehn wollte Matthias die vierte Nachtwache antreten. Er war spät aus der Bank gekommen, hatte noch einen Abstecher zu Angelikas Firma gemacht, die nun alleine Jutta Merz gehörte. Eine barmherzige Seele hatte etwas vom aktuellen Auftrag abgezweigt und ihm als Abendessen mit auf den Heimweg gegeben. Die Portion war üppig bemessen und machte ihn müde.

Statt seine Lebensgeister anschließend mit einem doppelten Espresso zu wecken, legte Matthias sich auf die Couch. Nur ein halbes Stündchen dösen wollte er und schlief fest ein.

Er träumte von Angelika. Sie war auf der Entbindungsstation, saß im Bett, hielt ein kleines, weißes Kreuz im Schoß und malte mit schwarzem Edding den Namen Jenny auf das Querholz.

«Ist sie nicht wunderschön?», fragte sie und präsentierte ihm stolz ihr Werk.

Matthias wollte ihr das Kreuz entreißen, als ihn ein anhaltendes Klingeln zurück in die Realität holte.

Bernie stand im Hausflur und erkundigte sich: «Alles in Ordnung?»

«Sicher», sagte Matthias noch etwas benommen.

«Du hast geschrien», sagte Bernie.

Das war ihm nicht bewusst, und er hatte nicht vor, jetzt seine Albträume zu erörtern. Bernie fragte auch nicht nach, berichtete stattdessen, was am frühen Abend im Dachgeschoss vorgefallen war. «Richard hat Christel rausgeworfen. Seitdem war ich schon zweimal oben. Es macht keiner auf. Aber Regine muss da sein. Er hat sie aufs Bett gelegt, das hat Christel noch gesehen.»

Mit einem Schlag war Matthias hellwach. «Du meinst, er …»

«Ich meine, wir sollten unten nachsehen», sagte Bernie. «Ich hab so ein blödes Gefühl. Regine war doch völlig wehrlos. Ich hab sie ja selbst erlebt, als das zum ersten Mal passierte.»

«Scheiße», presste Matthias durch die Zähne und war schon auf dem Weg zur Dielengarderobe, auf der sein Schlüsselbund lag.

Sie fuhren zusammen hinunter. Die Tür zum Lager war geschlossen. Aber Bernie hatte sich von Regine den Schlüssel zur Verwaltung aushändigen lassen. Sicherheitshalber.

Kurz darauf öffnete Matthias das Lager und war bereits durch das Loch in der Mauer verschwunden, als Bernie gerade den halben Weg hinter sich gebracht hatte. Als Bernie den Durchbruch erreichte, stieg Matthias schon die Aluleiter hinunter.

Die Geräusche und der schmutzig gelbe Schein der Petroleumlampen hinter den Trümmern sagten ihm mehr als tausend Worte. Doch auf das, was er zu sehen bekam, war er nicht vorbereitet. Wie ein rot gesprenkelter, von Staub und Licht schwarz-gelber Teufel stand Richard halb nackt und breitbeinig in der Grube und holte mit der Spitzhacke aus.

«Hör auf, du Schwein!», brüllte Matthias und stürzte sich auf ihn. Stürzte sich ungeachtet der drohend erhobenen Hacke mitten hinein in Dreck und Blut, zerfetztes Fleisch und zertrümmerte Knochen. Er streckte Richard mit einem Faustschlag nieder und würgte ihn, während Bernie im Lager lautstark um Aufklärung flehte.

«Was ist denn los? Um Gottes willen, sag doch mal einer was. Was geht da unten vor? Was macht ihr da? Wo ist Regine?»

«Er hat sie umgebracht!», schrie Matthias. «O Gott! Ruf die Polizei. Er hat sie zerhackt. Das ist … so ekelhaft … ich muss hier raus!» Dann hörte Bernie nur noch Weinen und Würgen, gedämpft durch die dicken Holzbohlen.

24.

Als Matthias ihn angriff, hätte Richard nicht sagen können, wie lange er schon mit der Hacke arbeitete, weil er mit dem Spaten nicht viel ausrichtete. Ein Viertelstündchen höchstens, meinte er. Erdrutsch, wie der junge Mann gesagt hatte. Mehr als die Hälfte von dem Lehm, den er neben der Grube aufgehäuft hatte, war zurückgerutscht.

Bevor er beginnen konnte, die Grube wieder von Lehm und Steinen zu befreien, hatte er Kerstin beruhigen müssen. Verständlicherweise war sie sehr aufgebracht gewesen, weil er sie zwar auf die schwere Falltür hingewiesen, aber nicht vor der morschen Stiege gewarnt hatte.

Er hatte Kerstin die Leiter hinaufgeholfen und sie ins Dachgeschoss geschickt. Sie musste nicht auch noch Dreck schlucken. Es staubte zwar längst nicht so sehr wie beim ersten Einsatz der Hacke, trotzdem. Kerstin hatte sich schließlich am Bein verletzt, als die Stufen unter ihr nachgegeben hatten. Sie sollte den Kratzer säubern und desinfizieren und auf Regine aufpassen, bis er sie anrief, damit sie ihm saubere Klamotten nach unten brachte. Darauf konnte er jeden Eid schwören. Auf die Bibel, beim Leben seiner Mutter und bei Kerstins Leben. Es glaubte ihm nur niemand.

Dass Matthias ihn niedergeschlagen und bis zur Bewusstlosigkeit gewürgt hatte, bezweifelte keiner. Matthias hatte auch bereits gestanden, als Richard wieder zu sich kam. Zu dem Zeitpunkt waren schon vier Polizisten im Bunker, darunter eine Frau in Zivilkleidung, die sich mit dem Namen «Brelach» vorstellte.

Ein Notarzt war auch da und bestand darauf, Richard hinauf ins Lager zu schaffen. Er hatte Schluckbeschwerden und einen Brummschädel, aber er konnte ohne Hilfe die Leiter hinaufsteigen. Brelach kam mit und wollte von ihm wissen, wo seine Frau sei.

«Im Bett», sagte er. «Ihr ging's nicht gut heute Abend. Manchmal bekommt sie so komische Anfälle. Eine Bekannte ist bei ihr und passt auf.»

«Was für Anfälle?», fragte Brelach.

«Sie liegt in der Grube, du Dreckskerl!», brüllte Matthias dazwischen.

«Sie halten sich raus, Herr Brockmüller», sagte Brelach und befahl einem der Uniformierten: «Bringen Sie Herrn Brockmüller nach oben. Der hat uns für heute genug unterstützt.» Anschließend wollte sie von Richard wissen, ob er eine gewisse Kerstin Riedke kenne.

«Ja sicher», sagte Richard, obwohl ihm der Schreck in sämtliche Glieder fuhr. Aber in der Situation konnte er doch nur die Flucht nach vorne antreten. «Das ist die Bekannte, von der ich gerade sprach. Sie ist oben bei meiner Frau.»

«Und warum steht Frau Riedkes Handtasche dann hier?», fragte Brelach.

«Weiß ich nicht», sagte Richard. «Sie war kurz hier unten und hat wohl vergessen, ihre Tasche mitzunehmen.»

Er wurde von allen Seiten fotografiert. Dann begleiteten ihn zwei Polizisten hinauf in die Wohnung, damit er sich waschen, umziehen und ein paar Sachen packen konnte.

Kerstin war nicht da. Richard nahm an, dass man sie bereits festgenommen und abgeführt hatte. Regine lag nicht mehr im Bett. Sie saß mit Bernie im Wohnzimmer, eine dunkle Loreley, die nicht mal leicht zusammenzuckte, als sie ihn zu Gesicht bekam, obwohl er aussah, als sei er von einer Schlachtbank gestiegen.

Er selbst erschrak zu Tode beim ersten Blick in einen Spiegel. Und allmählich dämmerte ihm, dass etwas Entsetzliches geschehen sein musste. Er wusste nur nicht, was. Er wusste es wirklich nicht.

Epilog

Keiner der Ermittler unter der Leitung von Kriminalhauptkommissarin Dina Brelach zog auch nur eine Sekunde lang in Betracht, es könne ein wahres Wort an dem sein, was Richard Maltei in den Verhören von sich gab. Ein übers andere Mal erklärte er, er habe lediglich die Folgen eines Erdrutsches beseitigen wollen und nichts als Lehm und Steine in der Grube gesehen. Keine Frau, bestimmt nicht.

Als man ihn mit Fotos des furchtbar zugerichteten Leichnams konfrontierte, äußerte er die Vermutung, der Bruder von Jutta Merz müsse dieses Gemetzel veranstaltet haben.

Nur hatte Jutta Merz an dem Abend keinen Besuch von ihrem Bruder gehabt. Der sah auch ganz anders aus als der junge Mann, dem Richard im linken Seitenflügel begegnet war. Und als Richard schließlich einfiel, wo er die Stimme dieses Mannes vorher schon einmal gehört hatte – nämlich im Dachgeschoss, als Regine zwischen den Wiegen ihre Séance mit Bernie und Christel abhielt und von ebendieser Stimme «Schwesterchen» genannt wurde –, nahmen das Ermittlerteam und die Staatsanwaltschaft an, er spekuliere auf Schuldunfähigkeit zum Tatzeitpunkt.

Eine Geistererscheinung! Damit nicht genug. Auch noch ein mordender Geist, der die Geliebte seines Schwagers beseitigte, damit Schwesterchen kein Haar gekrümmt wurde!

Den ersten Hinweis auf die Identität der Toten hatten die Ausweispapiere in ihrer Handtasche geliefert. Für den zweifelsfreien Beweis brauchte es einen DNA-Abgleich. Und für Polizei und Staatsanwaltschaft war die Sache klar. Das Motiv lag auf der Hand, wurde gestützt von unzähligen Handyverbindungen, den Aussagen von Nachbarn aus dem Hochhaus in Bergheim und Kerstins Mitarbeiterinnen im Salon.

Ein Mann zwischen zwei Frauen. Die ältere setzte ihn mächtig unter Druck, ließ sich auch durch Gewaltaktionen wie eine Tracht Prügel nicht einschüchtern. Vermutlich drohte sie, der jungen Ehefrau die Augen zu öffnen. Da entdeckte der Mann den alten Bunker und hatte die glorreiche Idee, sich seine alternde Geliebte ein für alle Mal vom Hals zu schaffen.

Zu Anfang konnte Richard gar nicht glauben, wessen Leiche aus dem Bunker geborgen worden war. Er hatte sie doch nach oben geschickt, ihr auf der Leiter noch geholfen. Er hatte gehört, wie sie zischend die Luft einzog, weil der Kratzer an ihrem Bein bei jedem Schritt wehtat. Er hatte gesehen, wie sie durch die Luke stieg und in der Dunkelheit verschwand. Das konnte er sich doch unmöglich alles eingebildet haben.

Aber er erinnerte sich auch deutlich, ihr seinen Wohnungsschlüssel gegeben zu haben, damit sie hineinkonnte. Und seinen Schlüsselbund hatten die Polizisten in einer Tasche seiner Hose entdeckt.

Als Richard einsah, dass Dina Brelach und ihre Leute ihn nicht belogen, auch nicht versuchten, ihm mit einem besonders fiesen Trick ein umfassendes Geständnis zu entlocken, brach er zusammen und war wochenlang nicht ansprechbar.

Erst Carla brachte ihn wieder zum Reden, als sie Ende Januar eine Besuchserlaubnis erhielt. Und nie vorher hatte Richard sich so gefreut, Carla zu sehen. Sie glaubte ihm seine Geschichte, glaubte jedes Wort und stimmte ihm zu, als er sagte, es sei alles nur ihre Schuld gewesen.

B 3/7

Petra Hammesfahr

«Spannung bis zum bitteren Ende.» Stern

Der Puppengräber
Roman. rororo 22528

Lukkas Erbe
Roman. rororo 22742

Die Sünderin
Roman. rororo 22755

Das Geheimnis der Puppe
Roman. rororo 22884

Meineid
Roman. rororo 22941

Die Mutter
Roman. rororo 22992

Die Chefin
Roman. rororo 23132

Roberts Schwester
Roman. rororo 23156

Merkels Tochter
Roman. rororo 23225

Bélas Sünden
Roman. rororo 23168

Das letzte Opfer
Roman. rororo 23454

Mit den Augen eines Kindes
Roman. rororo 23612

Ein süßer Sommer
Roman. rororo 23625

Die Lüge
Roman. rororo 23169

Seine große Liebe
Roman. rororo 24034

Die Freundin
Roman. rororo 23022

Der Schatten
Roman

rororo 24051

Weitere Informationen in der Rowohlt Revue *oder unter* www.rororo.de